KB111738

당신의 이해를 돕기 위하여

What it means to be you

당신의 이해를 돕기 위하여 I

이보라 장편소설

초판 1쇄 찍은 날 | 2021년 9월 23일
초판 4쇄 펴낸 날 | 2024년 5월 31일

지은이 | 이보라
발행인 | 이진수
펴낸이 | 황현수

펴낸곳 | 주식회사 카카오엔터테인먼트
등록번호 | 제2015-000037호
등록일자 | 2010년 8월 16일
주소 | 경기도 성남시 분당구 판교역로 221 6(일부)층

제작·감수 | KW북스
E-mail | paperbook@kwbooks.co.kr

ISBN 979-11-385-0126-2 04810
979-11-385-0125-5 (set)

당신의 이해를
돕기 위하여
What it means to be you
이보라 장편소설
1
Yeondam

BORA:

제비꽃이 피는 겨울입니다.

라크라운드에서 작위를 얻을 수 있는 방법은 두 가지뿐이었다.

계승과 결혼.

윈터 블루밍은 블루밍 공작이 결혼을 하기 전에 생긴 사생아였고 친모는 이방인이었다. 그는 자신이 작위를 이어받을 가능성이 없음을 알았다. 때마침 라크라운드 왕실은 국책 실패로 막대한 빚을 지고 있었다. 왕을 처형하라는 시위가 왕성 앞에서 매일같이 벌어졌다. 윈터는 그 빚을 갚아 주는 대신 왕녀인 바이올렛 로렌스와의 결혼을 약속받았다.

결혼식은 거의 대부분 생략되었지만 바이올렛은 만족했다. 이제 갓 열여덟을 넘긴 그녀의 머릿속에는 얼른 남편에게 말을 걸고 싶다는 생각만이 가득했다.

'태어나서 이렇게 멋있는 남자는 처음 봐…….'

소문처럼 윈터 블루밍은 이방인인 친모의 피를 진하게 이어받아 회색 눈동자를 가지고 있었다. 스물네 살이라고 들었는데, 듣던 것보다 훨씬 어른스러워 보였다. 근사한 이목구비에도 군데군데 낯선 분위기가 박혀 있었다. 그게 바이올렛은 너무나 좋았다. 살면서 이렇게 그녀를 두근거리게 한 남자는 없었다. 그가 처음이었다. 첫눈에 누군가에게 반할 줄은 몰랐다. 심지어 그 상대가 남편이라니, 이렇게 운이 좋을 수가 있나.

'그도 내가 마음에 들까?'

피로연이 끝날 즈음 궁금증을 참다못한 바이올렛이 눈을 딱 감고 덥석 윈터의 손을 잡았다. 윈터와 눈이 마주치자 심장이 더욱 빠르게 뛰었다. 낯선 남자의 손을 잡는 것은 큰 용기가 필요한 일이었다. 바이올렛은 금방이라도 도망치고 싶은 것을 꾹 참고 사내의 손을 제 쪽으로 당기며 말했다.

"내가 이렇게 운이 좋은 사람이란 걸 당신을 만나고 알았어요."

그의 반응이 너무 걱정스러워 1초가 100년 같았다.

무언가 대답하려던 윈터는 무심코 소리가 나는 쪽으로 고개를 돌렸다. 바이올렛의 오빠이며 라크라운드의 왕위를 이어받을 에쉬 로렌스가 와인 잔을 스푼으로 두들겨 시선을 모았기 때문이었다.

그가 입을 열었다.

"감사하게도 이 결혼을 약속으로 하여 윈터 블루밍 경께서 2,400만 라크네를 내놓으셨다는 건 다들 아실 겁니다."

갑자기 돈 얘기는 또 왜 꺼낸담. 바이올렛이 섭섭해하는데 에쉬가 말을 이었다.

"이 돈으로 아버지께서 국책 실패로 지신 빚을 대부분 갚게 되었습니다. 왕실은 여기서 그치지 않고 라크라운드를 위험에 빠뜨린 것을 사죄하려 합니다. 그 증거로 오늘부로 왕실을 해체하고 모든 권한을 의회에 위임하려 합니다. 또한 로렌스 가문은 모든 작위를 포기하겠습니다."

에쉬의 말에 결혼식장에 침묵이 흘렀다. 그러나 이내 하객 중 누군가가 박수를 치기 시작했다. 이윽고 식장 안 모든 사람들이 그의 용감한 선택에 박수를 보냈다.

반면 윈터는 표정을 있는 대로 구기며 자리에서 일어났다. 사람들의 시선이 그에게 쏠렸다. 어떠한 실패도 없이 백만장자에 올랐던 그의 전 재산이 공중분해되는 순간이었다.

서자라는 열등감에 평생 모은 돈을 오로지 작위를 사기 위해 썼다. 그런데 로렌스 가문이 왕실을 해체하고 작위를 내려놓겠다고 선언했으니 왕녀의 남편에게 내리는 공작 작위 역시 사라지는 것이었다.

윈터가 분노를 감추지 못하고 들고 있던 술잔을 바닥으로 집어 던졌다. 옆에 앉아 있던 바이올렛은 쨍그랑 소리에 놀라서 눈을 질끈 감았다. 윈터는 그대로 피로연장을 빠져나갔다.

잠시 후, 아무 일도 없었다는 듯이 사람들이 에쉬를 칭찬하며 모여들었다. 에쉬가 빚을 갚는 일과 시위대의 마음을 달래는 일에 여동생을 희생시켰다는 건 그 자리의 모두가 알았다. 그러나 오늘 결혼식을 치룬 두 주인공의 희생으로 많은 이가 한숨 돌리게 되었다. 바이올렛은 멍하니 앉아서 제게 다가오는 블루밍 가문의 성난 사람들을 바라보았다.

그리고 3년이 흘렀다.

❄ ❄ ❄

바이올렛은 남편과의 대화를 위하여 그의 드레스 룸 앞에 서 있었다.

"작은 마님, 침실로 돌아가셔요!"

하녀들이 그녀를 붙잡고 말렸지만 바이올렛은 단단히 마음먹었는지 문 앞에 버티고 서서 꼼짝을 하지 않았다.

잠시 후, 문이 열리며 먼저 비서인 하엘이 보이고, 그 뒤로 머리를 포마드로 매만진 윈터 블루밍이 보였다. 그는 옅은 푸른색이 감도는 셔츠에 눈동자 색과 같은 회색 베스트와 바지를 입고 있었다. 바이올렛은 그에 비해 차림새가 수수했으나 격식을 갖추고 있었다. 그러나 맨발이었고, 눈동자 속에는 광증 같아 보이는 푸른 불꽃이 일렁거렸다.

윈터가 그녀를 바라보자 바이올렛이 그에게 한 걸음 다가섰다.

"가지 말아요. 이번 출장만……. 취소할 수 없다면 하루만 늦게 가요."

"이번엔 일주일이면 돌아와."

"하루 정도는 미뤄도 되잖아요. 오늘 저녁에 어머님이 여시는 파티만 같이 가 줘요."

"그냥 아프다고 하고 쉬어."

"그게 그렇게 쉬운 일이었으면 당신에게 말하러 오지도 않았어요."

"바이올렛."

윈터가 지금 얼마나 성격을 누르고 있는지는 그들에게서 시선을 돌리고 있는 열 명의 고용인 모두 알았다. 다들 제 아내나 남편이 바이올렛처럼 미쳐 버린다면 감당하기 어려울 거라고 내심 생각하고 있었다.

윈터가 짜증이 묻어나는 목소리로 말을 이었다.

"당신이 여기서 고집부리며 내 시간을 허비하는 사이에 얼마나 많은 돈이 움직였는지 알아? 당신이 날 때부터 가진 그 신분을 사겠다고 2,400만 라크네를 지불했어. 그런데 내가 산 그 신분이 사라졌잖아."

"그건 알지만……."

"알면 하나를 골라야지. 돈을 갚든지, 공주님께서 내가 사려고 했던 작위를 하사하시든지. 둘 다 아닐 거면 얌전히나 있든지."

"……."

윈터는 아내가 대답을 못 하고 있으니 이쯤 하면 된 줄 알고 바이올렛의 손을 잡아뗐다. 그러나 그녀가 고집스레 다시 윈터의 양 손목을 잡아 쥐었다. 그녀는 그만큼 절실했다.

"하루 늦는다고 크게 변하는 것도 없잖아요. 이번 한 번만……."

그녀가 물러나지 않자 이제는 하녀들이 나서려 했다. 그러나 윈터가 특별히 지시하는 것이 없어 곧 다시 뒤로 물러섰다.

윈터를 올려다보며 애원하던 바이올렛은 천천히 정신을 차리고 그의 눈을 마주 보았다. 길거리에서 행패 부리는 취객을 본 듯한 눈빛으로 그녀를 보고 있었다. 바이올렛은 남편이 제 뜻을 들어주지 않을 것을 깨닫고 서서히 손을 뗐다.

윈터는 혀를 한 번 차고 그녀를 스쳐 지나갔다. 그 뒤를 따라 그에게 딸린 사용인들도 그곳을 나섰다.

바이올렛은 허무한 얼굴로 자리에 서 있다가 제 방으로 돌아갔다. 창문 밖으로 윈터가 탄 마차가 출발하는 모습이 보였다. 저 바쁜 남자가 제 장례식이라고 와 줄까, 하고 그녀는 한동안 생각했다.

❄❄❄

바이올렛의 부름에 마지못해 나타난 의사 릭먼은 그녀의 진료를 마친 후 못마땅한 표정을 지었다.

"아무 이상도 없으십니다, 작은 마님. 병이 있다면 아마 마음의 병이겠죠."

"실제로도 몸이 아프다고 하지 않나. 두통이 너무……."

바이올렛이 변명하듯 말하는데 릭먼이 그녀의 말을 끊었다.

"아무래도 공주님으로 자라셨으니 조금만 아프셔도 걱정하시는 건 이해합니다. 그러나 다시 말씀드리지만 작은 마님께서는 조금도 아프지 않으십니다. 자꾸 이렇게 꾀병을 부리시면 저도 마님께 사실대로 말씀드릴 수밖에 없습니다."

"꾀병이 아니야. 정말로 두통이 너무 심해 일어나지도 못하겠다는데도."

"어휴, 정말. 거짓말 그만하시고 일어나십시오, 작은 마님. 그것도 다 습관이 되는 겁니다."

릭먼이 타박하고는 모자를 다시 쓴 후 그녀의 방을 나갔다. 꾀병이라는 말이 우스웠는지 옆에 서서 시중을 들던 하녀들이 웃음을 참는 것이 보였다.

의사가 그렇다고 하니 바이올렛은 별수 없이 침대에서 몸을 일으켰다. 그녀가 자리에서 일어서자 하녀들이 티타임용 드레스로 갈아입혔다. 화장을 하기 위해 자리에 앉으며 그녀가 입을 열었다.

"기분 전환을 하고 싶으니 머리를 어깨까지 잘라 주렴."

"네, 작은 마님."

그제야 시큰둥하던 하녀들의 표정이 밝아졌다. 그녀의 긴 머리칼을 관리해 주는 게 보통 귀찮은 일이 아니기 때문이었다. 하녀들이 어깨 높이까지 자른 단발을 빗질한 후 다이아몬드가 박힌 헤어밴드로 머리를 빙 두르고 꽃을 장식했다. 단장을 마친 후에도 바이올렛은 마치 지옥으로 끌려가는 듯한 마음으로 저택을 나섰다.

영지가 워낙 넓어 마차를 타고 이동해야 시부모가 지내는 저택에 도착할 수 있었다. 그녀가 마차에서 내려 보니 파티 시작 시간보다 일찍 도착한 사람들이 미리부터 이야기꽃을 피우고 있었다. 그들은 워호슨이라고 불리는 라크라운드 남부 지역의 내로라하는 귀족들이었다. 그 중심에는 블루밍 가문이 있었다. 바이올렛을 발견한 시어머니 캐서린 블루밍이 그녀를 불렀다.

"바이올렛, 이리로 오렴."

바이올렛이 다가가자 캐서린이 다정히 물었다.

"몸이 안 좋아서 늦은 거니? 좀 나아졌고?"

"네, 어머님."

바이올렛이 시선을 돌려 앉을 자리를 찾았지만 테이블은 꽉 차 있었다. 아마 일찍 왔어도 그녀의 자리는 없었을 것이다. 저열한 괴롭힘이었다.

캐서린이 말을 이었다.

"요 몇 달 계속 아프다고 하니 얼마나 걱정했는지 몰라. 의사가 뭐라고 하니?"

"아, 저……."

바이올렛이 대답을 망설이자 캐서린이 걱정스레 말했다.

"윈터에게 좋은 약을 구해 달라고 하렴. 그 애는 온 대륙을 돌아다니니 무엇이든 구할 수 있잖아."

바이올렛이 피가 마르는 기분으로 고개를 끄덕였다.

그때, 저택 안에서 나온 릭먼이 지나가며 반갑다는 듯 말했다.

"작은 마님! 나오셨군요! 거 보세요, 제가 꾀병이라고 하지 않았습니까."

그 순간 정원 파티에 참석한 사람들 사이에서 폭소가 터졌다.

그 비웃음에 바이올렛의 몸이 오한 든 것처럼 떨렸다. 이제는 이렇게 당하는 것이 낯설지 않았지만, 그래도 매 순간 당하는 모욕은 여전한 고통이었다.

함께 웃음이 터졌던 캐서린이 릭먼에게 말했다.

"공주님이잖나, 릭먼. 작은 아픔도 크게 느끼시는 게 당연한 일이지."

그녀의 말에 테이블의 한 청년이 투덜거렸다.

"왕실이 해체된 지가 3년입니다. 게다가 남편에게 그렇게 큰 피해를 입혀 놓고도 공주님 대우를 해 주길 바라는 게 말이 됩니까?"

그 말에 옆에서 다른 부인이 맞장구쳤다.

"맞아요. 블루밍 가문 입장에서는 완전히 사기당한 것 아닌가요? 캐서린 부인께서도 너무 무르세요."

3년째 이런 상황의 연속이었다.

빚도 갚고 왕위도 내놓은 에쉬는 다시 국민들의 지지를 얻었다. 피해를 보상하라던 국민들의 목소리도 대부분 사라졌다.

가장 피해를 본 것은 누가 봐도 윈터였다. 그는 가진 것을 대부분 처분해 2,400만 라크네를 만들었고, 나머지 돈은 그가 블루밍 가문에 자리 잡는 데 이용했기 때문에 알거지나 다름없었다.

윈터는 결혼한 바로 그날부터 다시 사업을 불리기 위해 수도에 숙소를 마련하고, 블루밍 가문에는 몇 달에 한 번 정도만 얼굴을 비쳤다.

블루밍가에 남겨진 바이올렛은 독에 빠진 생명처럼 차근차근 녹아 사라져 갔다. 처음에는 이런 행사에 끼어들어 보기도 하고, 웃으며 먼저 말을 걸어 보기도 했지만 돌아오는 반응은 언제나 염치없는 사기꾼 취급이었다.

저녁이 되어 파티가 시작되고 연회장은 화려하게 꾸민, 놀기 좋아하는 귀족들로 가득 찼다. 바이올렛은 밤까지 이어지는 파티 내내 벽에 기대서서 이 힘겨운 하루가 끝나기만을 기다렸다.

"또 저러고 있네……."

"부인께서 신경 써서 데려와 줬는데 파티 분위기를 완전히 망치고 있어."

소곤거리는 소리에 내내 벽에 기대 있던 바이올렛이 걸음을 옮겼다.

"왜 저렇게 돌아다니는 거람? 거슬리게."

바이올렛이 다시 걸음을 멈췄다. 남들의 의견을 무시하는 것도 뭐 하나 믿는 구석이 있어야 할 수 있는 일이다. 도망칠 곳이 없는 그녀는 모두의 의견을 수용하기 위해 자기 자신을 조금씩 잘라 내고 있었다.

그녀의 존재가 파티를 망친다고는 하지만, 한때는 행복에 겨웠을 공주님의 추락이 흥미로운 이야깃거리인 것도 사실이었다. 그녀의 존재는 언제나 파티의 흥을 돋웠다.

잠시 열을 식히기 위해 연회장을 나온 바이올렛은 날아오는 타인의 말들이 돌이라도 되는 것처럼 온몸이 아파 와 자리에 주저앉았다. 그러자 언제 나타났는지 윈터의 남동생이며 블루밍 가문의 유일한 적자인 디에브가 그녀를 부축했다.

"바이올렛!"

그가 팔을 붙잡자마자 바이올렛이 곧바로 팔을 빼냈다. 디에브가 알았다는 듯 손을 떼어 보이더니 그녀의 짧아진 머리칼을 턱짓했다.

"그것도 잘 어울리네요."

"가까이 오지 마시라고 분명히 말씀드렸는데."

모두의 눈치를 보던 그녀였지만 지금만큼은 단호했다. 그러나 디에브는 못 들은 척 제 할 말을 했다.

"그렇게 드레스 차림만으로 돌아다닐 날씨가 아닙니다. 아직 춥잖아요."

"신경 쓰지 말아요."

바이올렛이 창백한 얼굴로 한 걸음씩 물러났다. 그러나 곧 디에브에게 팔이 붙잡혔고, 이어 목에 그의 머플러가 감겼다.

"똑똑하게 생각해요. 어차피 형은 집에 잘 들어오지도 않잖아요."

"……."

"술 한잔만 해요. 그럼 난 당신 편이 될 테니까."

누구나 신사라고 믿는 블루밍 가문의 후계자 디에브 블루밍이 알고 보면 형수에게 집적거리는 호색한이란 걸 도대체 누가 믿어 줄까. 이걸 입 밖으로 내는 순간 바이올렛은 정말로 정신병자 취급을 받으며 방에 갇힐지도 모른다. 세상에 제 편은 없지만 디에브의 편은 많을 테니까.

"그런 일은 영원히 없을 거예요."

바이올렛의 말에 디에브가 픽 웃으며 그녀를 놓았다.

"후회할 겁니다."

그가 놓아주자마자 바이올렛은 정신없이 마차로 달려갔다. 마차에 올라탄 그녀는 숨부터 가다듬은 후, 뒤늦게 허겁지겁 머플러를 풀었다. 그리고 넋이 나간 얼굴로 저택을 돌아보았다.

"돌아가야 하는데……."

중간에 사라졌다가 블루밍 부부에게 호되게 혼났던 경험이 있는 바이올렛은 마차에서 내리려 문을 손으로 쥐었다. 그러나 내릴 수가 없었다. 다시 저곳으로 돌아가면 몸이 산산이 부서질 것 같았다.

결국 바이올렛은 마차를 타고 집으로 돌아와 제 침실에 들어섰다.

그녀는 머리에 쓰고 있던 화려한 다이아몬드 장식을 침대에 던져 놓고 비어 있는 보석함에서 꾸준히 모아 둔 수면제를 꺼내 그대로 입에 털어 넣었다. 그 뒤 벽장 속 샴페인을 꺼내 벌컥벌컥 들이마셨다. 그것으로도 부족하다 여겨 한 움큼의 약을 더 삼키고 다시 샴페인을 들이켜 목구멍으로 쑤셔 넣었다.

릭먼이 제조해 준 수면제는 약효가 아주 강했다. 고작 바이올렛이 먹는 것에 좋은 재료를 썼을 리 없었다. 원했던 것보다 훨씬 더 끔찍하게 죽을지 모르지만 상관없었다. 파티에 돌아가는 것도 싫고, 중간에 사라졌다는 이유로 화풀이 대상이 되기도 싫었으니까. 차라리 이대로 삶을 끝내는 것이 나았다.

약통도, 샴페인병도 비운 바이올렛이 침대에 풀썩 누웠다. 그리고 눈앞에서 반짝이는 다이아몬드에게 말을 걸었다.

"그럼 안녕."

마지막 인사를 건넬 상대가 아무도 없는 게 조금 서러웠다.

❄ ❄ ❄

약을 너무 많이 먹어서인지 생각보다 고통이 없었다.

바이올렛이 다시 눈을 뜬 곳은 온몸이 녹아내리도록 푹신한 침대 위였다. 그녀는 저도 모르게 빙그레 웃으며 베개에 얼굴을 묻었다.

조금 열린 창문으로 바람이 흘러 들어와 커튼을 스치고 그녀의 머리칼을 흔들었다.

죽음 이후가 이렇게 평화로울 줄 알았다면 3년 전에 죽을걸.

태어나서 이렇게 상쾌함을 느껴 본 건 처음이었다. 내내 달고 살았던 두통이 완벽히 사라진 것은 물론이거니와 언제나 몸을 누르던 피로도 사라졌다.

"행복해……."

스르륵 감기던 바이올렛의 눈이 제 목소리에 다시 번쩍 뜨였다.

상체를 일으켜 앉은 바이올렛은 목을 두 손으로 감쌌다. 그리고 곧 손을 풀어 두 손을 눈으로 확인했다.

목소리도, 손도 제 것이 아니었다. 결혼식 때 유일하게 한 번 잡아 보았던 남편의 커다란 손이었고, 그의 낮고 사나운 목소리였다. 바이올렛은 막노동과 스포츠로 다져진 건강한 몸을 더듬어 보다 두 손으로 입을 틀어막았다.

바이올렛은 바닥에 내려 보고는 단단한 다리 근육이 주는 느낌에 또 한 번 놀랐다.

"뭐가 어떻게 된 거야……."

그녀가 멍한 얼굴로 침실에 있는 전신 거울에 제 모습을 비춰 보았다. 거울 속 사내는 분명 윈터 블루밍이었다.

190㎝가 넘는 키에 어깨가 딱 벌어진 위협적인 신체 조건과 야만적이지만 근사한 외모를 가진 사내. 약간의 곱슬기가 있는 새카만 머리칼과 회색 눈동자를 가진 윈터 블루밍.

"이제 진짜로 미쳐 버렸나 봐."

바이올렛이 혼잣말을 하는 사이, 문이 요란하게 열리며 윈터의 비서인 하엘이 들어섰다.

"대표님! 로월 그놈은 벌써 다 준비하고 나왔답니다! 빨리 준비하세요!"

하엘의 한 손에는 커피, 다른 한 손에는 정장 한 벌이 들려 있었다.

이미 반듯하게 정장을 차려입은 그는 블루밍 가문에서 봤을 때와 달리 완전히 예의를 생략한 언행을 보이고 있었다.

하옐이 하얀 셔츠와 정장 바지를 침대 위에 늘어놓았다.

“이거 입으시면 되고요. 제발 부탁이니 오늘은 넥타이 좀 해 주세요. 공적인 자리잖아요.”

“네…… 아, 아니. 알겠네.”

바이올렛의 공손한 대답에 하옐이 인상을 썼다. 그러나 금방 이유를 알았다는 듯 고개를 끄덕였다.

“아, 오늘 회의에서 쓸 예의 바른 말투를 연습하신 거군요. 하긴, 어제 너무 욱하셨죠.”

그의 말에 바이올렛이 고개를 갸우뚱하며 물었다.

“……왜 연습하지?”

“왜라뇨, 대표님은 예의범절에 있어선 꽝이시잖아요.”

“내가?”

“말이라고 하세요? 안 그래도 늦잠 주무셨는데 이러실 시간 없어요! 빨리 옷 갈아입으세요!”

바이올렛이 놀라서 고개를 끄덕이고 침대로 달려갔다.

잠시 후, 하녀 하나가 테이블에 아직도 부글부글 끓는 듯 뜨거운 커피를 놔 주었다. 하옐이 스푼으로 설탕을 듬뿍듬뿍 떠서 커피에 들이부으며 말했다.

“바이델린 산맥의 원두에 관한 건 말인데요, 로웰 쪽에서 그램당 가격을 30라운드(10,000라운드는 1라크네가 된다)씩 올려 달라고 하더라고요. 미친 새끼 아닙니까?”

“하옐. 옷 갈아입게 좀 나가 주겠나?”

그 말에 하옐이 눈이 둥그레져서 물었다.

"아침부터 진짜 왜 이러세요?"

물론 바이올렛도 남들이 늘 옷을 갈아입혀 주긴 했지만 남자는 남자가, 여자는 여자가 하는 것이 너무도 당연했다. 바이올렛은 하옐의 앞에서 옷을 갈아입는 게 너무 불편해 그에게 부탁했다.

"오늘따라 좀 기분이 그래. 돌아서라도 있어 주면 고맙겠군."

"갑자기 말투는 또 왜 이렇게 우아하시고……. 커피는 왜 안 드세요?"

하옐이 의아함을 느끼며 몸을 돌리고 브리핑을 다시 시작했다.

바이올렛은 우선 커피 잔을 들어 한 모금 마셨다가 하마터면 그대로 뱉어 버릴 뻔했다. 지독히 진한 데다 설탕을 쏟아부어 혀가 아프게 달았다. 게다가 뜨겁기는 또 왜 이리 뜨거운지 마치 커피 안에 불에 데운 돌이라도 넣어 둔 것 같았다.

그녀는 한 모금 이상 커피를 마시지 못했다. 커피 마시는 것을 포기한 바이올렛은 한참을 쩔쩔매 가며 하얀 셔츠에 검은 정장 바지를 차려입고, 회색 넥타이를 목에 둘렀다. 그리고 난처하게 하옐을 보았다.

"하옐, 미안한데……."

"또 숙취예요? 회의 못 갈 것 같으세요?"

윈터가 사과할 때는 숙취일 때뿐인 모양이다. 바이올렛이 넥타이를 들어 보였다.

"좀 매 주게."

"지금 저 벌주시는 거죠? 뭘 잘못한 건진 모르겠지만 차라리 평소처럼 욕을 하세요."

하옐은 이해가 안 된다는 표정으로 걸어와 능숙하게 넥타이를 매주었다. 외간 남자가 가까운 게 어색해 고개를 돌리고 있던 바이올렛은 하엘이 손을 떼자 갈색의 구두를 챙겨 신었다.

"그래서…… 바로 미팅?"

"예. 대표님, 이번엔 그 자식이 속 박박 긁어도 절대 화내거나 테이블 뒤집으시면 안 돼요."

평소엔 욕하고 테이블 뒤집는 모양이다. 찔러도 피 한 방울 안 흘릴 냉혈한으로만 생각했던 남편의 이미지가 단숨에 무너져 내렸다. 제가 미친 거라면 이것도 다 망상이겠지만.

"자자, 다 되셨으면 일단 가시죠!"

하엘이 바이올렛의 등을 떠밀었다. 바이올렛은 하엘이 떠미는 힘에 조금도 밀려나지 않는 윈터의 단단한 몸에 놀라워하며 걸음을 옮겼다.

❄❄❄

바이올렛은 적응할 틈도 없이 윈터가 마무리 짓지 못한 계약서 앞에 앉았다.

서류로 뒤덮인 테이블 앞에 앉은 바이올렛은 윈터가 늘 뒤로 기대 앉아 있던 이유가 건방 떨기 위한 게 아니란 것을 알았다. 그녀에게 맞춰진 높이의 테이블은 분명 윈터에게 터무니없이 낮았을 것이다.

'어쩌지…….'

바이올렛은 자신이 정신에 이상이 생겨 망상 중이라는 가정을 거의 확신했지만, 그렇다고 닥쳐 있는 계약을 허투루 할 수도 없었다. 그녀는 미쳐서도 편할 수 없는 제 성격을 탓하며 서류를 확인했다.

바이올렛이 한참 서류를 보고 있으니 맞은편에 앉은 바이델린 산맥의 일족, 로월이 입을 열었다.

"어제는 그렇게 버럭버럭 소리치시더니, 오늘은 조용하십니다?"

"어제는 제가 무례했습니다. 사과드리죠."

브리핑을 듣자 하니 로웰은 어마어마한 선민사상에 휩싸여 있는 영주였고, 그만큼 예의범절을 중시 여기는 모양이었다.

바이올렛이 평소보다도 예의에 신경 쓰는 게 거슬렸는지 그가 다시 비난조로 말했다.

"무슨 수작이신지 모르겠군요. 어제는 난폭하셨으니 오늘은 부드럽게 나오는 작전으로 가시는 겁니까?"

"그렇다기보다는……."

"여기 이 숫자들 전부."

로웰이 계약서에 적혀 있는 숫자를 전부 30씩 올렸다.

"이 가격에 사 주시지 않으면 못 팝니다, 바이델린 원두."

바이델린 커피는 최고급으로 유명했다. 바이올렛도 왕성에서 종종 마셔 본 적이 있다. 그녀는 여태 이 커피 원두가 이렇게까지 비싼지 모르고 있었다. 이런 협상 테이블 앞에 앉아 본 적 없던 바이올렛이 난처해하며 말했다.

"이미 계약서에 적혀 있기도 하고…… 30라운드씩 올리시면 저희 쪽 부담이 너무 많이 커집니다."

그 조심스러움에 로웰이 짜증스레 대꾸했다.

"엄살떨지 마시지요. 경께서 운영하시는 호텔 체인이 유례없는 호황을 누리고 있지 않습니까? 부담이 크다는 말은 변명으로 들립니다만."

남편은 결혼 이후 회복할 수 없을 정도로 알거지가 되었다고 들었다. 그런데 이렇게 말하는 것을 보니 어느 정도는 재산이 회복된 모양이었다.

'아니면 내가 듣고 싶은 것만 듣고 있는 거야. 미쳐서.'

바이올렛은 생각했다.

그도 그럴 것이, 그녀는 윈터에게 커다란 죄책감이 있었다. 그래서 윈터가 밖에서 아무리 오랜 시간을 보냈어도 집으로 돌아올 때마다 기쁘다는 듯이 그를 반겨 주었었다.

그녀가 생각하는 사이, 로월이 말을 이었다.

"이렇게 팔아서는 바이델린 아이들 앞으로 제대로 돈이 떨어지지도 않습니다."

"아이들이 일을 하나요?"

"물론이죠."

세상에, 아이들이 일을 하다니!

아이들의 노동에 대한 값을 챙겨 줘야 한다고 생각한 바이올렛이 서류를 살피다가 도장을 찾아 들며 대답했다.

"그럼 말씀하신 대로……."

그녀가 도장을 찍을 기미를 보이자 기겁한 하엘이 달려와 팔을 잡았다.

"어, 어휴. 어제 술을 너무 드셔서 아직 술이 덜 깨셨군요!"

하엘이 그리 말하며 그녀를 붙잡아 낑낑거리고 일으켰다.

바이올렛이 눈치껏 따라 방의 구석으로 가자 하엘이 목소리를 낮춰 따졌다.

"정말 술 덜 깨셨어요? 왜 이러세요!"

"아, 아이들이 일을 한다기에……."

"대표님께서 어릴 때 하인으로 부려진 걸 건드리려는 거잖아요, 딱 봐도. 그리고 대표님이 더 잘 아시잖아요. 설령 아동의 노동력을 사용하고 있다고 해도 실제로 아동에게 돌아가는 돈은 없고 결국 로웰의 주머니로……. 아니, 이렇게 당연한 걸 왜 설명드려야 해요, 갑자기? 술을 얼마나 드신 거예요?"

하옐은 제 상사가 무르게 구는 이유는 아직 취한 상태기 때문일 거라고 확신하는 표정이었다.

얼빠진 얼굴을 하고 있던 바이올렛이 되물었다.

"그럼 평소의 나라면 어떻게 반응했을까? 술이…… 덜 깨지 않은 나였다면."

"이상한 술주정을 부리시네요……. 아무래도 30라운드라는 말이 나오는 순간에 테이블을 뒤집으셨겠죠. 그리고 제가 말리고, 그다음에 다시 미팅을 잡으셨겠죠?"

"……."

평소의 윈터처럼 굴려면 테이블을 뒤집어엎어야 되는구나……. 그나저나 대리석으로 만든 것 같은데 저게 사람 힘으로 뒤집어지나?

바이올렛은 잠시 고민하다가 걸어가 테이블을 손으로 잡아 움직여 보았다. 그러자 놀랍게도 꿈쩍도 하지 않을 것 같던 테이블이 들렸다.

바이올렛이 윈터의 팔심에 경악하며 로웰을 보니 그는 겁을 먹고 어깨를 움츠리고 있었다.

그런 그를 잠시 바라보던 바이올렛이 테이블이 기울어진 탓에 흩어져 바닥에 떨어진 서류들을 주워 모았다. 그리고 자리에 앉아 펜으로 로웰이 쓴 숫자들 위에 선을 죽죽 그었다.

"다시 협상하시죠. 처음부터."

바이올렛의 말에 로웰이 떨리는 목소리로 물었다.

"그게 무슨 소리요?"

"대화로 합시다. 협상이 끝날 때까지, 둘 다 만족할 때까지 앉아서 이야기해요."

겁을 주고 테이블을 뒤집어엎는 것은 윈터 블루밍의 방식이었다. 그러나 여기 앉아 있는 것은 바이올렛 로렌스였고, 그녀가 가장 잘하는 것은 한자리에서 버티는 것이다. 날아오는 돌을 피하지 못하면서도 유령처럼 서서 파티를 버티는 게 그녀의 일과였다.

바이올렛이 모은 서류를 테이블 위에 주르륵 펼쳤다.

"처음부터 다시 읽어 보겠습니다."

"그런다고 글자가 달라지는 건 아니오."

"반복해서 읽을 겁니다. 답이 나오거나, 둘 중 하나가 지쳐서 멈출 때까지."

꿈이든 정신병이든 상관없었다. 바이올렛은 책임감이 강한 사람이었으므로 이 계약에 최선을 다하기로 결심했다.

로웰은 자신을 똑바로 바라보며 계약서의 내용을 하나하나 따지기 시작한 윈터 덕에 긴장감을 감추지 못했다. 윈터가 이렇게 부드러우며 오만한 눈빛을 하는 건 처음 보았다. 평소처럼 윈터가 테이블을 뒤집으며 결렬되었어야 할 협상이 길어지자 로웰이 슬슬 그를 자극할 방법을 찾았다.

"라크라운드의 시가가 유명하다고 들었소."

로웰의 말에 저도 모르게 숨 들이켜는 소리를 낸 하엘이 손으로 제 입을 막았다.

그의 말대로 라크라운드는 시가가 유명했지만 그걸 즐기는 건 귀족뿐이었다. 처음엔 귀족들의 대화에 끼기 위해 시가를 배워 볼까, 생각했던 윈터는 곧 고리타분한 수십 가지 예법들에 질려 배우기를 그만두었다. 그 이후 시가 쪽은 거들떠보지도 않았다.

로월이 말했다.

"소개를 해 줬으면 하는데, 어떻소."

"그러시죠."

'그러자고 대답하시면 어떡합니까, 대표님!'

하엘은 튀어나올 뻔한 말을 애써 삼켰다. 저러다 로월이 시가가 어쩌고저쩌고 비꼬기 시작하면 윈터는 분노할 거고, 결국 사업은 로월이 유리한 쪽으로 말려들고 말 것이다. 앞으로 회사의 모든 호텔에 공급할 어마어마한 양의 원두에 관한 계약이었다. 숫자가 하나 바뀔 때마다 수익에 막대한 차이가 났다.

그사이 윈터가 쪽지에 몇 가지를 적어 검지와 중지에 끼워 하엘에게 건넸다. 하엘은 의미도 모르는 데다 서체까지 낯설어 쪽지를 불필요할 정도로 정독했다. 하엘이 꼼짝을 않자 윈터가 물었다.

"내가 직접 사러 가야 하나?"

"아, 아뇨! 금방 다녀오겠습니다!"

눈치로 이게 시가 이름이란 걸 안 하엘이 다급하게 달려 나갔다. 그는 근처의 전문점에서 윈터의 쪽지에 적힌 시가와 도구들을 사 와 앞에 내려놓았다.

윈터는 상자에서 벨리코소 시가를 꺼내 손으로 가볍게 눌렀다.

'저, 저렇게 눌러 보면 안 되는 거 아닌가? 비싼 건데?'

하엘 역시 시가에 대해 전혀 몰라 안절부절못하는 사이, 시가에 결절이 없는 것을 확인한 윈터가 로월에게 먼저 건넸다.

"왕실에 납품하던 시가입니다. 어떠실지 모르겠군요."

로월이 얼떨결에 시가를 받아 들었다.

윈터는 제가 피울 시가를 꺼내 헤드를 잘라 내고 불을 붙였다. 신분적 우월감을 느끼며 윈터를 깔보던 로월조차 그의 교과서적인 태도에 흠을 잡지 못했다. 그는 마치 태어날 때부터 모든 동작을 교육받은 사람 같았다.

로월은 결국 목표를 달성하기 위해 제 시가를 내밀며 무리수를 던졌다.

"아랫사람이 불을 좀 붙여 줬으면 좋겠소."

그 말은 들은 하엘이 재빨리 테이블 근처에서 물러났다. 이번엔 분명히 저 테이블이 뒤집히겠구나, 확신한 것이다.

그러나 그의 말에 윈터는 오히려 이해를 못 했다는 듯이 고개를 갸우뚱할 뿐이었다.

그도 그럴 것이, 그의 몸 안에 있는 것은 바이올렛 로렌스였다. 아무리 왕실이 사라져 지난 3년간 있는 대로 무시당하고 공주님이란 말에 스트레스받았을지언정 '아랫사람'이라는 말은 들어 본 적이 없었다.

잠시 생각하던 바이올렛이 대답했다.

"나이는 확실히 제가 어릴 것 같군요."

"아니, 나이 얘기가 아니라……."

"그나저나 불붙이기도 어려워하실 정도로 시가에 익숙하지 않으실 줄은 몰랐습니다. 좀 더 자세히 설명드릴 걸 그랬습니다."

놀리는 게 아니었다. 바이올렛은 정말로 '아랫사람'이란 말을 신분이 아닌 나이 이야기로 알아들었고, 나이 운운해서 불을 붙여 달라고 할 정도로 로월이 시가가 낯설다고 생각해 미안했다. 그러나 그것을 놀림으로 받아들인 로월의 얼굴은 순식간에 시뻘게졌다.

바이올렛은 그의 얼굴이 벌게진 이유를 착각했지만 아무튼 모르는 척해 주며 말을 이었다.

“여러 가지를 소개해 드리며 회의를 하려면 오래 걸리겠군요.”

그러자 겨우 웃음을 되찾은 하옐이 함박웃음을 지은 채 쪽지에 적힌 대로 사 온 여러 종류의 시가를 로월에게 들어 보였다.

“그렇습니다, 매우 많습니다.”

이번엔 로월의 얼굴이 창백해졌다. 저걸 다 피우면 둘 중 하나는 니코틴 과다로 죽을 것이고, 패자는 자신이 될 것이란 걸 로월은 본능으로 느꼈다.

❅❅❅

마흔일곱 시간을 반감금 상태로 보낸 로월은 자포자기해 맘대로 하라고 호통을 친 후 침실로 돌아갔고, 바이올렛 역시 회의실에서 나왔다. 테이블 위에는 시가와 내내 들이켰던 술병들이 나뒹굴고 있었다.

바이올렛은 윈터의 몸을 막 쓴 것이 매우 미안했지만 아내에게 하루 시간도 내줄 수 없을 만큼 돈을 좋아하는 그라면 계약이 제대로 마무리된 것을 더 기뻐하리라 생각했다.

바이올렛이 로월의 도장이 찍힌 계약서를 하옐에게 안겨 주었다. 전부 카닉사(社)에서 바라는 그대로였다.

하옐이 도저히 이해가 안 된다는 듯이 물었다.

“도대체 무슨 일이 있으셨던 거예요?”

“미안하지만 무슨 소린지 모르겠네.”

마흔일곱 시간 넘게 몸을 혹사시킨 바이올렛은 이미 반쯤 잠든 상태였다. 그녀는 곧장 침실로 들어갔다.

하옐이 따라 들어왔지만 이제는 너무 피곤해서인지 전혀 신경이 쓰이지 않았다. 하옐이 커튼을 닫아 주어 방이 다소 어두워지는 순간, 바이올렛은 상당한 성취감을 느끼며 잠이 들었다. 미치는 게 이런 거라면 미친 상태로 사는 것도 괜찮을 것 같았다.

❄ ❄ ❄

윈터 블루밍은 살면서 처음으로 아침에 눈뜨는 게 어렵다는 생각을 했다. 그때부터 제 몸이 아닌 걸 알았다.

"망할, 별 개 같은……."

가까스로 몸을 일으킨 그는 자신이 있는 침실과 목소리만으로 제가 아내의 몸 속에 들어와 있다는 걸 눈치챘다. 그는 혀를 한 번 찬 후 상황에 적응했다.

윈터는 빌어먹을 난쟁이 마을에 들어갔다가 한 달 내내 거인 노예로 부려진 적도 있었고, 미친 마법사 여자에게 납치당해 실험 대상이 된 적도 있었다. 이런 건 이상한 일 축에도 못 꼈다. 원한 산 사람이 하나둘도 아닌 마당에.

설렁줄이 망가졌는지 아무리 당겨 대도 하녀 한 명 오지 않았다. 성질 급한 윈터가 자리에서 일어나는데 발에 텅 빈 샴페인병과 약병이 닿았다. 언제나 우아한 공주님이신 줄 알았더니 사는 꼴이 자신과 다를 바가 없었다.

일단 사람을 찾아 방문을 열고 나가는데 몸이 달달 떨렸다.

"젠장, 뭐 이딴 몸이 다 있어."

윈터가 욕설을 퍼부으며 방을 나가다가 비틀거리며 자리에 주저앉았다. 두통이 너무 심해서 한 걸음 걷기도 힘들었지만 커피에 대한 집착 하나만으로 기다시피 계단을 내려갔다.

뭐가 어찌 되었든 자신은 계약을 하다 말고 여기 와 있었다. 몸이 어떤 상태든 당장 호텔로 돌아가 바이델린 산맥에서 온 그 망할 촌뜨이와 계약을 마쳐야 했다. 아내와 몸이 바뀐 거라면 더러운 꼴이라곤 본 적 없을 공주님께서 무슨 짓을 저질러 놓을지 몰랐다.

어떻게든 몸을 끌고 계단을 내려가려는데 아래에서 윈터가 이 집에 들어오기 전부터 블루밍 가문의 의사였던 릭먼이 올라오고 있었다.

윈터가 어릴 때, 릭먼이 서자인 그를 하도 무시해 그 역시 사는 내내 릭먼을 사람 취급도 하지 않았었다. 그러나 지금만큼은 의사 자격이 있는 사람을 만났다는 게 그렇게 반가울 수 없었다.

"릭먼! 마침 잘 왔군. 나를 진료해 주게."

"예? 예……."

평소 같지 않은 바이올렛의 환대에 릭먼은 당황하면서도 그 뒤를 따라 침실로 들어섰다.

윈터가 이불 위에 풀썩 누워 베개에 기댄 채 명령조로 말했다.

"두통이 심하군. 뭐가 문젠지 빨리 찾아내."

"어제도 말씀드렸지만 큰 문제가 없으십니다."

"뭐가 문제가 없어. 몸 상태가 쓰레기 같은데."

"쓰, 쓰레기라뇨. 말씀이 너무 심하십니다."

릭먼이 말하면서도 일단 바이올렛의 상태를 살피기 시작했다. 어젯밤 바이올렛이 파티 중간에 인사도 없이 사라져 버린 이후, 블루밍 공작 부부도, 적자인 디에브도 이 무례를 가만두지 않겠다며 벼르고 있었다. 그러니 오늘은 확실히 몸이 아프다는 확답을 받아 내고 싶은 모양이라 여겼다.

릭먼이 건성으로 진료하는 시늉을 하며 투덜거렸다.

"도대체 언제까지 이렇게 꾀병을 부리실 겁니까? 아무리 공주님이셔도 이렇게 억지를 부리시는 건…… 자, 작은 마님!"

릭먼의 말이 멈췄다. 윈터가 그의 멱살을 틀어쥐며 으름장을 놓았기 때문이었다.

"내가 지금 몸이 안 좋다고 하잖아. 누가 이딴 돌팔이에게 의사 자격을 줘서 내가 이 아침부터 이런 개소리를 듣게 만들까?"

'만들까?' 하고 말을 끝낸 것은 바이올렛이라면 아마 그렇게 말했을 것 같다는 윈터의 짐작 때문이었다.

평소 성격 같으면 이대로 바닥에 처박았을 텐데 지금 힘으로는 어림도 없었다. 이런 비리비리한 상대도 못 이기는 몸에 치미는 열을 억누른 윈터가 말했다.

"네 급여가 내가 벌어 오는 돈에서 나가는 건 알지?"

"자, 작은 마님이 아니고 작은 주인님께서 주시는 겁니다!"

"아무튼 우리가 부부니까 누가 벌든, 누가 주든 똑같은 거 아냐."

"그야……."

"그러니까 잘리고 싶지 않으면 이제부터 내가 듣고 싶은 말만 해. 알았어?"

여자에게 멱살을 잡혀 씩씩거리던 릭먼이 그녀의 손에서 벗어나자 헝클어진 셔츠 칼라를 바로잡았다.

그사이, 릭먼에게 따라오라고 손가락을 까딱거린 윈터는 바이올렛의 침실을 나와 자신의 침실로 걸음을 옮겼다. 그의 침실로 들어가자 평소 윈터가 가장 아끼던 하인인 플립이 바닥을 쓸다가 정중히 인사하고 물었다.

"무슨 일이십니까, 작은 마님?"

"어, 너. 내가 지금 당장 수도에……."

말하던 윈터가 또다시 극악한 두통에 휘청거리자 놀란 플립이 팔을 부축하려고 손을 뻗었다가 쩔쩔매며 다시 손을 치웠다. 윈터가 침대를 붙잡고 서며 말했다.

"커피나 가져와. 아주 뜨거운 걸로."

"예, 작은 마님……."

"그리고 안마 좀 해."

"예, 예?"

플립은 눈이 휘둥그레졌지만 시키는 일이니 커피부터 가지러 침실을 나갔다.

그사이 윈터가 금고를 열자 멀찍이 서 있던 릭먼이 움찔했다. 그는 윈터와 바이올렛 부부의 저택에 머무는 캐서린 블루밍의 눈과 귀였다. 부부의 관계가 점점 악화되는 것만 보았던 릭먼의 눈에 바이올렛이 금고를 여는 모습은 경악스러움 그 자체의 일이었다.

윈터에게 돈은 목숨과 같았다. 돈이라면 사람을 죽이고도 뿌듯해할 인간이었다. 그런 남자가 제 금고 번호를 아내에게 알려 줬다는 것은 목숨을 맡긴 것과 다름없었다. 바이올렛의 태도가 바뀐 데다가 금고 번호까지 안다는 것은 분명 고려해야 할 문제였다.

그러거나 말거나, 윈터는 지폐 한 뭉치를 아무렇게나 구겨 릭먼의 주머니에 쑤셔 넣고 침대에 드러누웠다. 그러더니 눈이 휘둥그레진 릭먼에게 가르친 걸 복습시키듯이 물었다.

"자, 릭먼. 아까 내가 뭐라고 했지?"

"작은 마님께서 원하시는 대답을 하라고 하셨지요!"

"지금 내가 최대한 빨리 수도에 가야 되니까 무슨 짓이든 해. 가는 중에 기절하기라도 하면 내가…… 아니, 내 남편이 네놈 모가지를 끊어 버릴 테니까."

어차피 몸을 되찾자마자 자를 생각이었지만 지금은 그의 도움이 필요했다.

그까짓 성질 좀 부렸다고 머리가 핑핑 돌았다. 다행히 플립이 커피와 설탕을 가져왔다. 윈터는 커피 잔에 설탕을 쉼 없이 퍼부은 후 단숨에 들이켰다. 릭먼이 진료를 마친 후 약을 조제하러 떠났다.

잠시 후, 플립이 미온수가 담긴 물그릇을 들고 왔다.

윈터가 침대에 걸터앉아 발을 턱짓하자 조금 당황하던 플립이 발 아래 무릎을 꿇었다. 그는 작은 마님의 작고 하얀 발을 두 손으로 감싸 쥐고 물속에 담근 후 그 안에서 천천히 마사지를 시작했다.

플립이 거의 손에 힘을 싣지 못하자 윈터가 짜증을 냈다.

"갑자기 여든 노인이라도 된 건가?"

"예? 아……. 더, 더 세게 하면 아프실 겁니다."

"무슨 개소……."

무슨 개소리를 하냐며 물그릇을 걷어차려던 윈터의 시선이 천천히 플립의 손으로 향했다.

장면이 매우 이상했다. 플립은 새빨개진 얼굴로 고개를 들지 못하고 있었고, 힘을 주면 다칠까 싶어 발을 제대로 잡지도 못한 채 쩔쩔매고 있었다. 물론 지금 바이올렛의 몸속에 있는 건 윈터였지만, 플립은 그렇게 느끼지 않을 것이다.

윈터가 가라앉은 목소리로 말했다.

"……나가. 다신 내 근처에 얼씬도 하지 마."

"가, 감사합니다!"

플립은 지금껏 윈터가 들은 적 없는 큰 소리를 내 대답하며 곧장 물그릇을 들고 침실에서 도망쳐 버렸다.

혀를 차며 신경질적으로 머리칼을 헝클던 윈터가 잠시 손을 멈췄다. 그리고 거울 쪽으로 고개를 돌려 바이올렛의 머리칼이 어깨 높이까지 짧아진 것을 확인했다. 한동안 거울을 바라보던 윈터가 중얼거렸다.

"……늦게도 잘랐네."

그는 작년 겨울, 바이올렛과의 대화를 떠올렸다.

해가 짧던 작년 겨울 윈터는 모처럼 집에 나흘이나 머물렀다. 윈터가 다시 수도로 떠나기 전날, 저녁 식사를 하던 바이올렛이 말을 걸었다.

"머리가 너무 길지 않아요?"

윈터가 그녀를 마주 보자 바이올렛이 제 머리칼을 부끄러운 듯 만지작거리며 물었다.

"조금…… 자를까요? 기분 전환도 할 겸."

"마음대로 해."

아내는 툭하면 이렇게 시답지 않은 질문을 했다. 자기 머리 자르는 일은 자신이 알아서 할 일 아닌가. 윈터는 그딴 문제를 타인에게 일일이 묻지 않았다.

그의 대답에 모처럼 미소가 감돌던 바이올렛의 입가에서 미소가 사라졌다. 그리고 대화는 끝이었다. 그녀는 마음이 바뀌었는지 머리를 자르지 않았고, 그날 이후 그에게 아무런 질문도 하지 않았다.

윈터는 그날 바이올렛의 표정 변화를 기억했다. 아무래도 제 대답이 언짢았던 것 같은데 도대체 뭐가 문제였는지 알 수 없었다. 자르지 말라고 했어야 했던 건지, 아니면 자르라고 했어야 했던 건지. 여자란 참 모를 존재였다.

잠시 후, 하녀가 약과 물을 가져다주어 윈터는 그것을 먹고 깊은 잠에 빠졌다.

얼마나 잤을까. 약 기운에 그럭저럭 두통이 가실 즈음, 노크 소리에 잠이 깼다.

"바이올렛."

"들어와."

동생인 디에브의 목소리에 윈터가 몽롱한 상태로 대답했다.

언짢은 기분으로 바이올렛을 찾아왔던 디에브는 웬일로 그녀가 침실에 들어오라 허락하자 확 언짢음이 풀려 미소를 지었다.

"계속 잠만 잔다더군요. 이번엔 꾀병이 아니라 정말 몸이 안 좋다고 릭먼이 말하던걸요?"

"죽겠…… 네요. 아주."

"식사는?"

"절대 못 먹어요."

평소에는 이복형인 윈터에게 온갖 무시를 당하고 그럼에도 돈은 받아먹어야 하니 숙여 주느라 돌아 버리겠다는 태도를 보이던 디에브가 지금은 내내 미소를 짓고 있었다.

그 미소에 확 짜증이 난 윈터가 말했다.

"나가서 술이나 좀 가져와요."

윈터의 말에 디에브가 실소하더니 밖으로 나갔다.

가져올 리 없다고 생각하며 드러누워 있는데 디에브가 민트를 띄운 물을 가져와 협탁에 놓았다.

"술은 안 돼요. 물 마셔요."

그가 나지막이 말하고는 침실을 나갔다.

동생이 나가고 나니 윈터의 표정이 구겨졌다. 이 둘이 이렇게 친했던가? 하기야, 자신은 파산 직전인 회사를 재건하느라 집을 자주 비웠으니 그사이 무슨 일이 있었더라도 알 턱이 없었다.

윈터는 속이 부글부글 끓었으나 약 기운이 올라와 몸을 일으키기도 힘들었다. 한참을 자고 난 후에야 윈터는 약의 힘을 얻어 수도로 가는 기차에 올랐다.

❄ ❄ ❄

잠에서 깨면 모든 것이 돌아올 줄 알았는데, 바이올렛이 잠에서 깬 후에도 아무것도 바뀌지 않았다.

"정말로 미쳐 버렸나 보네."

바이올렛이 혼잣말을 하는데 불쑥 들어온 하엘이 말했다.

"마님께서 전신을 보내셨는데요. 작은 마님께서 머리를 자르셨대요. 너무 잘 어울린다고, 돌아오셔서 꼭 예쁘다고 말해 주시라네요. 아니, 마님은 항상 이렇게 작은 마님을 챙기시는데 작은 마님은 왜 그렇게 파티에 가길 싫어하시는 걸까요?"

"아……."

힘없는 웃음이 나왔다.

지난 3년간 윈터는 한 번도 캐서린이 여는 파티에 와 준 적이 없었다. 생일 같은 행사는 종종 참여했지만 그마저도 인맥을 늘리는 것이 목적이라 다른 사업가들과 이야기하기 바빴다. 그러니 하옐도, 윈터도 모르는 것이다. 그녀가 군중 속에서 느끼는 싸늘한 시선과 비난들을.

하기야, 그 괴롭힘을 알았다고 해도 윈터는 타인의 의견에 동조하지, 아내의 편을 들어 주진 않았을 것이다. 당신 때문에 투자한 내 돈을 날렸다고, 몇 번이나 바이올렛에게 말했었으니까.

그렇게 생각하니 마음이 아팠다. 3년이나 지났는데 왜 이 아픔은 가시질 않는 건지. 어떻게 이렇게 처음만큼이나 아픈 건지 모를 일이다. 첫눈에 반한 남자가 자신을 미워하던 3년. 혹은 미안함, 첫사랑의 설렘, 원망이 뒤섞인 감정을 정리해 온 3년이 얼마나 힘겨웠는지.

바이올렛이 조용히 입을 열었다.

"관심 없어."

"예?"

"아내가 뭘 하든. 난 관심 없어."

"마음대로 해."

남편은 그렇게 대답했었다. 그러니 이 상황에서 윈터 블루밍이라면 이렇게 대답했으리라. 아내가 뭘 하든, 무슨 변화가 일어나든 나는 상관없다고. 아무 관심이 없다고.

그때, 밖에서 호텔 직원의 목소리가 들렸다.

"대표님, 작은 마님께서 오셨습니다."

"뭐?"

그 말에 바이올렛이 저도 모르게 한 걸음 뒤로 물러섰다.

이 꿈 같은 망상에서 벗어나고 싶지 않았다. 제 몸을 마주하면 다시 그 지옥이 시작될 것만 같았다.

"잔다고 해."

그 말에 하옐이 잔소리하듯 대답했다.

"아무리 그러셔도 무슨 일로 오셨는지는 물어보셔야죠."

"자네가 물어보면 되잖아."

하옐은 윈터의 무심함에 질색했지만 별수 없이 로비로 향했다.

로비에 도착한 그는 팔짱을 끼고 삐뚜름히 서 있는 작은 마님에게서 이질감을 느끼며 정중히 물었다.

"작은 마님, 여긴 어떻게 오신 겁니까?"

"남편은?"

"주무십니다. 저희 쪽에서 요구한 걸 전부 고수했으니 마음이 풀어지셔서 오래 주무실 겁니다."

"계약을 마쳤다고? 우리가 요구한 그대로?"

작은 마님이 잡아 죽일 듯한 표정으로 묻자 하옐이 난처해하며 되물었다.

"예. 뭔가 문제라도 있으신 겁니까?"

두 사람은 대화를 하며 승강기에 올라탔다. 하옐이 들고 있는 열쇠를 문 옆에 있는 열쇠 구멍에 넣어 12층으로 돌리자 드르륵 소리가 들리며 승강기가 움직였다.

윈터가 손부터 대뜸 내밀었다.

"계약서."

"이미 회사에 넘겼습니다만……."

왜 이런 걸 묻나, 의아해하던 하엘은 곧 아내가 뭘 하든 관심 없다고 말하던 윈터를 떠올렸다. 그와 달리 아내는 남편의 일에 관심을 보이려 애쓰고 있는 걸지도 몰랐다.

하엘은 무정한 윈터를 속으로 욕하며 12층에서 먼저 내려 문을 잡았다. 그가 안내하지도 않았는데 작은 마님이 알아서 윈터가 머무는 스위트룸으로 향했다. 그러더니 내내 딴생각에 잠겨 그녀를 애처롭게 보던 하엘에게서 열쇠를 뺏어 막무가내로 침실에 들어선 후 그가 들어오기 전에 문을 잠가 버렸다.

스위트룸에 들어선 윈터는 창가에 서서 당황한 표정으로 자신을 보는 제 몸을 향해 물었다.

"바이올렛, 당신이지?"

"윈터, 잠깐……."

"이런 어이없는 경우는 또 처음이군."

가까이 다가가던 윈터가 미간을 좁혔다. 제 몸에서 나는 시가와 술 냄새가 지독했다.

"내 몸을 어떻게 쓴 거야."

짜증을 내며 가까이 가 팔을 붙잡는 순간이었다.

두 사람은 동시에 현기증을 느껴 비틀거렸다.

곧 현기증이 사라지더니 바이올렛의 눈에는 윈터가, 윈터의 눈에는 바이올렛이 보였다. 그것은 몸이 닿는 순간 일어난 일이었다. 두 사람 다 몸을 되찾은 타이밍을 통해 방법을 알아차렸다.

"몸이 닿으면 되돌아오는 모양이군."

"그러네요. 우리…… 얘기할 게 많아졌네요."

"많지. 도대체 어떻게 된 거야?"

"그건 나도 몰라요. 무슨 일이 생긴 건지……."

"자기가 계약을 해 놓고 왜 몰라?"

"계약이요?"

몸이 바뀐 것에 대한 질문인 줄 알았더니 계약에 관한 것이다. 하기야, 그의 머릿속에는 돈 생각밖에 없으니. 그래도 처음 남편과 할 이야깃거리가 생겼다고 생각했는데, 그에게는 전혀 놀라운 일이 아니었던 모양이다.

바이올렛이 여느 때처럼 섭섭함을 감추는데 윈터가 말했다.

"계약이 이상할 정도로 잘 돼서 묻는 거야. 로월 그 좀팽이를 어떻게 꺾었어?"

"아."

윈터의 반응에 바이올렛의 표정이 금방 밝아졌다. 살면서 성취감을 느낄 일이 별로 없었는데, 지금 윈터의 이 말로 마법에 걸려 몸이 두둥실 뜨는 듯이 가벼워졌다.

그녀가 '결코 뽐내지 않는다'는 가풍을 가진 로렌스가의 사람답게 고개를 저었다.

"별것 아니었어요. 그보다 왜 이렇게 된 건지 짐작 가는 거 있어요?"

"없어."

"당신은 이방인이잖아요."

그녀의 말에 거울을 살피며 제 몸을 반가워하던 윈터가 행동을 멈추고 바이올렛 쪽으로 고개를 돌렸다. 회색 눈동자는 라크라운드에서 빈곤의 상징이었다. 회색 눈동자는 오래전 이곳으로 이주해 온 이방인의 것이었고, 그 이방인들은 대부분 빈곤했기 때문이었다.

"이방인은 누구나 주술 하나쯤은 사용할 줄 알 것 같은 모양이지?"

윈터가 경멸 섞인 눈으로 바이올렛을 내려다보며 혀를 찼다.

"드물지 않게 있지. 당신처럼 예의 바르게 이방인을 차별하는 사람들."

"그런 의도는 아니었어요. 제 가문에 대해서는 제가 자세히 아는데 이런 일이 없었으니까……. 당신은 카닉 일족에 대해 잘 모르잖아요. 그래서 한 말이에요, 그러니까 제 말은……."

"그래, 그래. 내가 주술사 가문의 후손인 걸로 하고."

윈터가 횡설수설하는 그녀의 말을 끊었다.

그 순간, 정말로 몸이 두둥실 떴다. 윈터가 그녀를 훽 안아 들었기 때문이었다. 너무나 가뿐히 남편의 팔에 들린 바이올렛이 기겁을 해 물었다.

"뭐, 뭐 하는 거예요?"

"내가 그 몸을 끌고 여기까지 와 봐서 아는데, 당신은 더 이상 못 서 있어."

"서 있을 수 있어요!"

"없어."

윈터가 단호하게 말한 후 그녀를 제 침대에 데려가 눕혔다. 그리고 구두를 마음대로 벗겨 쓰레기통에 처넣고 말했다.

"당신은 무슨 슬리퍼 하나가 없어?"

"침실에 있는데요. 그리고 내 구두를 왜……."

"외출할 때 신는 슬리퍼 말이야."

"야외에서 슬리퍼를 신어요?"

바이올렛의 눈이 휘둥그레졌다.

그녀의 반응이나 대답과 상관없이 바이올렛의 몸을 끌고 다녔던 윈터는 그녀가 손가락 하나 까딱할 수 없다고 확신하는 모양이었다.

윈터가 베개를 바이올렛의 등 뒤에 받쳐 두고도 부족한 표정을 짓더니 바이올렛의 몸을 손가락으로 가리켰다.

"이거 말이야."

"……이거라뇨?"

"당신 몸. 여기까지 끌고 오다가 죽는 줄 알았어. 제일 무거운 짐이 몸이더군."

윈터는 정말이지, 오로지 계약을 진행해야 한다는 집착 하나만으로 몸살에 죽어 가는 몸을 끌고 수도에 왔다.

어렸을 때 하인 일을 하면서 죽기 직전까지 매질을 당하던 때도 이렇게 괴롭진 않았다. 머리를 찌르는 듯한 두통은 정말 머리를 잘라 던져 버리고 싶은 욕구가 들게 만들었다.

방금 전까지 윈터의 강철 같은 몸을 사용하던 바이올렛 역시 그의 말뜻을 확실하게 알아들었다. 하지만 오늘 바이올렛의 몸은 괜찮은 축이었다.

"오늘은 몸 상태가 아주 좋은걸요? 약이라도 먹었어요?"

"릭먼이 주더군."

"정말요? 웬일로……."

"돈을 얹어 줬지."

"아아."

바이올렛은 바로 납득했다.

그가 자를 시기를 놓친 검은 곱슬머리를 뒤로 쓸어 넘기며 말했다.

"난 목욕을 하고 회사에 갈 테니까 당신은 이제 누워 있어."

"전 충분히 잤고, 지금 아침이에요."

"그 몸으로 뭘 하게."

윈터는 정말 바이올렛의 몸에 질려 버린 듯했다. 그는 일어나려 하는 바이올렛을 반강제로 눕히고 이불을 목까지 끌어 올려 덮은 후 밖에서 대기하던 하옐에게 말했다.

"씻을 테니까 의사 불러 놔. 가는 길에 여자들 외출할 때 신는 슬리퍼도 사 오고. 나오면 바로 회사로 가지."

"네, 대표님. 와, 근데 어제는 진짜 대단하셨어요! 시가는 언제 공부하신 거예요? 로월 그 자식이 찍소리도 못 하던데요?"

"의사."

"아, 네! 다녀오겠습니다!"

그 괴상한 예절 연습이 끝났는지 윈터는 평소의 그로 되돌아왔다. 하옐은 안심하며 의사를 찾으러 달려 나갔다.

잠시 후 하옐이 데려온 의사가 바이올렛을 진찰하는 사이, 그녀는 생각에 잠겼다. 제 몸을 찾은 후에야 그녀는 슬슬 자신이 미치지 않았으며, 이게 현실이라는 사실을 받아들이고 있었다.

의사가 진찰을 마치자 옆에서 기다리던 호텔에 소속된 하녀, 룰루가 그녀에게 따듯한 차를 내밀었다.

"고생하셨어요, 작은 마님."

"내가 무슨 고생을 했다는 건가?"

"진찰이 고생이지요!"

룰루가 정색하고 하는 말에 바이올렛이 당혹감 속에서도 고개를 끄덕였다.

의사가 입을 열었다.

"몸 상태가 말이 아니십니다. 심장이 안 좋으셔서 계속 약을 드셨지요?"

"그랬네만."

"작은 마님께서 드시던 약은 두통을 유발시켜서 지금은 쓰지 않습니다. 새 약을 처방해 드릴 테니까 드셔 보세요. 요즘 누가 그런 약을 쓰는지 모르겠네요. 의사 자격이 있는 자가 처방하긴 했습니까?"

의사가 전임 의사를 있는 대로 비난했다. 늘 꾀병이라고 우기던 릭먼이 틀렸음을 말해 주는 것도 후련했지만 무엇보다 두통이 완화될 가능성이 있다는 사실이 바이올렛에게는 가장 기뻤다.

의사가 떠나고 바이올렛이 몸을 일으키려는데 룰루가 기겁을 해서 말했다.

"대표님께서 절대 돌아다니지 못하시게 하라고 했어요, 작은 마님."

제 아내를 무슨 당장 죽을 사람처럼 묘사하기라도 했던 모양이었다. 바이올렛이 차분히 말했다.

"아무리 그래도 방 주인이 오기 전에 방을 옮겨야 할 것 아닌가."

"무슨 부부가 그렇게 내외를 하세요."

룰루는 왕족들은 유난하다는 듯한 표정을 지으면서도 바이올렛을 일으켰다.

바이올렛은 곧 안정적인 분위기의 크림색 벽지가 있는 방으로 이동했다. 크기는 윈터의 방보다 많이 작았지만 아늑하게 꾸며져 있어 훨씬 더 마음에 들었다.

룰루가 다과를 가져다준다며 방을 나가고 잠시 후, 윈터가 데리고 온 하인인 플립이 문을 두드렸다.

허락을 받고 방으로 들어온 플립이 고개를 떨구고 말했다.

"죄송했습니다, 작은 마님."

"죄송하다니?"

바이올렛이 의아해하자 플립이 대꾸했다.

"제가 주제넘어 안마를 제대로 하지 못했습니다. 허락만 해 주시면 이번엔 제대로 하겠습니다."

저택에서의 실수를 만회하고 싶었던 플립은 꽃잎을 띄운 미온수를 들고 서 있었다.

보나 마나 윈터가 저지른 짓일 것이다. 참 자기 하고 싶은 대로 하는 사람이라고, 바이올렛은 생각했다.

난처하긴 했지만 안마는 받고 싶은 마음이 들어 딱히 거절의 표시를 하지 않았다.

남자가 발을 만진다는 건 좀 이상하지만 플립은 제 일을 하는 것일 뿐, 이상하게 여기는 자신이 이상한 거라고 생각했다.

플립이 따듯한 물에 조심조심 바이올렛의 발을 담갔다.

"아프시거나 너무 약하면 말씀해 주십시오. 늘 작은 주인님께만 해 드리다 보니 힘 조절을 못 합니다."

"알겠네."

플립은 기가 막힌 손재주를 가지고 있었다. 그는 발등을 먼저 손으로 부드럽게 눌러 풀어 주었는데, 벌써 온몸의 혈액 순환이 원활해지는 기분이었다.

그는 발바닥을 꼼꼼하게 누르고 발가락 사이사이까지 빠짐없이 문질렀다. 발을 전체적으로 풀어 준 후에는 물기를 닦아 내고 장미유를 손에 발라 복숭아뼈와 발목까지 꼼꼼하게 다시 마사지를 했다.

플립은 투지마저 느껴질 만큼 오로지 발에만 집중했기 때문에 처음엔 부끄러워 안절부절못하던 바이올렛은 금방 그것에 적응했다. 어찌나 몸이 풀어졌는지 바이올렛은 중간쯤에 깜빡깜빡 졸기까지 했다.

그녀가 조는 모습을 본 플립이 서둘러 물기를 닦아 주고 몸을 일으켰다. 바이올렛이 침대에 안기듯이 누우며 웅얼거렸다.

"이렇게 시원할 줄은 몰랐네. 고마워."

사람을 부리며 돈 외에는 아무것도 주지 않는 윈터에게 적응한 플립은 달콤하게 들리는 목소리로 인사하는 바이올렛 덕에 자신이 여태 작은 마님의 발을 마사지했음을 상기하곤 얼굴이 시뻘게졌다.

"나, 나가 보겠습니다. 필요하시면 언제든지 말씀해 주십시오."

"으응……."

바이올렛이 눈을 감고 대꾸했다.

그렇게 걱정이 많았는데, 오늘따라 잠이 솔솔 왔다.

❄ ❄ ❄

다음 날 아침 식사를 마치고 차를 마시고 있을 때, 룰루가 행거를 밀며 안으로 들어왔다.

"작은 마님, 오늘 대표님과의 점심 약속에 입고 가실 옷 고르셔요."

"이게 다 무슨 옷인가?"

"하옐 비서님이 급하게 보이는 대로 결제하셨어요."

바이올렛이 태어나서 한 번도 본 적 없는 화려하고 과감한 드레스가 가득 걸려 있었다.

바이올렛이 난처한 표정을 지었다. 이렇게 화려한 드레스를 입었다간 블루밍 공작 부부가 발칵 뒤집힐 것이다. 하지만 여기에는 그들이 없고, 알게 되더라도 윈터의 수족인 하옐이 고른 것이니 그냥 넘어갈

지도 몰랐다.

얼굴색까지 어두워 보이게 하는 우중충한 드레스만 입다가 화려한 드레스를 만난 바이올렛이 설렘을 느끼며 옷을 살피다 이내 걱정스러운 얼굴로 물었다.

"하지만…… 이럴 돈이 있는 건가?"

그러자 룰루가 정색하며 되물었다.

"무슨 소리세요?"

"남편이 나와 결혼할 때 2,400만 라크네를 썼으니 하는 말이네. 그때 거의 파산 지경이었다고 들었는데……."

"그, 그랬나요?"

룰루 역시 자세한 상황을 잘 모르는지 눈이 동그래져서 옷을 돌아보았다.

"그럼 하엘 비서님은 돈도 없으면서 왜 그렇게 늘 옷을 사들인대요?"

"늘?"

"예. 늘 이렇게 행거 가득 드레스를 구해서 돌아오셔요."

"……드레스를?"

바이올렛의 목소리가 조금씩 작아졌다.

남편이 제 몫의 드레스를 사 온 적은 없었다. 하엘은 누구를 위해 그렇게 드레스를 사들였던 것일까.

바이올렛은 잠시 씁쓸함에 잠겼으나 모처럼의 외출을 망치고 싶지 않아 성급하게 묻어 두고 미소를 지어 냈다.

"뭘 입어 보는 게 좋을까……."

바이올렛은 망설이는 목소리였지만 그녀의 손은 이미 연한 다홍색 새틴 드레스를 쥐어 당기고 있었다. 블루밍 가문에서 그녀가 주로 입던 검은색이나 회색 드레스도 몇 벌 있었으나 오늘은 좋아하는 색을 입을 생각이었다. 룰루가 옆에서 동조했다.

"오늘 날씨에 딱 잘 어울리네요!"

드레스를 골라 입고 허리에는 크림색 리본을 맸다. 그 후 행거 아래 바구니에 아무렇게나 쌓여 있는 신발 중 하나를 골랐다. 뾰족한 앞코에 진주가 달려 있는, 리본과 같은 색의 벨벳 슬리퍼였다. 바이올렛이 놀란 듯이 말했다.

"이렇게 예쁜 슬리퍼가 있는 줄 몰랐네."

"자, 이제 머리 하게 앉으세요."

바이올렛이 의자에 앉자 룰루가 색이 연한 금발을 빗질하며 감탄했다.

"어쩜 이렇게 예쁠까. 대표님께선 정말 복받으신 분이세요. 예쁘지, 상냥하지……."

"말이라도 고맙네."

나름 남편과의 첫 데이트라는 생각 때문인지 덩달아 기분이 들뜬 바이올렛이 대답했다.

❄ ❄ ❄

요즘 수도에서 유행하는 붉은 리본으로 머리를 장식한 바이올렛은 전에 없이 경쾌해 보였다.

룰루와 함께 호텔을 나서니 카펫의 끝에 호텔 마차와 집사 하나와 요리사 하나, 플립까지 하인 셋이 서 있었다.

오늘 아침 식사 후 바이올렛에게 칭찬을 받고 잔뜩 들뜬 요리사 투린이 앞서 나와 물었다.

“작은 마님, 오늘 저녁은 무엇으로 준비해 둘까요?”

“육류라면 무엇이든 좋네.”

“그렇다면 총 열 가지 요리 코스로 순무가 들어간 수프와 닭고기와 돼지고기를 넣은 파이, 버터를 바른 로브스터…….”

요리사가 말하는데 룰루가 손가락을 척 들어 올리며 말했다.

“육류라고 하셨잖나, 투린!”

“파이 있잖나! 게다가 엄청나게 훌륭한 요리를 내놓을 생각이라니까?”

“내 참 말이 안 통하네! 자기가 하고 싶은 요리는 집에 가서나 하시지!”

“재료비가 들잖나, 재료비가!”

“하, 이거 봐. 바로 본심 나오네!”

두 사람의 충돌에 바이올렛이 조심스럽게 플립에게 물었다.

“두 사람은 늘 사이가 안 좋나?”

“아주머니는 일을 시작하신 지 얼마 안 되셨는데 거의 하루도 안 빼고 아저씨와 다투신답니다.”

“그랬군.”

바이올렛이 고개를 끄덕였다.

두 사람의 다툼이 어느 정도 마무리되자 마부가 마차 문을 열어 주어 바이올렛이 올라탔다. 함께 마차에 탄 룰루가 투덜거렸다.

“하여튼 요리사들이란 다 자기 멋대로라니까요.”

“그런가?”

“예, 작은 마님. 그보다 제가 미트로프 하나는 기가 막히게 만든답니다. 드셔 보시겠어요?"

"응. 떠나기 전에 꼭 부탁하네."

바이올렛의 부드러운 대답에 룰루가 신기하다는 듯이 말했다.

"작은 마님은 정말 대표님과 행동이 정반대시네요."

"그래?"

"예. 작은 마님은 딱 수도 귀족 같으셔요."

좋게 말하면 예의 바르다는 뜻이고, 나쁘게 말하면 속에 있는 말을 잘 하지 않아 답답하단 뜻일 것이다.

바이올렛이 수도 귀족처럼 고개를 적당히 끄덕이고 물었다.

"남편은?"

"대표님께선 아무래도…… 주장하시는 게 명확하시고요."

이기적이며 목소리가 크고.

"결정이 빠르시고."

자기 마음에 안 드는 게 있으면 성질을 내며.

"딱 한 가지 단점이 있다면 예법을 좀 소홀히 여기신다는 걸까요?"

이렇게 돌려 말하고 있는데도 단점이라고 말할 정도면 어느 정도로 버르장머리 없다는 소린지 짐작이 가시죠?

고용주에 대해 함부로 말할 수 없어 빙빙 돌린 말이지만 그 속에 함유된 뜻을 읽은 바이올렛이 그 마음 안다는 듯이 고개를 끄덕였다.

그사이 마차가 수도 끝자락, 강과 바다가 맞닿는 하구로 향했다.

❄ ❄ ❄

수도는 3년 사이에 그다지 크게 변한 것이 없었다.

바이올렛은 창밖으로 보이는 친오빠 에쉬 로렌스의 초상화를 바라보았다.

여동생을 윈터 블루밍과 결혼시키며 받은 돈으로 라크라운드는 위기를 넘겼다. 에쉬는 농가에서 손수 밭을 가꾸고 사는 모습을 연일 신문에 실으며 라크라운드 사람들에게 인기를 끌어모았다. 바이올렛은 그런 오빠가 너무도 꼴 보기 싫어 창문을 커튼으로 가렸다.

마차가 멈춘 곳은 라크라운드를 관통하는 레클강 하구의 자그마한 섬이었다.

룰루가 앞장서며 말했다.

"요즘 여기가 관광지로 유명해요, 외국인 관광객들이 무조건 들른다고 하더라고요."

"정말 근사하네."

다리 앞과 건너편 모두 아기자기한 가게들이 있었다. 바이올렛은 모처럼의 세상 구경에 취해 저도 모르게 걸음이 빨라졌다.

❄ ❄ ❄

날이 더워져 재킷을 벗어 한쪽 어깨에 걸친 윈터가 손목시계를 보며 인상을 썼다.

"뭘 하느라 아직도 안 보여."

"아직 2분 남았어요, 대표님."

옆에서 하엘이 꿍얼거렸다.

"게다가 옷도 10시 넘어서 보내 드렸어요. 준비 시간이 오래 걸리는 게 당연하잖아요."

"넌 어제부터 왜 자꾸 바이올렛 편을 들어?"

윈터가 생각해 보니 왜 그러냐는 듯 묻자 하옐이 냉큼 시선을 피했다. 윈터가 혀를 차며 말했다.

"굳이 또 새카만 드레스를 골라 입고 나오겠지."

"그러게요. 정말로 작은 마님은 왜 늘 검은색이나 회색 울 드레스만 입으시는 걸까요? 그것도 무늬라곤 하나도 없는 것만."

"귀하신 공주님 취향……."

투덜거리던 윈터는 멀리서 바이올렛을 발견하고 말끝을 흐렸다.

바이올렛은 윈터가 머릿속으로 예상한 것과 정반대의 드레스와 장식을 하고 있었다. 그녀는 올해 처음 핀 봄꽃 같았다. 싱그럽고 사랑스러웠다.

바이올렛 역시 윈터를 발견하고 여느 때처럼 우아한 걸음으로 걸어와 그의 앞에 섰다. 바이올렛이 모처럼 경쾌한 목소리로 말했다.

"식사하러 갈까요?"

"오늘도 어두컴컴한 걸 입고 올 줄 알았더니."

"……왜 그렇게 생각했어요?"

"좋아하잖아. 검은색."

그의 말에 바이올렛은 하고 싶은 말이 있는 것처럼 입을 열었다가, 곧 다시 다물었다. 굳이 그에게 이런저런 감정들을 설명할 힘이 없었다. 말할 힘이 없는 게 아니라, 말한 후에 그가 보낼 냉대를 받아들일 힘이 없었다. 바이올렛은 그냥 말을 돌렸다.

"배고프네요. 어서 가요."

두 사람은 약속 장소 바로 앞에 있는 레스토랑으로 들어섰다. 바이올렛이 계단으로 향하자 윈터가 그녀의 손목을 붙잡았다.

"5층이야. 못 걸어."

"제 침실도 5층이에요."

그 말에 윈터가 곧장 다섯 걸음 정도 뒤에 서 있는 하옐에게 말했다.

"집에 승강기 설치하라고 해."

"예, 대표님."

하옐이 곧바로 달려갔다. 바이올렛이 작게 한숨을 쉬었다. 도대체 제 몸을 끌고 다니는 게 얼마나 힘들었으면 저러는 건지.

결국 승강기를 타고 5층에 들어서는 순간, 바이올렛이 멈춰 섰다. 바닷가 쪽 벽이 전부 유리로 이루어져 있어 바다와 하얀 모래사장, 파란 하늘과 머리에 주황색 선이 있는 라크라운드 기러기들이 보였다.

바이올렛은 창가 자리에 앉아서도 내내 풍경에서 눈을 떼지 못했다. 이렇게 근사한 장면은 처음이었다.

레스토랑의 음식은 남동부식 해산물 요리들로 이루어져 있었다. 크림과 버터를 적게 쓴 요리들에 바이올렛의 기분도 조금 산뜻해졌다.

식사를 하던 중 윈터가 다소 민망한 표정으로 말을 꺼냈다.

"……당신 말이 맞더군."

"네?"

"내 혈통. 주술사까진 아니지만 카닉 일족에 대해 알아보니 몇 번 남과 몸이 바뀌었다는 기록이 있었다더군. 이유나 방법에 대한 기록은 찾지 못했지만."

"그랬군요."

"그리고 당신이 처리한 계약서도 훌륭했어. 사례하지."

아내에게 사례라니. 3년이나 부부였는데 어찌나 남 같은지 모를 일이다.

그래도 훌륭했다는 말이 기뻐 한참 사례를 생각하던 바이올렛이 물었다.

"다음 달 아버님 생신에 같이 있어 줄래요?"

"내 시간은 그것보다 비싸. 물건으로 말해."

"……그렇군요."

그녀가 대답하고 입을 다물자 윈터가 짜증스레 말했다.

"난 당신의 그런 태도가 싫어. 하고 싶은 말이 있으면 더 해. 답답하게 굴지 말고."

"하고 싶은 말이라면……."

바이올렛이 잠시 생각하다 입을 열었다.

"하나 있어요. 궁금한 거."

"말해."

"혹시 내가 죽었다면 당신은 내 장례식에 와 줬을까요?"

비슷한 추측도 할 수 없었던 것을 바이올렛이 묻자 윈터가 고개를 들고 바이올렛을 보았다. 그의 미간이 천천히 좁아졌다.

"무슨 의미지?"

"그 말 그대로예요."

"'죽었다면'이라며."

그의 질문에 바이올렛이 작게 고개를 끄덕였다.

"이렇게 사느니 죽을까, 생각해 봤거든요."

윈터가 어처구니없다는 듯이 조소했다.

"엄살 부리지 마."

"왜 엄살이라고 생각해요?"

"당신 말이야. 살면서 몇 번이나 맞아 봤어? 남 밑에서 일해 본 적은 있어? 어디 갇히거나 묶여서 끌려 다닌 적은? 아니, 하다못해 돈이 없어서 굶어 본 적은 있고?"

그의 말에 바이올렛이 입을 다물었다. 윈터가 비꼬듯 물었다.

"아니면 죽어 버릴 거라고 날 협박하기라도 하는 건가?"

"……."

하고 싶은 말이 많은 줄 알았는데, 정작 그와 대화를 시작하니 할 말이 없었다.

그 대화는 거기서 끊겼다가, 모든 식사가 끝나 갈 즈음 바이올렛이 다시 물었다.

"그래도. 혹시 죽었다면요."

"……."

"그럼 그때는 나한테 하루를 내줬을까요?"

아내의 장례식이라니. 웃기지 말라고 말하려다가도, 저도 모르게 바이올렛의 장례식을 상상한 윈터가 말문이 막혀 입을 다물었다.

내가 뭘 위해서 돈을 버는 건데.

당신 코를 납작하게 해 주려고. 그러려고 버는 건데 당신이 죽으면 내 인생은 뭐가 돼.

아내는 언제나 예의 바르고 자신은 언제나 무례한데도, 윈터는 늘 귀한 공주님께서 천한 이방인을 굽어살피고 계신 듯한 느낌을 받았다.

결혼식에서도 그랬다.

첫 만남이던 결혼 첫날. 윈터는 마차에서 내려서는 바이올렛 로렌스에게 완전히 압도되었다.

사박사박 걸어와 제 눈을 보며 입 맞추라는 듯 손등을 내미는 그녀와 마주쳤을 때, 윈터는 그 자리에서 도망치고 싶다는 생각으로 머릿속이 가득 찼다.

일단 입을 맞추면서도 그녀가 제 행동을 한심하게 여기리란 생각이 머릿속에서 떠나질 않았다.

며칠을 노력해 얻은 귀족적인 걸음걸이도, 웬일로 참을성 있게 버텼던 답답한 옷매무새도 바이올렛에게는 일상이었고 숨 쉬듯이 당연한 일이었으며, 그걸 못 하는 사람, 그런 예법들을 배우지 못하는 세상이 존재한다는 것을 상상하지 못하는 듯했다.

그 고귀한 여자를 충족시킬 수 있는 어떠한 것도 자신에게는 없었고, 심지어는 수중에 남은 돈도 없었다.

그러니 우선 돈.

그가 유일하게 그 여자에게 줄 수 있는 것이 그것이었다.

윈터가 더 이상 대답이 없자 두 사람의 대화는 거기서 끝이 났다.

식사가 끝난 뒤 윈터가 그대로 떠나 버리고도 바이올렛은 레스토랑 로비에 한동안 서 있었다.

그때 챙이 넓고 근사한 하늘색 모자를 쓴 여자가 그녀를 불렀다.

"바이올렛!"

바이올렛이 고개를 돌려 보니 그녀의 사촌이며 라크라운드에서 가장 유명한 배우인 아리엘라 로렌스가 서 있었다. 바이올렛이 모처럼의 만남에 반가워하며 미소를 지었다.

"오랜만이야, 아리엘라. 요즘 바쁘지?"

"바쁘지. 넌 한가하지 않아? 수도 좀 자주 놀러 와."

"앞으로 그럴까 봐."

바이올렛이 대답했다. 아리엘라가 한숨을 쉬었다.

"부럽다. 나도 너처럼 결혼해서 꽃꽂이나 하면서 지내고 싶어. 우아하게."

"그렇구나."

"맞다. 나 카이슬 경기장에서 자주 윈터 경을 만나는데. 아무래도 나도 어렸을 때부터 돈을 벌어야 했어서 그런지 말이 잘 통하더라. 넌…… 그런 야만적인 스포츠는 싫어하지?"

"야만적이라 싫어하는 건 아니야. 낯설어서 즐기지 않는 거지."

그리고 너는 돈을 벌어야 했던 게 아니라 자유로운 게 좋다면서 네 발로 뛰쳐나간 거잖아.

바이올렛이 덧붙이고 싶은 말을 그대로 짓눌렀다. 그러자 아리엘라가 눈을 가늘게 뜨며 말했다.

"넌 항상 그런 식으로 네가 좋은 사람처럼 보이게 말하려고 애쓰더라. 윈터 경이 답답해할 만해."

"내가 답답하대?"

"응."

아리엘라의 대꾸에 바이올렛이 쓸쓸히 웃었다.

남편은 그녀가 정말로 답답한 모양이었다.

3년 전에는 그래도 하고 싶은 말을 전부 삼키는 정도는 아니었다. 최소한 너와 남편이 말이 잘 통한다는 얘기를 내가 왜 들어야 하냐고 아리엘라에게 따질 정도는 됐다.

그저 의지할 곳 없는 외로움과 사람들의 끝날 줄 모르는 비난을 피하느라. 그래서 자꾸만 하고 싶은 말을 삼키게 되었던 것뿐.

아리엘라가 섬 한가운데 있는 시계탑을 보더니 화들짝 놀라 말했다.

"어머, 예약한 시간 늦겠다. 나 갈게."

"응. 잘 가."

바이올렛이 인사하고 도망치듯 마차로 걸음을 옮겼다. 마차 앞에 도착한 바이올렛이 룰루에게 물었다.

"룰루, 혹시 아리엘라가 카닉 호텔에 자주 묵나?"

"예?"

룰루가 뒤늦게 무언가를 깨닫고 얼굴을 있는 힘껏 구겼다.

바이올렛의 말대로였다. 아리엘라 로렌스는 윈터가 운영하는 카닉 호텔을 아주 좋아했다. 어느 지역의 공연을 가든 카닉 호텔에 묵었고, 그건 수도에 왔을 때도 마찬가지였다.

오늘 아침, 룰루가 끌고 들어온 드레스를 본 바이올렛은 이렇게 많은 옷은 처음 본다는 듯이 놀랐었다. 그럼 여태 하옐이 사 온 그 많은 드레스는 누구에게 갔단 말인가.

"자주 묵으시긴 하죠……."

룰루의 시무룩한 대답에 바이올렛은 가만히 고개를 끄덕였다.

지난 3년, 윈터는 늘 밖으로 나돌았지만 바이올렛은 구멍 뚫린 2,400만 라크네를 메우기 위한 것으로만 생각했다. 저를 두고 바람을 피우진 않을 거라고 막연히 생각했던 것이다.

바이올렛은 자신 때문에 파산 위기를 겪은 윈터에게 죄책감을 느꼈으므로 그가 제게 아픔을 줄 때도 남편의 편을 들었다.

그런데 생각해 보면 그렇게 자신을 싫어하는 남편에게 다른 여자가 없을 거라고 기대하는 것도 이상했다.

하기야, 바이올렛은 이제 남편이 누굴 만나든 상관없었다.

그저 이 외로움이 지긋지긋할 뿐이다.

❄ ❄ ❄

더 이상 수도 구경을 할 힘이 나지 않아 바이올렛은 바로 숙소로 돌아왔다.

객실 창가에 놓인 의자에 앉은 바이올렛이 물끄러미 밖을 바라보았다.

자신이 죽지 않았다는 사실이 바이올렛은 답답했다. 3년은 그럭저럭 버텼지만 앞으로 똑같은 삶이 이어질 거라면 버틸 이유가 없었다.

해가 지도록 한참 멍하니 있던 바이올렛은 따듯한 커피 냄새에 조금 고개를 들었다. 룰루가 쟁반을 들고 방으로 들어서고 있었다.

"식욕이 없으시면 디저트라도 가져다 드릴까요?"

"……."

"사는 게 뭐 별건가. 배만 불러도 그럭저럭 살 만해요."

그녀의 말에 바이올렛이 고개를 끄덕였다. 룰루가 따듯한 커피가 담긴 컵을 바이올렛의 손에 들려 주었다.

"안 내켜도 들고 계세요. 해가 지니 쌀쌀하네요."

"따듯하다……."

바이올렛이 젖은 눈으로 애써 웃더니 컵을 얼굴 가까이 가져갔다.

"와, 커피 냄새 맡으니까 정말 기분이 좋아지네."

"그렇죠?"

"응."

지금은 일단, 즐기는 게 나을 것 같았다. 바이올렛이 커피를 한 모금 마신 후 나름 경쾌한 목소리로 말했다.

"저녁을 실컷 먹어야겠어. 점심은 남동부식의 요리라 나에겐 너무 가벼웠거든."

"좋은 생각이에요! 저 고집불통인 주방장이 이미 로브스터를 잡아 오게 낚시꾼을 보내서 메인 요리가 정해져 버렸어요. 그럼 쉬시고, 이따가 저녁 시간에 모시러 올게요."

"고맙네."

바이올렛이 다정히 인사했다.

그녀는 식욕이 전혀 없었으나 주방장이 그렇게 들떠 있다니 저녁 식사를 거를 수가 없었다.

다행히 거르면 억울했을 정도로 저녁 식사는 매우 훌륭했다. 룰루가 기운 차리라며 함께 식탁에 올려 준 미트로프는 이 호텔에 계속 머무르고 싶은 마음을 더욱 부풀리는 맛이었다.

그녀가 너무도 맛있게 식사를 해, 투린도 룰루도 옆에서 자기가 만든 요리에 대해 칭찬을 더 듣고 싶어 자꾸 바이올렛의 주변을 맴돌았다.

룰루의 말대로였다.

배만 불러도 그럭저럭 살 만했다.

그리고 하고 싶은 말을 할 만큼의 힘이 생겼다. 더는 답답한 사람이 되고 싶지 않았다.

❄ ❄ ❄

윈터는 섬에 있는 카닉 호텔 본사 건물에서 밤을 새울 생각이었지만 본인의 장례식에 대해 말하던 바이올렛이 신경 쓰여 오래 머물 수가 없었다.

그는 결국 일거리를 들고 제 침실이 있는 호텔로 돌아왔다.

"이렇게 사느니 죽을까, 생각해 봤거든요."

아내의 담담한 목소리가 머릿속을 맴돌았다.

엄살일 것이다. 엄살이어야만 한다고 생각했다.

그가 싫은 거야 나라 빚을 갚겠다는 고귀하신 의무감 때문에 팔려 오듯 결혼할 때부터였을 것 아닌가. 도대체 아내가 그런 마음을 먹을 이유가 뭐가 있나.

바이올렛은 그냥 던졌을 말에 저 혼자 이렇게 끙끙 앓고 있는 게 한심했다.

그때, 노크 소리가 들렸다.

"윈터."

바이올렛의 목소리였다. 윈터가 읽히지도 않던 서류를 내려놓고는 서둘러 문으로 걸어갔다. 그가 문을 열고 가까이에 서자 바이올렛이 고개를 들었다. 키 차이가 워낙 많이 나 그렇게 하지 않으면 윈터의 얼굴을 볼 수 없었기 때문이다.

바이올렛은 그 상태로 한동안 윈터를 바라보았다.

오랜만에 만난 사람처럼 가만히 그를 바라보던 바이올렛이 잠시 후 입을 열었다.

"이혼하고 싶어요. 당신과."

윈터는 대답이 없었다. 입을 다물고 그녀를 주시할 뿐이었다.

한참 할 말을 생각하던 윈터가 입을 열었다.

"이혼을 원한다면 언제든지 해 주지."

"정말요?"

"다만 내가 결혼을 위해서 지불한 돈은 당연히 돌려줘야겠지."

그의 말에 바이올렛이 멈칫했다. 윈터가 태연자약한 얼굴로 말을 이었다.

"당연한 말이지만 3년이면 이자가 붙어. 적게 잡아서 2,700만 라크네 정도 돌려주면 되겠군."

"……."

"아, 당신이 내 아내로 계셔 주신 3년만큼 노동력을 쳐줘야 하니 이자는 빼 줘야겠네. 그리고 또 뭘 더 쳐줘야 하지……. 침대 위에서 뒹군 값을 쳐줄까?"

윈터가 다가가자 바이올렛은 점점 뒤로 물러났다. 그녀의 몸이 벽에 닿기 직전 윈터는 공주님을 보호해야 한다는 생각에 무심코 바이올렛의 머리와 벽 사이에 손을 넣어 뒤통수를 감쌌다. 그 덕에 서로의 숨결이 느껴질 정도로 가까워졌다.

윈터가 몸을 숙이고 분노와 원망이 뒤섞인 목소리로 물었다.

"이혼하자고? 당신이 어떻게 그런 말을 해, 나에게."

그는 어떻게든 그녀의 마음을 비틀어 버리기 위해 폭언을 내뱉었다.

이혼 이야기를 꺼내면 돈 이야기를 꺼낼 것이라고, 바이올렛도 예상은 하고 있었다. 그녀도 그 이유 때문에 이 3년을 참아 왔던 거니까. 그러나 이렇게 기묘할 정도의 분노를 쏟아 낼 거라고는 예상하지 못했다.

바이올렛이 숨을 가까스로 길게 내쉬고 눈을 내리깔며 침착하게 말을 이었다.

"당신이 나와의 결혼으로 크게 손해를 본 건 알아요. 하지만 그렇다고 원하지도 않는 결혼을 이어 가는 건 손해가 더 커지기만 하는 일 아닌가요?"

“누구 맘대로…….”

“차라리 이혼하고, 나를 빚더미에 앉혀요. 내 힘으로 못 갚을 거 알아요. 일하다가 죽어도 좋아요. 그래도…… 그게 당신에게 이득이잖아요.”

“그렇게까지 해서 이혼을 하겠다고? 왜? 도대체 이유가 뭔데?”

바이올렛이 저도 모르게 흐릿한 미소를 지었다.

“내가 그렇게 말했는데 어떻게 아직도 이유를 몰라요? 도대체 당신은…… 내가 왜 그렇게까지 싫어요?”

“……뭐?”

왜 이런 말을 하는 건지 윈터는 조금도 이해를 할 수 없었다. 아내가 왜, 그에게 그녀를 그렇게까지 싫어하냐고 묻고 있는지.

윈터의 손이 덜덜 떨렸다. 몸속에서 태풍이라도 몰아치는 듯했다. 피가 온몸을 휘젓는 것처럼 온몸이 분노와 좌절감에 휩쓸렸다. 그녀는 제정신이 아니었고, 그건 그도 마찬가지였다.

그녀를 틀어쥐고 싶었다. 당장에 끌고 들어가 단단히 가둬 두지 않으면 이대로 사라져 버릴 것 같았다.

그러나 정작 할 수 있는 거라곤, 힘겹게 대답을 내뱉는 것이 고작이었다.

“나는 당신을 싫어하지 않아. 이혼할 생각도 없고. 어차피 내가 이혼을 원하지 않으면 아무도 당신을 도와주지 않아. 그 정도는 알고 계시겠지.”

“……알아요.”

“그럼 다시는 그딴 말 꺼내지 마.”

윈터가 그녀에게서 물러났다. 그리고 잠시 허공을 보며 숨을 가다듬은 후 돌아서서 침실로 들어갔다.

문이 쾅 닫히는 소리에 바이올렛이 움찔거리며 눈을 질끈 감았다가 다시 떴다.

"나는 당신을 싫어하지 않아."

"거짓말쟁이."

바이올렛이 서럽게 혼잣말하며 제 방으로 걸음을 옮겼다.

❄❄❄

윈터와의 대화로 그녀는 확실히 알게 된 것이 있었다.

돈이 얽힌 이상 그녀 혼자만의 힘으로는 절대로 이혼이 불가능하다는 것이었다. 에쉬가 미웠지만 그의 도움이 필요했다.

남편의 돈을 받고 약속을 지키지 않은 것은 에쉬였다. 이제 빚도 완전히 갚고 국민들의 지지도 얻기 시작했으니 현재로는 에쉬가 그녀를 도와줄 수 있는 힘을 가진 유일한 사람이다.

이혼을 하고 싶으니 윈터에게 어떤 것이든 작위를 수여할 수 있는 방법을 찾아 달라고 보냈다. 그에게는 추종자가 있으니 법을 잘 찾아보면 아주 불가능한 것도 아니리라 바이올렛은 생각한 것이다. 돈이 걸려 있지 않다면 두 사람의 이혼이 에쉬에게 피해를 줄 이유도 없다고 생각했다.

며칠 뒤 바이올렛은 수도를 떠나는 기차에 탔다. 그녀의 맞은편에는 윈터가 앉았다. 그는 이혼 얘기 따윈 듣지 못한 것처럼 굳기로 결심한 모양이었다.

그는 열차가 출발하기도 전에 맥주 한 잔을 비웠다. 일곱 시간을 가는 동안 그는 끊임없이 술을 마셨다.

보다 못한 바이올렛이 입을 열었다.

"너무 많이 마시는 것 아닌가요?"

"전혀."

윈터가 빈정거렸다.

"왜. 공주님 눈에는 이렇게 술을 마시는 게 천박해서 견딜 수가 없나 보지?"

"아버지도 술을 많이 드셨어요. 걱정돼서 그래요. 오래 못 살까 봐. 그리고……."

"그리고 뭐."

"사람을 보고 천박하다고 말하는 거 아니에요."

바이올렛이 혼내듯이 한마디 하고 입을 다물었다. 윈터가 짜증이라도 낼 줄 알았는데 그는 약간 얼이 빠진 듯한 얼굴로 바이올렛을 보더니 휙 창밖으로 고개를 돌리곤 손으로 턱을 괬다.

"……잘나셨어, 그래."

바이올렛은 조금 고개를 갸우뚱하며 역방향으로 앉아 있는 윈터를 보았다. 열린 창문으로 들어오는 세찬 바람이 그의 새카만 머리칼을 헝클어 윤기가 흐르는 구릿빛 피부에 달라붙게 했다가 떨어뜨렸다가를 반복하고 있었다. 마음은 정리했지만 이렇게 가만히 바라보고 있을 때는 자꾸만, 이상한 그리움이 들었다.

집이 가까워질수록 바이올렛은 숨통이 누군가의 손에 비틀어지는 기분을 느꼈다.

그래도 잠깐의 휴가와 의사가 처방해 준 약으로 바이올렛은 확실히 기운을 차렸다. 특히 약을 바꾸니 두통이 절반 이하로 줄어들어 바이올렛이 체감하기엔 날아갈 것만 같았다.

역에 도착해서 먼저 내린 윈터가 뒤따라 내려온 바이올렛에게 물었다.

"정말 대단하군. 어떻게 내내 똑같은 자세로 여기까지 올 수가 있지?"

그가 빈정거리자 모처럼 바이올렛도 같이 핀잔했다.

"당신이야말로 어떻게 그렇게 수도 없이 자세를 바꾸는 거죠? 어린아이와 같이 오는 줄 알았어요."

"의자가 불편한 걸 어떡해."

윈터는 정말로 아무 일도 없었던 것같이 투덜거리고, 빈정거렸다.

그 말을 끝으로 두 주머니에 손을 구겨 넣고 마차가 기다리는 곳으로 향하던 윈터는 따라오는 기척이 없어 뒤를 돌아보았다. 바이올렛이 꽃바구니를 든 소년을 바라보고 있었다.

바이올렛이 천천히 윈터 쪽으로 고개를 돌리며 입을 열었다.

"꽃을 사 줄래요? 계약서의 보답으로."

그 말에 윈터가 인상을 쓰며 대꾸했다.

"나중에 딴말하지 말고 제대로 된 걸 요구해."

"저 꽃을 좋아해요."

"그럼 나중에. 집에 있는 꽃들도 저것보단 좋은 꽃이잖아."

"지금 말 나온 김에 사 주면 서로 편하잖아요. 집에 있는 꽃은 선물이 아니니까. 꽃 선물이 받고 싶어요. 꽃을 사 줘요."

윈터는 그 두 꽃이 뭐가 다르다는 건지 전혀 이해가 가지 않았지만 굳이 더 거절하지 않고 소년에게로 걸어갔다. 그는 소년이 든 바구니를 살펴 아직 다 피지 않은 한 송이를 사서 바이올렛에게 돌아왔다.

"자."

"고마워요."

바이올렛은 그가 무뚝뚝하게 건네준 장미를 두 손으로 받아 들었다. 선물받은 사람 같지 않게 한참 씁쓸해하던 바이올렛이 윈터를 바라보며 눈웃음을 지었다.

"예쁘네요."

"이혼하자고 말해 놓고 웃음이 나오나 보네."

"그러게요."

바이올렛은 소중히 꽃을 손으로 보호하며 집으로 걸음을 옮겼다.

제 침실에 돌아온 바이올렛은 창고에 방치되어 있던 화병 하나를 가져와 윈터가 준 꽃을 꽂았다.

❄ ❄ ❄

윈터는 웬일로 일주일이나 머물고 수도로 돌아갔다. 여전히 일에 바빠 바이올렛과 이야기하는 일은 없었지만 그래도 그가 이렇게 저택에 오래 있었던 것은 처음이었다.

바이올렛은 윈터가 도대체 왜 이렇게까지 이혼을 싫어하는지 알 수가 없었다. 혹시 그녀가 모르는 사이에 이 결혼이 그에게 경제적으로 이득이 되었는가를 생각해 보았지만 그녀로서는 확인할 방법이 없었다.

그가 저택을 떠난 날로부터 보름 뒤인 오늘, 제임스 블루밍 공작의 생일 파티가 있었다.

오늘 저녁이면 아버지의 생일 축하 파티를 위해 윈터가 돌아올 것이다. 바이올렛은 그가 돌아오면 좀 더 많은 이야기를 해 볼 생각이었다.

여느 때처럼 점심부터 이어지는 티타임에 가기 위해 바이올렛은 검은색에 가까운 보라색 드레스를 입었다.

준비를 마친 그녀가 방을 나서려는데 허락도 없이 문이 벌컥 열리고 에쉬 로렌스가 걸어 들어왔다. 그의 뒤에는 캐서린 블루밍이 서 있었다.

바이올렛이 몸을 일으켰다. 그녀는 굳은 두 사람의 표정에 불안감을 느꼈다.

에쉬가 어처구니없다는 듯이 말했다.

"이혼? 어떻게 그딴 소리가 나와. 왜? 이유가 뭔데?"

그의 분노한 목소리에 바이올렛이 멈칫했다. 에쉬가 불렀는지 그와 함께 온 캐서린이 서글픈 표정으로 말했다.

"바이올렛. 난 정말…… 최선을 다했다. 네가 표정 하나 안 바꾸고 아프다는 거짓말을 할 때도 넘어갔어."

캐서린이 이제는 정말 못 견디겠다는 듯 떨리는 목소리로 말을 이었다.

"윈터의 신분이 부족하게 느껴졌던 건 알아. 하지만 너도 그런 줄 알고 결혼을 승낙했던 거 아니니? 바이올렛, 넌 이제 우리 집안 사람이야. 아무리 공주님이라고 해도 이렇게 네 멋대로 굴어서는 안 돼. 내가 제대로 가르치지 못한 탓이란 건 알지만…… 그래도 정말 속상하구나."

바이올렛은 심장 속에서 덜컹덜컹 고장 난 소리가 나는 것 같다고 생각했다. 몇 시간이고 자신을 가운데 두고 모욕하던 캐서린과 그녀의 친구들이 떠올랐다. 한마디도 못 하고 그것을 듣고 있던 날들을 생각하니 정신 어딘가가 끊어져 버리는 기분이었다. 더는 이렇게 살 수 없었다.

그녀가 내뱉듯이 말했다.

"남편의 신분 같은 건 상관없어요. 그래서 이혼하고 싶은 게 아니에요. 전 이제 티타임에 모욕을 들으며 서 있고 싶지 않아요."

"바, 바이올렛……."

캐서린의 눈에서 눈물이 떨어졌다. 바이올렛이 에쉬를 보며 말을 이었다.

"그리고 내가 왜 사람들에게 사기꾼 소리를 들어야 하는지 모르겠어. 정말로 거짓말을 한 건 오빠잖아. 그런데 왜 내가……."

에쉬가 기가 찬다는 듯이 그녀의 말을 끊었다.

"왕실을 해산하는 건 국민들이 원하는 일이었다는 걸 너도 알잖아. 매일같이 왕성 앞에서 시위하는 걸 들었었잖아? 그런데 어떻게 그렇게 이기적이야?"

사실 에쉬에게는 이 이혼을 무조건 막아야 하는 이유가 있었다.

에쉬 로렌스는 블루밍 부부와 공모하여 윈터가 바이올렛의 재산으로 나눠 둔 돈을 빼돌리고 있었다. 다행히 윈터는 바이올렛의 재산에 조금도 참견하지 않았고, 무엇보다 에쉬가 왕족이었던 탓에 은행에서 아무 흔적도 남기지 않고 바이올렛의 재산을 가져갈 수 있도록 도왔기에 알기도 어려웠다.

바이올렛의 이혼은 곧 그들 모두의 돈줄이 끊기는 것을 의미했다. 그러므로 그들은 반드시 바이올렛의 자존감을 꺾어 이대로 결혼을 유지하게 만들어야만 했다.

캐서린도, 에쉬도 제 손으로 누군가를 때리는 것을 매우 천박하게 여겼다. 귀족들은 자식이 잘못을 해도 결코 때리지 않았다. 대신 벽장에 가두는 것을 선택했다.

에쉬가 캐서린에게 정중히 부탁했다.

"캐서린 부인. 제가 허락할 테니 저 아이를 어떤 방법으로든 바로 잡아 주십시오. 부탁드립니다."

그러자 캐서린이 고개를 끄덕이고 말했다.

"바이올렛. 이건 너를 생각해서 주는 벌이야. 너도 이해하지?"

"그게 무슨……."

바이올렛이 상황을 파악하려 애쓰고 있을 때 캐서린이 데려온 하녀 둘이 그녀를 붙잡아 벽장으로 밀어 넣었다. 문고리에 사슬이 감기고 자물쇠가 채워졌다. 캐서린이 떨리는 목소리로 말했다.

"딸과 다름없는 네가 이럴 때마다 내 마음은 얼마나 아픈지 아니? 저녁 식사 때까지 여기서 반성하렴."

잠시 후, 두 사람의 발소리가 멀어지고 문이 닫히는 소리가 들렸다.

사방이 조용했다.

바이올렛은 멍하니 자리에 주저앉았다.

한동안 벽에 이마를 기대고 꼼짝을 않던 그녀의 머릿속에 죽음이 떠올랐다.

제가 죽고자 했던 날. 그날 분명, 수면제를 전부 털어 넣은 이후 몸이 바뀌었다.

벽장에 웅크려 있던 바이올렛이 천천히 눈을 떴다.

내리 문을 두드리다 중간에 정신을 잃었던 모양이었다. 그녀가 벽장을 밀어 보니 다행히 문이 열렸다.

어느새 해가 지고 있었다.

나갈 힘이 없어 한동안 벽장에 기대앉아 있던 그녀의 눈에 화병에 꽂힌 장미가 보였다. 윈터가 준 꽃은 시들었지만 비슷한 새 장미를 가져다 두었다. 꽃 선물을 받았다는 걸 매일 떠올리고 싶어서였다.

꽃을 보니 그가 떠올랐다.

"나는 당신을 싫어하지 않아."

그때는 윈터의 그 말을 그저 거짓말이라 생각하며 넘겼는데, 지금은 그 거짓말이라도 필요했다.

몸이 바뀐 이후로 윈터는 바이올렛의 몸이 약하다는 것을 그녀 자신 이상으로 인지하게 되었다.

지금 바이올렛은 누구라도 좋으니 제 손의 상처를, 제 마음의 상처를 누군가에게 말하고 싶었다.

그를 찾겠다고 결심하고 힘겹게 걸어 나왔다.

다행히도 윈터는 오늘 파티에 온, 사업에 도움이 될 만한 사람 몇을 부부의 저택으로 데려와 이야기를 나누고 있었다.

그는 소파에 느긋하게 다리를 꼬고 앉아 있었다. 담배를 피우면서 사업에 대한 이야기를 하며 무언가에 짜증 내고, 욕을 하기도 했다.

솔직히 말하면 원망이 먼저였다.

그가 집에 오자마자 아내를 먼저 찾았다면, 인사를 건네러 와 줬다면 얼마나 좋았을까. 그랬으면 그는 벽장 안의 자신을 발견했을 것이고, 그랬다면 눈을 뜬 자신은 이토록 서글프지 않았으리라.

그런 생각을 하면서도 바이올렛은 한 번 더 그의 손을 당겨 볼 생각이었다. 오늘만큼은 제 옆에 계속 있어 달라고 부탁해 보려고.

바이올렛이 가까스로 담담한 얼굴을 하고 그들에게 걸어갔다. 그녀는 무거운 슬픔에 눌려 있으면서도 예의를 잊지 못하고 부드럽게 고갯짓을 해 손님들에게 먼저 인사했다.

"다들 낯이 익으시군요. 편히 쉬시다 가세요."

그녀의 인사에 다들 자리에서 일어나 답인사를 했다. 인사를 마친 바이올렛이 조심스럽게 윈터를 불렀다.

"윈터, 나랑 얘기 좀 해요."

그러자 윈터가 낮게 대답했다.

"지금 중요한 이야기 중입니다, 부인."

"나도 중요한 얘기예요. 정말로…… 정말로 중요해요."

"침실에 가 있어요. 곧 갈 테니까."

손님들이 있어 윈터는 부드럽게 말하려 애썼지만 슬슬 신경질이 묻어났다. 그러나 바이올렛은 오히려 그의 손을 붙잡아 당겼다.

"지금 들어 줘요."

"곧 간다니까."

윈터가 말하며 바이올렛의 손에서 스르륵 손을 빼냈다.

바이올렛은 비어 버린 손을 내리지 않고 잠시 동안 손바닥을 바라보았다. 결혼 첫날, 온 용기를 꺼내 잡은 그의 손이 빠져나갔던 것처럼 오늘도 그랬다. 그는 늘 일이 먼저였고, 용기 내서 붙잡은 바이올렛의 손을 비참하게 했다.

아마 영원히 그의 손을 잡을 수 없을 것이라고 생각을 한 바이올렛이 천천히 돌아섰다.

그녀는 뒤를 돌아보지 않고 바로 저택을 나왔다.

오늘 밤새 이어질 블루밍 공작의 생일 파티에는 참석해야 할 것이다. 에쉬나 캐서린이 찾아와 왜 축하 파티에 오지 않았냐고 윽박지를 지 모르니까.

그렇지만 더 이상의 비난을 듣고 나면 자신은 정말 부서져 버릴 것 같았다.

그녀의 걸음은 곧장 마구간으로 향했다. 그때, 그녀가 벽장에 갇혔었다는 걸 하인들을 통해 뒤늦게 들은 플립이 달려 나왔다.

"작은 마님! 어디 가시려는 겁니까!"

마구간에서 말을 끌고 나오던 바이올렛이 그를 보았다. 그녀는 금방이라도 사라질 것 같은 모습으로 서서 희미한 미소를 지었다.

"바다를 보고 싶어서."

"바다요?"

"응. 여기 영지 끝에 바다 별장이 있다는 얘기를 들었는데. 3년이나 살면서 한 번도 못 가 봤거든. 엄두도 못 냈네."

"자, 잠시만요! 따듯한 차라도 챙겨 올 테니 같이 가셔요, 작은 마님!"

그의 말에 시든 듯이 건조하던 바이올렛의 눈에 여린 생기가 돌았다.

"고마워. 여기서 내 걱정 해 주는 사람은 자네가 처음이네."

"그런 말씀 마시고……."

"바다만 보고 돌아올게. 늦었으니 들어가서 쉬렴."

그녀의 말에 플립이 울상이 되어 별수 없이 물러섰다.

어려서부터 승마를 배운 바이올렛이 매우 교과서적인 자세로 말에 올라탔다. 동작의 반듯함과 달리 드레스는 전혀 신경 쓰지 않아 그녀의 하얀 종아리가 드러났다. 플립이 기겁을 해서 재빨리 고개를 돌렸다.

"바다만 보고 오셔야 합니다!"

"그럼. 달리 할 게 뭐 있겠어."

바이올렛이 씁쓸히 말하고 말을 달리기 시작했다.

바다 별장은 멀었다. 말을 타고 한 시간을 가니 바다가 보이기 시작했다.

"세상에나……."

말에서 내린 바이올렛이 감탄해 바다를 바라보았다. 밤에 가까워지는 어둑한 노을과 잔잔한 바다가 아름다웠다.

말 달리는 소리를 들었는지 별장지기인 노파가 밖으로 나왔다. 그녀가 초상화로만 보았던 바이올렛을 발견하고 놀라서 물었다.

"작은 마님? 이 시간에 무슨 일이셔요?"

"바다가 보고 싶어서 왔으니 신경 쓰지 말고 다시 들어가게."

"작은 마님께서 오셨는데요……. 곧 차라도 가져오겠습니다."

"정말 괜찮아. 잠시 쉬다 떠날 걸세."

그녀가 한사코 달래자 별장지기가 별수 없다는 듯 다시 제 방으로 돌아갔다.

바이올렛은 별장지기가 별장을 지키기 위해 총을 구비해 두는 창고로 들어섰다. 그 안에서 작은 총 하나를 꺼낸 바이올렛이 바다로 나가는 길이 있는 방으로 갔다.

살랑거리는 바닷바람이 그녀의 반짝이는 머리칼을 장난치듯 헝클었다. 속이 뻥 뚫리는 기분이었다.

"아, 좋다……. 진작 와 볼걸."

결국은 사랑받을 수 있을 줄 알았다.

그래서 미련하게 매달리고, 싫은 소리도 못 들은 척하며 웃고, 선물 한번 받아 본 적 없으면서 누구 생일마다 호들갑을 떨며 준비했었다.

그렇게 3년을 보냈다.

바이올렛은 별장에서 가만히 바다를 바라보았다.

어쩌면 지난번처럼 몸이 바뀔지도 모른다고 생각했지만, 솔직히 바이올렛은 아예 여기서 제 인생이 끝나기를 바랐다.

바이올렛이 총을 장전했다. 그리고 목에 가져가 그대로 방아쇠를 당겼다.

❄ ❄ ❄

윈터는 바이올렛이 신경 쓰여 얼마 지나지 않아 자리에서 일어났다.

아내는 이런 큰 행사를 아주 싫어했다. 어머니에게도 바이올렛이 매번 빠져나가려고만 한다는 말을 들었고, 몇 번은 바이올렛이 수도로 데려가 달라고 조르기도 했었다.

무엇보다 두려운 건 이혼 이야기였다. 이혼 이야기만 아니기를 바라며 무심코 바이올렛이 붙잡았던 손을 본 윈터의 걸음이 빨라졌다. 피가 묻어 있었다.

"젠장."

다쳤던 건가? 그래서 어쩔 줄을 몰라서 찾아왔던 거였나? 뒤늦게 그렇게 생각하니 심장이 덜컥 내려앉는 기분이었다.

그는 바이올렛의 침실로 달려갔다.

그녀의 방에 도착해 보니 문이 조금 열려 있었다. 윈터가 눈썹을 치켜 올리며 문을 열어 보니 방이 비어 있었다.

"어디 간 거야. 얘기를 하자더니."

윈터가 중얼거리다가 화병에 꽂힌 장미를 발견했다. 그는 그 장미를 시답지 않게 보며 말했다.

"……꽃을 정말 좋아하긴 하나 보네."

다행히 이번엔 그도 공감할 수 있는 취향이었다.

잠시 꽃을 보다가 이러고 있을 때가 아니란 생각이 들어 몸을 돌렸다. 그가 손님들의 잠자리를 준비하던 하인에게 서둘러 물었다.

"바이올렛은 어디에 있어?"

"예? 침실에 계시지 않습니까?"

"없으니까 묻는 거 아냐."

윈터가 바로 성질을 내자 하인이 겁을 먹은 얼굴로 모른다며 고개를 젓고 도망쳤다.

바이올렛은 침실에만 없는 것이 아니었다. 응접실에도 없고, 정원에도 없었다. 윈터는 조금씩 숨이 거칠어지는 것을 느끼며 정신없이 바이올렛을 찾아 달리기 시작했다.

그녀는 저택 어디에도 없었다.

피가 마르는 기분이었다. 아까 하려던 이야기가 뭐였는지 이제는 미치도록 알고 싶어졌다.

결국 윈터는 마차를 타고 곧장 블루밍 공작 부부의 저택으로 향했다.

윈터의 명령으로 그의 손님을 기다리고 있던 하엘이 물었다.

"무슨 일이세요, 대표님?"

"바이올렛 여기 안 왔어?"

"예? 여긴 안 오셨는데요?"

"수도. 수도로 간 마차 없어?"

"아직까진 없었습니다만…… 진정 좀 하세요, 대표님."

"아내가 사라졌는데 내가 어떻게 진정……."

그가 버럭 소리를 지르던 때였다. 윈터가 갑자기 심한 어지러움을 느끼며 욕설을 하고 움직임을 멈췄다.

하옐이 눈이 둥그레져서 물었다.

"괜찮으십니까?"

그러자 금방 멀쩡해진 윈터가 이상할 정도로 침착한 목소리로 대답했다.

"괜찮아."

"하인들 전부 불러서 작은 마님 계시는 곳 찾으라고 할게요."

"아…… 생각해 보니까 바다 별장 간다고 했다. 이제 기억나네."

"예, 예에? 아, 제발 부탁인데 그런 건 좀 귀담아들으십쇼. 저도 지금 기절하는 줄 알았습니다."

하옐이 안심해 투덜거렸다. 그런 그를 뒤로하고 윈터는 블루밍 공작 부부의 저택으로 들어갔다.

해야 할 말이 있었다.

그의 걸음이 에쉬 로렌스 앞에서 멈췄다.

여러모로 얻을 것이 많아 윈터에게는 제법 사근사근 대하는 에쉬가 먼저 인사했다.

"오랜만이네, 윈터."

"아내를 벽장에 가뒀다며. 어머니와 합세해서."

그가 대뜸 하는 말에 에쉬의 표정이 조금 굳었다. 그러나 이내 이런 건 어느 정도 예상했는지 태연한 얼굴로 대답했다.

"일반적인 귀족들에겐 익숙하고 가벼운 벌이네. 자네가 잘 몰라서 그렇지."

"자네가 익숙하고 가벼운 마음으로 준 벌이라는 뜻으로 들리는군."

보통 귀족들이 원래 그렇다고 하면 짜증 내면서도 그냥 넘어가던 윈터의 대답에 에쉬가 멈칫했다. 부부는 닮는다더니, 지금 윈터의 눈빛이며 말투가 마치 바이올렛 같았다.

다소 긴장한 에쉬가 변명하듯 말을 쏟아 냈다.

"바이올렛이 자네와 이혼하고 싶어 하는 건 알아? 자기 마음대로 굴다 못해 이제는 이혼까지 하겠다잖아. 캐서린 부인께서 눈물까지 보이셨어."

"우리 일이야. 이번엔 이미 지나가 버린 일이니 그냥 넘어가지만 한 번 더 이런 일이 있으면 나도 가만히 있지 않을 거야."

"가만히 앉아서 이혼당하겠단 거야?"

"말했잖아. 우리 일이야. 알아서 하게 내버려 둬."

평소의 윈터 같지 않게 담담한 목소리로 말한 그가 돌아섰다. 그러다가 밤이 되어 제 몸이 선명히 비치는 유리 벽을 보고 멈춰 섰다.

에쉬도 키가 큰 편이었으나 보통 사람들보다 훌쩍 크고 어깨가 벌어진 그와 비교하니 오히려 자그마하게 보였다.

그가 다시 에쉬를 돌아보며 말했다.

"그나저나 자네가 옆에 있으니 내가 아주 남자다워진 기분이 드는군."

"……뭐?"

에쉬가 무슨 말인가 잠시 생각하다 표정을 있는 대로 구겼다. 그 시점에 윈터는 이미 연회장을 빠져나가고 있었다.

윈터는 오늘 오는 손님들을 위해 불러 둔 사설 마차 한 대를 잡아타고 영지를 떠났다.

❋ ❋ ❋

아내가 사라졌다며 하옐에게 소리를 치던 도중 갑자기 어지럽다 싶더니 시야가 바뀌었다. 겨우 정신을 차린 윈터는 또다시 찾아온 두통에 힘겨워하며 테이블에 이마를 기댔다.

"젠장, 왜 또 이러는 거야."

그곳은 바다가 보이는 별장이었다. 가까스로 고통을 추스른 윈터가 욕설을 하며 몸을 일으켰다.

"이런 곳에 있으니 못 찾지."

괴롭긴 해도 아내가 있는 곳을 찾았다는 사실에 일단 안심했다.

그때, 그곳으로 별장지기가 달려왔다.

"작은 마님! 혹시 총성 못 들으셨습니까?"

"총성?"

"에구머니나! 이게 왜 여기 있대!"

별장지기가 기겁을 해서 바닥에 떨어져 있는 권총을 집어 들었다.

그게 왜 거기 있는지는 지금 윈터에게 중요하지 않았다. 지금 그에게 중요한 것은 왜 바이올렛이 여기에 있는 건지, 그 이유뿐이었다. 그리고 오늘 자신에게 하려던 말이 도대체 뭐였는지도.

다시 저택으로 돌아가고자 윈터가 별장을 달려 나왔다. 그러나 거기에 마차는 없고 말이 한 필 묶여 있을 뿐이었다.

말을 전혀 타지 못하는 그가 막막하게 서 있다가 욕설을 퍼붓고는 별장지기를 불렀다.

"할멈! 당장 마차를 불러!"

"예, 예에! 작은 마님!"

고함에 화들짝 놀란 별장지기가 전신 연락으로 마차를 부르러 달려갔다. 그사이 윈터는 1층 거실 소파에 털썩 앉아 있었다.

바이올렛이 그가 말을 탈 줄 모른다는 사실을 알든 모르든 자신을 이 먼 곳에 데려다 놓은 걸 보니 아무래도.

아내가 그의 몸을 훔친 모양이다.

❄❄❄

마차에 탔을 때만 해도 바이올렛은 한 걸음 걸을 힘도 나지 않았다. 그러다 혼자 기차역에 도착했을 때, 그녀의 눈동자에 조금씩 생기가 돌아왔다.

저녁 8시의 기차역은 파티장만큼이나 붐비고 있었다.

기차 칸은 세 구역으로 나뉜다. 1등석은 한 칸에 한 예약만 받았고, 2등석은 지정석으로 스무 명 정도가 탔으며, 3등석은 전부 입석으로 탈 수 있는 한 최대로 밀어 넣어 탔다.

다행히 주머니에 윈터의 지갑이 들어 있었다. 지폐가 두툼하게 들어 있어서 한 달은 너끈히 살 것 같았다.

바이올렛은 무척 죄책감을 느꼈지만 지금 당장은 도리가 없었다. 훔친 돈이란 생각에 1등석은 애초에 제외했지만 3등석에 끼어 탈 자신도 없어 2등석을 골랐다.

사람이 하도 많아 표를 사는 데 오랜 시간이 걸렸다. 소중한 2등석 표를 겨우 손에 넣은 바이올렛이 중얼거렸다.

"혼자 기차를 타 보는 건 처음이네."

그렇게 말하는 목소리가 낯설어 바이올렛이 멈칫했다. 그리고 작게 말했다.

"바이올렛."

이름 말고도 그의 목소리로 듣고 싶었던 게 많았다. 보고 싶었다거나, 오늘은 일하러 가기보다 당신 옆에 있고 싶다거나.

애타는 마음으로 곁에 있어 달라고 애원해도 일이 먼저였던 남자에게 그런 말을 듣고 싶어 하는 스스로가 한심했다.

"첫사랑이 마음에 오래 남긴 하나 봐."

곧 다음 기차가 요란한 소리를 내며 들어왔다. 문이 열리자 바이올렛이 문 앞에 서 있는 매표원에게 걸어가 표를 내밀었다. 사용한 표라는 의미로 끝을 찢어 돌려주며 매표원이 인사했다.

"편안한 여행 되십시오, 신사분."

무사히 기차에 올라타니 마음이 편안해졌다. 바이올렛이 긴장감에 안으로 구부러들었던 어깨를 폈다.

그러나 곧 다음 문제가 발생했다. 혼자 기차에 타니 표에 적혀 있는 문자와 숫자가 무슨 의미인지 알 수 없었던 것이다. 그녀가 어리숙하게 두리번거리자 뒤에서 한 여자가 외쳤다.

"어휴, 이렇게 큰 덩치로 막고 있으면 어떡해요!"

"아, 미, 미안합니다."

바이올렛이 서둘러 사과하고는 그녀에게 기차표를 보여 주었다.

"어디에 앉으면 되는 겁니까?"

"어휴, 그것도 모르면서 무슨 생각으로 기차를 탔대? 여기 위에 쓰여 있잖아요!"

여자가 의자 위를 가리켰다. 그제야 표에 적힌 글자들의 의미를 안 바이올렛이 오른쪽으로 살짝 고개를 기울이며 웃었다.

"고맙습니다."

그 정중한 목소리에 여자가 얼굴이 훅 붉어져서 말했다.

"에구, 예쁘게도 웃네."

아까부터 이런 식이었다. 많은 사람이 윈터의 얼굴과 몸을 힐끔거렸다. 여자들은 말할 것도 없고, 무서워할 법도 한데 아이들마저 윈터만 보면 시선을 떼지 못했다. 남편이 저만 첫눈에 반하게 만드는 남자가 아니었던 모양이었다.

바이올렛은 창가 자리에 앉았다. 의자가 불편하고 먼지 냄새 같은 것이 났다. 바이올렛은 신경을 창문 밖으로 돌렸다. 그녀가 탄 기차에서 내린 사람들이 플랫폼에서 기다리던 사람과 만나 반갑게 웃고 인사하는 모습이 보였다.

그때, 그녀의 옆자리에도 누군가가 나타났다. 옷차림을 보니 바이올렛 또래의 여자인 듯했다. 귀족으로 보였고, 큰 짐을 선반에 올리려고 애쓰고 있었다.

"아, 제가 하겠습니다."

바이올렛은 신사가 이런 상황에서 앉아 있으면 안 된다고 생각해 바로 자리에서 일어났다. 그리고 평소 같으면 들어 볼 엄두도 못 낼 커다란 짐을 선반 위에 가볍게 올려 두었다.

바이올렛이 다시 자리에 앉자 짐의 주인인 여자가 옆자리에 앉았다.

"고마워요!"

"별것 아닙니다."

"수도에 가세요?"

"네."

"저도요! 가출했어요!"

"……네?"

"부모님이 자꾸 저는 혼자 돈 벌어 본 적이 없어서 돈을 막 쓴다잖아요. 그래서! 가출!"

그녀의 말에 바이올렛이 저도 모르게 웃었다.

“그랬군요.”

“신사분은요?”

“사업차.”

“아까부터 긴가민가했는데, 혹시 그분이에요? 윈터 블루밍 경.”

“맞아요.”

“제 이름은 샤론이에요. 샤론 도스.”

그녀의 말에 바이올렛이 반가워하며 미소를 지었다.

모자에 가려져 있던 얼굴을 확인하니 오랜만에 보는 익숙한 얼굴이었다. 그녀는 도스 공국의 고명딸로, 일곱 살 무렵 라크라운드에 머물며 함께 발레를 배웠던 소꿉친구였다.

바이올렛이 말했다.

“아내에게 들은 적이 있습니다. 어릴 때 함께 발레를 배우셨다고.”

“지, 진짜요? 바이올렛이 제 얘기 해요? 저만 생각하는 게 아니군요!”

“아주 좋은 기억을 가지고 있는 듯했습니다.”

바이올렛이 종종 제 생각을 한다는 소식에 신이 난 샤론이 재잘재잘 어릴 때 있었던 일을 떠들기 시작했다.

두 사람이 이야기하는 사이, 역무원이 출발해도 된다는 의미로 종을 마구 흔들었다. 요란한 소리를 내며 기차 문이 닫히고, 기차가 웅장한 소리를 내며 출발했다.

❄ ❄ ❄

윈터가 바다 별장에서 짜증스레 기다리고 있으려니 하옐이 마차와 함께 도착했다. 하옐이 당장 뭐 하나 잡아 죽이지 않으면 직성이 풀리지 않을 듯한 분위기의 윈터에게 달려갔다.

"대표님!"

"……어떻게 알았어?"

표정과 자세는 윈터였지만 외모는 바이올렛이다. 그런데도 자신을 알아보는 걸 미심쩍어하자 하옐이 대꾸했다.

"전에 카닉 일족이 몸이 바뀐 경우를 찾아보라고도 하셨고, 여기 말이 한 필밖에 안 묶여 있는데 대표님은 말을 못 타시잖아요."

"웬일로 머리 좀 썼군."

"전 항상 씁니다. 그리고 이제 말 타는 법 좀 배우시죠? 대표님 운동 신경이면 금방 타실 텐데."

"일곱 살짜리들이랑 같이 승마를 배우고 싶지 않고, 시간도 없어."

윈터가 인상을 쓰며 대꾸했다.

그들은 마차를 타고 간신히 저택으로 돌아왔다.

그러고도 윈터의 일과는 끝나지 않았다. 제임스 블루밍 공작의 축하 파티는 이제 시작이었던 것이다.

저택에 들어서자마자 의사에게 손부터 치료를 받은 윈터가 화장대 앞에 앉았다. 하녀들이 파티에서 입을 드레스를 가져오자 윈터가 힐끔 드레스를 보았다.

아내는 아무래도 이 파티가 싫어서 도망친 모양이다.

어차피 제 몸을 가지고 다니는 이상 위험할 일은 거의 없을 것이다. 게다가 지금 그 해야 할 일은 무슨 이유에서인지 지독히 파티를 싫어하는 아내를 대신해 자리를 채워 주는 일뿐이었다.

'어떤 경우에도 손해는 보지 않는다'는 것이 윈터의 좌우명이다. 그러니 이 상황에서도 자신에게 한 가지 정도는 이득이 있어야 했다.

윈터는 하녀들이 가져온 상복 같은 드레스들을 힐끔 보다 자리에서 일어섰다. 그가 자기 방으로 향하자 하엘이 따라 걸으며 물었다.

"뭐 하시게요?"

"내가 입히고 싶은 거 입히려고."

"그럼 나중에 화내실 것 같은데……."

"아내가 내 몸을 훔쳐 가서 자기 맘대로 쓰잖아. 나도 마음대로 써야 손해가 안 나지."

윈터가 당연하다는 듯이 말한 후 제 드레스 룸으로 들어갔다. 그가 드레스 룸 안에 있는 또 다른 문을 열자 그간 하엘이 틈틈이 사 온 드레스 백여 벌이 걸린 방이 나왔다.

3년 전, 결혼 직후에는 샌드위치로 모든 식사를 해결할 정도로 바쁘고 재정도 어려웠다. 그래도 나라 빚을 갚아 주었다는 좋은 이미지 덕에 호텔에 손님이 끊이지 않아 작년 봄부터는 다시 안정을 찾았다.

그즈음 바이올렛에게 파티용 드레스 다섯 벌을 보냈다. 그런데 며칠 뒤, 그중 나무색 드레스 하나를 제외하고 전부 그에게 되돌아왔다. 드레스와 함께 온 어머니의 편지에는 바이올렛은 왕족이라 이렇게 화려한 드레스는 좋아하지 않는다고 적혀 있었다. 몇 번 더 그렇게 반려된 이후에는 드레스를 사도 전부 제 드레스 룸에 쌓아 두었다.

이번이 기회라고 생각한 윈터가 하엘에게 드레스를 들게 하고 금고를 열었다. 금고 안에는 다양한 종류의 보석들이 가득했다.

윈터가 큼지막한 물방울 다이아몬드가 주렁주렁 달린 목걸이를 목에 걸고 팔찌를 아무렇게나 겹쳐 끼우자 하엘이 핀잔했다.

"여자들은 그렇게 주렁주렁한 건 안 좋아한다고 했잖아요, 보석상

들이. 게다가 이렇게 온갖 보석을 다 달고 나오는 귀부인이 어디 있습니까?"

"닥쳐. 남편이 너무 많이 사 줘서 별수 없이 다 끼웠다는데 저들이 어쩔 거야."

평소 윈터의 입버릇 그대로였지만 바이올렛의 예쁜 입술로 그런 말을 들으니 적응이 되지 않았다. 그에 하옐이 움찔하며 고개를 끄덕였다.

잠시 후, 드레스를 살피던 윈터가 혼자 도저히 못 입겠는지 투덜거렸다.

"어떻게 입는 건지 전혀 모르겠군."

"도와 드려요?"

"당장 안 꺼져? 어디에 손을 대려고 해. 하녀들 데려와."

"……제발 작은 마님 모습으로 욕하지 마세요. 진짜 백배 상처받습니다."

하옐이 울상이 되어 말하며 하녀를 부르러 달려 나갔다. 곧 들어선 하녀들은 해가 졌는데도 번쩍거리는 드레스 룸에 눈이 휘둥그레졌다.

하옐이 쫓겨난 후 하녀들이 바지런히 작은 마님에게 드레스를 입혔다. 윈터는 내내 거울에서 눈을 떼지 못하고 있었다.

그사이 짧아진 머리칼을 손질하던 하녀 하나가 무심코 말했다.

"어떻게 이렇게 하얀 드레스가 잘 어울리세요? 꼭 결혼식 날 신부……."

그러다 옆에 있던 하녀가 기겁을 하며 말하던 하녀의 팔을 찰싹 때렸다. 말실수한 하녀가 다급히 손으로 입을 틀어막았다.

윈터가 미간을 좁히며 물었다.

"결혼식이 뭐?"

"죄, 죄송합니다, 작은 마님!"

바이올렛에게서는 들어 본 적 없는 신경질적인 목소리에 두 하녀가 얼굴이 창백해져서 사과했다. 그러나 윈터는 오히려 더 표정이 구겨져서 두 사람을 추궁했다.

“왜 내 앞에서 결혼식 얘기를 못 해? 너 말해 봐.”

윈터가 팔을 때리며 말리던 하녀를 손으로 콕 집어 말하자 그녀가 고개를 못 들고 울먹거렸다.

“겨, 결혼식 날 밤에…… 작은 주인님께서 연락도 없이 사라지셨잖습니까…….”

“…….”

“작은 주인님께서 화가 나셨던 건 알지만 그래도 작은 마님께서 드레스도 못 벗고 밤새 걱정하며 기다리신 게 생각이 나서 안쓰러운 마음에……. 주제넘게 죄송합니다!”

그녀의 말에 윈터는 아무 말도 못 하고 그대로 굳었다. 처음 듣는 이야기였다.

결혼식 날, 윈터는 몹시 화가 나서 곧장 수도로 가는 기차를 탔다. 작위를 받지 못하게 되었으므로 수습할 일이 많았다.

초야를 치르는 것과 상관없이 결혼식 날 밤 합방을 하는 것은 일반적인 일이었다. 그러니 그가 떠난 걸 아무도 바이올렛에게 말해 주지 않았다면 밤새도록 부부 침실에서 그가 오길 기다렸을 것이다.

오늘에서야 윈터는 적어도 한 가지, 바이올렛이 이혼하자고 말한 이유를 알았다.

바이올렛이 수도에 내려 한숨을 쉬었다.

그녀는 어떻게 그렇게 기차에서 내내 몸을 움직이느냐며 윈터에게 핀잔했던 게 미안했다. 긴 다리를 구부리고 2등석에 앉아 오는 것이 너무 힘들어 그녀 역시 몇 번이나 자리에서 일어나야 했던 것이다.

함께 기차에서 내린 샤론이 물었다.

"경께선 어디로 가요?"

"필리체 가문으로 갈 겁니다."

바이올렛과 에쉬의 어머니, 엘라 필리체 부인은 남편이 죽고 왕실이 해체된 이후 필리체 영지에서 살고 있었다. 그녀는 아들밖에 모르는 사람이었지만 그래도 딸에게 작은 피난처 하나 만들어 줄 정도의 애정은 있었다. 물론 그 피난처가 에쉬에게 방해가 된다면 안 되겠지만.

바이올렛이 문뜩, 샤론을 보며 물었다.

"도스 공국은…… 새 신분을 잘 만들어 준다고 들었습니다."

"아, 네. 워낙 인구가 적어서 들어오기만 하면 바로바로 새 국적과 신분을 만들어 줘요. 물론 범죄자는 안 되지만요."

"그렇군요."

바이올렛이 고개를 끄덕였다.

이혼을 마음먹은 이상 이혼 후의 일도 생각해야 했다. 그리고 만약 이혼을 못 한다면 깊은 밤에 도망이라도 칠 생각이었다.

그녀에겐 죽음이 허락되지 않는다. 그렇다면 떠날 생각이다. 무거운 마음은 이 땅에 두고 가벼워진 몸으로.

남편은 그녀가 떠나도 그리 힘들여 찾지 않을 것이다. 어차피 아내가 사라진 것도 한 세 달은 모를 남자라고, 바이올렛은 씁쓸히 생각했다.

기차가 수도에 도착한 것은 새벽 4시 무렵이었다. 이 시간에 도착한 사람들은 대부분 기차역에서 커피에 간단한 간식을 곁들여 먹으며 해가 뜨기를 기다렸다. 바이올렛 역시 새벽에 어머니를 찾아가는 건 무례한 것 같아 역에서 시간을 보내기로 했다.

반면 샤론은 호텔에서 보내 주는 마차를 타러 역 앞으로 나갔다. 바이올렛은 샤론이 마차 기다리는 것을 함께해 주었다.

샤론이 안심한 얼굴로 말했다.

"그나저나 경께선 정말 바이올렛에 대해 모르는 게 없으시네요."

그녀의 말에 바이올렛이 미소로 대답을 대신했다. 그러자 샤론이 할까 말까 고민하던 것을 못 참고 말을 내뱉었다.

"사실은! 바이올렛이 어릴 때 결혼에 대한 환상이 엄청 컸거든요. 그런데 두 분이 사이가 안 좋다는 헛소문이 돌아 가지고…… 좀 걱정했어요."

"……그랬나요?"

내가 그랬었나?

바이올렛이 기억을 더듬는 사이 샤론이 고개를 끄덕였다.

"아시잖아요. 돌아가신 로렌스 전하께선 정책 실패로 정신이 없으셨고, 선왕후 전하께선 아들밖에 모르시고……. 아이들은 다 그렇겠지만 바이올렛은 자기 가족을 꾸린다는 환상이 유난히 컸어요. 세상에 그렇게 소꿉놀이를 좋아하는 아이도 없었을 거예요."

샤론의 말을 듣고 보니 어렴풋이 제가 소꿉놀이를 좋아했던 기억이 났다. 샤론이 농담조로 말을 이었다.

"제가 주로 아가 역할이었던 건 불만이었어요. 전 아빠가 하고 싶었단 말이에요! 아니면 의사 선생님!"

그러고 보면 샤론의 두 살 위 오빠이며 도스 공국의 후계자 페런 도스는 동생들의 소꿉놀이에 곧잘 장단을 맞춰 주곤 했다. 그리고 생일이 늦은 샤론은 바이올렛보다 훨씬 늦게 자라 늘 아가 역을 맡았었다.

그리운 추억을 생각하니 모처럼 즐거워서 웃음이 났다. 샤론이 따라 웃으며 말했다.

“바이올렛이 이렇게 좋은 분을 만나서 얼마나 마음이 놓이는지 몰라요.”

그때 마차가 도착했다. 바이올렛이 마차에 타는 그녀에게 서둘러 말했다.

“아내에게 연락드리라고 전하겠습니다.”

“꼭이에요? 오빠도 바이올렛이 어떻게 지내는지 궁금해한단 말이에요!”

샤론이 몇 번이고 확인을 얻어 낸 후 그곳을 떠났다.

바이올렛은 자신이 아직 죽지 않아 다행이라는 생각을 했다. 자신을 종종 떠올려 주는 사람이 있을 거라는 사실을 모르고 지냈다.

그렇게 힘이 생겨서 다시 역으로 들어설 때였다. 경관 하나가 다가와 모자를 벗으며 인사했다.

“실례합니다, 신사분. 잠시 신분증 확인 좀 해도 되겠습니까?”

“예, 괜찮습니다만. 무슨 일이십니까?”

“새벽 시간엔 원래 무작위로 검사를 해서요.”

“아, 그렇군요.”

바이올렛이 고개를 끄덕이며 일단 지갑을 꺼내 신분증을 내밀어 보였다. 그러자 경관이 눈이 커져서 말했다.

"이런! 윈터 블루밍 경이시군요. 못 알아뵈어 죄송합니다! 정말 죄송합니다!"

"그렇게 죄송할 이유가……."

얼굴이 창백해진 경관은 바이올렛의 말이 끝나기도 전에 저 멀리 도망쳐 버렸다. 바이올렛이 황당해하는데 지나가던 청년이 말했다.

"새벽부터 재수 없게 걸리셨네요."

바이올렛이 의아해하자 청년이 어깨를 으쓱였다.

"아, 저도 아버지가 이방인이시거든요. 다행히 저는 합격선을 넘어서 눈도, 머리도 까만색을 물려받았지만 아버지는 아직도 이렇게 신분증 검사를 당하실 때가 있어요."

바이올렛은 그의 설명으로 '합격선'이라는 말의 의미를 눈치채고 표정이 굳었다.

라크라운드에 자리 잡은 이방인, 카닉 일족을 상징하는 것은 은발과 회색 눈이었다. 윈터는 아버지의 흑발과 어머니의 회색 눈을 물려받았다.

남편은 신분증을 내밀면 경관이 하얗게 질려 도망칠 정도의 힘을 얻었으나, 여전히 차별받지 않는 외모의 합격선은 넘지 못한 것이다.

❄ ❄ ❄

윈터의 친모는 윈터가 다섯 살이던 해 아이를 잠시 식당에 맡겨 두고 다시는 돌아오지 않았다.

윈터는 그때부터 그 식당 주인의 하인으로 들어가 일했다. 하여튼 열두 살까지는 매를 맞지 않고 넘어가는 날이 없었다.

그는 그즈음 하인으로 있던 집에서 도망쳐 나와 귀동냥으로 듣던 바이델린 산맥으로 갔다. 거기서 여태까지 모은 쌈짓돈을 전부 털어 원두 한 수레를 샀다.

그리고 목숨을 걸고 다시 바이델린 산맥을 넘어 블루밍 가문으로 향했다. 어쨌든 거기 아버지가 있다고 친모에게 들었으니까.

윈터를 보자마자 두 사람은 당황했지만 소년이 끌고 온 수레에 쌓여 있는 원두를 발견했을 땐 표정이 달라졌다. 혼자 산맥을 넘는 사이 그 원두 가격은 열 배가 되었던 것이다.

소년은 돈을 버는 방법을 일찌감치 터득하고 있었다.

라크라운드는 급변하고 있었고, 이제 신분만으로 모든 것을 해결하는 시대는 끝이 났다. 블루밍 공작 부부가 라크라운드 남부 귀족, 워호슨의 종주 노릇을 계속하려면 돈이 필요했다. 그러나 부부가 돈에 대해 가진 재주라고는 쓰는 재주밖에 없었다. 그들에게는 돈의 흐름을 정확히 알고 있는 가족 구성원이 필요했다.

그런 판단이 끝난 두 사람은 윈터를 따듯하게 맞아 주기로 결정했고, 소년은 열두 살에 처음 맛본 안정에 완전히 매료되었다.

그 이후에도 소년은 늘 돈으로 애정을 샀다. 그의 부모가 된 이들이 돈에 애정을 팔았으니까.

윈터가 스물일곱 살이 되는 올해까지 한 번도 그 애정 거래에 문제가 생긴 적은 없었다.

그렇게 관계를 유지해 오던 블루밍 공작 부부는 오늘, 커다란 초조함을 느끼고 있었다.

그들은 윈터가 새로운 가정을 꾸려 밖으로 나가는 것을 매우 초조하게 여겼다. 에쉬는 반대하지만 솔직히 지금 그들 입장에서는 큰아들 부부가 이혼을 하는 것이 아주 나쁜 선택지는 아니었다.

최악은 두 사람의 사이가 너무 좋아져 블루밍 가문의 영지를 나가는 경우였다. 혹여 바이올렛이 부모의 파티 비용을 왜 다 내냐고 제 남편을 꼬드기기라도 하면…….

캐서린이 먼저 표정에서 초조함을 지우고 남편에게 말을 걸었다.

"바이올렛이 늦는군요?"

"그러게 말이오."

제임스가 못마땅하다는 듯 혀를 찼다.

"아이가 꾀병이 심한 건 알고 있었지만 내 생일에도 늦을 줄은 몰랐군."

"곧 오겠지요. 그리고…… 몸이 약한 것도 사실 아닌가요?"

"의사가 꾀병이라지 않소."

"하지만 3년째……."

캐서린이 말끝을 흐리자 옆에서 귀부인 하나가 작게 소곤거렸다.

"아이가 생기지 않으시죠, 두 분은."

"그게 참, 저도 걱정이랍니다."

캐서린이 한숨을 쉬었다. 그녀의 말에 다른 이들도 다들 아이가 생기지 않는 이유가 바이올렛에게 있다고 확신하며 말을 거들기 시작했다.

그때, 연회장 입구에서 이질적인 침묵이 흘렀다.

바이올렛이 주변이 밝아질 정도로 새하얀 드레스와 커다란 다이아몬드 목걸이를 하고 걸어오고 있었다.

그녀가 걸어와 부부에게 인사했다.

"늦어서 죄송합니다. 오늘 특별히 신경 쓰느라."

잠시 침묵이 흐르더니 캐서린이 당혹스러워하며 말했다.

"바이올렛, 오늘 주인공은 내 남편인데 너무…… 화려한 것 아니니?"

"그러게 말입니다. 오늘 하고 가라고 남편이 이만큼이나 사다 바쳐서요."

바이올렛이 말하며 보란 듯이 팔찌 세 개를 겹친 왼팔을 들어 보였다.

"하나라도 빼놓고 오면 남편이 섭섭해해서 별수 없었답니다."

바이올렛이 윈터에게 자길 벽장에 가뒀다고 말한 모양이라고, 에쉬가 캐서린 부부에게 알려주었다. 평소 바이올렛이라고는 상상도 할 수 없는 무례한 말투와 눈빛에 캐서린은 위협을 느꼈다.

캐서린은 일단 물러나기로 하며 미소를 지었다.

"그래. 윈터가 그렇게 부탁한 거라면 별수 없구나."

"생신 축하드립니다, 아버지…… 님."

바이올렛이 적당히 얼버무리더니 생긋 웃고 휙 돌아섰다.

인사를 했으면 대답을 기다리는 것이 예의였다. 바이올렛이 저렇게 그냥 돌아서는 데는 분명 이유가 있을 것이다. 게다가 완전히 다른 사람 같은 차림새까지 하고 나타났으니.

부부는 그녀에게 믿는 구석이 생겼음을 확신했고, 깊은 불안감에 빠졌다.

❋ ❋ ❋

윈터는 자신이 바이올렛처럼 격식을 완벽하게 차려 인사했을 거라는 기대는 하지도 않았다. 차라리 빨리 인사를 마치고 도망치는 게 상책이라고 믿었다.

윈터는 얼마 지나지 않아 주렁주렁한 목걸이를 달고 나온 걸 후회했다. 그가 목을 비틀며 함께 온 하옐에게 말했다.

"중간에 벗으면 안 되나."

"당연히 안 되죠. 연회장에 있는 다이아몬드를 다 합쳐도 그만큼 안 될 것 같은데. 모든 사람이 알걸요."

"이러다 목이 부러질 것 같은데."

구두도 힘들고 드레스도 불편했지만 목걸이가 가장 괴로웠다. 아내의 가냘픈 목과 어깨로 이 무게를 버티는 건 보통 일이 아니었다.

"이제 여자들이 왜 주렁주렁한 걸 안 다는지 확실히 알겠군."

윈터가 손으로 어깨를 주무르며 머리를 이리저리 경박하게 돌렸다.

사람들의 시선이 전부 그를 향하고 있었다. 특히 남자들 중에는 아예 넋을 놓고 보다가 윈터의 사나운 눈빛에 화들짝 놀라 고개를 돌리는 자도 많았다.

아내는 원래도 미인인데 휘황찬란한 보석까지 두르고 나타났으니 이목을 끄는 것이 당연했다.

윈터는 남자들의 시선에 짜증을 느끼며 하옐에게 말했다.

"바이올렛이 인사해야 하는 사람들이나 알아봐. 적당히 인사하고 떠나게."

"그걸 제가 어떻게 압니까?"

"어머니가 여신 티 파티에 주로 오는 아내의 또래 여자들. 얼굴은 다 알 것 아냐."

"대표님이 한 번도 티 파티에 가신 적이 없는데 제가 누가 참여하는지 어떻게 알아요?"

"……내가 한 번도 안 갔나?"

"예. 한 번도."

이혼 사유를 두 가지나 알았으니 나름 성과가 좋은 밤이다. 윈터가 혀를 차며 한숨을 쉬고 손으로 얼굴을 감쌌다. 보다 못한 하엘이 말했다.

"일단 아무하고나 눈을 마주쳐 보시죠? 아는 사이면 상대방이 먼저 말을 걸겠죠."

"별수 없군."

이런 사교 활동을 극도로 싫어하는 윈터는 별수 없이 또래로 보이는 여자들을 찾아 눈을 마주치고 미소를 지어 보였다. 그러나 대부분 가볍게 인사하고 마주 미소를 짓는 게 끝이었고, 몇몇은 아예 못 본 척 무시하기까지 했다. 도저히 바이올렛과 친한 사람을 찾을 수가 없었다.

친한 사람이 없다는 것은 말이 되지 않는다. 어머니가 여는 티 파티에 그가 들인 돈이 얼마인데.

윈터는 아내가 파티에서 같이 있어 달라고 말할 때마다 어린애 취급을 하며 제 일을 우선했던 것을 약간 후회했다. 파티에서 아내의 모습을 본 적이 없으니 그녀의 친분 관계에 대해서도 전혀 알 수가 없었다.

윈터가 슬슬 짜증을 내며 하엘에게 말했다.

"아는 사람이 안 왔나 보군. 그냥 나가지?"

"에이, 오늘 워호슨은 싹 다 왔을 텐데 말이 됩니까? 작은 마님이 유령도 아니고……."

파티에서 없는 사람 취급을 받는 것을 라크라운드 남부에서는 유령이라고 불렀다. 건너 건너 겨우 초대받아 파티에 들어와서 인맥을 만들어 보려고 애쓰다 실패하는 사람들을 일컫던 것이 이제는 인기가 없고, 따돌림당하는 사람들을 부르는 말이 되었다.

유령이란 말이 신경 쓰였는지 잠시 생각하던 윈터가 하엘에게 말했다.

"너 나가 봐."

"예? 왜요?"

"잠깐만 나가 봐. 30분 뒤에 들어와."

윈터의 말에 하엘이 의아해하며 연회장을 나갔다.

그로부터 30분 후, 연회장으로 돌아온 하엘이 윈터에게 물었다.

"왜 나갔다 오라고 하신 거예요?"

"……아무도 말을 안 걸어."

"예?"

"아무도 아내에게 말을 안 건다고."

그 말을 듣고 나서야 하엘이 주위를 둘러보았다.

윈터가 이 자리에 들어와 한 시간이 지났는데 여기 있는 수많은 블루밍 가문의 손님 중 바이올렛에게 먼저 말을 거는 사람이 단 한 명도 없었다.

윈터는 곧바로 돌아서서 연회장을 나갔다. 하엘이 정신없이 따라 달리며 물었다.

"어디 가시게요?"

"내가 지금 어딜 가겠어. 아내 찾으러 가지. 빨리 와, 막차 끊기기 전에."

윈터의 걸음이 빨라졌다.

파티에서 뛰쳐나온 윈터는 다행히 마지막 기차가 출발하기 직전에 역에 도착했다.

곧장 1등석에 올라탄 그는 지쳐서 더 이상 앉아 있을 기력도 없었다. 1등석은 의자를 눕혀 침대 형태로 만들 수 있었다.

그가 드러눕자 얼떨결에 끌려온 플립이 담요를 가져와 물었다.

"작은 마님, 담요 드릴까요?"

윈터가 대답할 기운도 없다는 듯 고개만 한 번 끄덕였다. 그러자 플립이 담요를 잘 펼쳐 그에게 덮어 주고 저 멀리 떨어져 나갔다.

그런데 누운 뒤 얼마 지나지 않아 윈터의 표정이 찌푸려졌다. 그가 허리를 손으로 꽉 누르며 말했다.

"약 가져와."

"어디가 안 좋으신 겁니까?"

하녀에게 부탁해 작은 마님이 먹는 약을 전부 챙겨 온 플립이 묻자 윈터가 신경질적으로 대꾸했다.

"허리랑 배."

허리 통증이 심한 데다 배도 식은땀이 날 정도로 아파 왔다.

플립이 약 봉투에 적힌 설명들을 꼼꼼하게 살피더니 당황한 표정을 지었다. 그가 물과 함께 작은 환을 가져다주자 윈터가 물었다.

"무슨 약이야?"

"……진통제입니다."

플립이 정확한 대답을 하지 못하자 윈터가 약 봉투를 뺏어 들었다. 봉투 겉에는 월경통에 먹으라고 적혀 있었고, 예상 기간이 딱 내일부터였다. 짜증이 치민 윈터가 약 봉투를 구겨 집어 던졌다.

플립이 서둘러 달려가 약 봉투를 집어 잘 접은 후 다시 상자에 넣었다.

"역에 도착하시면 하나 더 드셔야 합니다."

윈터는 약을 먹고 싶은 생각이 전혀 없었지만 몸 중간 토막을 어디 빼놓고 싶을 정도로 고통이 쏟아져 참을 수가 없었다. 결국 환을 삼키고 다시 드러누웠다. 약효가 돌 때까지는 이 통증을 느껴야 한다니 미칠 노릇이었다.

한참 몸부림을 친 후에야 통증이 가라앉으며 윈터가 지쳐 잠들었다.

그 모습에 플립은 월경통이 정말 끔찍한 모양이라고 생각하며 걱정에 안절부절못했다. 평소의 작은 마님이라면 기차에서 이렇게 늘어져 잠들지 않았을 테니까.

다행히 약 기운으로 버티며 수도 기차역에 도착했다.

하옐은 전신으로 여기저기 연락해 윈터의 몸의 행방을 찾았다. 카닉 호텔과 필리체 가문, 인근 상인들에게 연락하던 하옐이 잠시 후 의자에 앉아 앓고 있는 윈터에게 돌아왔다.

"대, 대표님. 지금 작은 마님께서……."

"어디 있대?"

"그게…… 서에 계신답니다."

"서? 무슨 서?"

"웰튼 경찰서요……."

경찰서?

윈터의 눈썹이 꿈틀거렸다. 무슨 짓을 하면 제 몸을 훔치고 채 하루가 지나기도 전에 경찰서에 간단 말인가?

"우리 아내는 생각보다 사고뭉치군."

윈터가 중얼거리며 마차를 잡아탔다.

❄❄❄

원래대로라면 바이올렛은 필리체 가문에 갈 예정이었다. 하지만 그녀의 걸음은 곧바로 수도 기차역의 치안을 담당하는 웰튼 경찰서로 향했다.

경찰서 로비 대기실에서 신문을 읽던 바이올렛은 갑자기 신문을 뺏어 구겨 버리는 제 몸을 발견하고 눈빛이 흔들렸다.

원터가 믿기지 않는다는 듯이 말했다.

"내가 생각이 짧았네. 경찰서까지는 예상을 못 했군."

제 모습이 건들거리고 있으니 바이올렛은 영 기분이 이상했다.

바른 자세로 앉아 신문 따위를 보고 있는 제 모습이 어색한 건 윈터도 마찬가지였다.

"이렇게 빨리 찾을 줄 몰랐네요. 계획이 많았는데."

"벌써 이렇게 사고를 쳐 놓고 계획은 무슨 계획."

"사고 친 게 아니라 새벽에 이방인만 골라 신분증 검사를 한 경관을 찾으러 온 거예요."

그녀의 담담한 대답에 윈터가 혀를 찼다. 올곧은 건 알았지만 이 정도 불의도 못 참는 성격인 줄은 몰랐다. 윈터가 물었다.

"그런데 왜 여기 있어?"

"일이 많으니 일단 기다리라고 해서요."

"일이 많을 리가 있어? 그냥 이렇게 방치해 두면 알아서 가려니 하는 거지."

이 고생이라곤 모르고 자란 공주님.

윈터가 그리 생각하며 제 몸의 팔을 툭 쳤다. 이번에도 지난번처럼 곧바로 두 사람의 몸이 원래대로 돌아왔다.

바이올렛이 갑자기 확 느껴지는 허리 통증에 비틀거렸다. 윈터가 그녀의 팔을 붙잡아 부축해 앉히며 말했다.

"조금 아까 약 먹었어. 곧 약이 돌 거야."

"그렇군요."

"달거리가 가까운 몸을 맡기고 도망쳐? 시작하면 나보고 어떻게 해결하라고?"

"한 번쯤 경험해 보는 것도 좋지 않아요?"

"전혀."

윈터가 치를 떨며 대답하더니 문을 턱짓했다.

"가자. 당신 좀 누워야겠다."

"잠깐만요. 경관을 만나고 갈 거예요."

"내가 처리하면 돼."

"제가 말할게요."

바이올렛이 몸을 일으켜 유리문 안으로 들어섰다. 그러자 그녀를 알아본 경관들이 전부 자리에서 일어났다. 수도 경찰은 매우 보수적인 집단이었으므로 왕실이 해체되었다고 해도 대다수가 자신은 왕실을 위해 일한다고 생각했다.

바이올렛은 새벽에 남편의 신분증을 확인한 경관을 바로 발견했다.

경관, 에펄스는 윈터 블루밍의 신분증을 검사한 걸 기억했기 때문에 그녀가 자신을 찾으러 왔다는 것도 알고 있었다. 눈이 마주치자 에펄스가 식은땀이 줄줄 흐르는 얼굴로 걸어와 말했다.

"무, 무슨 일로 오셨습니까, 바이올렛 부인?"

기차역에서 잡히는 현행범이 워낙 많아 웰튼 서 오른쪽 벽은 전부 유치장으로 되어 있었다.

바이올렛의 시선이 유치장 안에서 멈췄다. 유치장 안에는 열 명 정도의 사람이 있었는데, 그중 두 명만이 수갑을 차고 있었다. 그리고 그 둘은 남편과 같은 회색 눈을 가진 이방인이었다.

바이올렛의 눈빛에 노기가 차오르는 것을 눈치챈 에펄스가 다급하게 말했다.

"부인께서 잘 모르셔서 그러신데, 이방인들은 위험한 짓을 할 가능성이 높습니다."

"수갑을 찬 자들이 특히 더 위험한 죄를 저지른 사람들입니까?"

"그, 그건 아닙니다만……."

"그럼 제가 뭘 모른다는 겁니까?"

바이올렛이 묻자 에펄스가 저도 모르게 침을 꿀꺽 삼켰다. 그가 대답이 없자 바이올렛이 말을 이었다.

"공평하게 대해 주세요."

"하지만……."

"공평함에 대한 대답으로 어떻게 '하지만'이라는 말이 붙습니까?"

그녀의 목소리는 담담함에도 상대의 말문을 막는 위엄이 있었다.

바이올렛이 그를 주시하며 대답을 기다렸다. 모든 사람이 그녀를 보고 있었지만 바이올렛은 일말의 두려움도 표정으로 드러내지 않았다.

한동안 침묵이 흐른 후, 에펄스가 식은땀을 흘리며 대답했다.

"……제가 잘못 생각했습니다. 일괄적으로 수갑을 풀겠습니다."

"그럼 조치를 취하시길 기다리겠습니다."

그녀의 말에 에펄스가 서둘러 유치장으로 달려가 회색 눈을 가진 자들에게 채웠던 수갑을 풀었다. 바이올렛은 아무 표정도 없이 그가 수갑을 들고 밖으로 나오는 것까지 시선으로 확인했다.

바이올렛이 경관들에게 인사를 하고 윈터에게 돌아가자 뚫어지게 그녀를 지켜보던 그가 물었다.

"다 했어?"

"아뇨, 이제 청장을 찾아갈 생각이에요."

"웃기시네."

그의 말에 바이올렛이 왜 막느냐고 따지려는데 윈터가 그녀의 손등을 감싸 쥐었다.

"나중에 가. 일단은 눕고."

"전 건강해요."

"건강 좋아하네."

"어릴 때 발레도 했고요."

"그러셨겠지. 온갖 공주님 같은 건 다 배웠군."

그가 빈정거리며 그녀를 데리고 서를 나왔다.

❄ ❄ ❄

바이올렛은 그대로 윈터의 손에 붙잡혀 카닉 호텔로 끌려왔다. 윈터는 마치 도망쳤던 환자라도 찾아온 것처럼 바이올렛을 침대에 억지로 데려다 눕혔다.

"이렇게까지 아프지 않아요."

"내가 더 잘 알아."

바이올렛이 한숨을 쉬는데, 윈터가 그녀의 머리맡을 손으로 짚고 심각한 표정으로 내려다보며 물었다.

"그래서. 시작도 안 했는데 이렇게 아프다고?"

"그렇죠."

"시작하면 얼마나 더 아픈데?"

"두 배 정도."

바이올렛의 대답에 윈터의 표정이 시커멓게 어두워졌다. 곧 그가 혼란스러운 표정으로 중얼거렸다.

"그거의 두 배란 말이지."

"제가 좀 심한 편이에요."

"뭐 그래. 그건 일단 됐고. 당신, 친구 없어?"

"……갑자기 그건 왜요?"

"어젯밤에 파티에 있는데 아무도 나한테 말을 안 걸잖아."

"아……."

윈터가 늘 그녀가 파티에서 당하던 일을 경험하고 왔다는 걸 안 바이올렛이 흐릿하게 웃었다. 윈터가 도저히 납득이 안 된다는 듯 추궁했다.

"어머니가 그렇게 파티를 많이 열었는데 어떻게 친구 하나가 없어?"

바이올렛은 잠시 턱을 들어 윈터의 얼굴을 올려다보았다.

워호슨이 바이올렛을 외면하는 것은 물론 블루밍 부부가 노골적으로 그녀를 미워하기 때문이기도 했지만 더 큰 이유가 있었다.

바이올렛은 윈터의 정확한 재산 규모는 몰랐지만 블루밍 공작가의 실질적인 경제권을 남편이 가지고 있다는 것은 알았다. 그런 그가 지난 3년간 어떤 사교 행사에도 함께해 주지 않는 것은 아내에 대한 강한 원망으로 비쳤다. 그리고 윈터가 원망하는 사람에게 친근하게 대하기에 귀족들은 잃을 것이 너무 많았다.

바이올렛은 그것에 대해서 남편을 비난할 생각은 없었다. 그저, 3년이 지난 이제야 남편이 자신을 원망하고 있음을 제대로 받아들였을 뿐이었다.

어차피 그런 이유를 들며 앞으로 함께 파티에 가 달라고 말해 봤자 그가 들어줄 리 없다. 바이올렛은 이제 남편에게 아무 기대도 가지지 않기로 마음먹었다. 더 이상의 거절을 견디기엔 그녀의 마음이 너무 약해져 있었다.

바이올렛이 대답 대신 말을 돌렸다.

"그래도 오다가 친구를 만났어요."

"누군데."

"도……."

도스 공국을 말하려던 바이올렛이 입을 다물었다.

혹시 이혼을 할 수 있는 모든 경로가 막혀 버리면 그곳으로 떠날지도 모르니까, 아무래도 말하지 않는 게 나을 것 같았다. 바이올렛이 고개를 저었다.

"아니에요."

"왜 말을 하다 말아."

"언제는 대화할 시간도 없다면서요? 이제 당신 바쁜 거 아니까 더 이상 투정 안 부릴게요. 그동안 미안했어요."

바이올렛이 얼버무렸다.

이제 거의 대화가 끝났으니 바쁜 윈터는 떠나는 게 평소의 패턴이었다. 그런데 그가 오히려 침대에 걸터앉았다. 그리고 아까 일을 떠올렸는지 표정을 찌푸리며 말했다.

"그리고 다음에 혹시 또 몸이 바뀐 상태에서 그런 경관 놈을 만나게 되면 발로 차 버려. 그 정도는 내가 해결할 수 있으니까."

어떤 식으로 해결하겠다는 건지 모르겠지만 별로 합법적인 방법은 아닐 것 같아 눈을 가늘게 뜨고 흘겼다. 그러자 윈터가 손가락 끝으로 그녀의 턱을 가볍게 들며 말했다.

"그런 표정 처음 봐."

"……무슨 표정이요?"

"음, 약간 화난 표정으로 보이는데."

바이올렛의 동그래진 눈과 조금 열린 입술에 윈터가 바로 손을 떼며 고개를 돌렸다.

"잠깐 사이에 당신 몸에 익숙해진 모양이야. 아, 드레스를 입으려면 속옷도 갈아입더군?"

"……그 얘길 굳이 왜 하죠?"

"당신이 따질 말은 없지. 내 몸 훔쳐서 도망간 주제에."

그가 능청스레 한 말에 귓가가 조금 붉어진 바이올렛이 문 쪽을 보며 물었다.

"바쁘죠?"

"그렇게 쫓아내지 않아도 나가."

윈터가 핀잔하더니 어린아이들이 인사하듯 손을 대충 흔들어 인사하고 침실을 나갔다.

저도 모르게 이불을 끌어안은 바이올렛이 한숨을 쉬었다. 도대체 그녀의 몸이 얼마나 끌고 다니기 힘들었으면 저 숨 막히게 바쁜 남자가 시간까지 들여 자신을 여기 눕혀 놓는 건지.

"운동을 좀 해야 하나……."

바이올렛이 한숨을 쉬었다.

윈터는 제 침실로 돌아가 바이올렛이 하루 종일 마음대로 끌고 다닌 몸에 단장을 시작했다.

윈터는 단장에 소홀하지 않은 편이었다. 유행에 매우 민감한 정도는 아니었으나 언제나 면도를 말끔히 했고, 몸에 딱 맞게 재단한 옷을 입었으며, 머리 손질 시간도 길었다.

그는 제 외모가 쓸 만하다는 걸 인지하고 있었다. 돈을 벌기 위해 물불을 가리지 않았으므로 미인계라고 못 쓸 것도 없었다.

일할 준비를 마친 윈터가 방에서 나왔다. 평소 같으면 뒤도 돌아보지 않고 일을 하러 갔을 그였지만 오늘은 바이올렛이 상당히 걱정스러웠다.

처음 느껴 본 월경통은 정말 끔찍했다. 게다가 기분까지 더러워져서 닥치는 대로 집어 던지고, 소리 지르고 싶은 기분이 들었다. 이걸 아내가 도대체 어떻게 참고 있는지 모를 일이다.

윈터가 바로 나가려다 신경질적으로 몸을 돌렸다.

"아, 바빠 죽겠는데."

그가 룰루에게 말해 방문을 열고 들어가 보니 바이올렛이 약을 먹고 곤히 잠들어 있었다.

윈터가 침대 아래 무릎을 꿇고 앉아 그녀를 물끄러미 바라보았다.

"바이올렛."

그녀는 깊이 잠들어 듣지 못한 듯했다. 윈터가 말을 이었다.

"아프지 마."

그리고 손끝으로 그녀의 머리칼을 쓸어 작은 귀 뒤로 넘기며 말했다.

"내 집에서 나갈 생각도 말고. 그냥 나랑 살아."

그는 말을 마친 후에도 한동안 아내의 얼굴을 바라보다 자리에서 일어섰다. 왠지 근질거리는 기분이라 목을 슥슥 문지르며 투덜거렸다.

"얼굴 보니까 이상하게 일을 못 가겠네."

그가 밖으로 나오자 마차 앞에서 기다리던 하옐이 물었다.

"왜 이렇게 오래 걸리셨어요?"

"뭐 어쩌라고."

윈터가 털썩 마차에 앉자 하옐이 초대장 하나를 내밀었다.

"올해도 칸투스에서 후원 파티를 한답니다."

칸투스는 라크라운드 중남부에 자리한 수도원이었다. 칸투스의 수도사들은 매년 소규모 후원 파티를 열었고, 후원금의 보답으로 직접 만든 와인을 선물했다. 윈터는 그 와인을 얻어 마셔 본 이후 칸투스 와인에 매우 욕심을 냈다. 최종적으로는 수도에 새로 짓는 최고급 호텔에 독점으로 제공하고 싶었다.

그러나 윈터가 아무리 돈을 많이 가지고 있어도 그 와인을 구하는 건 지독히 어려운 일이었다. 윈터가 예법과는 담을 쌓고 지낸다는 게 문제였다. 칸투스의 수도사들은 상당수가 왕족의 핏줄이라 콧대가 높았고, 굉장히 높은 수준의 예법을 요구했다.

하옐이 은밀히 말했다.

"혹시 말입니다, 작은 마님께서…… 두 분이 몸을 바꾸는 방법을 아신다면 말이에요."

"……딱 그날만 바꿔 달라고 하라고?"

"대표님도 이미 생각해 보셨죠?"

"해 보기야 했지."

윈터가 잠시 생각하다 대꾸했다.

"생전 파티 한 번 가 준 적이 없는데 이제 와서 내가 부탁하면 해 주겠어? 이혼 얘기까지 나오는 마당에."

"그건 그렇네요……."

"출발해."

윈터가 턱짓했다. 그 후, 그는 하옐의 말을 떠올리며 생각에 잠겼다.

애초에 두 사람의 몸이 바뀌는 원인은 카닉 일족의 피가 섞인 자신에게 있었다. 그런데도 방법은 바이올렛이 알고 있는 것이 명백해 보였다.

'그 방법이 도대체 뭐야.'

그는 실마리를 찾기 위해 처음 두 사람의 몸이 바뀌던 상황부터 차근차근 머릿속으로 정리하기 시작했다.

❄ ❄ ❄

"아, 집에 가기 싫다."

잠에서 깬 바이올렛이 기지개를 켜며 말했다.

기분 좋게 해가 들이치는 창문을 바라보던 바이올렛은 자신을 벽장에 밀어 넣던 에쉬와 캐서린 부인을 떠올렸다.

윈터가 인사도 없이 파티에서 나와 자신을 찾으러 온 모양이니 이번에도 그냥 넘어가긴 힘들 것이다.

그러나 바이올렛은 미리부터 두려워하지 않으려 고개를 저었다.

상체를 일으킨 바이올렛이 테이블에 놓인 초콜릿 탑을 발견하고 고개를 갸우뚱했다. 이어 가운을 여미며 걸어간 바이올렛은 층층이 이어 붙인 원형 초콜릿 하나를 떼어 냈다.

"……뭐지?"

바이올렛이 의아하다 못해 무서워하는데 침실로 룰루가 들어왔다.

"이제 깨셨어요? 어제 내내 주무신 걸 보니 약이 독했나 봐요."

바이올렛이 돌아서 보니 초콜릿 탑으로 모자란지 룰루의 손에 케이크가 들려 있었다.

"도대체 이게 다 뭔가?"

"하엘 비서님이 주방장에게 디저트 만들 재료비를 주고 가셨거든요. 얼마를 주고 가셨는지 몰라도 이 정신 나간 양반이 정도를 모르고 디저트 산을 만들어 놓았네요. 누가 다 먹으라고. 아직도 많아요."

"이게 다가 아닌가?"

"그럼요! 조금만 모양이 찌그러져도 못 쓴다고 버리려 들어서 호텔 직원들이 아침 대신으로 해결했어요."

룰루가 투덜거렸다. 초콜릿 탑과 케이크를 보니 아무래도 나눠 먹을 사람이 있어야겠다는 생각이 든 바이올렛이 테이블 앞에 앉으며 말했다.

"은밀히 전신을 좀 보냈으면 하네. 아무도 모르게."

"몰래요? 무슨 일이신데요?"

"그게…… 그 친구가 나름 가출 중이라 누구한테 들키면 안 되거든."

"작은 마님 친구분이 가출이요? 어휴, 말썽쟁이셔라."

룰루가 유쾌하게 웃었다.

❄ ❄ ❄

아침 식사를 마친 후, 바이올렛은 곧장 어머니를 찾아갔다.

마차로 30분을 달리니 필리체 영지 안, 엘라가 기거하는 저택이 나왔다. 에쉬도 그곳에 살고 있었고, 농사짓는 시늉을 하는 밭도 저택

바로 앞이었다.

딸이 마차에서 내려서자 엘라 필리체 부인이 환한 얼굴로 마중 나왔다.

"바이올렛, 여기까지 무슨 일이니?"

"그동안 찾아뵙지 못해 죄송해요, 어머니."

바이올렛이 인사하자 엘라가 물었다.

"들어가 차를 한잔하겠니?"

"좀 걸으실래요? 주변 구경시켜 주세요."

"그거 괜찮은 생각이네."

엘라가 미소를 지었다.

바이올렛이 저택 주변으로 난 산책로를 걸으며 말했다.

"자주 못 와서 죄송해요."

"넌 이제 블루밍가의 사람인데 어떻게 자주 오겠니."

엘라가 언제나 흥분하지 않는 부드러운 목소리로 말을 이었다.

"넌 잘 지내니 걱정할 게 없구나. 우리 불쌍한 에쉬는 어찌해야 할지."

"오빠도 잘 지내는 것 같던걸요."

바이올렛이 열 살이던 해, 큰오빠가 세상을 떠났다. 그 전에도 엘라는 아들밖에 몰랐지만 그 이후에는 남은 아들에 대한 집착이 심해졌다. 바이올렛은 어머니를 이해했다. 큰오빠의 이른 죽음은 엘라의 세상을 절반으로 쪼개 버린 것과 같았을 테니까.

엘라가 마음 아프다는 듯 말을 이었다.

"잘 지내긴. 원래 가졌어야 할 왕좌도 내놓은 아이야. 그 애 심정만 생각하면……."

"……어머니, 저도 힘들 때가 있어요."

"너는 혼자서도 잘하잖니."

혼자서 잘해 온 것이 아니라 혼자 해내야만 해서 한 것들이 대부분이었다.

바이올렛이 입술을 물었다가 어머니를 닮은 조용한 목소리로 말을 이었다.

"남편은 한번 나가면 언제 집에 들어오는지 기약이 없고, 남부 귀족들은 전부 저를 싫어해요. 이제 정말 지쳐서……."

"바이올렛."

엘라가 못 듣겠다는 듯이 한숨을 쉬었다.

"그건 네가 주변 사람에게 잘하면 해결되는 일인데, 그걸 누굴 탓하겠니?"

"……."

어머니가 이렇게 나오는 걸 보니, 바이올렛이 블루밍 가문에 처박혀 있지 않으면 에쉬에게 어떤 의미에서든 문제가 되는 모양이었다. 그 시점에서 이미 어머니에게 도움을 구하는 건 불가능했다.

엘라가 딸을 사랑하지 않는 것은 아니지만 그렇다고 가여워하는 것도 아니었다. 그녀에게 가여운 것은 에쉬뿐이었다.

바이올렛은 가끔, 그녀도 어머니에게 가여운 딸이 되고 싶었다.

❄❄❄

바이올렛은 복잡한 마음으로 호텔로 돌아왔다.

다행히 기분이 나아질 만한 소식이 그녀를 기다리고 있었다. 소꿉친구인 샤론에게서 온 전신 연락이었다.

어렸을 때 두 사람이 종종 놀러 가던 수도 남쪽, 오겔 화원으로 오라는 연락이었다. 바이올렛은 룰루가 미리 챙겨 둔 짐을 들고 그녀를 기다리던 플립과 함께 호텔을 나섰다.

바이올렛이 오겔 화원에 도착하자 샤론이 멀리서부터 신이 나서 달려왔다.

"바이올렛!"

"샤론!"

바이올렛은 최근 샤론을 만났지만 샤론은 그녀를 너무 오랜만에 만났기 때문에 과격하게 환영하며 허리를 와락 끌어안았다.

"이게 얼마 만이야!"

"와, 샤론은…… 엄청 자랐네."

어릴 땐 아가 역할을 하던 샤론이 어느새 바이올렛보다 쑥 자라 있었다. 윈터의 몸일 땐 몰랐는데, 제 몸으로 돌아와 보니 차이가 느껴졌다.

샤론이 바이올렛의 손을 잡아끌었다.

"가자, 할머니가 기다리셔."

"정말 오랜만에 뵙네."

이 화원의 주인은 샤론의 외조모인 엔나 테시아 오겔이었다. 엔나는 언제나 퉁명스러운 표정을 짓고 있었고 말투도 퉁명스러웠지만, 바이올렛은 그녀가 얼마나 다정한 사람인지 잘 알고 있었다.

허리에 매달린 샤론을 힘겹게 끌고 저택으로 들어서자 엔나가 불퉁하게 말했다.

"오랜만에 만났는데도 우리 손녀 녀석이 성장하질 않아 놀라셨겠군요, 부인."

"말씀 낮추셔요!"

"이제 어른인데 그건 무례지요."

엔나가 대꾸하다가 바이올렛의 섭섭해하는 표정에 슬쩍 웃었다.

"하지만 뭐, 네가 그렇게 말한다면 별수 없구나. 대신 너도 예전처럼 할머니라고 부르렴."

그녀의 말에 바이올렛이 안도해 희미한 미소를 지었다.

"네, 그럴게요."

꽃을 좋아하는 바이올렛에게 화원 구경은 가장 행복한 시간이었다. 비록 여름이 시작되며 화원이 녹음으로 물들었지만 바이올렛은 꽃이 없어도 무슨 꽃나무인지를 알았다. 샤론이 엔나에게 자랑하듯 말했다.

"바이올렛은 정말 모르는 꽃이 없죠, 할머니? 잡초까지 다 알고 있다니까요?"

"그건 맞는 말이지만 왜 네가 자랑하는지 모르겠구나."

"제 친구를 자랑하는 거예요!"

"그런 게냐? 그럼 네 자랑이기도 하구나."

두 사람의 칭찬에 바이올렛이 민망함을 감추지 못했다.

플립이 등나무 그늘 아래에 천을 깔고 챙겨 온 디저트들을 보기 좋게 정리해 주자 여자 셋이 동그랗게 앉아 도란도란 꽃놀이를 시작했다. 온갖 이야기가 오가는 사이 해가 지기 시작했다.

그때, 하녀 하나가 정신없이 달려왔다.

"마, 마님! 큰일 났습니다! 내일 저녁 만찬에 쓸 꽃을 실은 마차가 왔는데, 중간에 문제가 생겼는지 꽃이 다 시들어 못 쓰게 되어 버렸습니다!"

그 말에 엔나가 난처한 표정을 지었다.

“이런, 화원의 장미도 다 졌는데……. 화원에서 하는 꽃 없는 만찬이라니, 손님들이 실망하겠구나.”

늘 무뚝뚝하던 엔나가 시무룩한 표정을 지었다. 그녀가 이 정도 표정을 짓는 거면 속은 정말 더없이 울적한 상태였다.

엔나가 자기보다 더 안타까워하는 바이올렛에게 슬쩍 물었다.

“뭐 괜찮은 방법이 없니, 바이올렛?”

“아, 그럼…… 여름 화원으로 만찬 주제를 바꾸시는 건 어떠세요? 조개꽃이 가득 피어 있던데 정말 귀여워요. 잎이 달린 나뭇가지를 녹색 리본으로 장식하고 화이트 와인 같은 투명한 술에 청포도나 그린 올리브를 담아서 여름밤 분위기를 즐기는 것도 좋을 것 같아요.”

바이올렛이 모처럼 들떠서 하는 말을 가만히 듣던 엔나가 넌지시 물었다.

“혹시 윈터 경이 하루라도 네가 없으면 죽니?”

바이올렛이 웃으며 고개를 젓자 엔나가 자리에서 일어났다.

“오늘 자고 가렴. 네가 도와주면 내 섭섭하지 않게 사례하마. 너에게 없는 게 있을지는 모르겠지만.”

“급여로 주시면 좋을 것 같아요. 저도 돈을 벌어 보고 싶었거든요.”

“할머니, 저도요! 가출해서 돈이 없어요!”

옆에서 샤론도 거들자 엔나가 고개를 끄덕였다.

“자, 어서어서 움직이자.”

엔나가 마음이 급한지 서둘러 저택으로 향했다. 그 모습을 보던 바이올렛이 플립을 돌아보며 말했다.

“플립, 미안하지만 남편에게 오늘 오겔 화원에서 묵는다고 전신을…….”

말하던 중에 바이올렛이 입을 다물었다.

남편이 집에 들어오지 않는 걸 누굴 탓하겠냐고 말하던 어머니가 떠올랐다.

갑자기 억울한 마음이 들었다. 3년간 윈터가 집에 왔을 때 바이올렛이 없었던 적은 한 번도 없었다. 그는 늘 연락이 없었고, 자신은 늘 막연히 기다리기만 했다.

바이올렛이 고개를 저었다.

"안 들어올 가능성이 높으니 연락을 남길 필요는 없을 것 같네. 혹시 남편이 호텔로 돌아와서 물어보면 룰루가 여기로 연락하겠지."

"네, 제 생각에도 그렇습니다."

플립이 열심히 고개를 끄덕였다. 아마 바이올렛의 마음을 눈치챈 모양이었다.

'그 사람도 언제 올지 모르는 사람 기다리는 게 얼마나 힘든지 좀 느껴 줬으면 좋겠는데…….'

바이올렛은 그렇게 생각하며 엔나와 샤론을 따라 걸음을 옮겼다. 윈터가 확인하든지 확인하지 않든지 늘 제 일정을 알려 주던 그녀 딴에는 꽤 큰 일탈이었다.

"샤론의 말을 들어 보니 윈터 경께서 너에 대해 모르는 게 없다더구나."

늦은 밤, 모두가 잠든 뒤에도 바이올렛과 함께 내일 사용할 장식들을 만들던 엔나가 말했다.

샤론은 이미 소파에서 어린아이처럼 잠들었고, 두 사람은 넓은 나무 테이블 앞에 앉아 있었다. 바이올렛이 손에 쥔 리본에 시선을 두고 고개만 한 번 끄덕였다.

다소 굳어 있는 그녀의 얼굴을 잠시 바라보던 엔나가 말을 이었다.

"남부 생활이 많이 힘드니?"

바이올렛이 입을 열었다.

"힘들지만 한편으로는 그렇게 좋아하는 돈을 날리고 아무것도 못 얻은 남편이 가엽기도 하고……. 에쉬의 말처럼 그냥 제가 견뎠어야 하는 일을 못 견디겠다고 이기적으로 구는 건가 싶기도 해요."

"으음, 너의 오빠라 이런 말 하기 미안하지만 에쉬 로렌스는 기회주의자야. 그런 작자의 말은 마음에 담아 둘 가치가 없지."

"하, 할머니?"

바이올렛이 놀란 표정을 짓자 엔나가 어깨를 으쓱였다.

"뭐 어떠니? 난 이미 두려울 게 없는 나이야. 두려운 게 하나 있다면 내 손주들과 네가 살아야 할 세상에서 그런 기회주의자들이 기회를 잡는 일이지."

"……."

퉁명스레 말하던 엔나가 작은 나뭇가지들을 모아 녹색 리본으로 묶어 만든 다발을 보며 말했다.

"네 말대로 정말 근사하구나."

바이올렛 역시 완성한 다발을 바라보았다. 엔나가 지친 표정으로 말했다.

"어휴, 피곤해라. 난 이만 들어가마."

"아, 네. 먼저 주무세요."

"그리고 바이올렛, 힘들면 언제든 여기로 오렴. 너 하나 돌봐 줄 여력은 있단다, 내가."

엔나의 말에 바이올렛의 얼굴에 여름에 핀 꽃 같은 활력이 번졌다. 그녀가 즐거운 웃음을 지었다.

"그럴게요."

❄❄❄

윈터는 새벽 2시가 넘어서야 대표실을 나왔다. 하옐이 하품을 하며 윈터를 배웅했다.

"회사에서 안 주무시고요?"

"아내가 수도에 있잖아."

"이혼 얘기 때문에요? 새벽 2시에 집에 가면 좀 나을 것 같으세요?"

"기어오르지 마."

"저라도 입바른 소리 해야지, 누가 합니까?"

하옐이 입을 삐죽거렸다. 그의 말대로 성질 더럽기로 소문난 윈터와 마주치기만 하면 모든 직원은 창백한 얼굴로 도망치거나, 인사하고 도망치거나 둘 중 하나였다. 이렇게나마 말할 수 있는 사람은 정말 하옐뿐이었다.

카닉 호텔의 본사는 레클강 하구에 있는 섬에 있었다.

윈터는 더운지 셔츠를 팔까지 걷어 올리고 마차로 향했다. 그의 옆에서 함께 걷던 하옐이 감회가 새로운지 섬을 둘러보며 말했다.

"와, 대표님이 처음 이 섬을 사자고 했을 때만 해도 돈 날리고 정신이 나가신 건 줄 알았는데 말이죠."

"오늘따라 왜 이러지? 돌았어?"

"너무 신나서 그렇습니다! 오늘로 대륙 최대 규모의 호텔 체인으로 딱 올라서지 않았습니까?"

"그게 나랑 무슨 상관이야."

"……그게 대표님이랑 상관없으면 도대체 누구랑 상관있습니까?"

하엘이 이해가 안 된다는 듯 묻고 마차 문을 열었다.

마차에 탄 윈터가 모처럼 마차 창밖으로 섬을 내다보았다. 원래는 강 하구에 존재하는 게 전부였던 섬을 사서 기반을 다지고 그 위로 건물들을 쌓아 올렸다. 지금은 호화로운 상점들이 가득한 쇼핑 관광지로 유명해지며 어마어마한 수익이 윈터의 손에 떨어졌고, 다른 어느 곳보다 광고 효과가 뛰어나 대륙의 기업들이 너도나도 이곳에 입점하고 싶어 안달이었다.

"……좀 쉴까."

지난 3년 동안 너무 무리한 건 사실이었다. 며칠씩 밤을 새우고 하루에 몰아서 자는 형편없는 생활을 이어 가다 보니 몸은 버텨도 정신이 피폐해지는 기분이었다.

마차는 강을 따라 달려 곧 호텔에 도착했다.

생각해 보니 그냥 회사에서 자고 올 걸 왜 돌아온 건지 모를 일이다.

윈터가 머리칼을 마구 헝클며 호텔로 들어섰다.

바로 들어가서 자고 내일 아침에 바이올렛과 점심을 먹어야겠다고 생각했다. 그 공주님은 아침 식사 전에는 방에서 잘 나오지 않았다. 침실 테이블에서 간단히 아침을 먹은 후에야 방을 나왔다. 하여튼 하나부터 열까지 자신과 닮은 점이 없는 여자다.

그는 제 방으로 향하려다 저도 모르게 바이올렛의 방으로 걸음을 옮겼다.

어차피 바이올렛의 힘으로 이혼을 추진하는 것은 불가능하다. 그러니 윈터는 그녀가 떠나는 것에 대한 두려움은 없었다.

아내는 신분증 검사를 당한 일로 크게 충격을 받은 모양이었지만, 솔직히 말해 윈터가 마음만 먹으면 신분증 검사를 한 그 경관은 물론 웰튼서 전체를 날려 버릴 수도 있었다. 오히려 그 작자가 운이 좋았던 거지.

그러니 아무리 공주님이라고 해도, 돈으로 엮인 그녀의 발목을 묶어 놓는 것 정도는 일도 아니었다.

그러나 사는 게 지겨워진 듯한 그녀의 눈빛만은 그냥 넘길 수가 없었다. 살아 있는 그녀를 가둬 놓는 건 할 수 있지만 혹여나, 정말 만에 하나라도 그녀가 나쁜 마음을 먹는다면 아무리 돈과 권력을 움켜쥔 자신이어도 방법이 없다.

그의 부모는 돈만 주면 기뻐했고, 언제나 사랑을 돌려주었다. 집에 1년 만에 들러도 그의 사랑을 의심하지 않는다.

그래서 윈터는 아내가 왜 이렇게 힘들어하는지 잘 이해가 가지 않았다.

원래 가족이란 돈으로 유지되는 것 아닌가. 왜 아내와의 관계는 이걸로 유지가 되지 않는 것인지…….

그가 그리 생각하며 바이올렛의 객실 문을 확인했을 때였다. 윈터는 객실 문 옆 표시기가 녹색으로 바뀌어 있는 것을 발견했다. 그것은 투숙객의 외출을 의미했다.

❄❄❄

만찬 준비는 오후가 되어서야 끝났다. 엔나가 매우 흡족해하며 샤론과 바이올렛에게 말했다.

"고생했으니 가서 옷을 갈아입고 오렴."

"저는 이만 돌아가야 할 것 같아요."

바이올렛이 말하자 샤론이 동그래진 눈으로 그녀의 팔을 붙잡았다.

"가긴 어딜 가? 여태 이렇게 고생해 놓고. 당연히 만찬도 하고 가야지."

"드레스도 안 가져왔고……."

"나 여분 드레스 있어. 할머니 것도 많고."

샤론이 붙잡고 절대 안 놓아주려고 고집을 부렸다. 오랜 친구들이 모이는 자리라 엔나가 편들어 줄 줄 알았더니, 그녀 역시 바이올렛을 보낼 생각이 없어 보였다. 결국 얼떨결에 바이올렛은 엔나의 저녁 만찬에 함께했다.

저택에 들어선 손님들은 녹음이 가득한 파티에 조금 놀랐지만 이내 생기 있는 즐거움을 느꼈다.

녹색의 앙증맞은 잎을 가진 식물들이 테이블이며 불 꺼진 벽난로를 장식하고 있어 어디서나 상쾌한 향기가 났다. 벽에 걸린 바구니에는 울타리 아래 피어 있던, 고슴도치 같은 보라색 에키놉스 꽃과 아티초크가 채워져 있고 창가에는 연녹색의 수국 화분이 놓여 있었다.

나이가 지긋하고 품위 있는 손님들이 저택을 구경하며 감탄했다.

"밖은 더웠는데 여기 들어오니 시원한 기분이 드는군요."

"이런 파티는 처음인데 정말 근사하네요."

엔나는 문제가 생길 뻔한 걸 바이올렛이 기지로 해결해 주었다며 무덤덤한 얼굴로 호들갑을 떨었다. 새로운 분위기를 즐기는 손님들이 하도 칭찬 일색이라 바이올렛은 부끄러움에 몸 둘 바를 몰라 했다.

바이올렛이 부담감에 한숨을 폭 쉬고 있을 때, 그녀 앞에 노신사 하나가 섰다. 그를 알아본 바이올렛의 눈이 커졌다.

"켄제스 경!"

켄제스는 원래 왕실 근위대장이었으나, 왕실이 해체되며 수도 경찰청 청장 일을 맡게 되었다. 바로 곁에서 충성을 다하던 에쉬 로렌스의 명령이니 불만을 표현하지 않고 떠났지만, 언제나 로렌스 가문에 대한 애정을 마음에 담아 두고 있었다.

바이올렛이 손등을 내밀자 켄제스가 허리를 숙여 바이올렛의 손등에 입을 맞춘 후 다시 몸을 바로 했다.

"오랜만에 뵙습니다, 부인."

그 모습을 본 엔나가 걸어오더니 켄제스에게 말했다.

"한동안 사적인 행사에는 절대 안 오시던 분이 웬일로 초대에 응했나 했네요. 바이올렛을 보러 오신 게군?"

"죄송합니다, 부인. 이제 공적인 일을 수행하는 사람으로서 사적인 행사는……."

"네에. 잘 알겠습니다, 꼬장꼬장한 사람."

엔나가 핀잔하더니 농담이었다는 듯 웃고 자리를 떠났다. 젊은 시절, 사교계를 주름잡던 때부터 오랜 친구였다는 두 사람의 모습에 바이올렛이 손으로 입을 가리고 작게 웃었다. 켄제스가 같이 미소를 지으며 물었다.

"잘 지내고 계십니까?"

"네, 잘 지내요."

"계속 지켜 드렸어야 했는데 그러지 못해 늘 죄송한 마음입니다."

언제나 말 한마디 없이 자리를 지키던 켄제스의 진심에 바이올렛의 맑은 눈에 기쁨이 차올랐다.

켄제스가 말을 이었다.

"그리고 웰튼 서에 찾아오셨었다는 이야기를 들었습니다. 앞으로 신경 쓰겠습니다."

"감사합니다. 그리고…… 경의 얼굴을 보니 마음이 좋네요."

바이올렛이 미소를 지었다. 켄제스가 정중히 인사하며 대답했다.

"이렇게라도 뵐 수 있어 기쁩니다."

어디도 갈 곳이 없을 것만 같았는데, 수도에 오니 그래도 여기저기 그녀를 그리워하는 사람이 있었다.

바이올렛은 문뜩문뜩 스스로 목숨을 끊으려 했던 것이 아주 먼 과거의 일처럼 느껴졌다. 그러다가도 어느 순간에 훅 코앞으로 우울감이 돌아오곤 하는 것이다.

바이올렛은 그런 두려움에 가까운 감정들을 보이지 않게 묻었다. 언젠가 또 드러나겠지만, 잠시라도 두려움 없이 이 따스함에 안기고 싶었다.

엔나는 저녁 만찬에 훌륭한 음식들을 내놓았다.

즐거운 이야기가 끊임없이 이어지느라 식사가 끝났을 때는 11시가 넘은 시간이었다. 바이올렛이 힐끔거리며 시계를 보았다.

'설마 기다리는 건 아니겠지…….'

바이올렛은 잠시 걱정이 들었으나 제가 너무 마음이 약한 거라고 생각하며 단호히 마음먹었다. 그 남자는 결혼식 당일에 사라져서 몇 달 뒤에 돌아왔는데, 자신은 고작 이틀이었다. 애초에 그 남자가 퇴근을 했을지도 미지수였다.

바이올렛이 이제야 들어오기 시작한 디저트에 집중하며 걱정을 지우고 있을 때였다. 하인 하나가 걸어와 엔나에게 소곤거리자 엔나가 놀란 기색으로 말했다.

"어머, 들어오시라고 해."

"예, 주인마님."

하인이 나가더니 잠시 후 저택으로 남자 하나가 들어섰다. 그 남자를 발견한 바이올렛이 놀라서 손으로 입을 가렸다.

"윈터?"

바이올렛이 자리에서 일어났다. 윈터는 갑자기 찾아온 것에 대한 미안함의 선물로 가져온 와인들을 엔나에게 건넸다. 그 와인이 상당히 좋은 것들인지 술 좋아하는 엔나의 표정이 놀람으로 가득 찼다.

바이올렛의 눈썹이 난감함으로 기울어졌다. 엔나와 인사를 마친 윈터에게 다가간 그녀가 걱정스레 물었다.

"무슨 일 있어요?"

"……."

그가 대답이 없어 바이올렛이 고개를 들었다가, 다시 돌렸다.

원래도 허투루 하고 다니진 않지만 이렇게 격식 갖춘 턱시도를 입은 모습은 처음 보았다. 머리칼은 완전히 뒤로 넘겨 잘생긴 얼굴을 환히 드러냈고, 사나워 보이는 입매는 불쾌하다는 듯 꽉 다물려 있었다.

이렇게 있는 대로 꾸미고 오니 바이올렛은 새삼 그의 외모에 놀라움을 느꼈다. 하여튼 그렇게 미운데도 외모만큼은 질리질 않았다.

"사업차 온 거예요?"

이것밖에 이유가 없다고, 바이올렛은 확신했다. 그 질문에 한참 뜸을 들이던 윈터가 대꾸했다.

"지나가다 들렀어."

"여기를요? 호텔이랑 두 시간 떨어져 있는 곳을?"

"여긴 지나가면 안 되는 곳이기라도 한가?"

"그건 아닌데……."

바이올렛이 의아한 표정을 지었다.

그러나 윈터는 반드시 지나가다 들른 것으로 해야만 했다.

그도 그럴 것이, 그가 새벽 2시부터 지금 이 시간까지 겪은 감정 변화를 말하면 바이올렛은 물론 세상 모든 사람이 비웃을 것이기 때문이었다.

❄ ❄ ❄

"망가졌네."

지난 새벽. 윈터는 바이올렛이 이 시간까지 안 들어왔을 리 없다고 확신하며 초록색으로 고정된 표시기를 손가락으로 툭툭 때렸다. 그러다가 성질을 못 참고 그 옆에 있는 벨을 쾅쾅 두들겼다.

그 바람에 객실 바로 옆에 마련된 방에서 자던 룰루가 기겁을 해서 뛰쳐나왔다.

"어디 불이라도 난…… 대표님?"

룰루가 의아한 표정을 지으며 벨을 눌러 대는 윈터를 보았다. 그러자 윈터가 표시기를 가리키며 말했다.

"시설부 불러서 당장 고치라고 해."

"예? 말짱한데요."

"이거 안 보여? 외출 중이라잖아."

"맞아요. 작은 마님께서는 오늘 안 들어오셨거든요."

"뭐?"

"놀러 가신다더니 무척 재밌으셨는지 연락도 없으시네요."

"……연락이 없어?"

얼굴이 새하얘진 윈터가 표정을 구기며 물었다.

"놀러 간 거 맞아? 확실해?"

"확실해요! 주방장이 디저트를 엄청 만들어 놔서 나눠 드실 거라면서 챙겨 나가셨어요."

"내 아내는 3년 내내 집 안으로도 사람을 안 부르던 여자야. 놀러 나간 것도 모자라서 외박을 한다고? 바이올렛이? 연락이 안 왔으면 무사한지 확인을 했어야지!"

구겨진 윈터의 얼굴이 너무 무서워서 룰루가 겁을 먹고 움츠러들었다. 그러나 얼마 전 손주를 본 룰루 역시 이 호텔에서 온갖 진상을 마주하며 잔뼈가 굵어진 사람이었다. 그녀가 억울한 표정으로 말했다.

"아니, 물가에 애 내놓은 것도 아니고 화원에서 위험할 일이 뭐가 있어요? 날도 좋은데 좀 놀러 갈 수도 있지! 대표님은 맨날 수도에 사시면서 겨우 하루 안 들어오는 걸로 그러세요, 왜?"

룰루의 말에 반박할 말이 없었다. 지기 싫어하는 윈터는 목까지 욕설이 차올랐으나 바이올렛이 룰루를 좋아하던 게 기억나 차마 내뱉진 못했다. 윈터가 최선을 다해 침착한 목소리를 냈다.

"그러니까…… 짧은 티 파티도 치를 떨고 싫어하는 사람이 밤새워서 놀고 있을 리가 있냐는 거지, 내 말은."

"작은 마님이 사람 모여 있는 걸 얼마나 좋아하는데 티 파티를 싫어하신다는 거예요? 잘못 아신 거 아니에요?"

"3년을 같이 산 내가 더 잘 알아. 아무튼 열쇠나 내놔."

윈터가 열쇠를 빳듯이 쥐어 바이올렛의 방으로 들어섰다.

안으로 들어가 보니 여느 때의 바이올렛처럼 단정한 방이 나왔다. 룰루가 이 호텔의 온갖 좋은 방은 다 보여 줬을 텐데 굳이 작고 별 볼 일 없는 이 방을 고르는 그 취향이 이해가 가지 않았다.

윈터는 응접실 의자에 앉아 객실 문을 바라보며 바이올렛을 기다리기 시작했다.

놀다가 늦어서 자고 오기로 한 거라면 내일 아침이면 올 테지. 몇 시간 뒤면 그녀가 말짱히 돌아오는 모습을 볼 수 있을 것이다.

사는 게 재미없다는 듯이, 그렇게 말하지만 않았으면 이렇게 겁이 나지 않았을 텐데…….

그는 문을 바라보며 생각했다.

시간이 흐를수록 윈터는 아침에는 오겠지, 점심에는, 설마 저녁 먹기 전에는 오겠지, 생각했다. 그러나 저녁이 되어도 바이올렛이 오지 않자 혹시 그녀가 어떻게 된 건 아닌가, 겁을 내다 결국 바이올렛이 놀러 갔다는 오겔 화원으로 연락했다.

바이올렛이 거기 있다는 이야기에 안심하긴 했는데, 그래도 두려움이 완전히 사라지지는 않았다. 일을 해 보려고 해도 전혀 손에 잡히지 않았다.

❄❄❄

블루밍 가문에서 윈터를 받아 주어 살게 되었을 때, 그는 1년 정도는 드문드문 예전에 하인으로 일하던 식당 주인에게 멱살이 잡혀 끌려가는 꿈을 꾸었다.

연관성은 모르겠지만 아내를 기다리는 동안에도 내내 그 악몽을 꾸는 기분과 똑같았다. 아내가 하루 사라진 걸 열두 살짜리 꼬마가 부모를 잃는 악몽을 꾼 것과 비교하다니, 아무래도 제가 지나치게 해이해진 모양이었다.

정작 엔나의 저택에 와 보니 아내는 말짱한 얼굴로 만찬을 즐기고 있었다.

살면서 아내의 얼굴이 이렇게 반가워 본 것은 처음이었지만 동시에 자신에게 이렇게 큰 공포를 느끼게 한 그녀가 미워졌다. 세상에 누가 연락도 없이 이렇게 늦는단 말인가? 기다리는 사람은 어떻게 하라는…….

적반하장으로 생각하던 윈터가 슬슬 기시감을 느끼고 있을 때, 엔나가 와인을 가져와 두 사람에게 한 잔씩 따라 주었다.

"이렇게 좋은 와인들을 받아도 되나 모르겠소?"

"초대받지 않은 손님이니까요."

"무슨 소릴. 바이올렛의 남편이면 언제나 내 손님이지. 게다가 이런 와인을 들고 온 손님이면 자던 중에도 달려 나올 거요."

엔나가 진심으로 기뻐하며 말하고 떠나자 바이올렛이 와인 잔을 바라보며 윈터에게 물었다.

"이게 그렇게 좋은 와인이에요? 자다 깨서도 반길 만큼?"

"좋기도 하지만 구하기 어려운 와인이지."

"그랬구나……. 몰랐어요."

"공주님께서 웬일로 모르는 게 다 있군."

"전 이상하게 레드 와인을 마시면 잘 취해서. 거의 안 마셔요."

바이올렛이 향을 먼저 맡고 와인을 홀짝홀짝 넘겼다.

"아, 향이 정말 좋네요. 달콤하기도 하고……."

"잘 취한다며."

"당신이랑 같이 돌아갈 거니까요."

바이올렛이 무심코 말해 놓고 멈칫하더니 윈터를 보았다.

"아, 혹시 바로 가야 해요?"

"……."

"너무 늦었는데 그 일은 내일 하는 게 어때요? 와인이 달아요. 한 잔만 다 마시고 가면 좋겠어요."

바이올렛이 와인 핑계를 댔다. 그녀가 머물러 달라고 하면 머물러 주지 않을 것이기 때문이었다.

잠시 후, 윈터가 입을 열었다.

"……안 가. 더 마셔."

"그래요? 별일이네요."

바이올렛이 안심하며 다시 와인을 마시기 시작했다. 그러더니 윈터의 팔을 잡아끌었다.

"인사하러 가요."

윈터는 결혼 후 처음으로 바이올렛에게 이끌려 다니며 만찬 손님들과 인사를 나누었다. 한 바퀴를 쭉 돌았을 땐 바이올렛의 잔이 비어 있었다. 한 잔으로 뺨이 발그레한 걸 보니 정말로 레드 와인에 잘 취하는 모양이었다.

만찬은 밤새도록 이어질 분위기였지만 부부는 두 시간을 돌아가야 했기 때문에 일찍 저택을 나왔다. 엔나와 샤론이 붙잡았지만 또 오겠다는 말로 달래니 시무룩하게 두 사람을 놓아주었다.

마차로 향하는 바이올렛은 기분 좋게 취해 있었다. 걸어가던 그녀가 휘청거리자 윈터가 서둘러 허리를 끌어안았다. 제 쪽으로 몸을 돌려 보니 뺨에 술기운이 복숭아처럼 피어 있고 말간 두 눈에는 졸음이 가득했다. 그녀가 눈꼬리를 휘어 웃었다.

"해 보고 싶었어요."

"……뭘?"

"사람들한테 남편 소개하는 거. 해 보니까 좋네요."

윈터는 고작 파티 한 번 함께해 준 것으로 아내가 이렇게 행복해할 거라고는 상상도 못 했다. 그가 중간에 가 버릴까 자꾸 신경 쓰는 아내가 윈터의 마음을 무겁게 했다.

마차에 탄 바이올렛은 졸음이 쏟아져 꾸벅꾸벅 졸다가 결국 문에 머리를 기댔다. 그러나 곧 옆에 사람이 있는 게 신경 쓰여 눈을 뜨고 윈터를 보았다.

"어제 파티 준비하느라 잠을 잘 못 자서 피곤하네요."

윈터가 바이올렛의 머리를 감싸 제 어깨에 기대게 했다.

"두 시간을 이렇게 어떻게 가. 그냥 자."

그의 행동에 바이올렛의 눈이 다시 뜨였다. 평소 안 하던 그의 행동이 이어지자 잠이 확 깨 버렸다.

망설이던 바이올렛은 조심스럽게 손을 뻗어 윈터의 손을 잡았다. 그리고 고개를 들어 윈터를 보았다.

"윈터. 이번엔 정말 얘기 좀 해요."

"이혼 얘기라면 대답했잖아. 안 된다고."

"이혼이 안 된다면…… 아이에 대해서 얘기해요."

"……."

죽음이라는 출로가 막혔을 때 그녀는 떠나는 것을 떠올렸다.

그러나 두렵지 않은 것은 아니었다. 그녀는 웬만해서는 이혼을 허락하지 않는 라크라운드 왕실 사람이었기에 더더욱, 조금이라도 가능성이 있다면 부부 관계를 유지하고 싶었다.

그녀는 결혼을 유지하려면 우선 두 가지가 이뤄져야 한다고 생각했다. 수도로의 분가와 아이였다.

바이올렛이 윈터의 손을 당겨 두 손으로 감싸며 말을 이었다.

"당신이 바쁜 건 아는데. 그래도 이제는 아이에 대해서 이야기를 해 볼 필요가……."

그녀의 말이 채 끝나기도 전에 윈터의 손이 빠져나갔다.

"생각 없어."

그가 이 대화를 끝내자는 듯이 마차 창밖으로 고개를 돌렸다.

바이올렛이 그의 등을 바라보며 물었다.

"무슨 말이에요? 생각 없다는 게."

"아이. 필요 없다고, 전혀."

"……그게 다예요?"

윈터는 더 이상 말이 없었다.

바이올렛은 물끄러미 그의 등을 바라보았다. 그가 아이 이야기를 할 때마다 대화를 피한다는 건 알았지만 이렇게까지 강경하게 반응할 줄은 몰랐다. 그녀는 별말 없이 반대쪽 창으로 몸을 돌렸다.

"그렇군요. 이제 알았네요."

그리고 마차 안에는 더 이상 대화가 없었다.

호텔에 도착할 즈음, 윈터는 바이올렛 쪽을 보았다. 그녀는 술이 깼는지 꼼짝도 않고 창밖을 바라보고 있었다.

윈터는 지금 바이올렛이 말하는 것이 이혼을 대신하는 조건이라는 것을 알아들었다. 알기 때문에 속이 탔지만 그는 아이에 대한 것만은 여지를 줄 수 없었다.

그게, 그에게는 불가능했다.

❄ ❄ ❄

바이올렛은 아침 늦은 시간에 눈을 떴다.

기억이 끊기거나 한 것은 아니지만 많이 피곤했던 탓에 마차에서 내려 호텔에 들어온 것과 부축하려는 윈터를 밀쳐 낸 기억이 어렴풋했다.

그녀가 상체를 일으키는데 창으로 들어오는 햇살이 지나치게 밝았다. 의아해하며 두리번거리다가 11시를 넘긴 시계를 발견하고 기겁을 해서 일어났다.

"루, 룰루? 왜 안 깨워 준……."

서둘러 일어난 그녀는 열린 침실 문 너머로 보이는 남편의 모습에 멈춰 섰다. 윈터가 지긋지긋하다는 듯한 표정으로 차를 우리다가 바이올렛 쪽을 보았다.

"내가 깨우지 말라고 했어. 설마 이 시간까지 잘 줄은 몰랐거든."

"거기서…… 뭐 해요?"

"시간 내잖아."

"……네?"

"이리 와. 식사하게. 굶어 죽기 직전이니까."

바이올렛이 황당하다는 표정으로 걸어 나가려다 힐끔 거울을 보고 놀라서 침실 문을 닫아 버렸다. 그러자 급한 성질을 있는 대로 죽이고 있던 윈터가 구겨진 표정으로 걸어와 문을 열어젖혔다.

"설마 더 자려는 건 아니겠지. 겨울잠 자는 것도 아니고."

"머리가……."

"산발이네. 자르길 잘했어."

"내가 말을 끝내게 좀 내버려 둘래요?"

견디다 못한 바이올렛이 따지듯 말하자 윈터가 팔짱을 끼고 언제나 그랬듯 짜증이 묻어나는 눈으로 그녀를 내려다보며 말했다.

"해 봐, 어디."

"머리가 산발이니까 나가 줘요."

"싫어."

"그리고 전 당신처럼 아침 식사에서 삶은 채소를 먹지 않는데요."

"뭘 먹는데?"

"구운 빵과 잼이요."

"아침부터 단 게 들어간다고?"

"커피보다 많은 설탕을 부어 먹는 당신이 할 말은 아니죠."

"어쩐지 몸이 바뀌면 내주는 커피마다 맹탕이더라. 당신 입맛이 문제였군."

"내가 문제라고요?"

바이올렛이 기가 차다는 듯 묻자 윈터가 어깨를 으쓱이며 돌아섰다.

"그걸 이제 알았나 보군. 그럼 실컷 빗질하고 나와. 어차피 너무 굶어서 이젠 배고픔이 느껴지지도 않으니까."

그렇게 비꼰 윈터가 침실 문을 닫았다.

바이올렛은 황당함이 물든 눈으로 문을 바라보았다. 갑자기 윈터가 왜 저러는 건지 알 수가 없었다. 어제 술 취해서 제가 헛소리라도 한 걸까?

기억을 더듬어 봤지만 기껏해야 아이 문제에 대해 상의하자는 정도 뿐이었다. 예전에도 바이올렛이 몇 번 시도해 본 대화였고 남편이 언제나 나중에, 라며 미루던 이야기이기도 했다.

아이가 필요 없다는 말이 상처이긴 했지만 평소 남편에게 외면당하며 느끼던 아픔에 비하면 아무것도 아니었다.

그러니 여기 와서 저렇게 아침 식사씩이나 하겠다며 시간을 낼 정도로 큰일은 아니란 의미였다.

"무슨 수작일까……."

그가 이유 없이 이렇게 시간을 낼 리 없었다. 분명히 무언가 꿍꿍이가 있다.

❅ ❅ ❅

윈터 블루밍이 아이를 원하지 않는 것은 아니었다. 그는 오히려 가족에 대한 애착이 큰 남자였다.

통계적으로 은발과 회색 눈 중 하나만을 물려받아 태어난 카닉 일족 혼혈들은 반드시 같은 카닉 일족의 피가 섞인 이성과만 임신이 가능했다.

하옐을 시켜 굳이 재조사까지 했지만 마찬가지였다. 은발과 회색 눈을 둘 다 가진 카닉 일족들은 누구와 만나도 아이가 태어났지만, 회색 눈만 가진 자와 카닉 일족의 피가 없는 이성 사이에서 태어난 아이는 단 한 명도 없었다.

카닉 일족은 먼 옛날부터 다른 대륙의 극북(極北)에 산 모양이었다. 지리적으로 매우 폐쇄된 곳이라 외부인을 아예 만나지 않은 상태로 오랜 세월을 살아왔기에 이러한 일이 생긴 게 아닐까 추측할 뿐이었다.

라크라운드에 이방인이 자리 잡은 지는 꽤 오랜 시간이 지났으므로 차별이 있다고 해도 많은 가문에 섞여 들어갔다.

그러나 만약 세상에 단 한 명, 절대로 카닉 일족의 피가 섞이지 않은 여자를 뽑으라고 한다면 그건 단연 그의 아내 바이올렛이었다.

라크라운드 왕실의 순혈 공주님.

혈맥 어디에도 비천한 이방인 따위는 존재하지 않았을 그녀만큼은 이 더러운 피에서 안전하셨을 거라는 말이었다.

지난 3년간 피임 한 번 없었음에도 아이가 생기지 않은 것이 그 명백한 증거였다.

이혼 이야기까지 나온 마당에, 윈터는 더더욱 이 사실을 아내에게 알릴 생각이 없어졌다.

❄ ❄ ❄

냉큼 침실로 달려 들어온 룰루는 초조한 얼굴로 빗질을 반복하는 바이올렛에게 이르듯이 말했다.

"아이고, 작은 마님! 대표님 좀 어떻게 해 주세요. 6시부터 저러고 앉아서 사람들 다 불안하게 하는데 아주 미치겠어요."

"왜 갑자기 저렇게 안 하던 짓을 할까?"

바이올렛 역시 영문을 몰라 하며 빗질을 하는 사이, 룰루가 침실에 작게 붙어 있는 드레스 룸 문을 열며 물었다.

"옷 갈아입고 나가실래요?"

"화낼 것 같으니 그냥 나가겠네."

"복 받으실 거예요, 작은 마님……."

수장이 내내 호텔에 붙어 있는 것만으로도 직원들은 진이 빠졌다. 어제는 아무것도 안 하면서 바이올렛의 객실 응접실에 앉아 표정만 구기고 있으니 다들 피가 바짝바짝 마르는 기분이었다.

룰루가 서둘러 실크로 된 가운을 가져다 그녀에게 걸쳐 주었다.

바이올렛이 가운을 여미며 침실을 나서 윈터의 맞은편에 앉았다.

차를 들이켜는 윈터를 본 바이올렛이 손잡이에 구부린 손가락을 건 그를 따라 검지를 구부려 보이며 말했다.

"고리에 그렇게 손가락을 걸면 안 돼요."

"그럼 이 손잡이는 뭐 하러 있어?"

그러자 바이올렛이 자연스러운 손놀림으로 손잡이 밖을 잡아 들었다.

"걸어서 들지 말고 이렇게 잡아서 들라고 있나 봐요."

"내가 말했나? 귀족들은 쉬운 일을 어렵게 골라 만드는 재주를 가졌다고."

"처음 듣네요."

"어쩐지 차를 마시기만 하면 날 구경거리로 보더라니."

바이올렛이 말해 줘서 다행이었다. 윈터가 이해가 안 된다는 표정으로 연습하는 사이, 룰루가 식사거리를 가져왔다. 룰루가 떠난 후 바이올렛이 입을 열었다.

"여긴 무슨 일이에요?"

"이야기 좀 하자며, 항상. 무슨 이야기가 그렇게 하고 싶은지 들어나 보려고."

이혼 이야기가 나오고 제가 외박을 감행한 후에야 이야기를 하잔다. 바이올렛이 씁쓸히 대답했다.

"참 늦게도 듣고 싶어지셨네요."

"이제라도 하자는데 왜 이렇게 비뚤게 나와?"

"우리가 몸이 바뀌지 않았다면 애초에 이야기할 기회도 없었을 거예요."

"어차피 이제 슬슬 쉴 생각이었어."

"세상엔 타이밍이란 게 있잖아요."

윈터가 혀를 찼다. 그러고는 이내 차에 설탕을 들이부은 후 티스푼으로 마구 휘저은 뒤에 물었다.

"몸 바뀌는 건 무슨 수를 쓴 거지?"

"말 안 할래요. 저도 무기 하나는 있어야죠."

바이올렛이 아무 일 아니라는 듯 말하고 차를 한 모금 마셨다. 그리고 잔을 내려놓으며 물었다.

"아이는 왜 싫어요?"

"나중에. 당신이 이혼할 마음이 사라지면 그때 얘기하지."

"아이가 있어야 이혼할 마음이 사라질 것 같은데요."

내내 바이올렛이 부정적으로 나오자 윈터가 성질이 났는지 툭 참아 오던 말을 내뱉었다.

"애초에 이런 식으로 잠자리를 해서는 아이가 생길 것 같지 않던데."

이번엔 바이올렛의 표정이 찌푸려졌다.

"그게 무슨 말이에요? 문제라도 있나요?"

"당신네 집안에서 도대체 뭘 가르쳤는지 모르지만 옷도 다 벗으면 안 된다, 소리도 내면 안 된다, 만지지도 마라. 말이 된다고 생각해? 순진한 아가씨 속여 먹은 거 아냐?"

"그게 무슨……."

바이올렛이 너무 기가 막혀 말이 안 나온다는 듯이 윈터를 보았다.

"블루밍 가문에서도 크게 다르지 않을 거라고 생각하는데요?"

"우리 집안은 애초에 잠자리에 대해서 교육씩이나 하지 않던데."

"지금 로렌스 가문을 모욕하는 거예요?"

"아, 그렇게 되나. 그거 미안하군."

'망할, 예쁘지만 않았으면…….'

로렌스 가문식의 성교육에 대해 미리 알았다면 윈터는 애초에 이 결혼을 시도하지도 않았을 것이다. 잠자리에서 옷을 다 벗지 않는 건 물론이고, 가슴이나 엉덩이는커녕 다리도 맘껏 만질 수 없었다.

하지만 침대에 누워 자신을 올려다보는 눈동자, 결혼식장에서 처음 본 순간부터 똑바로 바라보고 싶어 했던 블루 다이아몬드 같은 그 눈동자와 뭐가 그렇게 신기했는지 조금 열려 있던 분홍색 입술. 맑고, 투명하고, 그럼에도 선명한 아내의 얼굴을 보면 윈터의 인생에서 완전히 사라진 줄 알았던 참을성이 되돌아왔다.

작위가 날아가고 재산도 날아가고 아이도 낳을 수 없는 데다 잠자리는 고문과 같았음에도 그녀와 결혼한 것은 나쁘지 않다고 생각했다.

그런 말간 얼굴에 못마땅함이 차오르자 윈터가 억울함을 못 참고 투덜거렸다.

"그런 상종 못 할 이상 성욕자 보듯 하지 마. 어차피 이번 달도 최대한 몸이 닿지 않게 노력할 테니까. 내 입장에선 그게 더 이상 성욕자 같지만."

"이 이야기는 다음에 해요."

"그러지. 하지만 다음에 꼭 해 줬으면 하네."

바이올렛은 윈터가 왜 저렇게 억울해하는지 전혀 이해가 가지 않았지만 일단 고개를 끄덕였다. 그녀가 다시 입을 열었다.

"사실 그동안 궁금했던 게 있긴 했어요. 당신에게 묻고 싶었던 거."

"그래, 이제야 좀 대화가 되겠군."

그런데 정작 알고 싶은 것이 있다던 바이올렛은 한참 동안 말이 없었다. 윈터가 답답하다는 듯 말했다.

"왜, 얼마나 어려운 말을 하려고 그래?"

"궁금한 건."

빛이 바랜 듯한 그녀의 목소리가 윈터에게 닿았다. 바이올렛이 찻잔을 바라보며 다시 입을 열었다.

"그러니까 당신한테 난 그런 거죠? 비싸게 주고 샀는데 못 쓸 물건."

"……뭐?"

잘못 사들인 물건. 집에 가져와 봤더니 우리 집이랑 너무 안 어울려서 창고에 처박아 둔 골동품 같은 것. 볼 때마다 화는 나는데, 그런데 버리기에는 들인 돈이 아까워서, 그래서 못 버리는 그런 물건.

"저 같아도 쉽게는 못 버릴 것 같아요. 그래서 늘 당신에게 미안했어요. 그런데 그럼 나는 뭐가 되나. 쓸모는 없고, 그런데 버려지지도 못하는 나는 정말 어떻게 하면 좋을까……."

바이올렛은 제 처지가 우습고, 한심했다.

3년 내내 제 방, 5층 침실에서 대부분의 시간을 보냈다.

구석에 처박힌 2,400만 라크네짜리 잘못 산 물건이 되어 그냥 가만히, 죽은 듯이, 장식품처럼 살았다. 그러다 가끔 지나가던 사람이 발견하면 화가 나서 발로 한 번 툭 차고 지나가는 그런…….

그런 3년.

그러니까 그동안 남편에게 하고 싶었던 가장 중요한 말은 그것이었다.

나는 앞으로 도대체 무슨 의미를 가지고 살아야 하는 건지.

나를 잘못 사들인 당신은 내가 어떻게 하기를 바라는지.

그런 질문을 하지 못하고 3년이 지나자 지금은 그저 지쳐서 빨리 포기하고 버려 줬으면 하는 마음밖에 남지 않게 되었다.

"그래서 내가 궁금한 건, 당신이 언제쯤 나를 버려 주려나 하는 거예요. 당신도 당신 사랑을 찾았으면 좋겠어요. 그게 언제쯤이면 될지."

그녀의 담담한 목소리 끝에 침묵이 흘렀다. 여름의 바람 소리만 한동안 공간을 채웠다.

한참 후, 윈터가 물었다.

"말 다 했어?"

"어느 정도는요."

"비꼰 건데."

"……."

윈터는 바이올렛의 말을 전혀 이해하지 못했다. 자신은 필사적이었다. 제가 줄 수 있는 가장 효율적이고 많은 사랑을 주었다. 아내에게 이런 말을 들어야 하는 이유를 그는 조금도 이해할 수 없었다.

"……돌겠군."

그는 험악해진 표정을 감추려 애썼다.

윈터는 아내에게 필요한 것이 돈이 아닐지도 모른다는 판단 때문에 스물일곱이 되는 사이 단단히 굳어진 고정관념을 깨야만 했다. 그가 낮게 가라앉은 목소리로 말했다.

"나는 당신을 버리거나 할 생각이 없고, 당신도 나를 떠나면 안 돼.

뭐가 문제인지는 모르겠지만 당신이 그렇게 느낀다면 나도 해결 방안을 찾도록 노력하지."

"무슨 노력을 해요?"

여전히 비협조적인 그녀의 질문에 윈터가 골치가 아픈지 손으로 얼굴을 감싸 쥐며 말했다.

"그걸 알면 내가 여기까지 몰렸겠어? 난 돈으로 해결하는 것밖에 못 해. 평생 그래 왔으니까."

"도대체 당신이 돈이 얼마나 많다고 그렇게 모든 걸 돈으로 해결하려고 해요?"

그녀가 모르는 소리를 하자 윈터가 얼굴을 감싸 쥐었던 손을 내리고 기가 차다는 듯이 아내를 보았다.

"나한테 관심이 전혀 없군."

"그렇지 않아요."

"웃기지 마. 나에게서 재산을 빼면 뭐가 남아."

윈터가 투덜거리며 걸어와 바이올렛의 손을 잡아 일으키더니 창가로 끌고 갔다. 고층의 창으로는 왕성의 일부와 레클강 하구의 섬까지 선명하게 보였다. 윈터는 제 커다란 손으로 바이올렛의 손을 움켜쥐고, 그녀의 검지 아래로 손가락을 넣어 펴서는 창문 중앙에 가로선을 그으며 말했다.

"여기부터 여기까지."

"네."

"내 거야."

바이올렛이 멈칫하더니 고개를 돌려 윈터를 보았다. 그 순간 두 사람의 얼굴이 가까워져 바이올렛이 놀란 듯 뒤로 물러섰다.

공허하던 눈동자를 보다가 지금 당황으로 가득 찬 그녀의 눈을 보니 윈터는 기분이 조금 나아졌다. 그가 제 손에서 빠져나가려는 바이올렛의 손을 꽉 움켜쥐었다.

바이올렛은 자신을 노려보는 윈터의 회색 눈동자가 바짝 날이 선 짐승 같다고 생각했다.

"지난번에 이혼하려면 돈을 갚고 어쩌고 해서 그런 무시무시한 소리를 하시나 본데, 이혼하자는데 네네, 거리고 있을 머저리가 어디 있어?"

"……."

"난 당신처럼 고상하게 말 못 해. 몰랐다면 당신도 나에 대해서 전혀 몰랐던 거지. 그래, 원하면 당신을 이해하려고 노력해 볼 테니까 당신도 나에게 익숙해져 봐. 사람 미치게 만들지 말고."

그는 제 손아귀에 있던 바이올렛의 손을 가까스로 놓았다. 그러더니 돌아서서 객실을 나갔다.

바이올렛은 어쩐지 진이 빠져 자리에 풀썩 주저앉았다. 다행인지 불행인지, 온몸을 진탕으로 끌어당기던 우울감에서는 완벽히 벗어났다.

다만 도저히 남편의 반응을 이해할 수 없었다. 그에게 아무런 쓸모도 없을 자신을 버려 달라는 말이 왜 이렇게까지 그를 화나게 한 건지.

윈터가 사라진 후에야 호텔에도, 바이올렛에게도 평화가 찾아왔다.

윈터는 이틀간 객실로 꽃을 보냈다. 무엇이든 과하게 하는 그는 꽃 선물도 과하게 했다.

바이올렛이 평소처럼 지끈거리는 관자놀이를 손바닥으로 누르며 침실에서 나오다가 한숨을 쉬었다. 응접실 바닥, 테이블, 창틀 할 것

없이 꽃으로 채워져 있었다.

"룰루, 이거 아무리 봐도 화내는 거지?"

"그런 것 같기도 하고……."

꽃을 사 달라고 했던 바이올렛의 말을 기억해서는 여기에 아주 꽃집을 차릴 모양새다. 꽃향기 때문에 창문이란 창문은 모조리 열어야 했다.

지나치긴 해도 바이올렛이 꽃을 좋아하는 것은 사실이었다. 그녀는 황당해하면서도 내내 화분에 물을 주기도 하고, 꽃을 말리거나 새로운 꽃다발을 만들기도 하며 은근히 즐거운 이틀을 보냈다.

룰루가 하옐이 또 한바탕 사다 놓은 드레스를 하나씩 꺼내며 물었다.

"아무튼 오늘 두 분 데이트하신다면서요? 어디로 가실 거예요?"

"아는 곳이 없어서, 그 사람 자주 가는 곳 따라가기로 했네."

데이트가 아닌, 상대에 대해 조금이라도 알아보자는 협의였지만 부부 사이의 일을 전부 말할 필요는 없었다.

꽃집 같은 응접실에 앉아 아침 식사를 하는 사이, 호텔의 요리사인 투린과 블루밍 가문의 하인 플립이 들어왔다.

최상의 요리를 선보이겠다는 투린의 욕망 덕에 식재료가 가득 찬 바구니를 든 플립이 한숨을 쉬었다. 투린이 바구니에서 크림색의 버터를 꺼내 열어 보이며 말했다.

"이건 어렵게 공수한 홀린 대륙 중부의 실크 버터입니다. 그 맛이 실크처럼 부드럽다고 소문이 자자하죠. 자그마치 배를 타고 넘어온 이 위대한 버터를 봐 주십시오!"

투린 혼자 감동하는 사이, 룰루가 바이올렛에게 일러바쳤다.

"대표님께선 남부 사람이라 버터 들어간 음식을 안 좋아하시거든요. 저걸 사고 싶어 가지고 안달을 하더니 결국은 사 버렸네요."

"버터를 안 좋아하는 사람이 있단 말인가?"

"네. 그쪽 지역은 음식에 버터보다 오일을 더 많이 쓰니까요. 물론 그런 것치고도 대표님이 유난히 버터를 안 좋아하세요."

옆에서 플립도 한마디 거들었다.

"육류보단 채소를 훨씬 좋아하시는데, 그것도 남부 특징인가요?"

그 말에 투린이 빠르게 고개를 저었다.

"그건 남부 특징이 아니라 대표님께서 어린 시절 극빈층이셔서 육류를 접할 일이 없으셨기 때문일 거야. 유제품도 그래서 안 좋아하시는 거고."

"그랬군요……."

바이올렛은 그들의 대화를 들으며 남편이 했던 말처럼, 남편이 자신에 대해 모르는 만큼 자신도 남편에 대해 아무것도 모른다는 생각을 했다.

투린의 식재료 자랑이 길어졌다. 그때, 문이 벌컥 열리더니 재킷을 두 손가락에 걸어 어깨에 걸친 윈터가 걸어 들어왔다.

"여기가 시장 바닥인 줄 알아?"

"죄, 죄송합니다, 대표님!"

"나가 보겠습니다!"

수다를 떨던 세 사람이 도망치듯 빠져나가자 윈터가 문을 잠그더니 가져온 재킷을 소파에 아무렇게나 던졌다.

"친구 없다더니, 왜 수도에서는 만나는 사람마다 당신이 좋아서 어쩔 줄을 모르는 거지?"

"그래 보여요?"

바이올렛이 조금 반가워하며 물었다.

3년 내내 걸어도, 멈춰도, 웃어도, 울어도 비난을 듣던 것이 후유증을 남겼는지 드문드문 상대가 속으로는 자신을 미워하고 있을 거란 두려움에 휩싸였다.

윈터가 여전히 구겨진 표정으로 대꾸했다.

"내 아내니까 직원들한테 불편한 존재일 텐데도 굳이 여길 찾아와서 떠들어 대잖아. 당연히 당신이 좋아서 어쩔 줄 모르는 거지."

"식재료 소개랑 옷 고르는 게 재미있어서 이야기가 길어졌어요. 아, 저 세 사람이 만장일치로 저 옷을 골랐어요. 곧 갈아입고 올게요."

바이올렛이 무릎까지 오는 길이의 얇은 여름 미니 드레스를 꺼내 들어 보였다.

그 후, 그녀는 미니 드레스를 가지고 들어가 금방 옷을 갈아입고 나왔다. 입기 편한 형태라 혼자서도 금방이었다. 어깨가 얇은 끈으로 되어 있고, 세로로 주름이 있는 하얀 모슬린에 허리 리본은 하늘색이었다.

그녀가 손에 리본을 들고 걸어 나오자 윈터가 다가와 그녀의 허리에 반듯하게 리본을 감아 묶었다. 그사이 바이올렛이 전신 거울로 윈터와 자신을 보았다. 윈터의 키가 크다는 건 알았지만 거울로 보니 정말 많이 차이가 났다. 그녀가 거울을 바라보며 입을 열었다.

"아, 엘리도 올까요? 그 애가 경기장에서 당신을 자주 만난다던데."

"오겠지. 경기장에 살다시피 하니까."

"친한가 봐요."

"별로."

엘리는 바이올렛의 사촌 아리엘라 로렌스를 말했다. 별로, 라고 대답하긴 했지만 가까운 사람들이 부르는 애칭을 아는 걸 보니 아주 안

친한 것 같지도 않았다. 지난번에 아리엘라가 둘이 대화가 잘 통한다고 말하기도 했고.

바이올렛은 아무렇지도 않은 표정을 지으며 고개만 한 번 끄덕였다.

❄ ❄ ❄

아리엘라에 대한 생각은 카이슬 경기장 VIP 박스석에 들어서는 순간 더 이상 할 수 없게 되었다. 바로 아래에서 몸을 푸는 선수들을 본 바이올렛이 충격에 짧은 비명을 질렀다.

선수들이 전부 상의를 탈의하고 있었다. 여름 햇빛에 우람한 상체 근육이 보석처럼 번쩍였다. 바이올렛이 즐기는, 머리끝부터 발끝까지 유니폼을 착의하고 유유자적 말을 타는 스포츠와는 완전히 다른 스포츠였다.

바이올렛은 뭐라고 말도 못 하고 부채로 얼굴을 가리고 호흡을 가다듬었다. 그 모습에 윈터가 부채를 잡아 내리며 짓궂게 말했다.

"봐. 다른 남자 몸 구경한다고 질투 안 할 테니까."

"안 하는 거 알아요. 제가 보고 싶지 않아요."

그사이 박스석을 전담하는 직원들이 맥주병이 가득 담긴 아이스 버킷을 가져왔다. 윈터가 맥주병 하나를 꺼내 박스석 정면의 창틀에 대고 확 당겨 뚜껑을 열고 바이올렛에게 내밀었다. 그녀가 난처하게 물었다.

"병을 들고 그냥 마셔요?"

"네, 공주님. 그대로 드시면 됩니다."

윈터가 깍듯이 말하며 놀리자 바이올렛이 그를 흘기고는 얼음처럼 차가운 맥주를 한 모금 마셨다.

생각보다 이 분위기가 싫지 않았다. 윈터가 창틀에 구두 신은 두 발을 올릴 땐 좀 충격이었지만.

윈터는 이름도 적혀 있지 않은 싸구려 담배를 주머니에 구겨 넣었다. 그러고는 거기서 꺼낸 담배 한 대를 오른손에 들고 피우며 등받이에 기대 몸을 비스듬히 기울여 앉았다. 바이올렛은 살면서 저렇게까지 모든 행동이 삐딱한 사람을 처음 보았다.

그녀가 지금까지 봐 온 반듯한 정장 차림의 명문가 사내는 어디 가고 이런 예의 없는 남자만이 남았다.

윈터가 지금까지 그녀 앞에서 보인 모습들은 전부 가짜였을지도 모른다는 생각을 했다. 정장에 넥타이를 하고 식탁 맞은편에 앉아 말없이 식사를 하던 그의 모든 '귀족적'인 행동은 매 순간 신경 써가며 고생스럽게 만들어 낸 모습이 아니었을지.

바이올렛이 손을 내밀었다.

"하나 피워 봐도 돼요? 그 담배."

"안 돼. 질이 안 좋아."

"당신에 대해서 알아보라면서요."

윈터가 쯧 소리가 나게 혀를 차고 담배 한 대를 꺼내 내밀었다.

그때, 열린 창틀 너머에서 아리엘라가 고개를 들이밀었다.

"윈터, 여기서…… 바, 바이올렛?"

그녀는 이미 꽤 많이 취한 것 같았다. 그녀가 창틀에 털썩 앉아 의외라는 듯 두 사람을 보았다.

"웬일이야? 부부가 같이 다 오고."

바이올렛이 무심코 윈터를 보았다. 그가 대꾸했다.

"데이트."

"뭐야, 무슨 데이트하는 부부가 그렇게 서먹서먹해? 하여튼 바이올렛이 좀 뻣뻣한 편이지. 어릴 때도 그랬어. 모범적이고 재미없고……."

아리엘라가 말을 하는 도중에 윈터가 바이올렛의 허리를 안아 들더니 제 무릎에 격자로 앉혔다. 바이올렛이 균형을 못 잡고 그의 어깨에 두 손을 올리며 놀란 눈으로 윈터를 보았다.

"미, 미쳤어요?"

"데이트 같지가 않다잖아. 그보다 내 아내가 미쳤냐는 소리도 할 줄 아네. 쓰레기 같은 우리 팀이 이기는 것만큼 기적이군."

아리엘라가 멈칫하며 그 모습을 보더니 손을 흔들고 떠났다.

그녀가 떠나자 윈터가 한숨을 쉬며 바이올렛의 어깨에 머리를 기댔다.

"……저 애 좀 어떻게 해 봐. 당신 사촌이라 어떻게 할 수도 없고."

바이올렛은 제게 기댄 윈터의 머리를 놀란 눈으로 바라보았다. 그녀가 대답이 없자 윈터가 확 고개를 들어 불만스럽게 물었다.

"바이올렛, 내 말 듣고 있어?"

"듣고 있어요. 정말…… 엘리와 안 친하네요, 당신."

"친해야 돼?"

윈터가 그게 무슨 개소리냐고 당장 소리칠 것 같아 바이올렛이 얼른 고개를 저었다.

그가 아리엘라와 바람을 피우고 있을 거라 반쯤은 확신했던 스스로가 우스워졌다. 아리엘라가 일방적으로 그에게 접근하려 했던 것이다. 생각해 보면 사촌인 아리엘라는 어릴 때부터 늘 바이올렛의 것에 관심이 많았다. 무엇이든 자기도 똑같은 걸 가지고 싶어 했고, 더 나은 걸 가지고 싶어 했다.

그러다 아리엘라는 자신이 바이올렛보다 나은 한 가지를 발견했는데, 자유였다.

바이올렛은 발레를 아무리 좋아해도 발레리나가 될 수 없었고, 꽃을 아무리 좋아해도 정원사가 될 수 없었다. 그녀의 직책은 언제나 라크라운드 왕실의 유일한 왕녀 전하여야만 했다.

아리엘라는 모르겠지만, 바이올렛은 자유롭고 사랑스러운 그녀에게 언제나 질투를 느꼈다. 남자라면 누구나 자신이 아닌 아리엘라를 선택할 거라고 생각했다.

그녀는 여전히 자신이 이런 오해를 한 데는 대화를 하지 않으려 들었던 윈터의 잘못이 크다고 생각했지만, 지금 아리엘라에게 한 그의 대응은 솔직히 아주 조금, 시원했다.

아리엘라가 떠났으니 무릎에서 내려가려는데 윈터가 붙잡고 내려 주지 않았다. 오히려 그녀의 매끈한 두 다리를 손으로 감싸 자기 쪽으로 바짝 당겼다. 그녀가 이게 무슨 짓이냐는 듯 윈터를 바라보았다.

"내려 줘요, 그만 무례하게 굴고."

"오늘 당신에게 무례하다는 말을 몇 번이나 들을지 궁금하군."

"이제 더 이상 안 할게요."

"내기하자. 한 번이라도 더 하면 어떡할래?"

내기가 일상인 윈터가 한쪽 입꼬리를 올려 웃으며 묻자 바이올렛이 지지 않고 되받아쳤다.

"좋아요. 뭘 걸 건데요?"

"앞으로 세 번. 연달아서 당신이 오라는 파티는 어디든 가지. 처음부터 끝까지. 당신 옆에만 있는 걸로."

"……거짓말."

"진짜야."

윈터가 의외로 제법 쓸 만한 것을 내기에 걸었다. 생각보다 탐나는 상품에 바이올렛이 고민했다.

"난 걸 만한 게 없어요."

"몸이 바뀌는 법은 당신만 알잖아. 종종 당신의 우아함이 필요한 곳이 있어."

"그랬군요."

몸이 바뀌는 게 그에게 필요할 때가 있다니, 놀라운 일이다.

바이올렛은 제 목숨에 여전히 큰 미련이 없었고, 혹시 제대로 몸이 바뀌지 않아 그대로 죽는다 해도 문제없다고 생각했기 때문에 별 고민 없이 고개를 끄덕였다.

"언제 필요하죠?"

"그렇게 간단히 되는 일이었어?"

"쉬워요."

"그럼 그냥 방법을 알려 주지?"

"필요하면 스스로 알아내요."

그제야 윈터가 바이올렛을 놓아주었다.

그녀가 옆에 앉자 윈터가 슬쩍 진짜로 가지고 싶은 것을 말했다.

"내기에 입맞춤을 걸기도 하더군."

"내 입맞춤보단 필요할 때 몸을 바꾸는 게 소용이 있잖아요."

"그렇게까지 필요하지도 않아. 입맞춤을 걸어. 한 번, 내가 만족할 때까지. 어차피 당신이 조심하면 이기는 내기잖아. 뭘 걸어도 당신이 유리해."

"그건 그러네요. 내기해요, 그럼."

바이올렛은 어차피 자신이 이길 거라고 생각했고, 져도 입술 잠깐 맞대는 건 어려운 일이 아니라고 생각했다.

그사이 경기가 시작되었다.

경기가 시작되자마자 바이올렛은 남편과의 내기에서 질 수도 있다는 것을 예감했다.

시작부터 상의를 탈의한 우락부락한 두 팀의 선수들이 동시에 달려들었다. 카이슬은 오로지 완력만 가지고 겨루는 경기였다.

그때, 커다랗고 둥근 통을 목에 건 남자가 부부가 경기를 관람하던 창틀 앞에 멈춰 섰다.

"대표님, 누구한테 거실…… 아, 아이고!"

윈터의 옆에 앉은 바이올렛을 알아본 남자가 기겁을 해서 주저앉았다. 그러더니 안절부절못하고 울상이 되어 윈터에게 물었다.

"무, 무, 무릎 꿇어야 하는 겁니까?"

"당연하지, 누구 앞이라고."

윈터가 심각한 표정으로 말하자 남자가 서둘러 무릎을 꿇었다. 놀란 바이올렛이 급히 일어나 남자의 팔을 잡아 일으켰다.

"그럴 것 없소. 왕실은 해체된 지 3년이고, 해체되지 않았더라도…… 그냥 남편이 놀린 거라오."

바이올렛의 말에 남자가 억울함과 공주님이 제 팔을 잡아 주셨다는 감격을 동시에 느끼며 일어섰다. 이어 남자가 모자를 벗어 손에 쥐며 윈터에게 우는소리를 했다.

"깜짝 놀랐잖습니까! 왜 놀리고 그러세요!"

"네놈이 멍청한 걸 누굴 탓해. 나는 다우저에게 걸지."

윈터가 지갑에서 지폐를 꺼내며 말하자 남자가 등에 메고 있던 커다란 판을 앞으로 돌렸다. 그리고 '크랙 다우저'라고 적힌 선수의 이름 아래 윈터의 이름과 그가 건 돈의 액수를 적었다.

윈터가 가만히 그 모습을 보고 있는 바이올렛에게 설명했다.

"우선 합법이고, 오늘 여기 있는 선수 중에 가장 먼저 피를 낼 선수에게 돈을 거는 거지."

"말도 안 돼요. 나까지 놀리는 거죠?"

"어느 부분이 말이 안 돼?"

윈터가 오히려 되물었다.

바이올렛은 이게 농담이 아니란 사실에 다시금 충격을 받았다. 저런 내기가 있는 것도 이상했고, 그게 합법이란 것도 믿기지 않았다.

돈 통을 멘 남자가 바이올렛에게 물었다.

"공주님께서는 어디 거실 건가요? 공주님께서 첫 번째로 돈을 건 선수는 평생 영광으로 여길 겁니다!"

"나는 다음번에 걸겠소."

바이올렛이 거절하려 하자 윈터가 선수들을 가리키며 말했다.

"당신, 경마는 해 봤지?"

"네. 아버지 따라서 한두 번."

"선수들이 다 말이라고 생각해."

"사람이에요."

"그래도 말이라고 생각하고 골라. 당신에게 암말이 있다고 생각하고 종마 고르듯이 찬찬히 보라고."

"윈터, 어떻게 그렇게 무례한 말을……."

'무례'라는 말을 이미 내뱉은 바이올렛이 뒤늦게 손으로 입을 틀어

막았다. 그러나 윈터의 귀에 이미 들어갔는지 한쪽 입꼬리가 올라가 고 있었고, 종마란 말에 낄낄거리던 남자는 '무례'란 말에 움찔해 웃음을 그쳤다.

윈터가 말했다.

"너무 쉽게 이겨서 미안해질 정도군."

"하지만 방금 한 말은 너무 심했어요. 취소해 주세요."

"취소하지. 그냥 당신이 무례하단 말을 하게 만들고 싶어서 그랬어."

윈터가 달래듯 말하고 선수를 고르라는 듯 경기장을 턱짓했다.

아닌 게 아니라, 카이슬 선수들은 정말로 경주마 같았다. 윤기 흐르는 피부에, 덩치가 아주 크면서도 허투루 쓰는 근육이 없어 보였다.

바이올렛이 침착하게 살피다가 어느 한 선수를 가리켰다.

"저 선수의 컨디션이 좋아 보이는군요."

"샌토르 탄이군요. 좋은 선택이십니다."

판에 바이올렛의 이름이 적혔다.

그로부터 20분 정도 지났을 때, 경기장에서 주먹질에 피가 튀어 오르자 심판이 경기를 중단했다.

"샌토르다!"

누군가가 소리치니 관객들이 샌토르의 이름을 외치기 시작했다. 그것은 경기 중에 주먹질을 한 샌토르가 퇴장당하는 동안에도 계속되었다.

피 튀기는 경기장은 충격이었지만, 그래도 룰을 익히고 나니 조금씩 흥미가 생겼다. 자극적인 음식이 자꾸 당기는 것과 비슷한 기분으로 힐끔힐끔 보게 되는 것이다. 3년간 두더지처럼 어둡고 조용한 곳에 살아서인지, 낯선 모든 것이 흥미로웠다.

경기가 진행되는 사이 많은 사람이 박스석에 와서 두 사람에게 인사를 했다. 윈터는 이야기하던 중간에 종종 웃음을 터트렸는데, 바이올렛은 지난 3년간 윈터가 이렇게 소년처럼 웃는 것을 본 적이 없었다.

내가 죽었다면, 그는 훨씬 더 자유로워졌을 텐데.

바이올렛은 몸이 바뀌는 것은 윈터의 혈통 때문일 텐데도, 결과는 그를 위한 것이 아니란 게 이상했다.

❅ ❅ ❅

두 사람이 호텔로 돌아와 목욕을 마친 것은 9시쯤이었다.

윈터는 다시 호텔 밖으로 나가 인근에 열린 야시장에서 좋아하는 크롤러 도넛 한 봉지를 샀다. 갓 만든 따끈따끈한 크롤러 도넛에는 설탕이 듬뿍 묻어 있었다.

"이것도 안 먹는 거 아냐? 좀 까다로우셔야지."

윈터가 투덜거렸다.

아닌 게 아니라, 경기장에서 저녁 식사로 생선 튀김을 샀는데 바이올렛이 잘 먹지 못했다. 윈터가 좋아하는 음식이란 걸 눈치챘는지 열심히 먹어 주려고 애를 썼지만 접시에 음식이 그대로 남아 있었다.

윈터 역시 귀족들의 식사가 전혀 맞지 않았기 때문에 바이올렛의 마음은 이해했다.

그가 문을 두드리자 잠시 후 잠옷 차림의 바이올렛이 나왔다.

아내는 혼자 있을 때도 어떻게 저럴 수 있나 싶을 만큼 우아했다. 차림새가 단정한 건 물론이거니와 테이블에는 읽고 있던 신문 한 부와 차가 놓여 있었고, 예상대로 출출했는지 비스킷이 담긴 나무 바구니가 그 옆에 함께 있었다.

"무슨 일이에요?"

"아무것도 아니야."

윈터가 다시 문을 닫아 버렸다.

투린이 쓸데없이 떠드는 걸 들어 보니 로렌스 왕가는 이유식으로 캐비아를 먹이기도 하는 모양이었다. 어려서부터 온갖 음식에 익숙해진 바이올렛은 투린이 신경 쓴 부분을 정확히 알아냈고 칭찬을 아끼지 않았다. 그녀 덕에 요즘 투린의 직업 만족도는 지금까지 본 적 없는 정도로 상승했다.

그런 바이올렛에게 길거리에서 산 도넛을 주려고 했다니, 스스로가 한심했다. 그대로 돌아서려는데 문이 다시 열리더니 바이올렛이 윈터의 팔을 붙잡았다.

"오늘 내가 뭐 실수했어요?"

바이올렛이 걱정스럽게 물어 와 윈터가 그녀 쪽으로 돌아섰다.

"당신이 무슨 실수를 했겠어. 지적받을 건 내 행동들뿐이었겠지."

"아…… 미안해요."

화내러 온 게 아니었는데, 바이올렛은 그녀가 무례하다고 지적했던 것들에 대해 윈터가 화를 낸다고 생각했는지 난처해하며 사과를 건넸다.

그 모습을 본 윈터가 그녀의 팔을 잡아 객실 안으로 데리고 들어간 후 봉지를 내밀었다.

"출출해서 샀는데 너무 많더군."

"그게 뭐예요?"

"이렇게 생긴 도넛 처음 봐?"

"네. 한 번도 안 먹어 봤어요."

바이올렛이 봉투를 얼굴 가까이에 가져가 냄새를 맡고 아, 하고 탄

성을 뱉었다.

"냄새가 너무 좋네요."

다행히 반응이 좋았다.

두 사람이 테이블 앞에 앉았다. 바이올렛은 설탕이 듬뿍 묻은 달콤한 도넛을 꺼내다가 테이블 위에 후두둑 떨어지는 설탕에 당황했다.

"어머……."

"신경 쓰지 마. 원래 그렇게 먹는 거야."

윈터의 말에 다소 안심한 바이올렛이 입을 약간 벌리고 끝만 조금 먹고 떨어졌다. 그러나 곧 윈터가 입을 크게 벌려 도넛을 베어 먹는 걸 보고 자기도 크게 입을 벌렸다. 우물거리던 바이올렛이 손으로 입을 가리고 말했다.

"세상에, 정말 맛있어요."

아까 생선 튀김을 먹으며 '맛있네요.' 하고 마치 만찬에 참석한 손님이 맛없는 음식 칭찬하듯 말하던 표정과는 사뭇 달랐다.

바이올렛은 금방 달콤하고 쫄깃쫄깃한 크롤러 하나를 다 먹어 치웠다. 그녀의 입가에 묻은 설탕을 본 윈터가 저도 모르게 픽 웃자 바이올렛이 눈을 깜빡이며 물었다.

"왜 웃어요?"

"귀여워서."

"누가요?"

"여기 두 사람밖에 없는데 설마 내가 귀엽겠어?"

귀엽다는 말이 너무나 낯설어 바이올렛은 아무 반응도 하지 못했다. 그녀는 어릴 때부터 어른스러워 전혀 귀여운 아이가 아니었고, 어른이 된 후에는 칭찬을 들을 일이 많지 않았다.

어느 부분이 귀여웠던 건가, 바이올렛이 혼란스러워하는 동안 윈터는 뒤로 기대앉아 다른 의자에 발을 걸친 뒤 럼을 한 잔 마셨다. 그가 입을 열었다.

"하녀와 요리사가 마음에 든다면 블루밍 가문으로 데려가. 그 정도 거리는 갈 만큼 급여를 더 쳐줄 테니."

"아뇨. 괜찮아요."

바이올렛이 고개를 저었다.

룰루와 투린은 수도에서 만난 사람들이었다. 시시콜콜한 이야기까지 자신과 나눠 주는 그들에게 블루밍 저택에서 따돌림을 당하고 종종 정신 나간 듯이 구는 모습을 보여 주고 싶지 않았다.

비난하는 소리를 코앞에서 들으며 서 있던 티 파티를 생각하니 갑자기 가슴이 답답해졌다. 그녀가 말을 돌리기 위해 윈터를 보았다.

"아, 대가로 입맞춤을 하기로 했죠. 지금 할까요?"

"그럴 생각으로 왔어."

"그랬군요."

바이올렛이 자리에서 일어났다. 그리고 윈터의 앞에 서서 그의 어깨를 가볍게 잡고 평소 하듯이 입술로 가볍게 윈터의 입술을 꾹 눌렀다가 떨어졌다.

"됐나요?"

"전혀."

"입맞춤이라고 했잖아요. 문제가 있나요?"

바이올렛이 고개를 갸웃거리자 그제야 윈터가 자리에서 일어났다. 그는 테이블 위에 있던 신문을 손으로 밀어 떨어뜨리고 바이올렛의 허리를 두 손으로 붙잡아 테이블 위에 앉혔다.

바이올렛이 고개를 들어 윈터를 올려다보았다.

"테이블 위에 앉으면 안 돼요."

"입맞춤할 땐 해도 돼."

윈터가 테이블을 손으로 짚으며 몸을 숙였다. 두 사람의 얼굴이 어느 정도 가까워지자 윈터가 멈춰서 그녀의 눈을 물끄러미 바라보았다.

왜 바로 입을 맞추지 않고 이렇게 가까운 곳에서 가만히 뜸을 들이는 건지……. 바이올렛이 저도 모르게 긴장해 몸을 조금씩 뒤로 기울였다. 그러나 윈터가 그녀의 허리를 한 팔로 강하게 안아 다시 가까이로 당겼다. 바이올렛은 너무 가까워진 윈터의 얼굴을 살며시 떨리는 눈빛으로 바라보았다. 수컷 냄새가 물씬 풍기는 이목구비와 목덜미, 체격은 이상하게도 바이올렛에게 위협을 주지 않았다. 오히려 궁금하게 했다.

그가 원하는 입맞춤은 도대체 뭘까, 그녀가 생각하는 순간 서로의 입술이 닿았다.

남편과는 아무래도 입 맞추는 방식조차 완벽히 다른 것 같았다.

막 입술이 닿았을 때, 바이올렛은 익숙한 입맞춤이라고 생각해 별 반응이 없었다. 그가 유난히 긴장을 하게 만들긴 했지만 곧 입술을 떼리라 예상했던 것이다. 그러나 윈터가 입술을 움직여 그녀의 입술을 덮었다가 아랫입술을 물고 입 속에서 뭘 찾으려는 것처럼 움직이자 놀라서 그를 밀어냈다.

"뭐, 뭐 하는……."

항명하려던 바이올렛의 입술이 다시 윈터에게 덮이고, 밀어내려던 양 손목은 겹쳐져 윈터의 한 손에 붙잡혔다. 그가 바이올렛의 입술을 열며 안으로 혀를 밀어 넣었다. 살면서 처음 경험하는 행위에 바이올렛이 그대로 굳었다.

그녀는 너무 놀라 이제 반항은커녕 반응하는 방법조차 잊은 듯했다. 그에게 제 입안을 점령당했다는 생각에 사고가 정지했다. 윈터는 그녀의 목덜미를 손으로 감아 작은 짐승을 달래듯 쓰다듬었다.

웬만하면 그냥 밀어붙일 생각이었지만 바이올렛이 숨을 잘 쉬지 못하자, 윈터가 별수 없이 그녀를 놓아주었다.

그녀는 황당해 어쩔 줄 모르겠다는 표정을 지었지만 지금 윈터에게는 그마저도 달콤하게 느껴졌다. 경직되어 있던 바이올렛의 표정은 녹아 버린 지 오래였고, 고고하던 눈동자에는 온기가 감돌았다.

바이올렛이 따지듯 물었다.

"이런 건 배우들이 하는 거 아니에요? 혀를 왜……."

"난 원래 이렇게 해."

"납득이 안 가요."

"그럼 그냥 외워."

윈터는 로렌스 가문의 전통에 맞춰 주기 위해 3년 동안 성욕을 억눌러 왔다. 나는 돈 버는 노예다, 스스로를 세뇌하며 살아왔는데 이제는 그러지 않기로 했다. 이혼 얘기가 나온 이후부터였다. 바이올렛의 앞에서만큼은 신사를 흉내 내던 그의 이성이 무너져 내렸다.

윈터가 가빠진 호흡을 서서히 정돈하는 바이올렛의 귀에 속삭였다.

"코로 숨 쉬는 법은 잊어버렸어?"

"너무 놀라서 그랬어요."

"똑똑한 공주님이니까 어서 적응해."

바이올렛은 어려서부터 모든 배움에 성실했다. 설령 윈터의 말이 농담이었다고 해도 그녀는 빨리 적응할 생각이었다.

그러나 윈터의 입술이 그녀의 목덜미에 닿자 화들짝 놀라 비명이 나올 뻔한 입을 손으로 틀어막았다. 그가 입술을 댄 상태로 물었다.

"이건 확실히 입맞춤이지?"

"그건……."

"아니야?"

맞다, 아니다를 구분하기가 어려웠다. 그의 입맞춤 방식은 너무나 터무니없었다. 이렇게 혀를 섞고 이상한 행위를 하니까 바이올렛은 온몸이 긴장으로 예민해져서 윈터가 건드리는 곳마다 그 감각이 불꽃처럼 사방으로 번지는 기분이었다.

이렇게 긴장하는데 그만둘까, 윈터는 잠시 고민했지만 자신을 보는 바이올렛의 눈망울을 마주하니 그럴 수가 없었다. 내기에서 이긴 건 자신이었다. 아내가 이렇게 말간 눈으로 보는 데다 내기까지 이겼는데 가만히 있을 사내가 세상에 있을까.

윈터가 다시 입을 맞췄다. 흥이 끊어질 법도 한데 전혀 그렇지 않았다. 오히려 더 달아올라 그녀의 몸이 이만큼 떨어진 것도 아까웠다. 윈터는 결국 그녀를 안아 올려 소파로 가 앉았다. 바이올렛은 충격에 휩싸여 있어서인지 그 행동에 반항이 없었다.

윈터가 바이올렛의 허리를 한 팔로 끌어안아 단단히 결박했다. 이어서 다른 한 손이 가슴에 닿자 바이올렛이 놀라서 손가락 끝으로 그의 어깨를 할퀴듯 누르며 몸을 움찔거렸다.

건드리는 것만으로도 고장 난 것처럼 구니, 윈터는 오늘은 그냥 입맞춤 정도로만 끝내야겠다는 생각을 했다. 놓아준 가슴은 곧 사내의 단단한 가슴팍 위에서 뭉개졌다.

입맞춤이 이어지고, 서서히 그의 온도와 바이올렛의 온도가 같아졌다. 같은 온도는 서로가 서로의 몸을 제 것으로 착각하게 만들었다.
바이올렛이 어느 순간 저도 모르게 윈터의 목을 두 팔로 끌어안았다. 윈터는 그녀에게 정신을 모조리 빼앗긴 와중에도 이 행동이 너무나 기특해 손가락을 바이올렛의 머리칼 사이로 넣어 부드럽게 쓰다듬었다.
그때, 문 두드리는 소리가 들렸다.
"작은 마님, 잠자리를 봐 드릴게요."
룰루의 목소리에 정신이 번쩍 든 바이올렛이 입술을 뗐다.
"어, 언제 시간이 저렇게……."
시계를 보니 한 시간이 넘어가고 있었다. 바이올렛이 흐트러진 옷을 매만지며 문 쪽을 돌아보고는 말했다.
"금방 열겠네!"
그리고 일어나려는데 윈터가 그녀의 허리를 끌어안고 놔주질 않았다. 그의 머리칼은 완전히 헝클어진 데다 셔츠는 서로의 가슴이 닿는 과정에 단추가 풀려 넓고 우람한 가슴팍이 드러나 있었다.
윈터가 미약한 힘으로 제 팔에서 벗어나려 애쓰는 바이올렛을 바라보며 한쪽 눈썹을 치켜 올렸다.
"나 어릴 때 하인으로 일했다는 거 하옐에게 들었다며? 잠자리 정리는 내가 하지."
바이올렛은 하마터면 고개를 끄덕일 뻔했다. 그러나 곧 이성을 찾고 고개를 빠르게 저었다.
"안 돼요. 그럼 룰루가 우릴 뭐라고 생각하겠어요?"
"내일은 침구가 많이 더럽겠구나, 하겠지."
그게 무슨 소리인가, 그 와중에 잠시 고민하던 바이올렛은 아주 드문 그와의 잠자리를 떠올린 후에야 말뜻을 알아듣고 기겁을 해 그의 품에서 벗어나려 애썼다.

윈터는 제 품에 안긴 말랑말랑하고 보드라운 아내에게 심한 욕정을 느꼈지만, 그녀의 품위를 생각해 신경질 가득한 얼굴로 바이올렛을 놓아주었다.

윈터가 풀린 단추를 잠그며 말했다.

"파티는 두 번만 불러. 세 번 다 가면 내기의 의미가 없으니까."

"……정말요? 제가 졌는데도?"

"그래. 졌는데도. 넓은 아량으로 가 주지."

바이올렛은 눈이 동그래지더니 고개를 끄덕였다. 그녀가 말했다.

"내기 자주 해요."

"매번 파티 오는 걸 걸어서 모든 파티에 참여하게 만들려고?"

"네. 그러고 싶어요."

윈터가 혀를 차더니 문을 먼저 열고 밖으로 나갔다. 앞에서 기다리던 룰루와 그 뒤에 서 있던 하엘의 눈동자가 정신없이 떨렸다.

그런 두 사람을 지나쳐 윈터가 말없이 성큼성큼 걸어가자 하엘이 얼어 있다가 잽싸게 그를 따라 걸어갔다.

"대표님, 바로 회사로 가시죠? 급하거든요."

"쉬라고 할 땐 언제고?"

"그렇게 말해도 안 쉴 줄 알고 말씀드린 거였어요. 제가 잘못했습니다."

하엘이 우는소리를 내며 윈터를 끌고 사라졌다.

두 사람이 멀어질 때까지 눈동자만 데굴데굴 굴리던 룰루가 부끄러움에 얼굴이 새빨개진 바이올렛을 놀렸다.

"에구, 불도 안 땠는데 방이 왜 이렇게 후끈후끈 덥나 몰라요?"

"룰루!"

"은근슬쩍 같은 방으로 옮겨 드려요?"

"전혀 그럴 필요 없네. 정말이야."

바이올렛이 평소 같은 평정을 조금도 찾지 못한 얼굴로 고개를 저었다. 룰루는 그런 바이올렛의 새로운 반응이 귀여워 까르륵 웃으며 자꾸만 놀려 댔다.

룰루가 침실 온도와 습도를 확인하고 바이올렛이 누운 것까지 본 후 불을 꺼 주었다.

"그럼 편안히 주무셔요, 작은 마님."

룰루가 흐뭇한 표정으로 방을 나갔다.

침대에 누운 바이올렛이 손으로 입술을 쓰다듬어 보았다. 그의 방식들은 이상했지만 싫진 않았다.

❄ ❄ ❄

그로부터 나흘 뒤, 부부는 다시 블루밍 저택이 있는 남부로 돌아가기 위해 짐을 챙겼다.

바이올렛은 챙이 넓은 하늘색 모자와 하엘이 쓸어 온 드레스 중 하나였던 윤이 나지 않는 하늘색 드레스를 입었다.

룰루는 섭섭해 어쩔 줄 몰라 하며 바이올렛을 꼭 안았다가 놨다가, 못 견디고 꼭 안았다가를 반복한 후에야 그녀를 보내 주었다.

수도를 뒤로하고 바이올렛은 기차에 탔다. 떠나는 순간부터 굳기 시작한 그녀의 표정이 신경 쓰였는지 윈터가 말을 걸었다.

"무슨 생각을 그렇게 해?"

"……윈터."

"왜."

"우리…… 수도에서 살면 어때요?"

"수도?"

바이올렛이 고개를 끄덕였다.

남부에 다가가면 다가갈수록 산소가 희박해지는 기분이었다. 가슴이 답답해지고 어지러워 금방이라도 쓰러질 것 같았다.

그런 곳이었지만 그래도, 언젠가 수도에 올 수 있다는 희망이 있다면 그곳에서도 버틸 수 있을 것 같았다.

그녀가 힘겨운 목소리로 말을 이었다.

"나중에라도 좋아요. 생각해 봐요. 수도에 살아도 괜찮잖아요……. 아, 수도에 머물러 주면 대가로 당신 필요할 때 언제든 몸을 바꿔 줄게요. 어때요?"

바이올렛의 목소리가 점점 더 간절해졌다.

"회사도 수도에 있고."

"봐서."

의외로 윈터가 덤덤히 대꾸하자 바로 거절할 거라고 생각하며 말을 꺼냈던 바이올렛의 눈이 커졌다.

"정말요?"

"당신 말대로 굳이 내가 이 먼 거리를 오갈 이유가 없잖아. 바로 분가를 하는 건 어려울 거야. 블루밍가는 대대로 영지에 모여 살았으니. 그러니까 봐서."

그의 말에 바이올렛의 얼굴이 서서히 밝아지기 시작했다.

"고마워요."

실감이 안 나서 오히려 가라앉은 듯이 들리는 목소리로 대답하자 윈터가 불퉁하게 물었다.

"진짜 좋은 거 맞아?"

"맞아요. 많이."

"그럼 팔짝거리고 뛰어다니기라도 해. 이래선 진짜 좋은 건지 구분이 안 가니까."

"정말로 기뻐요."

바이올렛의 목소리가 떨렸다. 정말로, 정말로 몹시 기뻤다.

"여전히 모르겠네. 진짜 좋은 건지 아닌 건지는 내가 알아서 구분해야겠군."

그의 농담 섞인 대답에 바이올렛이 이번엔 조금 소리 내어 웃었다.

수도로 돌아올 수 있다는 보장만 있다면 블루밍 저택에서의 생활도 견딜 만할 것 같았다. 확실하지는 않지만, 그럴 가능성이 있다는 사실만으로도 날아갈 것 같았다.

수도에 정착한다면 삶이 그럭저럭 살 만해질지 모르겠다고, 바이올렛은 생각했다. 윈터가 계속해서 일에 미쳐 산다고 해도 수도에는 그녀를 따돌리는 사람들이 없었다. 게다가 그녀에게 소중해진 사람들이 있었다.

무엇보다 몸이 바뀌기 시작한 이후부터 이전과 비교도 할 수 없을 정도로 윈터와 많은 이야기를 나눴다.

어쩌면, 그녀가 좀 더 설득한다면 아이를 낳는 것을 수락해 줄지도 모르는 일이다.

바이올렛은 블루밍 저택에서 나올 수 있다는 희망 하나만으로도 여러 가지 삶의 의미를 찾아내고 있었다.

블루밍 영지로 향하던 기차가 잠시 멈춰 섰다.

선로에 문제가 생겨 두 시간 정도 후에 다시 출발한다는 것이었다. 아직 기차는 완벽한 운송 수단이 아니기 때문에 고장이 잦았다. 그래도 두 시간 정도면 괜찮은 축이었다.

두 사람은 잠시 역 밖으로 나가 근처를 한 바퀴 돌았다.

수도와 남부 지역 사이에는 계속해서 평야가 이어졌다. 그들이 내린 롱 리우드는 제법 인구가 많은 곳이었다. 특히 근처 평야들의 농산물이 이곳으로 몰려 시장을 형성했으므로 많은 돈이 오가는 곳이기도 했다.

바이올렛이 여름 녹색으로 물든 롱 리우드 평야를 바라보았다. 그저 바라보고만 있어도 시간이 훌쩍 흘렀다. 아름다운 곳이었다.

그녀가 윈터에게 말했다.

"항상 고맙다고 말하고 싶었어요."

"뭐가?"

"롱 리우드 평야요. 당신이 내 사유 재산으로 준."

"쓸데없는 소리 하지 마."

두 주머니에 손을 꽂아 넣은 윈터가 툴툴거렸다. 그러나 바이올렛은 블루밍 저택으로 돌아가면 또다시 윈터가 수도로 떠날 것이고, 대화할 기회는 한동안 없으리란 걸 알고 있었다.

그래서 이번 기회에 꼭 하고 싶었던 이야기를 이어 나갔다.

"결혼식 끝나고, 당신이 떠난 후에 에쉬에게 들었어요. 2,400만 라크네 중에는 저 롱 리우드 땅을 담보로 은행에서 대출한 돈도 끼어 있었다고. 그런데도 제 사유 재산을 마련해 준 거라고."

"그게 뭐. 그럼 공주님을 굶기기라도 하란 건가?"

윈터가 반항하는 청소년처럼 굴자 바이올렛이 눈을 가늘게 뜨며 사뭇 진지하게 말했다.

"당신도 고맙다는 말을 진심으로 받아들일 필요가 있어요. 팔짝팔짝 뛰어다녀 주세요."

윈터가 한 말을 그대로 돌려주자 그가 저도 모르게 픽 웃었다.

"받아들이도록 하지."

떠나기 전, 바이올렛이 미소를 지으며 다시 롱 리우드 평야를 돌아보았다.

윈터는 그녀의 앞으로 500카타샨 넓이의 롱 리우드 평야를 재산으로 주었다. 그 땅을 팔면 30만 라크네에 해당하는 큰돈이 되었고, 중개인을 통해 소작을 주고 있는 지금도 매달 바이올렛이 사용하는 200라크네의 돈이 나왔다. 소박하게 생활하기에 부족한 돈은 아니지만 결코 저축은 할 수 없는 돈이었다.

그럼에도 바이올렛은, 하물며 도망칠 생각을 할 때에도 저 땅을 팔아 버릴 생각은 결코 하지 않았다. 그가 돈을 빌려 가면서까지 팔지 않고 자신에게 준 땅 아닌가. 그에게 고스란히 돌려줘야 한다고 생각했다.

그가 재산을 나눴기 때문이 아니라 그만큼 강한 책임감을 가진 사람이라고 생각했기 때문에, 바이올렛은 윈터가 집에 돌아오지 않는 긴 시간 동안에도 그를 깊이 사랑했었다.

❄ ❄ ❄

윈터는 영지로 돌아와 짐을 풀자마자 바로 마차에 올라타 부모에게로 향했다. 공작 부부의 저택에 들어서니 그들은 오늘도 어김없이 티

타임에 한창이었다.

바이올렛에게 전혀 관심이 없는 사람도 그녀가 저택에 있을 때와 수도에 있을 때 얼마나 다른지를 알아차릴 것이다. 윈터 역시 모를 수 없었다. 블루밍 저택을 나온 바이올렛은 여전히 지쳐 보였지만, 그런 중에도 생기가 있었다. 하기야, 갑자기 고향인 수도를 떠나 3년을 살았다.

윈터는 몸이 바뀌어 아내가 남부에 친구가 없다는 것을 알고 난 후에야 그 사실을 다시 생각해 보게 되었다.

"다녀왔니, 윈터?"

캐서린이 반가워하며 일어서자 윈터가 인사만은 공손히 하고 난 후 입을 열었다.

"분가를 할까 합니다."

"분가라니?"

"아무래도 영지에서 수도는 너무 멀어서요. 그쪽으로 아내와 자리를 잡는 게 나을 것 같습니다, 어머니."

"바이올렛이 그러자고 했니?"

캐서린이 떨리는 목소리로 물었다.

윈터가 고개를 저었다.

"제가 힘들어서 그렇습니다."

"윈터. 지금도 널 자주 볼 수 없는데 분가까지 하면 영영 집에는 안 올 거 아니니."

"오히려 어머니가 부르실 때 올 거예요."

"내가 너한테 못해서 그러니?"

"무슨 소리세요. 어머니는 언제나 잘해 주시죠."

"하지만 아무래도 친어머니처럼 느껴지진 않는 거겠지, 아직도……."

캐서린의 섭섭해하는 목소리에 윈터가 조금 당황한 표정을 지었다. 그가 말려드는 기미를 보이자 제임스가 말했다.

"분가는 좀 더 생각해 보거라."

그의 말에 캐서린이 동조했다.

"그래. 좀 더 지나고 생각해 봐, 윈터. 아직 우리가 마음의 준비가 안 되었단다."

"두 분 말씀은 알겠습니다. 하지만 일단 수도에 거처는 마련할 겁니다. 아내까지 저처럼 호텔을 전전할 순 없잖아요."

그 말에 캐서린이 눈이 동그래져서 물었다.

"그게 뭐가 문제니? 보통 호텔도 아니고. 우리 아들이 세운 훌륭한 호텔인데."

"저야 평생 떠돌이니 괜찮지만 아내는 아니잖습니까? 손댈 수 없는 곳은 자기 집이 아니죠."

윈터가 슬슬 짜증 낼 기미가 보였다. 그는 훌륭한 아들이었지만 그 불같은 성격을 항상 부모에게 감추는 것은 아니었다.

제임스가 고개를 끄덕였다.

"그래. 거처 정도는 마련해 두는 게 좋지."

"예. 그럼 허락하신 줄 알겠습니다."

윈터가 말을 마친 뒤 마차로 돌아갔다.

아들이 떠나자 블루밍 부부 사이에서 잠시 침묵이 흘렀다.

그들은 윈터에게 디에브 이상으로 애정을 퍼부었다. 애정이 고프던 소년은 평생 경험한 적 없는 따듯함에 정신을 차리지 못했다.

윈터 블루밍은 열두 살에도 매우 기민한 두뇌를 가졌음이 보였고,

냉정했으며, 돈을 버는 데 있어 물불을 가리지 않는 야망을 가졌었다. 그 소년이 추후에 성공을 거둘 것을 알아보는 것은 어려운 일이 아니었다. 게다가 서자였으므로 이 가문을 물려줄 필요는 없었으니 부부에게 이보다 좋은 투자처는 없었다.

그들의 예상대로 윈터는 제 상황이 안정되자 순식간에 어마어마한 돈을 벌어들이기 시작했다.

신분 욕심을 버리지 못하고 로렌스 가문의 여자와 결혼하겠다고 했을 때를 제외하곤 언제나 부모가 바라던 것처럼 블루밍 가문의 품격을 유지해 주었다.

심지어는 재산이 바닥났을 때도, 자신은 굶더라도 다른 가족들의 생활비는 마련한 윈터였다. 그는 가족에 대한 강한 애착이 있는 남자였다.

그런데 그 애착이 아내에게 향하는 것도 모자라 수도로 가겠다고 한다면 블루밍 부부에게는 심각한 문제가 되었다.

제임스가 일어나 카펫 위를 걸어 다니며 말했다.

"얼마 전까지만 해도 둘 사이의 관계가 좋지 않았잖소. 이제 와서 도대체 무슨 분가란 말이오?"

"나도 모르겠어요. 그사이에 무슨 일이 일어난 건지……."

"바이올렛이 우리한테 들어가는 돈을 끊으라고 말하기라도 하면 어떡하오?"

두 사람 사이에 불안이 흘렀다. 조치를 취해야 한다는 생각이 두 사람을 옭매었다. 캐서린이 입을 열었다.

"바이올렛은 제가 우리 아들과의 자식을 밸 수 없다는 걸 몰라요. 아마 윈터는 그 사실을 절대 바이올렛에게 말하지 않을 거예요."

제임스도 그 사실에 동조했다. 장래의 돈줄이라 여겼기 때문이라고는 해도 그들은 지난 15년간 윈터에게 많은 애정을 쏟았다. 아들이 가정을 깨지 않기 위해서라면 무슨 짓이든 할 사내라는 걸 두 사람 다 잘 알고 있었다. 캐서린이 말을 이었다.

"바이올렛이 알면 크게 화를 낼 일이죠. 당연히 이혼 사유가 될 테고……."

"그렇다면 그걸 이용해 보는 것이 어떻소. 내 아는 사람이 있소."

제임스가 무거운 목소리로 대답했다.

❄ ❄ ❄

부모에게 분가 이야기를 하고 난 뒤, 윈터는 곧장 바이올렛에게로 향했다.

우선 수도에 거처를 마련하고 주기적으로 시간을 보내자는 말을 전하기 위해 침실로 들어가 보니 바이올렛은 먼 길을 오는 것에 지쳤는지 침대에 파묻혀 잠들어 있었다.

"하여튼 저 체력으로 어떻게 사는지 모르겠군."

윈터가 중얼거리곤 아내에게 눈을 못 뗀 채 한참을 바라보다 몸을 일으켰다.

아내가 잠들었으니 그사이 확인하고 싶은 게 있었다. 윈터는 하녀를 시켜 바이올렛의 드레스 룸 문을 열게 했다.

이곳으로 돌아오자마자 바이올렛은 어둡고 밋밋한 드레스 차림으로 돌아갔다. 수도에서는 밝고 화사한 옷을 즐기던 그녀가 왜 여기서는 저렇게 자기 피부와도 전혀 어울리지 않는 드레스만 골라 입는지 모를 일이었다.

드레스 룸 안으로 들어선 윈터가 중얼거렸다.

"서쪽의 마녀들도 이것보단 다양하게 입겠군."

굳이 이걸 왜 여러 벌 샀나 싶은 드레스가 줄줄이 걸려 있었다. 그녀의 방에서 나온 윈터가 하옐에게 말했다.

"아내는 사유 재산이 아니면 다른 건 건드리지 않아. 땅을 좀 더 사 주는 게 낫겠군."

"아무래도 말입니다, 대표님."

하옐이 의아한 표정을 지으며 말했다.

"작은 마님께서 혹시…… 헐값에 롱 리우드 땅을 빌려주고 계신 게 아닐까요?"

"뭐?"

"그렇잖습니까. 대표님이 결혼하실 때 작은 마님 사유 재산으로 혼전 계약서에 적은 땅의 넓이가 5,000카타샨이나 됩니다. 소작을 주면 아무리 호구를 잡혀도 달에 2,000라크네는 받을 수 있는 땅 아닙니까."

"그것밖에 안 돼?"

"일단 대표님, 품위 유지로만 2,000라크네를 쓴다면 웬만한 귀부인 두 배고요. '호구를 잡혀도'라고 말씀드렸고요."

하옐의 말이 아주 틀린 것은 아니었다. 웬만큼 호구를 잡히지 않고서야 그 질 좋은 땅을 가지고 이런 드레스들밖에 못 사는 건 말이 되지 않았다. 공주님이시니 번거로워 소작을 줬다 하더라도 매달 들어오는 것이 2,000라크네, 수도 없이 많은 드레스와 보석을 살 수 있는 돈이다.

윈터가 혀를 차자 하옐이 물었다.

"알아볼까요? 그 땅을 얼마에 소작을 주고 있는지."

"아내 앞으로 된 땅을 마음대로 알아볼 수 있나?"

"돈으로 못 할 게 없죠. 게다가 중간에 중개인이 떼먹거나 했다면 어차피 족쳐서 알아내야 하는 일이고요."

윈터가 혀를 차며 말했다.

"알아봐."

"예."

하옐이 고개를 끄덕이고 달려 나갔다.

❋ ❋ ❋

하옐이 바이올렛의 사유 재산 서류를 보여 달라고 요청하자, 롱 리우드 평야를 관리하는 관리자가 주변을 두리번거리며 말했다.

"사유 재산을 이렇게 마음대로 확인하려 들면 안 되는데……."

"남편이 아내 재산 좀 본다고 무슨 큰일 납니까? 호들갑 떨지 말고 좀 봅시다."

하옐의 말에 관리자가 꿍얼꿍얼 대꾸했다.

"본인이 오시면 되잖소. 거 본인만 데리고 오면 다 보여 드릴 거를 왜 이렇게 어렵게 만드쇼?"

"급해서 그래요, 급해서. 그리고 솔직히 부부 사이에 사유 재산은 웬만하면 보여 주는 거 아니었습니까?"

"그것도 다 옛말이지. 요즘은 부부여도 네 재산, 내 재산 구분이 철저해서 쉽게 안 보여 줘요."

"내 참."

하옐이 별수 없다는 듯이 가방에서 하얗고 작은 봉투 하나를 꺼내 내밀었다.

"이건 식대나 좀 하십쇼."

"절대……."

"이걸로는 뭐 아내 되시는 분 구두라도 하나 사다 주고."

그가 봉투 하나를 더 얹어 주며 말을 이었다.

"그냥 이렇게 챙겨 드릴 때 보여 주세요. 혹시 압니까? 제가 엄청난 쓰레기라 밤에 그냥 쳐들어와서 꺼내 볼지."

하옐이 웃고 시작하자는 듯 꺼낸 말이었지만, 윈터 블루밍의 위엄과 악명을 알고 있는 관리자는 저 말이 꼭 농담만은 아닐 거란 것을 알고 있었다.

관리자가 슬그머니 서류실 열쇠를 집어 들었다.

회사 내의 온갖 더러운 짓을 도맡는 하옐은 양심의 가책 하나 없이 서류실에서 자료를 찾아 나오는 관리자를 기다렸다.

잠시 후, 관리자가 서류를 하옐에게 내밀며 말했다.

"여기 있소."

하옐이 바이올렛 블루밍 로렌스라고 적힌 서류를 확인했다. 왕족 여자들은 대부분 결혼 후에도 왕실 성을 유지했기 때문에 로렌스가 마지막에 적혔다. 왕실이 해체되어 바이올렛 블루밍이라고만 적는 것이 맞을 텐데도 잘못된 서류가 태반이었다.

그녀 자체의 혼란이 서류에도 남아 있는 것 같다고 생각하며 하옐은 서류를 확인했다.

"왜 서류가 500카타샨의 땅과 4,500카타샨의 땅으로 나뉘어 나오는 겁니까?"

"아, 그건 그냥 표기 문제요. 원래 왕족들의 사유 재산은 그런 식으로 표기를 나눠 놓거든. 아마 4,500카타샤은 개인의 재산이면서 동시에 왕실 재산으로 포함되기도 할 거요."

"아니, 왕실이 해체된 지가 언젠데 이 망할 서류들은 다 이 모양입니까?"

하옐이 짜증을 내며 500카타샤의 서류부터 확인했다.

윈터가 처음 롱 리우드 땅을 샀을 때부터 그의 밑에서 일했던 하옐은 이 땅에 대해 정확히 알았다. 기차역에서 먼 이 500카타샤의 땅은 그리 질 좋은 땅이 아니었다. 그 땅의 수익으로 잡혀 있는 200라크네도 그가 보기에 딱 적당한 가격이었다.

하옐은 곧 나머지 4,500카타샤으로 나뉜 서류의 소작을 확인했다. 그 땅에서는 월 2,800라크네의 돈이 나오고 있었다. 이것 역시 합당한 가격이었다.

'다달이 3,000라크네를 받아서 이렇게밖에 활용을 못 하신단 말이야?'

하옐은 '작은 마님이 도박에라도 빠진 게 아니면 이럴 리가 없다'라고 생각하며 서류를 넘겼다. 꼼꼼하게 마지막까지 서류를 확인하던 하옐이 미간을 좁혔다.

왕실 재산으로 적힌 4,500카타샤의 소작료 수령인은 두 사람이었다.

바이올렛 블루밍 로렌스.

그리고 칼슨 로우.

"칼슨 로우가 누구요?"

"그걸 내가 어떻게…… 아, 그 가수인 칼슨 로우?"

"가수?"

"왜 그 금발에 노래 잘하는 가수 있지 않소. 엄청 바람둥이라는."

"그자가 왜 우리 작은 마님……."

하옐이 입을 다물었다.

작은 마님의 땅에서 나오는 소작료를 외간 남자, 그것도 라크라운드 최고의 미남자이며 트러블 메이커인 가수가 마음껏 수령할 수 있게 되어 있다는 사실을 남이 알아서 좋을 게 없다는 판단 때문이었다.

아직은 어떻게 된 일인지 정확히 알 수 없지만 분명, 작은 마님의 사유 재산에 문제가 있다.

하옐이 서류를 돌려주며 말했다.

"그럼 내가 왔다는 건 전부 비밀로 해주십쇼."

"내가 누구한테 이걸 말하겠소?"

관리자가 시큰둥하게 말했다.

하옐은 일단 이 소식을 윈터에게 전하기 위해 다시 기차역으로 향했다.

❄ ❄ ❄

"작은 마님."

곤히 잠들어 있던 바이올렛은 자신을 깨우는 하녀의 목소리에 눈을 떴다.

"주인어른과 마님께서 오늘 함께 점심 식사를 하자고 하셨어요."

"……오늘?"

"네. 정오까지 오라고 하셨어요."

바이올렛이 몸을 일으켰다. 정오까지 네 시간 정도 남았지만, 바이올렛은 조금이라도 흠이 덜 잡히고 싶은 마음에 오랜 시간을 투자했다.

수도에서 있었던 일이 다 꿈인가 싶었다. 침대에서 내려서는데 몸이 무거웠다. 블루밍 저택에 돌아오자마자 이렇게 아픈 걸 보니 어쩌면 정말 꾀병일지도 모른다는 생각에 헛웃음이 나왔다. 덫에 갇힌 짐승이 되어 날이 너무 좋은 날, 나갈 수 없는 하늘을 바라만 보는 기분이었다.

호텔에서는 무엇 하나 바라지 않아도 룰루가 다 해 주었지만 여기서는 정신을 바짝 차려야만 했다. 수면제를 삼키고 죽으려 들기 직전에는 너무 넋이 나가 있어 하녀들이 심술을 부리느라 구두를 가져다주지 않으면 신는 것도 잊고 온종일 맨발로 돌아다니기도 했다.

바이올렛이 숨을 깊게 쉬고 어깨를 바르게 해 섰다. 그 뒤 밖으로 나가려고 문을 열었는데, 때마침 앞에 플립이 서 있었다.

"저택까지 오시는 내내 구두를 신고 계셨어서 혹시 피곤하실까 하여……."

"아, 그럼 부탁하네."

바이올렛이 고개를 끄덕이고 의자에 앉자 플립이 곧 미온수를 가지고 돌아왔다.

플립은 바이올렛의 슬리퍼를 매우 조심스럽게 벗긴 후 그녀가 딱 좋아하는 온도의 물을 천천히 발등에 끼얹었다. 그는 수도에 있는 내내 바이올렛의 피로를 이렇게 풀어 주었으므로, 바이올렛은 그것에 익숙해졌다.

처음엔 민망했는지 후다닥 끝내 버리던 플립은 제 손에 점점 보들보들해지는 작은 마님의 발과 다정다감한 칭찬에 재미를 붙여 그 시간이 점점 늘어났다.

그때, 문이 벌컥 열렸다.

"도대체 언제까지 자려는……."

문을 열고 들어서던 윈터가 말을 멈췄다.

이게 무슨 일인가, 그가 미간을 좁히고 두 사람을 번갈아 보았다. 플립이 꾸벅 인사를 하고 다시 마사지를 하려 하자 윈터가 말했다.

"나가."

"예? 하지만 아직……."

"놓고 나가라고."

윈터는 자신이 몸이 바뀌었을 때 실수를 해도 아주 대단한 실수를 저질렀다는 걸 알았다. 다른 사내놈에게 아내 발끝 하나라도 만질 수 있는 물꼬를 터 준 것이다. 그것도 제 스스로.

바이올렛이 별수 없이 도중에 일어나는 플립에게 인사했다.

"고맙네, 플립."

플립이 고개 숙여 인사하고 침실을 나갔다.

바이올렛이 물기를 닦기 위해 수건을 집어 들며 말했다.

"이미 수도로 갔을 줄 알았어요."

"……안 가서 다행이지."

윈터는 당장 침실 안 모든 것을 뒤집어엎고 싶은 분노가 치밀었지만 애초에 플립에게 마사지를 부탁한 것은 몸이 바뀌었을 때의 자신이었다. 바이올렛도, 플립도 잘못한 게 없었다.

윈터가 씩씩거리며 분노를 가라앉히더니 바닥에 놓인 향유를 집어 들고 툴툴거렸다.

"어떻게 쓰는 거야, 이건."

"뭐 하게요?"

바이올렛이 도무지 예상이 가지 않아 묻자 윈터가 미간을 좁히고 대답했다.

"내가 하려고."

"뭘요?"

"플립을 쫓아내고 향유를 들었는데 내가 달리 뭘 하겠어?"

"글쎄요?"

바이올렛이 여전히 감을 못 잡자 윈터가 황당하다는 듯 말했다.

"발 마사지해 준다고."

"……누가요?"

"내가!"

윈터가 결국 답답함을 못 참고 소리를 쳤다.

이 쉬운 말이 뭐가 어렵다고 저렇게 못 알아들을까 싶었다. 그제야 바이올렛이 이해가 간다는 듯이 물었다.

"아, 이제 향유 사업도 하려는 건가요?"

"……."

이 여자 눈엔 제 모든 행동이 돈과 연관된 것으로 보이는 게 분명하다고, 윈터는 생각했다. 그렇지 않다면 이렇게 모든 상황에서 사업 관련된 일이냐고 묻지는 않을 테니.

윈터는 무엇보다 먼저 플립을 잘라야겠다고 결심하며 말했다.

"이까짓 마사지 뭐 얼마나 어렵겠어. 이래 봬도 안 해 본 일이 없는 사람이야, 내가."

"그런가요?"

결혼 3년 동안은 어려서 하인으로 일했다는 사실을 웬만하면 숨기려 들었는데, 어쩌다 바이올렛이 알게 되고 나니 의외로 갖다 붙일 곳이 많았다.

윈터가 바이올렛의 발에 값비싼 향유를 들이붓자 바이올렛이 말했다.

"플립은 그렇게 많이 붓지 않던걸요?"

"내 방식이 있어."

윈터가 성질을 부리더니 향유가 주르륵 흐르는 바이올렛의 발을 두 손으로 쥐었다. 그리고 발등을 엄지로 꽉 눌러 문지르자 바이올렛이 흠칫 떨었다.

그가 하고 싶은 것이 무엇인지 바이올렛으로서 이해가 안 됐는데, 다른 것보다 일단 정말 아팠다. 플립은 발에 아주 미세한 충격이라도 갈까 봐 조심조심 마사지를 하는데, 윈터는 억센 손으로 아무렇게나 바이올렛의 발과 종아리를 손으로 쭉 눌러 댔다. 뭐라고 말도 못 하고 바이올렛은 그냥 입술을 물며 아픔을 참았다.

열심히 마사지를 하던 윈터가 새빨개진 바이올렛의 발에 뭔가 이상함을 느끼고 바이올렛을 보았다. 너무 아파서 눈물이 그렁거리는 그녀를 본 윈터가 미간을 좁히며 물었다.

"아파?"

바이올렛이 고개를 조금 끄덕이자 윈터가 기가 차서 말했다.

"그럼 말을 해야지."

"이렇게 열심히 하는 사람한테 말하기가……."

아닌 게 아니라, 그 큰 덩치로 여자 발을 마사지하는 게 간단해 보이지는 않았다.

무엇이든 과하게 하는 그가 향유 한 통을 거의 다 들이붓는 바람에 온 방에서 재스민 향이 진동을 했다.

어찌어찌 마사지를 마친 윈터가 슬리퍼를 가져다 바이올렛에게 신겨 주었다. 그녀가 자리에서 일어서는데 향유 범벅인 발이 미끄러워 곧바로 슬리퍼가 벗겨졌다.

아무리 침착한 바이올렛이어도 조금 울컥했는지 작은 목소리로 혼잣말했다.

"플립은 왜 괜히 나가라고 해 가지고."

"……."

할 말이 없었다.

윈터가 벗겨진 슬리퍼를 집어 바닥에 무릎을 꿇었다. 그리고 고개를 들어 바이올렛을 보았다. 그녀는 평소보다 조금 감정적인 눈으로 그를 내려다보고 있었다.

바이올렛이 발을 조금 들자 윈터가 한 손으로 바이올렛의 발목을 붙잡고 다른 손으로 슬리퍼를 신겼다. 그의 팔심이 단단해 바이올렛은 거의 비틀거리지 않고 슬리퍼를 신었다.

윈터는 자신을 내려다보는 아내의 눈빛을 보고 문득 제가 세상에서 가장 싫어하던 귀족들의 눈을 떠올렸다.

그의 눈동자를, 피를 비천하게 만드는 눈빛.

바이올렛의 눈빛은 그가 증오하는 어떤 것들보다도 강렬했다. 머리끝부터 발끝까지, 그의 태어나는 순간부터 죽는 순간까지 모두 지배하려 하는 듯한 우아하고 완벽한 눈빛이었다.

그 눈빛 때문에, 자신은 바이올렛이 무너져 제 품에 쓰러져 있길 바랐을지도 모른다는 생각을 했다.

넌 그냥 아무것도 하지 마. 그냥 무력하게 내가 만든 왕국 안에 살아. 그런 생각을 했을지도 모른다.

증오보다 강렬한 감정이 있나. 이건 도대체 무슨 감정인가. 더 큰 증오일까.

윈터가 슬리퍼를 신긴 후에도 꼼짝을 않고 제 발목을 움켜쥐고 있자 바이올렛이 먼저 입을 열었다.

"그러고 보니 당신은 무슨 일로 온 거였죠?"

"아."

그제야 윈터가 몸을 일으키고 입을 열었다.

"어제 분가에 대해 부모님께 말씀드렸어."

"네."

"부모님이 분가는 영 싫어하시는 것 같더라고."

"……아."

"그래도 당신 말대로 들락거리는 것이 힘든 건 사실이니, 수도에 거처 마련은 하겠다고 했어. 조만간 수도에 집을 구할 거고, 내가 몇 개월씩 수도에 머물러야 할 때는 당신도 같이 가서 거기서 지내. 완전히 분가하는 건 그 뒤에 차차 생각하지."

분가가 안 된다는 말인 줄 알고 눈앞이 캄캄해졌던 바이올렛이 뒤늦게 그의 말뜻을 이해하고 물었다.

"정말이에요?"

"그래. 집은 당신이 골라. 난 어차피 잠만 잘 테니."

"호텔에서 머물러도 좋아요."

"말도 안 되는 소리 하지 마. 수도는 여기보다 훨씬 파티가 잦은 곳이야. 당신처럼 초대만 받고 주최를 안 해서는 버티기 힘들 거라고."

호텔도, 집도 상관없었다. 어느 쪽이든 좋았다. 1년에 한 달만 보장되어도 행복할 거라고 생각했는데, 이건 그 이상의 진전이었다.

희미한 미소로 기쁨을 표현하던 바이올렛은 곧 더 확실하게 즐거움을 표현해 달라던 윈터의 말을 떠올렸다. 그러나 그의 말처럼 폴짝폴짝 뛰는 것은 상상도 할 수 없는 일이었다.

바이올렛이 윈터에게 한 걸음 다가갔다. 그러더니 무척 어색한 자세로 그의 품에 머리를 기댔다.

"고마워요."

"……뭐 하는 거야?"

그녀 딴에는 노력한 건데 윈터가 완전히 굳어서 묻자 바이올렛이 실수했나, 생각하며 뒤로 한 걸음 떨어졌다.

"정말 기쁜지 모르겠다고 했잖아요."

"그래서."

"표현한 거예요. 마음에 들지 않았다면 앞으로는 하지 않을게요."

바이올렛이 난처함을 누르고 담담히 말하자 윈터가 확 그녀의 허리를 낚아챘다. 그러자 바이올렛이 다소 경직된 표정으로 그를 올려다보았다.

눈을 감고 있어도, 뜨고 있어도 그의 얼굴에서는 강한 느낌이 물씬 풍겼다. 날렵한 콧대와 다물고 있는 입술, 따로 떼어 놓고 봐도 사나운 성격을 가졌을 듯한 눈썹과 반듯한 이마.

본인은 여전히 가난을 상징한다고 믿는 그 눈동자에서는 성공한 자들의 오만함이 넘쳐흘렀다.

바이올렛이 물었다.

"화났어요?"

"난 화가 났을 때 이렇게 얌전하지 않아."

"……아."

바이올렛은 더 말이 없었다. 그러나 윈터가 그대로 자신을 바라보기만 하자 결국 그녀가 다시 입을 열었다.

"점심 식사 초대받았잖아요. 늦겠어요, 이러다가."

"늦어도 돼."

"신사는 약속 시간에 늦지 않아요."

"도대체 내 어디가 신사라는 거지?"

"왜 아니죠? 당신은 블루밍 가문의 장남이에요."

"내가 그 말을 할 때마다 귀족 놈들은 그럴 리 없다는 듯이 토끼 눈을 하고 날 보더군. 빈민가에서 굴러먹어야 할 거지 새끼가 어떻게 실크해트를 쓸 수 있나, 하는 눈빛."

"그렇지 않아요."

"맞아. 당신이 그놈들 눈빛을 못 봐서 그래."

"몸이 바뀌었을 때 봤잖아요. 정말 그런 게 아니에요. 당신을 얕잡아 보는 게 아니라 두려워하는 거예요. 두려워서 신분으로 찍어 누르려 드는 거라고요. 당신이 신사답지 않게 군다면 그들은 당신을 뒤에서 비웃을 거예요."

"……."

"당신은 이제 오만하게 굴지 않아도 상대를 두렵게 만들 수 있어요."

잠자코 그녀의 말을 듣던 윈터가 곧 코웃음 쳤다.

"그래서 우리 공주님이 항상 이렇게 겸손하실 수 있는 거군."

"제 얘기가 아니잖아요."

"아무튼 당신이 모르는 소리 한다는 생각엔 변함이 없어. 아, 말 나온 김에. 지난번에 몸을 바꿔 준다고 했지? 조만간 한번 바꿔 줬으면 하는 날이 있어. 그곳에 가면 내 말이 무슨 말인지 알 거야."

"그게 어디죠?"

"칸투스 수도원. 그곳 와인을 호텔에 독점으로 내고 싶은데, 거기 콧대가 보통 높은 게 아니잖아."

"그러고 보니 9월 첫 번째 일요일에 칸투스 수도원 후원 파티가 있었죠."

바이올렛이 무슨 말인지 알았다는 듯 고개를 끄덕이고 농담조로 말했다.

"그곳이야말로 쉬운 일을 어렵게 만드는 사람으로 가득하죠."

그녀의 말에 윈터가 저도 모르게 실소를 터트렸다. 바이올렛은 제 말에 윈터가 웃는 이 순간이 비현실적이라고 생각하며 조용히 따라 웃었다.

"좋아요. 그럼 분가 이야기의 사례로 그날 몸을 바꿔 줄게요. 같이 가요."

"잘됐군. 그럼 나갈 준비 해."

바이올렛이 고개를 끄덕이고 걸음을 옮기는데 여전히 발이 미끄러웠는지 조금 비틀거렸다. 윈터가 별수 없다는 듯 바이올렛을 번쩍 안아 들어 드레스 룸으로 데려가자 놀란 그녀가 말했다.

"이제 걸을 수 있어요."

"알아."

윈터가 대꾸하고 걸음을 옮겼다. 그는 곧 아내를 드레스 룸 앞에 내려놓고 불을 켰다.

"그나저나 당신은 도대체 왜 저렇게 시커먼 드레스를 입는 거지? 수도에선 안 그랬잖아."

아무것도 모르는 그의 질문에 바이올렛이 어디부터 설명해야 하나 생각하며 윈터를 보았다.

한동안 고민하던 그녀가 물었다.

“가 볼래요?”

“뭘?”

“토요일이면 어머님이 정원에서 소규모 티 파티를 하시잖아요. 여름 동안은 더워서 안 하지만 8월이 끝나 갈 무렵이면 다시 시작하거든요. 하루 일찍 바꿔서 토요일에…… 물론 그때 가서 바쁘면 말고요. 안 바쁘면 저 대신 한번 가 줘요.”

“난 파티에 같이 가 준다고 했지, 혼자 가 있겠다고는 안 했어. 애초에, 내가 거길 가는 거랑 검은 드레스가 무슨 상관이야?”

“상관있으니까 하는 말이에요. 아무튼 생각이라도 해 봐요. 그럼 전 준비할게요.”

바이올렛이 말을 마친 뒤 드레스 룸 안으로 들어서서 문을 닫았다.

조용한 공간에 혼자 남은 그녀는 잠시 생각에 잠겼다. 이번 수도행으로 그녀는 자신을 싫어하지 않는다던 남편의 말이 아주 거짓말은 아니었을지도 모른다는 생각을 했다.

거기에 분가 부탁까지 들어주고 나니, 그녀는 남편에게 조금씩 기대감이 들었다.

혹시 남편이 제 몸으로 티 파티에 다녀오면 제 쓸쓸함을 알아줄지도 모른다는 기대감.

어쩌면, 남편만 제 마음을 알아준다면 죽음이 너무도 두려워져서, 그와 몸을 바꾸는 일을 다시는 하지 않을지도 모른다고, 바이올렛은 생각했다.

먼저 준비가 끝난 윈터는 마차 앞에서 바이올렛을 기다리며 서 있었다.

그는 저택으로 돌아온 하옐에게 바이올렛의 소작료 수령인이 하나 더 있다는 소식을 전해 들었다.

설명을 듣고 난 윈터가 표정을 찌푸렸다.

"칼슨 로우, 라."

윈터도 수도에서 일 관련으로 몇 번 그를 본 적이 있었다. 칼슨은 예쁘장한 얼굴에 어딜 가도 인기가 많았다.

하옐은 윈터가 언제 폭발할지 몰라 한 걸음 떨어져서 말을 이었다.

"뭐 여러 가지 가능성이 있으니까요. 예를 들면 뭐, 세금 문제라든가?"

"재산을 왜 왕실 재산으로 나눴겠어. 왕실 재산에는 세금을 매기지 않아."

"아직도요?"

"그래, 아직도."

사유 재산과 왕실 재산으로 나눠 둔 것은 세금 문제 때문이라 하더라도 수령인이 하나 더 있는 이유는 알 수가 없었다. 아내의 사유 재산을 몰래 알아보는 것은 불법이니, 섣불리 바이올렛에게 물어볼 수도 없는 일이었다.

아내가 어떤 사람인지, 윈터는 아직 정확히 알지 못했다. 지난 3년간 그녀를 외면한 결과였다.

불륜 같은 걸 저지를 사람으로는 절대 보이지 않지만, 혹시 알까. 윈터는 그동안 천사 같은 얼굴로 악행을 저지르는 자들을 수도 없이 봐 왔다. 바이올렛의 오빠인 에쉬 로렌스도 마찬가지였다. 아내와 닮은 얼굴로 윈터에게 방해될 일만 벌여 왔다. 살다 보니 인간에 대한 불신만 가득 생겼다.

윈터가 머릿속 생각들을 휘휘 지웠다. 만약 아내가 지난 3년 동안 외로움을 못 견뎌 불륜을 저지르기라도 한 거라면 그 칼슨 로우란 작자를 죽이든 쫓든 처리해 버리면 그만 아닌가.

윈터는 아내가 다른 남자에게 돈을 날린 것 정도는 용서해 줄 수 있었다. 어차피 그녀의 사랑은 돈으로 어찌 되는 게 아니니까.

설령 몸을 섞었더라도, 집안을 한바탕 뒤집어 놓고 평생 아내를 감시하긴 하겠지만 어쨌든 용서는 할 것 이다. 사랑만 하지 않았으면 된다. 깊이 사랑에 빠져서 자신을 떠나겠다고 마음먹지만 않으면 어떻게든 용서할 수 있었다.

그때, 문 너머에서 바이올렛이 걸어 나오는 모습이 보였다.

"오래 기다렸어요?"

바이올렛이 묻는 말에 윈터가 대답 없이 마차만 턱짓했다.

이제 겨우 그녀와의 관계가 조금 나아졌는데, 아무것도 모르는 상태로 그녀에게 화를 낼 생각은 없었다.

❄ ❄ ❄

캐서린과 제임스는 아들 부부가 식사 자리에 들어설 때부터 그들의 관계가 확연히 바뀐 것을 알았다. 그간 두 사람이 같이 움직이는 일을 본 적이 거의 없었기 때문이다.

평소 격식을 갖춘답시고 얌전을 떨어도 무례함이 뚝뚝 떨어지던 윈터의 자세도 조금 달라져 있었다. 식사를 끝내고 차를 마시며 언제나

처럼 검지를 손잡이에 걸어 찻잔을 들지도 않았고, 스푼으로 부서져라 차를 젓지도 않았다. 부부의 머릿속이 복잡했다.

캐서린이 부드러운 목소리로 말했다.

"분가를 하면 이런 자리도 앞으로는 없겠구나."

그러자 제임스가 달래듯이 말했다.

"바로 나간다는 것도 아니잖소. 너무 아쉬워 마요, 캐서린."

"그건 알지만……."

캐서린이 난처한 표정을 지으며 한 손으로 제 뺨을 감쌌다.

"그래도 나는 가능하면 너희 둘 다 좀 더 집에 머물러 줬으면 좋겠구나."

캐서린과 제임스가 분가에 대해 노골적으로 불편함을 나타내자 바이올렛은 바짝바짝 입이 말랐다. 이 설득으로 윈터의 마음이 바뀔까 두려웠기 때문이었다.

바이올렛은 요 며칠, 블루밍 부부가 윈터에게 티 타임의 간단한 예절조차 가르쳐 주지 않은 것에 의문을 가졌다. 그동안은 본인이 보통 고집이 아닌 사람이라 바뀌지 않은 거라고 생각했었다. 그러나 윈터는 바이올렛이 말해 주는 것들을 바로바로 받아들였다.

바이올렛은 윈터의 생각보다 그의 부모가 그를 사랑하지 않는 걸지도 모른다고 생각했다. 그러나 그런 모진 말을 하는 건 불가능했다. 그는 제 부모의 사랑을 믿어 의심치 않았으므로.

캐서린이 말을 이었다.

"그보다 바이올렛, 넌 요즘 건강은 좀 어떠니?"

"건강……."

바이올렛이 창백한 얼굴로 대답하려는데 윈터가 끼어들었다.

"안 좋습니다. 솔직한 말로 여기 와서 앉아 있는 것도 힘들 겁니다. 갑자기 쓰러져도 이상하지 않아요."

꾀병 이야기를 돌려 가며 꺼낼까 했는데, 윈터가 확고한 투로 대답하자 블루밍 부부가 멈칫했다. 윈터가 짜증을 숨기지 못하고 말을 이었다.

"의사 말이 두통이 심할 거랍니다. 그 개 같은 돌팔이가."

부모의 놀란 눈을 본 윈터가 헛기침을 하고 말을 이었다.

"무능력한 의사 녀석이 지금은 사용하지 않는 질 나쁜 약을 쓰고 있었다더군요. 그 약이 두통을 유발했다고요. 그 돌팔이가 중간에 약값을 해 먹은 게 분명하니 어떻게든 감옥에 처넣을 겁니다."

"세상에, 그랬니? 난 그런 줄도 모르고!"

캐서린이 두 손으로 입을 가리며 놀라더니 바이올렛의 손을 감싸 쥐고 물었다.

"아가, 이제 괜찮니?"

바이올렛의 손이 미세하게 떨렸다.

블루밍 부부를 만날 때마다 그녀는 정신이 이상해지는 기분이었다. 결혼 초기에는 저는 멀쩡하고 세상이 미쳤다고 생각하다가, 점점 세상은 멀쩡한데 제가 미친 것 같다는 쪽으로 생각이 바뀌었다.

바이올렛이 떨리는 입매로 간신히 미소를 지었다.

"네, 이제 괜찮아요."

캐서린은 두 손으로 바이올렛의 손을 꼭 감싸 쥐고 걱정스럽다는 듯 연신 쓰다듬었다.

분가를 말리는 설득은 계속되었지만 바이올렛의 걱정과 달리 윈터는 전혀 마음을 바꾸지 않았다. 제임스가 오늘 이 식사 자리를 마련한 주목적을 꺼내기 위해 바이올렛에게 물었다.

"그래서. 그렇게 꼭 분가를 하고 싶어 하는 이유가 뭐니, 바이올렛?"
"아버지, 분가는 제가……."
"감싸 줄 필요 없다, 윈터. 열두 살 때부터 이곳에 거처를 두었던 네가 먼저 나가겠다고 하지 않았을 거란 거, 아비인 내가 더 잘 안다. 바이올렛, 혹시 너……."
제임스가 잠시 뜸을 들이더니 말을 이었다.
"아이를 낳아서 키우기에 수도가 낫다고 생각한 거니?"
그의 말에 바이올렛이 멈칫하더니 윈터를 보았다.
그러자 윈터가 말했다.
"아이는 안 낳겠다고 이미 말했습니다."
"윈터."
바이올렛이 씁쓸한 얼굴로 이름을 부르자 윈터가 못 들은 척하며 말했다.
"식사 끝나셨으면 먼저 일어나죠."
자리에서 일어나 나가는 그를 보며 바이올렛이 떨리는 한숨을 내쉬었다.
윈터가 나간 것을 확인한 제임스가 조금 화가 난 표정으로 바이올렛에게 물었다.
"이게 무슨 얘기냐? 아이를 안 낳겠다니?"
"남편은 아이를 원하지 않아요."
"그럼 네가 설득을 해야 할 것 아니냐. 저 애가 집에 마음 붙일 곳이 있었으면 저런 소릴 했겠니?"
옆에서 캐서린이 말렸다.
"윈터 고집 당신도 알잖아요. 한번 마음먹으면 누가 설득해도 듣지 않아요. 바이올렛, 넌 뭐 하니? 나가서 달래 주지 않고."

"……그럼 먼저 일어나겠습니다."

바이올렛이 인사하고 윈터를 따라나섰다.

두 사람이 모두 나가자 제임스가 말했다.

"확실히 바이올렛은 윈터와 아이를 낳지 못하는 걸 아직 모르는 것 같군."

"그래 보이네요."

캐서린이 동의했다.

❋❋❋

윈터 성격이면 분명 먼저 가 버렸을 거라고 생각했는데, 그는 의외로 앞에서 바이올렛을 기다리고 있었다.

바이올렛은 윈터의 앞에 멈춰 서서 그를 물끄러미 바라보았다. 아이에 관한 문제에 있어서는 자신 또한 물러설 생각이 없었기에 먼저 입을 열지 않았다.

도대체 왜 아이가 싫은 건지 알 수 없었다. 게다가 그는 그 이유를 설명해 주지도 않았다. 아이 이야기만 나오면 그냥 입을 다물어 버리고 끝이었다.

두 사람이 가만히 서로를 마주 보다, 윈터가 먼저 입을 열었다.

"안 돼."

"……."

"분가하고 싶다고 해서 들어줬잖아."

"설득할 거예요."

"그것까지 말리진 않겠지만 내 마음은 바뀌지 않아."

윈터가 대꾸했다.

그래도 설득을 말리지 않겠다는 말에 바이올렛의 마음이 조금 풀어졌다. 게다가 아까 의사 욕을 해 준 덕에 당분간 그녀의 아픔이 꾀병이라고 비난당할 일도 없을 테니까.

바이올렛이 물었다.

"바로 수도로 갈 거예요?"

"가야지. 그보다, 내가 준 땅을 조금도 처분하지 않고 그대로 가지고 있더군? 이러니 보석 하나 제대로 된 게 없지."

"제가 왕실에서부터 가지고 있던 물건들은 그럼 다 제대로 된 게 아니란 건가요?"

"그래. 다 구식이야. 유행에 뒤처졌지."

윈터의 사납고 냉정한 말에 바이올렛의 눈이 가늘어졌다.

윈터는 자신이 '바이올렛 기준으로 무례한 말'을 할 때마다 아내가 짓는 저 표정만 보면 열이 확 올라 미칠 지경이었다. 얄미워서 보는 건데 그 표정이 왜 이렇게 내키는지 모를 일이다. 혹시 자신이 정말로 이상 성욕이 있는 게 아닌가, 의심될 정도였다.

뻔뻔하기로 남부에서 따라올 자가 없던 그가 아내의 시선을 피하며 말했다.

"아무튼. 그러니 오늘 필요한 걸 새로 사."

"필요한 거 없어요. 물건 말고…… 꼭 해 보고 싶었던 게 있긴 한데."

"기다려 봐."

윈터는 그가 처음으로 아내에게 대화를 하자고 요청했을 때, 그녀가 하고 싶었던 말이 있다고 했던 때의 트라우마가 남아 있었다.

뭐라고 했더라, 가지긴 싫고 버리긴 아까운 그런 물건 비슷하게 말했었는데.

이 여자는 양심도 없지. 세상에 가지긴 싫고 버리긴 아까운 물건 때문에 이렇게 끔찍한 분노와 고통과 희열과 우울함을 감내할 머저리가 어디 있단 말인가.

그가 회피하는 사이, 바이올렛이 조심스럽게 손을 내밀어 윈터의 손을 감싸 쥐었다. 그러더니 그를 올려다보며 희미하게 미소 지었다.

"손을 잡고 싶어요."

그 행동에 한심할 정도로 급격히 트라우마가 사라진 윈터가 힐끔 바이올렛을 보았다.

"……이게 뭐?"

"결혼식장에서 처음 당신 손 잡았을 때요, 그때 얼마나 떨렸는지 몰라요. 처음 보는 남자가 남편이라는데 이제부터 어떻게 해야 하나 방법을 몰라서, 그래서 손부터 잡았어요. 당신 손이 하도 커서 신기했어요."

"그래서."

"근데 그날 우리 오빠 때문에 당신의 전 재산이 날아갔잖아요. 그래서 그날 손을 놓친 게 아쉬웠어요."

바이올렛은 그게 후회가 되었다.

그날 좀 더 꼭 잡고 있을걸. 따라 나갈걸. 그랬으면 당신은 나를 조금, 덜 미워하게 되었지 않았을까.

잡힌 손을 바라보던 윈터가 물었다.

"그러니까. 하고 싶은 게 고작 이거야?"

또 뭐가 성질을 건드렸는지 윈터의 표정이 폭발 직전이었다. 하여튼 지난 3년 동안 어떻게 저 불같은 성격을 이렇게 몰랐는지 신기할 정도였다. 바이올렛은 살면서 저렇게 심한 다혈질은 처음 보았다.

그녀는 아직도 남편이 화가 났을 때와 그렇지 않을 때를 전혀 구분할 수 없었다. 화가 난 것 같은데 조금 입꼬리가 씰룩거리는 것 같기도 하고…….

"지금은…… 화가 난 거 맞죠?"

바이올렛이 묻자 윈터가 버럭 소리쳤다.

"안 났어! 이까짓 손을 왜 못 잡아? 그냥 이렇게 잡으면 되잖아!"

"그게, 당신이 바쁘지 않을 때를 찾기가 어려웠어요."

바이올렛의 담담한 말에 성질을 내던 윈터가 뚝 멈췄다.

윈터는 방금 전까지도 바이올렛이 손을 잡는 게 낯설지가 않았다. 그녀의 말처럼 바이올렛은 결혼식장에서도 그의 손을 잡았고, 잠깐만 자신에게 시간을 내 달라고 할 때도 손을 잡았으며, 지난번 아버지의 생신 때에도 이야기 좀 하자며 상처가 난 손으로도 그의 손을 잡았었다. 그녀가 항상 먼저 그의 손을 잡았기 때문에 그는 이것이 낯설지 않았다.

아내가 손을 잡을 때면 늘 자신이 먼저 그것을 놓았다. 그의 시간은 언제나 일에 맞춰져 있었으므로.

보면 볼수록 아내와 자신은 어디 하나 맞는 구석이 없다. 가지고 싶은 건 다 사 주려고 했는데, 왜 아내는 원하는 게 고작 손을 잡는 것인가.

이래서야 우리 둘이 무슨 사랑을 할까. 이렇게 서로 바라는 게 다른 사람들이.

윈터가 이번에도 먼저 손을 빼냈다. 그에 바이올렛이 익숙한지 손을 품으로 당기려는데 윈터가 다시 꽉 움켜쥐었다. 바이올렛의 손이 윈터의 손에 안기듯 담겼다.

"가자."

"당신 일하러 가야 할 것 같아요. 저기서 하엘이 안절부절못하고 있잖아요."

"알아서 하라고 해. 나 하나 없다고 안 돌아가면 그게 회사야? 동네 구멍가게지."

윈터가 대꾸하며 그녀를 끌고 마차로 향했다. 바이올렛은 뒤에서 발을 동동 구르고 있는 하엘이 걱정스러워 자꾸 돌아보았지만 윈터의 고집에 못 이겨 마차에 탔다.

그런데 유행에 뒤떨어진 구식 물건을 버리고 새 물건을 사자던 윈터가 마부에게 요구한 목적지는 영지 밖의 번화가가 아니라 두 사람이 사는 저택이었다.

마차에서 내린 바이올렛이 물었다.

"번화가 가려는 거 아니었어요?"

그러자 윈터가 저택 2층의 가장 넓은 응접실로 향하며 말했다.

"내가 그렇게 한가해 보여?"

"요 며칠은요."

"……아무튼 내가 거길 일일이 돌아다니면서 물건을 살 시간이 어디 있어? 번화가를 여기로 불러야지."

그가 툴툴거리며 마저 계단을 올랐다.

응접실 문이 열리자 걱정하던 바이올렛이 안심한 표정을 지었다. 번화가를 가져왔다고 해서 지난번에 호텔에 꽃을 사 오듯이 과하게 물건을 쌓아 놓은 건 아닌가 했는데 그건 아니었다.

다과만 준비되어 있는 테이블 앞에 앉아 안심하려는 찰나, 응접실로 물건을 한 짐씩 챙겨 온 상인들이 들어왔다.

바이올렛 곁에 느긋하게 다리를 꼬고 앉은 윈터가 말했다.

"적게 사면 상인들에게 실례란 것만 알아 둬."

"실례라고요?"

"아주 무례한 거지. 여기까지 기껏 가져왔는데 한 개도 못 팔고 집에 갈 불쌍한 상인의 마음을 생각해 봐. 어때, 아프지?"

그의 심각한 표정에 바이올렛은 정말 하나도 못 팔면 불쌍한 건가, 깜빡 속아 넘어갈 뻔했다.

"당신에게 얼굴도장 찍어서 나쁠 게 없으니 투자 개념이기도 한 거죠?"

"……쓸데없이 똑똑해 가지고."

윈터가 불만스러운 표정을 지었다.

바이올렛은 조금 편안해진 마음으로 차를 마셨다.

한자리에 앉아서 번화가를 구경하는 것은 나쁘지 않은 경험이었다. 남부 상인들은 굉장히 언변술이 좋아 몇 번이나 바이올렛을 홀리게 했다.

중간중간 웃는 바이올렛을 보며 윈터는 이딴 데다 시간을 버리는 것도 가끔 해야겠다는 생각을 했다. 그나저나 뭐 하나 살 생각이 없어 보여 욱하려는데 화훼 용품이 등장하자 바이올렛이 관심을 보이기 시작했다.

"예쁘다……. 세상에, 이런 화분은 처음 봐요."

꽃만 보면 정신을 못 차리는 아내를 보니 윈터는 어쩐지 안심이 됐다. 만에 하나 바이올렛이 제게서 도망을 쳐도 잡아다 정원에 가둬 놓으면 그럭저럭 만족하고 살 것 같았다.

윈터는 바이올렛의 눈빛에 번지는 호기심을 보며 저도 모르게 슬쩍 미소를 지었다. 그때, 바이올렛이 장화를 가리켰다.

"장화도 있어요."

"당신이 장화를 신을 일이 뭐가 있다고."

윈터가 핀잔했으나 이미 상인이 냉큼 장화를 가져오고 있었다.

"요즘 귀부인들께서도 장화를 많이 신으시지요. 티 파티 대신 정원 관리를 하는 모임들도 생겼답니다."

"개소리하지 마."

"진짭니다! 요즘 남부 유행이잖아요."

상인이 동의를 구하듯이 바이올렛을 보았다. 그녀는 그저 미소를 지었을 뿐이었지만, 그 이후로도 상인이 정원 관리에 필요한 도구를 설명하는 것을 경청했다. 윈터가 턱을 괴고 놀리듯 말했다.

"정원사를 해고해야겠군. 여기 신참이 생겼으니."

"안 돼요."

안 그래도 원래 있던 사용인들 중 일부를 윈터가 해고해 버렸다. 처음으로 몸이 바뀐 날 빠릿빠릿하게 제 말을 못 알아들어 짜증 났다는 게 이유였다.

정원사를 정말 해고할지도 모른다고 생각해 바이올렛이 정색하자 윈터가 장난기 어린 웃음을 지었다.

"당연히 농담이었지. 정원사 없이 저 넓은 정원을 어떻게 관리해? 당신이 혼자 힘으로 해 봐야 얼마나 한다고."

"내가 그렇게 약골로 보여요?"

"그렇게 보여. 애초에 당신은 햇빛 아래 한 시간 서 있으면 쓰러질걸."

"그 정도는 아니에요."

인간은 생각보다 강했다.

바이올렛은 정원 파티에서 자리도 없이 몇 시간이고 서성였던 적이 많았지만 단 한 번도 쓰러지지 않았다. 어차피 쓰러져 봤자 웃음거리만 되었으리라. 그녀는 안간힘을 써 그 자리에서 버텼었다.

화훼용품을 산 이후에도 계속해서 상인들이 물건을 들고 들어왔다. 번화가를 가져왔다는 그의 말은 전혀 과장이 아니었다.

❄ ❄ ❄

쇼핑에 지친 바이올렛은 침실로 돌아오자마자 침대 위에 풀썩 쓰러졌다. 가지고 싶은 걸 말하라고 강요하더니, 물건을 안기는 것도 강제였다.

그녀의 침실에 뜯어 보지도 못한 엄청난 양의 상자들이 쌓였다. 바이올렛이 예쁘다고 말만 하면 사들여서 중간부터 입을 다물었더니 그때부터는 상인과 눈만 마주쳐도 사들였다.

가질 만큼 가진 사람이 어찌나 물욕이 대단한지. 하기야, 바이올렛은 지금까지 윈터가 같은 옷을 두 번 입는 것을 못 봤고, 같은 시계를 차는 것도 본 적이 없었다.

그녀가 지쳐 있는 사이, 하녀 셋이 들어와 그 많은 짐들을 뜯어 정리하기 시작했다. 하도 짐이 많아 정리하는 것도 일이었다.

'그래도 이혼이 정말 싫긴 한가 봐.'

질린다는 듯 침대에 얼굴을 파묻었던 바이올렛은 생각했다.

처음엔 이혼을 하지 않겠다던 그의 말이 그저 답답하게만 느껴졌는데, 이런 식으로 그와 조금씩 관계가 나아진다면 괜찮을 것 같았다.

손을 잡았을 때, 그가 다시 그녀의 손을 잡았다. 바이올렛이 3년간 줄곧 바라 왔던 일이었다.

남편이 손을 잡아 주는 일.

바이올렛이 그 감각을 다시금 떠올리는데, 하녀 하나가 상자에서 나온 유리로 된 백조 조각을 가져왔다.

"작은 마님, 이건 어디 둘까요?"

이 어린 하녀는 아까부터 상자 뜯기가 재미있어 어쩔 줄을 모르고 있었다. 바이올렛이 저도 모르게 조금 웃으며 물었다.

"젠이라고 했니?"

"네!"

"저 테이블 위에 놔 주렴. 고생이 많구나."

"아휴, 전 재미만 있는걸요?"

"그럼 나도 같이 열어 볼까."

바이올렛이 무거운 몸을 일으켰다. 그러자 젠을 포함한 다른 하녀들이 바이올렛을 힐끔거렸다.

작은 마님이 이상한 사람이라고 먼저 있던 하녀들이 수군거리는 걸 들었다. 그런데 정작 마주하고 앉아 보니 편안한 사람은 아닐지 몰라도 이상한 사람은 절대 아니었다.

작은 마님은 처음 들어온 하녀의 이름도 곧바로 외웠고, 무엇이든 부탁한 후 고맙다는 말을 덧붙였다. 오히려 성격이 이상한 쪽은 조금만 실수를 해도 버럭버럭 성질을 내는 윈터 쪽이었다.

게다가 소문처럼 작은 주인님이 작은 마님을 원망만 하는 것 같지도 않았다. 그러므로 새로 이곳에서 일하게 된 사용인들은 바이올렛에게 밉보일 이유가 전혀 없었다.

그때, 문이 벌컥 열렸다. 나갈 준비를 마친 윈터가 들어서자 그를 무서워하는 하녀들이 인사를 하고 후다닥 방을 나갔다.

바이올렛이 뜯어 보려던 상자를 내려놓고 말했다.

"부탁이니까 들어오기 전에 들어온다고 말 좀 해 줘요."

윈터가 신경도 쓰지 않고 바이올렛에게 말했다.

"하피트 지방에 다녀올 일이 생겼어. 보름 이상 걸릴 거야."

그의 말에 바이올렛이 멈칫하더니 저도 모르게 미소를 지었다.

"웬일로 이렇게 자세히 말해 줘요?"

"당신이 하도 꿍얼꿍얼거려서."

"그래도 말해 준다는 게 신기하네요."

바이올렛이 말하다 무심코 거울을 보았다. 침대에 누워 있느라 머리칼이 헝클어져 있었다. 빗을 꺼내 머리칼을 정리하려는데 윈터가 손목을 붙잡았다.

"그냥 놔둬."

"머리가……."

"빗질 안 하면 마주 앉아서 대화도 못 하는 게 무슨 부부야."

그의 말에 바이올렛이 윈터를 바라보았다.

언제나 우아하고, 단정하며, 인간이 아닌 왕족으로 있을 것. 그것이 라크라운드 왕실의 방침이었다. 그러니 내가 단정하지 못한 것은 게으르기 때문에. 닥쳐온 상황을 못 이기는 건 내가 나약해서, 내가 감정적이어서. 그렇게 생각했다.

바이올렛이 확인받고 싶었는지 다시 물었다.

"이상하지 않아요?"

"전혀."

"정말?"

"안 이상하다니까. 도대체 뭐 어느 부분에서 이상함을 느껴야 돼?"

그런 자신과 반대인 남자다. 불같고, 예의 없고, 언제나 지극히 인간적인.

그게 신기하고, 가끔은 부러웠다.

윈터가 손목을 놓아주며 투덜거렸다.

"방이 엉망진창이군. 쓸모없는 건 다 가져다 버려."

"누구 때문인데요? 게다가 당신은 내가 가진 건 다 쓸모없다고 할 거잖아요."

"웬일로 내 마음을 알아주시는군, 우리 공주님께서."

윈터가 비꼬며 벽장으로 걸어갔다. 그 안에 있는 것도 전부 버리라고 트집 잡을 생각이었다.

바이올렛의 물건들은 마치 누구 눈치라도 보는 것처럼 단조롭고 수수했다.

아내는 누구나 알아볼 만큼 청아한 미인이었다. 어두운 것보다는 밝은 것이 단연 어울렸다.

그가 벽장문을 열기 위해 손잡이를 잡았다가 손을 뗐다. 그리고 다시 검지로 문고리 안을 쓰다듬어 보았다. 손잡이 안쪽의 금박이 떨어져 나간 데다, 패인 자국도 느껴졌다.

"……."

"윈터?"

바이올렛이 부르자 윈터가 그녀를 돌아보았다.

나쁜 기억이 났다.

윈터가 하인으로 일할 때, 고용주이던 식당 주인은 툭하면 그를 두들겨 패고 헛간에 가둬 놓았다. 윈터는 어떻게든 나가 보려고 문을 두들겨 댔고, 덕분에 문고리에는 사슬에 쓸린 자국이 남았었다.

그와 동시에 그는 아버지의 생일 파티 당일 보았던 바이올렛의 손을 떠올렸다. 아내가 제 몸을 훔치던 날, 손에 묻어나던 피가 이상하다고 생각했었지만 기껏해야 넘어진 정도였을 거라고 생각했다. 몸에 힘이 없으니 넘어지기도 잘하는 건가, 하고.

그날 그의 몸을 가지고 도망치던 바이올렛은 마치 헛간에서 도망쳐 바이델린 산맥으로 죽어라 달리던 날의 자신 같았다. 지금 생각해 보니 그랬다.

그런데 그럴 리 없지. 공주님을 그렇게 함부로 다룰 사람이 누가 있겠나.

윈터가 그렇게 생각하며 손잡이 안쪽을 다시 꽉 움켜쥐었다. 잠시 뒤, 그가 돌아보며 바이올렛에게 물었다.

"당신은 어디 갇혀 본 적 없지?"

바이올렛이 그가 쥔 문고리를 보았다. 그녀가 잠시 생각하다 입을 열었다.

"있기야 있죠."

"웃기지 마. 누가 감히 공주님을…… 아, 뭐 가정 교사 같은 건가?"

"전 굉장히 훌륭한 학생이었어요."

"하긴, 딱 봐도 모범생 같은 얼굴이니까."

"네. 당신은 딱 봐도 모범생과는 거리가 먼 얼굴이고요."

"내가 뭘?"

"어떻게 봐도 불량한걸요?"

바이올렛이 웃고는 다시 인사했다.

"다녀와요."

"말 끝내지 마. 누가 그랬는지 알려 줘야지."

"그게 뭐가 중요해요. 이제 와서."

"왜 여기서 이제 와서라는 말이 나와?"

윈터가 언성이 높아지려는 것을 짓눌렀다. 그 모습을 바라보던 바이올렛이 다시 입을 열었다.

"제가 이혼하려고 든 게, 에쉬는 정말 싫었나 봐요. 그래서 어머님께 저를 어떻게든 바로잡아 달라고 말하더군요."

"말도 안 되는 소리 하지 마. 아무리 에쉬 그 자식이 부탁했더라도 우리 어머니가 당신을 벽장에 가뒀을 리 없잖아."

"제 주제에 이혼을 생각한다니까, 많이 화가 나셨나 보죠."

윈터의 얼굴이 차갑게 식었다. 마치 피가 다 빠져나간 사람 같았다. 그가 갑자기 쉬어 버린 것 같은 목소리로 물었다.

"왜 말 안 했어?"

"하려고 했어요."

"언제?"

"바로 직후에요. 당신이 일 이야기를 하고 있었을 때. 이야기 좀 하자고 말했잖아요. 몇 번이나."

아내가 자신을 붙잡을 때마다 윈터는 공주님이 또 쓸데없는 이야기를 하려 제 일을 막는다고 생각했었다.

이야기를 하자고 말할 때 바이올렛은 처음에는 미소를 짓고 있었고, 나중엔 화를 내다가, 요즘에는 포기한 얼굴을 했다. 그날도 그랬다. 바이올렛은 지쳐 보였다.

"그래서 그날 몸을 훔쳤어요. 미안했어요, 그건."

바이올렛은 오히려 조금 웃었다. 몸을 훔친 것이 우습지 않았냐는 듯이. 그러나 윈터는 그녀를 따라 웃지 못했다.

언제나 완벽해 보이던 아내의 보이지 않는 어딘가가 망가진 것 같다고, 그는 생각했다.

바이올렛이 남편에게 벽장에 갇혔던 일을 말하지 않았던 건, 그가 몇 번이고 이야기하자는 제 청을 거절했기 때문이었다. 그런 남편이기 때문에, 이런 일에 전혀 화를 내지 않을 줄 알았다.

윈터가 화를 내는 건 몇 번 봤지만 저렇게 크게 화내는 건 결혼식장 외에서는 별로 본 적이 없었다.

그녀가 윈터의 대답을 기다리자 그가 다시 입을 열었다.

"왜 그렇게 아무 일도 아닌 것처럼 말해?"

"이미 지나간 일이니까요."

"그럼 이게 아무 일도 아닌 게 돼?"

"내가 언제 아무 일도 아니라고 했어요?"

"표정이 그렇잖아!"

못 견디고 윈터가 언성을 높였다가 욕설을 한 번 내뱉고는 혼잣말을 했다.

"이혼을 당하든 말든 당사자는 나인데 왜 주변에서 참견인지 모르겠군."

"그러게 말이에요."

그때, 문이 열리며 하엘이 고개를 들이밀었다.

"대표님, 이제 진짜 가셔야 하는데요!"

"기다려. 곧 나갈 테니까."

"진짜 급한데요."

"내 말 안 들려?"

윈터가 인상을 쓰고 하엘을 돌아보자 그가 움찔거리며 조용히 침실을 나갔다.

문이 닫히자 윈터는 다시 사냥감에 집중하듯 바이올렛을 바라보았다.

갇혔던 건 나인데 왜 그가 이리 화를 내는 걸까. 바이올렛이 작게 한숨을 쉬고 물었다.

"이번엔 진짜로 화났죠?"

"누구한테?"

"저한테요."

"내가 지금 당신한테 화난 걸로 보여?"

"네."

"3년 내내 그랬어?"

그의 질문에 바이올렛이 고개를 갸웃거리자 윈터가 이번엔 무채색으로 보일 만큼 표정을 지우고 물었다.

"3년 내내 내가 화난 것 같아 보였냐고. 항상."

"음……."

바이올렛이 희미하게 미소 지었다.

"화난 것 같아 보인 게 아니라, 화가 났었잖아요. 날 만했었고."

"……."

"아무튼 난 이제 정말로 자야겠어요. 피곤하네요."

바이올렛이 침대에 걸터앉아 슬리퍼를 하나씩 벗었다. 그런데 나가야 할 윈터가 오히려 따라 들어오더니 그녀의 침대에 풀썩 누워 버렸다.

바이올렛이 드물게도 인상을 쓰며 물었다.

"뭐 하는 거예요?"

"드러누웠다. 왜?"

"내 방이에요."

"딱하기도 해라. 이젠 막 침대도 남편한테 뺏기고."

"정말 이상한 사람이네요……."

바이올렛은 납득이 안 되는 표정이었지만 윈터가 팔을 붙잡아 당기는 바람에 별수 없이 그의 옆에 누웠다.

자기도 피곤한 척 누워 놓고, 윈터는 바이올렛을 물끄러미 바라보기만 했다. 그 차갑기도, 따듯하기도, 어찌 보면 남편 같기도 한 눈빛에 바이올렛이 당혹스러워하며 말했다.

"바쁜 것 같던데요?"

"당신 잠들면 갈 거야. 나 쫓아내고 싶으면 빨리 잠들어."

윈터가 말하며 먼저 눈을 감자 바이올렛도 따라서 눈을 감으며 중얼거렸다.

"이제 됐으니까 일하러 가요."

"왜 자꾸 쫓아내? 언젠 계속 있으라며."

"이건 약속이고 예정된 일이잖아요."

그렇게 일밖에 모르던 사람이 나가지 않아 이상했다.

결국 윈터는 나가지 않고 내내 곁에 누워 있었고, 바이올렛은 그런 그가 신경 쓰였지만 너무 피곤했던 탓에 그대로 잠이 들었다.

❄ ❄ ❄

바이올렛이 일찌감치 잠들자마자 윈터는 곧 부모님의 저택에 들어섰다. 해가 지고 난 뒤라 그의 부모는 워호슨의 몇몇 귀족과 만찬장에서 와인과 함께 저녁 식사를 즐기고 있었다.

그를 발견한 캐서린이 다가왔다.

"윈터, 무슨 일이니?"

그러자 윈터가 날카롭게 느껴지는 투로 말했다.

"아내를 벽장에 가두는 벌을 주셨다고 들었습니다."

어쩐지 들어올 때부터 또 뭐가 수틀려 저렇게 성질난 얼굴인가 했다.

윈터의 다혈질 다스리는 법을 어느 정도 익힌 캐서린이 다정히 말했다.

"윈터, 우린 다 널 생각해서 한 거야. 알잖니?"

"그게 도대체 어떻게 절 위한 겁니까?"

"너희 둘 사이에 무슨 일이 있어서 이혼 이야기가 나온 건지 모르겠지만, 바이올렛은 너한테 이러면 안 돼. 난 내 아들 상처받는 거 못 본다."

"아무리 그래도 어린애도 아닌데 그렇게 벌을 주신 건 너무하신 거 아닙니까?"

"바이올렛이 상처를 많이 받았다고 하니? 그랬다면 미안했다. 내가 가서 사과하마. 난 다 너희를 위한 거라고 생각했는데……."

캐서린이 울 것 같은 표정으로 말하자 머리끝까지 화가 나 있던 윈터의 표정이 다소 풀어졌다.

"꼭 사과해 주십시오."

"해야지. 그 애가 상처받았다면 당연한 거 아니겠니?"

"아무튼…… 이번 일은 어쩔 수 없으니 그냥 넘어가지만 앞으로는 그러시면 안 됩니다. 절대로."

"그럼. 앞으로 절대 안 그러마."

그제야 휘몰아치던 윈터의 화가 누그러졌다. 그는 언제나 애정에 결핍되어 있었으므로 어머니의 이런 다정한 말들을 듣고 나면 사고가 흐려지기 일쑤였다.

캐서린이 윈터의 팔을 따듯하게 다독이며 물었다.

"온 김에 식사하고 가겠니?"

"아뇨, 바로 가 봐야 합니다. 그럼 바이올렛은 사과를 받고, 저는 올해 파티 비용은 더 이상 드리지 않는 정도로 끝내죠."

"……응?"

그의 말에 여간해선 당황하지 않던 캐서린이 멈칫했다.

"그게 무슨 소리니?"

"아내와 어머니 사이 일은 알아서 해결하시면 되죠. 그런데 어쨌든 이번 일은 어머니가 저에게 참견을 하신 거니까 저도 참견을 하겠다, 이 말입니다."

캐서린은 문득 아들의 좌우명과도 같은 말을 떠올렸다. 어떠한 상황에서도 절대 손해는 보지 않는 것.

설마하니 여기서 기분 나쁜 것까지 돈 문제로 끌고 갈 정도로 아들이 돈에 미쳐 있는 줄은 몰랐다.

캐서린이 기가 막힌다는 듯 물었다.

"바이올렛이 그렇게 하라고 했니? 그 애는 항상 파티에 오는 걸 싫어했으니 그럴 만도 하지."

윈터가 어떻게 그렇게 당연한 걸 눈치채지 못하냐는 듯한 황당한 표정을 지었다.

"어머니도 참. 돈이 얽힌 건데 당연히 제 생각이죠."

"윈터!"

결국 내내 부드러워 보이던 캐서린의 언성이 높아졌다. 윈터가 표정을 구기고 말을 이었다.

"제가 이제 스물일곱입니다. 어린애도 아닌데 애초에 왜 제 이혼에 참견을 하시고 그러셨습니까? 게다가 제가 고작 몇 달 돈 안 드린다고 파티 못 여는 것도 아니잖습니까."

"아무리 그래도 그렇지!"

"저 진짜 바쁩니다. 잔소리하실 거면 잊지 말고 어디 적어 두셨다가 다음 달에 하시죠. 질릴 때까지 들어 드릴 테니까."

그는 아내에게만이 아니라 제 부모에게도 모질 때가 있었고, 성질도 급했으며, 욱하기도 했다. 캐서린도 그걸 알고 있었지만 윈터가 이렇게 단호하게 돈을 끊어 버리겠다고 나온 적은 없었기에 당황스러웠다. 웬만하면 부모의 말을 들어주는 아들이었기에 캐서린의 충격은 더욱 컸다.

작위가 전부가 아니게 된 세상에서 블루밍 부부는 사교계를 통해 더욱 권력을 견고히 할 수밖에 없었다. 파티를 열지 못하는 것은 권력에 흠집이 나는 것으로 직결되었기 때문이다.

그러거나 말거나, 부모 입장에서는 날벼락과 같은 조치를 취한 윈터는 하엘이 발을 동동 구르다 울화병이 나기 전에 급하게 제집으로 돌아갔다.

❄❄❄

바이올렛이 아침에 일어났을 때는 남편이 떠난 후였다. 잠결에 당분간은 큰 파티가 없을 거고 어쩌고 하는 윈터의 말을 들었던 것 같은데 반은 잠들어 있던 터라 잘 기억나지 않았다. 다행히 그가 미리 플립에게 제대로 이야기를 전해 주라고 하여 잠에서 깬 바이올렛이 윈터의 조치를 알게 되었다.

무대 공포증이 생긴 가수가 무대에 올라가 입을 다물듯이, 바이올렛을 공포증에 빠지게 하는 것이 캐서린의 파티였다. 캐서린이 당분간 돈이 없어 그 좋아하는 파티를 쉽게 못 열 거라고 생각하니 마음에 담겨 있던 두려움이 사라져 한결 가벼워졌다.

그 덕분인지 저택은 한동안 더할 나위 없이 조용했다. 다만 남편이 떠난 이후부터 플립이 자꾸만 바이올렛의 주변을 맴돌며 기웃거리는 게 느껴졌다.

왜 그러냐고 물었더니 당황해 시뻘게진 얼굴로 윈터가 감시를 하라고 했다는 것을 실토했다. 바이올렛은 내가 뭘 잘못했다고 감시를 당해야 하나 싶어 억울한 마음이 들었으나 며칠이 지나고는 익숙해져 그리 신경 쓰이지 않게 되었다.

8월이 끝나 갈 즈음에 바이올렛의 머리칼은 조금 더 자라 한 갈래로 묶어도 어색하지 않게 되었다. 부쩍 그녀를 좋아하게 된 하녀, 젠이 노란 민들레가 그려져 있는 흰색 리본으로 그녀의 머리칼을 묶었다.

거울과 마주 앉은 바이올렛이 여느 때와 달리 조금 흘러내린 잔머리를 만지작거리며 물었다.

“정말 안 이상하니?”

“전혀요! 엄청 귀여우세요!”

왕실 여자들은 보통 머리를 장식할 때 헝클어진 느낌이 전혀 들지 않도록 깔끔하게 머리칼을 묶고 핀으로 정리한다. 그런데 윈터가 빗질을 안 하면 마주 앉아서 대화도 못 하는 게 무슨 부부냐고 물었던 게 신경 쓰였다. 그 얘기를 젠에게 했더니 그럼 요즘 유행하는 머리를 해 봐야 한다고 우기며 느슨하게 묶어 준 것이었다.

젠이 재잘거렸다.

"예전에 제가 있던 집 마님은 이런 게 유행이라고 하셨어요. 뭐랄까, 남부 소녀 같은?"

"왜 남부 소녀 같아야 하는지 이유를 모르겠구나. 난 수도 사람이고 어른인데."

"아휴, 작은 마님은 왜 이 예쁜 얼굴을 그렇게 고지식하게 낭비하세요? 제가 알아서 할래요."

젠이 어린아이처럼 입술을 삐죽거렸다. 바이올렛은 그런 젠이 귀여워 조금 미소를 지었다.

젠의 취향대로 머리칼을 묶고 난 바이올렛이 지난번에 산 장화를 신은 후 정원으로 나왔다. 다행히 좋아하는 만큼 재능도 있는지, 윈터가 보면 또 정원사를 해고하겠다고 나설 정도로 그녀가 신경 쓴 곳마다 근사해져 있었다.

바이올렛이 정원 관리에 열중해 있는데 뒤에서 목소리가 들렸다.

"바이올렛."

바이올렛이 멈칫하더니 몸을 돌렸다.

돌을 깔아 만든 길 위에 어머니, 엘라 필리체 부인이 서 있었다.

"어머니?"

"세상에, 너 이게 무슨 꼴이니?"

엘라가 경악이 담긴 눈으로 딸을 보았다. 어머니의 갑작스러운 등장에 조금 당황해하던 바이올렛이 별일 아니라는 듯이 말했다.

"남편이 너무 단정한 걸 좋아하지 않아서요."

"아무리 그래도!"

"어머니가 말씀하신 것처럼 전 이제 왕족이 아니라 블루밍가 사람이라."

바이올렛의 조용하지만 단호하게 느껴지는 말에 엘라가 못마땅해 하면서도 더 이상 차림새에 대한 지적을 하지 않았다. 바이올렛이 장갑을 벗어 양동이에 넣고 저택으로 향하며 물었다.

“여기까지 무슨 일이세요?”

“손주는 언제쯤 보여 줄까 싶어 왔단다. 도무지 기미가 안 보이니. 3년이면 이미 충분히 지난 거 아니니?”

“남편이 아이를 원하지 않아요.”

“매번 남편 탓만 하면 어떡하니. 네가 노력을 해야지.”

이혼은 절대 안 된다던 에쉬의 말이 떠올랐다. 그가 ‘동생을 이혼시키지 않을 대책’으로 떠올린 게 아이인 모양이라고 생각하며 바이올렛이 담담히 물었다.

“오빠가 가 보라고 했나 보군요. 아이 이야기를 해 보라고.”

“그 애도 네가 걱정이 돼서 그러는 거지. 맡은 일이 많아서 그렇지, 마음이 여린 아이잖니.”

씁쓸히 미소 지으며 고개만 끄덕인 바이올렛이 저택을 가리키며 말했다.

“오늘 저녁이면 남편이 돌아올 테니 다시 설득해 볼게요. 일단 차 한잔하세요.”

그래도 모처럼 어머니와 단둘이 차 한잔 마실 기회가 생긴 건 나쁘지 않았다.

바이올렛이 살고 있는 저택 안은 값지고 구하기 힘든 물건으로 가득 차 있었다. 엘라는 사위가 재벌이라는 것을 알고 있었지만 이렇게 실감할 일은 없었다. 하녀 하나가 밀고 온 트롤리에는 온 세상에서 가져온 찻잎들이 가득했고, 테이블에 내려놓는 찻잔들에는 하나하나

세밀하게 자른 보석이 박혀 있었다.

엘라가 입을 열었다.

"사위가 돈을 많이 벌긴 버는구나."

"차는 남편이 수입하는 일을 한다고 해서 종류가 많아요. 필요하면 가실 때 챙겨 드릴게요. 아마 초콜릿도 수입한다는 것 같아요. 그리고 또……."

바이올렛이 고민하자 초콜릿 바구니를 들고 들어서던 플립이 재빨리 말했다.

"말도 수입하십니다."

"아, 그렇다고 하더라고요. 도대체 말을 어디서 어떻게 수입한다는 건지……."

바이올렛이 이해가 안 된다는 듯이 말했다. 윈터는 말을 탈 줄은 모르는데 볼 줄은 알았다. 신기한 일이었다.

엘라가 넓고 화려한 응접실 너머로 보이는 정원을 바라보았다. 자꾸 안쓰러운 아들 생각이 나는 것은 어쩔 수 없는 일이었다.

그녀가 말을 이었다.

"바이올렛, 네 입으로 말하지 않았니? 남편과 사이가 그리 좋지 않다고. 이럴 때 아이가 생기면 오히려 둘 사이가 나아지지 않겠니?"

"그렇게 말씀하셔도……."

엘라가 자리에 앉으며 시작된 아이 타령은 차가 식을 때까지 이어졌다. 바이올렛이 윈터 핑계를 대 보아도 설득하면 될 일 아니냐는 것으로 귀결되었다.

바이올렛이 골치 아파하고 있을 때, 밖에서 말발굽 소리가 들렸다. 바이올렛이 벌떡 일어났다.

"남편 왔네요. 데려올게요."

"그러렴."

엘라가 허락하자 바이올렛이 그곳을 도망쳐 나왔다. 제힘으로 어찌 할 수도 없는 아이 타령에 바이올렛은 지쳐 있었다. 그러니 윈터에게 작정하고 따질 생각이었다.

그러나 그녀가 뭐라 말을 꺼내기도 전에 마차에서 내린 윈터가 냉정해 보이는 얼굴로 걸어와 덥석 아내의 팔을 붙잡았다. 그러더니 말도 없이 장갑을 벗겨 손가락을 하나하나 확인하기 시작했다.

말싸움을 걸 타이밍을 놓친 바이올렛이 그에게 붙잡힌 손을 빼내려 손가락을 접으며 물었다.

"잘 다녀왔어요?"

"어어, 보면 알잖아."

윈터가 건성으로 대답하고 접혀 가던 하얀 손가락을 다시 펼쳤다. 양손을 확인한 후 얼굴과 목덜미까지 확인한 뒤에야 상처가 없는 것을 알고 바이올렛을 보았다. 다짜고짜 검사당한 두 손을 모아 품으로 당긴 그녀의 황당한 눈빛을 발견한 윈터가 변명하듯 말했다.

"또 어디 갇혔다가 나왔는데 나한테 말 안 할까 봐. 내가 확인해야지, 별수 있어?"

그때, 뒤에서 목소리가 들렸다.

"그게 무슨 소린가? 갇히다니?"

아무리 이방인이지만 사위니 마중을 나가야 한다고 뒤늦게 판단해 따라 나왔던 엘라가 물었다. 윈터가 곧바로 답하려는데 바이올렛이 서둘러 말했다.

"아무것도 아니에요."

"그러니?"

엘라는 미심쩍은 듯했지만 설마 제 딸이 어디 갇혔으리라고는, 그것도 원인이 제 선량하고 가여운 아들일 거라고는 상상도 하지 못했기에 대수롭지 않게 넘어갔다.

윈터가 인사했다.

"오랜만에 뵙습니다."

"오랜만이네."

엘라가 특유의 쌀쌀한 목소리로 인사를 받아 주고 휙 몸을 돌려 다시 응접실로 향했다. 그녀가 떠나자 한숨을 쉰 바이올렛이 윈터를 보았다.

"비밀로 해 줘요."

"장모님도 자기 아들이 어떤 놈인지 아셔야지."

"큰오빠 죽은 이후부턴 작은 오빠가 세상인 줄 아는 분이에요. 아무리 그래도 폭력은…… 좀 충격을 받으실 거예요."

윈터는 입을 떼려다 다시 다물었다.

처음엔 아내가 죽을까 했다는 소리에 무슨 나약한 소리인가 했다. 그런데 그녀에 대해 알면 알수록 그녀는 의지할 곳이 없어도 너무 없었다.

알면 알수록 점점 더, 너무 늦지 않게 알아 다행이라는 생각이 들었다. 혹시나, 혹시나 모르는 일 아닌가. 세상일이라는 것이.

내심 안도하는 그에게 바이올렛이 물었다.

"잠깐 몸 좀 바꿔 줄래요?"

"왜?"

"아이를 낳기 싫은 건 당신인데 잔소리는 내가 듣고 있잖아요. 당신이 말씀 좀 드려요. 게다가 아직 정원 일도 안 끝나서."

"당신이 정원 일을 하면 귀족 아가씨 소일거리지만 내 몸으로 하면 누구라도 그냥 정원사라고 생각할 거 아냐."

윈터는 겉으론 그렇게 툴툴거렸지만 아이 얘기만 나오면 피가 죄 빠져나가는 기분이었다. 안 그래도 드문드문 어딘가 망가진 것처럼 구는 아내가 사실을 알았을 때의 반응을 예상할 수 없었다.

"아무튼 아이 얘기는 내가 말씀드릴게. 장모님 가시면 나랑 얘기 좀 해."

"아…… 미안해서 어쩌죠? 저 약속이 있어요."

윈터가 자리에 우뚝 멈춰 섰다. 바이올렛이 말을 이었다.

"리온 로드에 있는 실크 상점에서 북 클럽이 열린대요. 상인들과 하급 관료들이 오나 봐요."

"당신이 실크 상점 따위에서 하는 모임에 왜 어울린다는 거지? 아무튼 나도 가지."

"남부에도 친구를 만들어 보려고요. 그리고 초대받은 사람만 들어갈 수 있어요."

"무슨 얘기 좀 하기가 이렇게 힘들어?"

윈터는 욱해서 말하면서도 제 말에 어폐를 느꼈다. 바이올렛도 그걸 느꼈는지 남편을 흘기며 대꾸했다.

"애초에 당신이 일주일 전에 온다고 해 놓고 너무 늦게 와서 일정이 겹친 거잖아요."

"두 번 안 가고 한 번에 해결하느라 그랬지!"

윈터가 억울해하자 바이올렛은 고집불통 어린아이를 보듯 그를 바라보고는 폭 한숨을 쉬었다.

"일찍 돌아올게요."

"젠장."

윈터 역시 스스로가 어린애처럼 느껴졌는지 짜증을 내면서도 순순히 물러섰다.

❄❄❄

엘라는 이미 잔소리를 충분히 했는지, 얼마 지나지 않아 저택을 나섰다. 윈터는 엘라를 본인의 호텔 중 가장 가까운 곳에 데려다주고 곧바로 집으로 돌아왔다.

저택으로 돌아와 보니 바이올렛은 막 나갈 준비를 마친 상태였다. 플립이 바이올렛에게 양산을 씌워 주는 것이 보였다. 하얀 레이스 장갑을 끼고 난 바이올렛이 플립에게 손을 내밀었다.

"양산은 내가 들겠네."

"무거우니 제가 들겠습니다."

"남편도 자네만큼 내 체력을 얕보진 않을걸?"

"야, 얕보다니요! 절대 그런 거 아닙니다!"

플립이 기겁해서 말하자 바이올렛이 농담이었다는 듯 미소 지었다.

플립이 결국 양산을 내미는데, 갑자기 윈터가 중간에서 그것을 확 낚아챘다. 그러더니 구겨진 표정으로 플립을 보며 물었다.

"내가 아직도 널 안 잘랐나?"

"예. 해고할까 말까 고민하시다가 마셨습니다. 오히려 중요한 일까지 맡기고 가셨었습니다."

플립의 말에 양산을 쥔 윈터의 손에 힘이 들어갔다. 어쩔 수 없었다. 이 저택에서 가장 바이올렛을 아끼는 게 플립이라, 그에게 바이올렛이 어디 하나 다치지 않게 감시하라고 맡겼던 것이다.

윈터가 결국 양산 중간을 휘어 버리자 바이올렛이 놀라서 말했다.

"윈터, 손 조심해요."

윈터가 혀를 차며 그것을 팽개치더니 한 손을 바이올렛의 머리 위, 해가 있는 곳에 두어 햇빛을 가려 주었다.

"양산은 리온 로드에 가서 새로 사."

"저걸 고쳐서 쓸게요. 아끼던 거란 말이에요."

"똑같은 걸로 열 개 만들어 놓으면 되잖아."

양산이 너부러지긴 했지만 바이올렛은 기분이 나쁘지 않았다. 아끼던 거라며 답지 않게 투정한 것도 햇살을 가려 주는 그의 손이 살며시 마음을 들뜨게 했기 때문이었다.

아이 이야기로 무거워졌던 마음이 한결 편안해졌다.

가질 수 없는 것들에 대하여 바이올렛이 점점 더 쉽게 체념하기 시작했던 탓도 있었지만, 남편과 함께 걷고 있는 지금 이 순간이 정말로 그녀에게 소박한 행복이 되었기 때문이기도 했다.

바이올렛이 멈춰 서서 윈터의 손을 가만히 바라보다 손을 내밀어 살며시 그의 손에 올려 보았다.

그녀는 뭐가 그렇게 재미있는지 한참을 그러고 있다가 윈터를 돌아보며 생긋 웃었다.

"당신 손에 해가 다 가려지네요. 종종 이렇게 다녀요, 우리."

"……."

눈꼬리가 휘어지도록 사랑스럽게 웃는 아내를 보자 윈터의 머릿속에서 거대한 종이 우렁차게 울려 댔다.

이게 뭐지? 도대체 아내는 지금 뭘 이렇게 마음에 들어 하는 거지?

그리고 이 종소리는 갑자기 어디서 들리는 건지…….

바이올렛이 문뜩 놀라서 눈이 커졌다.

"이러다 늦겠어요."

그녀가 서둘러 마차에 올라타자 윈터가 마차를 출발하지 못하게 하려는 듯 한 발을 올려놓고 말했다.

"잠깐만."

그가 지갑을 뒤적거리더니 리온 로드라고 적힌 종이를 내밀었다.

"이건 리온 로드 내에서 쓰는 화폐 같은 거야. 북 클럽 사람들한테 밥 사 줘, 이걸로."

"아, 신경 써 줘서 고마워요."

바이올렛은 종이가 신기했는지 거절하지 않고 받아 챙겼다.

❄ ❄ ❄

"공주님께서 오실까?"

"오실 리가 있어요? 이런 상인들 모임에."

"그래도 남편이 카닉 혼혈이시잖아요."

"아니, 윈터 블루밍 씨가 그냥 카닉 혼혈이에요? 여기 번화가 땅이 다 그분 소유인데."

모린의 실크 상점 북 클럽에 모인 사람들은 하나같이 안절부절못하는 상태였다. 가진 건 돈뿐인 사람들의 이런 소소한 모임에 공주님이 끼시겠다니, 이만저만 당혹스러운 게 아니었다. 심지어 그냥 공주님도 아니고 남편이 윈터 블루밍인 공주님이었다.

모임 시간이 5분쯤 지나가자 다들 안 오는 모양이라고 확신했다.

그때, 문 열리는 소리가 들려 일시에 사람들이 문 쪽을 보았다.

그곳에 여자가 서 있었다. 수수한 차림새였음에도 모임의 사람 모두 그녀가 바이올렛 블루밍이라는 것을 대번에 알아차렸다. 그녀는 반듯한 자세와 표정을 가지고 있었고, 상대를 긴장하게 하는 특유의 경직된 부드러움을 가지고 있었다.

"여기서 북 클럽이 열린다고 들었는데, 맞게 왔소?"

바이올렛이 묻자 눈동자를 데굴데굴 굴리던 사람 중 하나, 의사인 폴라가 몸을 일으켰다.

"맞아요. 어서 들어오세요."

"늦어서 미안하오, 첫날부터."

바이올렛이 그리 말하며 제 이름표가 붙은 의자에 앉아 책을 무릎에 두었다. 실크 상점 주인, 모린이 안절부절못하다가 물었다.

"의, 의자가 불편하실…… 아, 별말은 아니에요, 공주님."

언제나 자신에게 말 거는 사람을 주의 깊게 마주 보는 바이올렛의 관심이 부담스러워 모린이 말 중간에 손을 내저었다. 바이올렛이 미소를 지으며 말했다.

"안락하고 좋은 향이 나는 상점에 초대해 주어 고맙소."

모린이 다시 힐끔 바이올렛을 보았다. 우려했던 것보다도 더 어려운 분위기를 내는 사람이지만 동시에 묘한 호감이 갔다. 다른 사람들도 마찬가지였는지 금방 그 자리의 이방인에 대해 잊고 북 클럽이 시작되었다.

어쩌다보니 평소보다 토론이 길어졌고, 덕분에 북 클럽도 그들 모두의 예상보다 길어졌다.

"슬슬 배고프네요."

누군가가 하는 말에 그제야 생각났는지, 바이올렛이 윈터가 준 종이를 꺼냈다.

“그러고 보니 남편이 식사를 대접하라고 이런 걸 주던데, 여기서 쓸 수 있는 게 맞소?”

윈터 블루밍의 이름과 리온 로드의 도장이 찍힌 어음이었다. 그 안에 있던 사람 중 윈터와 사업적으로 관련된 사람들은 전부 얼굴이 하얘져서 벌떡 일어났다.

윈터 블루밍이 일로 관계된 사람에게 식사를 대접할 때는 한 가지 이유밖에 없었다.

‘나랑 거래 끊기 싫으면 이제부터라도 잘하자.’

바이올렛은 남편에게 원망이 쌓여 있었지만 그가 내키면 나쁜 짓도 얼마든지 저지를 사람이란 것은 몰랐다. 지금 리온 로드에 있는 사람 중 그 사실을 모르는 사람은 바이올렛뿐이었다.

모임의 사람들은 윈터가 아내에게 굳이 밥을 사 주라고 한 이유를 파악하느라 정신이 없었다. 그냥 아내에게 잘해 주라는 건지, 아니면 돌려보내라는 건지, 그것도 아니면 오히려 오래 붙잡고 있으라는 건지…….

❄❄❄

윈터가 새로 고용한 의사, 베릴은 제임스 블루밍 공작이 준 약과 돈을 두 손으로 움켜쥐고 있었다.

제임스 블루밍은 벌써 세 번째, 그에게 돈을 주고 용도를 알 수 없는 약을 맡기고 있었다.

임신을 촉진하는 약이라고 들었다. 아들 부부가 임신을 원하지 않으니 비밀로 해 달라며 돈을 얹어 주어 그러려니 하고 바이올렛에게 줬었다.

그런데 지난번에 우연히, 들은 것과 달리 바이올렛은 아이를 원한다는 것을 알았다. 그런데 제임스 블루밍은 왜 몰래 이 약을 먹이고 있단 말인가? 임신을 촉진하는 약이 아닌 건가?

그런 의심이 시작되니 차라리 지금이라도 실토할까 싶었다. 그러나 이미 두 번 돈을 받고 바이올렛에게 이 약을 먹인 것만으로도 처벌을 면하기 힘들 것 같았다.

베릴은 겁에 질려 있었으나, 애써 아무렇지 않은 얼굴로 하녀인 젠에게 제임스 블루밍이 준 약 봉투를 내밀었다.

"오늘도 똑같이. 작은 마님께서 잠자리에 들기 전에 약을 드시게 해."

"네! 아휴, 약을 안 드시면 금방 머리가 아프다고 하셔 가지고 걱정이에요. 완전히 낫는 방법은 없어요?"

"찾아봐야지."

베릴이 어색하게 말하고 도망치듯 자리를 떠났다. 몇 번이고 다리에 힘이 풀려 넘어질 뻔했다.

❄ ❄ ❄

북 클럽이 열리는 실크 상점의 주인, 모린은 윈터가 번화가를 저택으로 부르던 날 왔던 상인 중 하나였다. 그녀가 윈터 블루밍의 저택에서 북 클럽 어쩌고저쩌고 얘기를 해 버리는 바람에 공주님이 듣고 여기 참가하신 게 문제였다. 윈터 블루밍의 어음이 등장한 후로 다른 회원들의 눈초리를 견디기 힘들었다.

갑자기 어수선해진 분위기에 바이올렛이 걱정스레 말했다.

"혹시 못 쓰는 종이라면……."

"못 쓰다니요! 어디서든 쓸 수 있습니다! 심지어 다른 대륙에서도 쓸 수 있을걸요!"

그런데 왜 이렇게 머뭇거리나, 바이올렛은 신경이 쓰여서 북 클럽 회원들의 표정을 살폈다. 다들 불편해 보였다.

바이올렛은 겉으로 보이는 것보다 따돌림의 후유증이 심해, 금방 그들의 불편한 표정이 자신을 싫어하는 것이라 확신했다. 그래서 아무렇지 않은 척 미소를 지으며 말했다.

"그나저나 나는 돌아가서 식사를 해야겠소. 그리고…… 괜찮으면 한 번 정도는 저택으로 와서 모이셔도 좋소. 그냥 마음 내키는 날……."

바이올렛이 아쉬운 마음에 원망 살 각오를 하고 말하자 모린이 그녀의 손을 덥석 잡았다.

"초대하시면 당연히 가죠. 그건 그거고, 식사하고 가시면 안 돼요?"

"맞아요, 드시고 가세요! 각종 고기를 구워서 파는 곳이 있는데 엄청 맛있거든요. 그냥…… 부군께 시원찮은 거 먹었단 말만 하지 마세요……."

바이올렛이 예의상 하는 말인가, 하고 망설이는데 뒤에서 다른 회원들이 등을 떠밀었다.

다행히 바이올렛은 저녁 식사를 하며 그들이 불편해하는 것은 윈터 블루밍이지, 그녀가 아니라는 것을 알았다.

그렇다고는 해도 바이올렛은 일찌감치 자리에서 일어났다. 다들 그녀가 떠나는 걸 진심으로 아쉬워해 정말 내가 마음에 든 건가, 하고 살며시 들떴다.

마차로 돌아가던 바이올렛의 걸음이 보석상 앞에서 잠시 멈췄다. 그러자 그녀와 함께 나와 있던 플립이 물었다.

"작은 마님, 구경하고 가시겠습니까?"

"잠깐 괜찮나?"

"그럼요."

플립이 크게 고개를 끄덕이자 바이올렛이 보석상 안으로 들어섰다.

쇼윈도 너머로 보이던 백금 손목시계가 마음에 들었다. 그녀에게는 한참 망설일 가격이었고, 반대로 윈터가 하기에는 너무 저렴할 것 같은 물건이었다.

결혼 후 처음 2년 동안은 그의 생일이나 기념일에 작은 파티를 준비했는데, 윈터가 한 번도 집에 오지 못했다. 태어나서 처음으로 요리를 해 보았는데 그대로 다 식어 버렸고, 나중에 먹어 보니 그가 집에 제때 오지 못해 다행인 음식뿐이었다.

한참 망설이던 바이올렛이 결혼할 때 가져온 브로치를 떼어 손에 쥐었다.

물건을 사 보기만 했지, 팔아 본 적은 없었다. 다행인 것은 이 번화가에서 윈터의 이름을 팔면 사기당할 일은 없을 거라는 것이었다.

"어서 오십시오, 부인."

상인이 다가오자 한참 망설이던 바이올렛이 우선 신분을 밝혔다.

"내 남편인 윈터 블루밍 경께 선물을 하고 싶은 게 있소."

그러자 상인이 멈칫하더니 말했다.

"그, 그냥 가져가십시오! 뭐가 필요하십니까!"

"어떻게 그러겠소. 마침 안 쓰는 브로치가 있는데 겸사겸사 처분해 줬으면 좋겠네만."

"어디 보여 주십시오!"

상인이 바짝 긴장하며 브로치를 살폈다.

유행이 한참 지나긴 했지만 제법 가치 있는 물건이라 다행히 차액이 남았다. 바이올렛은 그 차액으로 칸투스 수도원에 갈 때 쓸 손수건과 저택에서 일하는 사람들 수에 맞춰 간식거리를 사 집으로 돌아왔다.

❋❋❋

집으로 돌아온 바이올렛은 윈터에게 인사를 하려 했지만 그는 이미 침실에 들어간 후였다. 그렇게 늦은 것도 아닌데 피곤했나, 생각하며 그녀 역시 목욕을 하고 잠옷으로 갈아입었다.

잠자리에 누우려는데 때마침 젠이 약을 챙겨 그녀의 침실로 들어섰다.

바이올렛이 물었다.

"식사는 했니?"

"그럼요, 많이 먹었어요. 그리고 작은 마님이 시내에서 사다 주신 과자들도 벌써 싹 없어졌어요. 엄청 맛있더라고요."

젠이 의사가 준 환을 숟가락에 올려 꿀을 듬뿍 뿌린 후 바이올렛에게 내밀었다. 바이올렛은 그것을 한입에 꿀꺽 삼키고 물을 들이켰다.

"고마워, 젠."

"네에, 그럼 안녕히 주무세요!"

젠이 경쾌하게 말하고 침실을 나갔다.

그 후에도 잠깐 망설이던 바이올렛은 문을 힐끔 확인하고 가운을 챙겨 입은 후 손목시계가 담긴 상자를 챙겨 방을 나왔다.

혹시나 싶어 윈터의 침실로 가 보니 아직 불이 꺼지지 않아 불빛이 새어 나오고 있었다.

"윈터."

바이올렛이 문을 두들기며 말하자 안에서 '들어와.' 하는 목소리가 들렸다. 문을 열고 들어간 바이올렛이 멈칫했다. 아직 하옐이 무언가를 보고하고 있었다.

잠옷 차림으로 돌아다닌 것이 민망해 바이올렛이 다시 문을 닫을까 고민하는데 윈터가 하옐에게 말했다.

"뭐 해. 꺼져."

"안 그래도 그럴 생각이었습니다."

하옐이 잽싸게 침실을 나갔다. 바이올렛은 붉어진 얼굴로 윈터에게 다가가 섰다.

그녀는 바로 선물을 건네기가 부끄러워 딴소리를 했다.

"아, 할 얘기 있다고 했죠?"

"앉아 봐."

윈터가 의자를 빼 주며 말하자 바이올렛이 자리에 앉았다. 윈터가 맞은편에 앉아 뒤로 기대며 말을 이었다.

"수도에 당신이 좋아할 만한 저택이 있더라고. 지금 하옐이 협상하고 있어."

"어떤 저택이죠?"

"약간 언덕에 위치한 곳이야. 해가 아주 잘 드는 정원이 있고, 하얀 울타리도 있더군."

"세상에……."

"매입에 성공하면 내년 봄은 거기서 지내자. 정원을 꽃으로 뒤덮든 뭘 하든 당신 마음대로 해."

윈터가 별일 아니라는 듯이 말하다가 힐끔 바이올렛을 보니 말간 눈동자에 순진한 기쁨이 차오르고 있었다. 그 모습에 윈터가 픽 웃었다.

"어이구, 좋으신가 봐?"

"고마워요."

바이올렛이 행복함에 용기를 얻어 말을 이었다.

"음. 아까 길에서 손목시계를 하나 봤는데요."

"귀족들은 손목시계를 안 한다고 들었는데, 웬일로. 사 줘?"

"아뇨, 이미 샀어요."

"그런데?"

윈터가 이미 샀으면서 어쩌란 거냐는 듯이 바이올렛을 보았다. 그녀는 또 거절당할까 겁이 나 상자를 만지작거리다가 결국 그것을 열었다. 그리고 윈터의 손목을 제 앞으로 끌어왔다. 그는 키가 큰 만큼 팔다리도 길어 그렇게 당겨도 별로 불편해 보이지 않았다.

"눈짐작으로 사 와서 길이가 맞으려나……."

바이올렛은 그렇게 중얼거리며 무작정 손목시계를 채웠다. 다행히 그녀의 짐작이 정확히 맞아 손목시계는 윈터에게 아주 잘 어울렸고, 길이도 맞았다.

바이올렛이 천천히 손을 뗐다.

그제야 윈터를 살피니 그의 표정이 이상했다. 또 화내는 거 아닌가 걱정할 즈음, 그가 입을 열었다.

"주변에 손목시계 차는 사람이 나밖에 없지?"

"네."

"그래서 그걸 보니까 내 생각이 났어?"

"어울릴 것 같았어요."

윈터는 다시 한동안 말이 없었다.

뭐 실수한 건가, 바이올렛이 고민하는데 윈터가 중얼거렸다.

"나에게는 규칙들이 있어."

"무슨 규칙이요?"

윈터는 잠시 바이올렛을 처음 만나던 날을 떠올렸다.

결혼식 당일, 그는 하옐과 이야기하며 마차를 기다리던 중이었다.

"대표님, 기사들 인사받는 법 아세요? 귀부인들이 먼저 이렇게 손등을 내밀면 두 손으로 잡아서 입 맞추는 시늉을 하면 된대요."

"알아. 근데 그걸 나한테 왜 말해?"

"대표님도 약혼하면서 이미 '경' 칭호를 받으셨잖아요."

"그래, 그거 받은 지 한 달이 지났는데 그런 인사법은커녕 나에게 '경'이라고 부르는 사람조차 한 번을 못 봤어. 다 '씨'라고 부르지. 그런데 하늘 같은 공주님이 이제 막 기사 작위 받은, 눈동자도 회색인 놈을 그렇게 바로 인정해 주겠어?"

"하긴, 그렇죠?"

그렇게 비꼬고 있던 차였다.

돈을 주고 작위를 샀을 뿐, 마차가 멈추기 전까지는 그것에 대해 진지하게 생각한 적이 없었다. 그런데 마차 문이 열리고 그는 완전히 얼어 버렸다. 마차에서는 생각보다 너무나 어리고, 눈부시고, 고귀해 보이는 여자가 내렸다. 절대로 손을 댈 수 없는, 하늘에만 피는 꽃 같은 여자가.

그리고 그녀가 당연하다는 듯이 손등을 내밀며 윈터를 바라보았다.

윈터는 처음으로 제가 산 것의 무게에 짓눌렸다.

도망치고 싶었다.

"윈터, 무슨 규칙인데요?"

바이올렛이 재촉하듯 다시 묻는 바람에 윈터는 기억에서 빠져나왔다.

그가 손목시계에서 시선을 떼고 아내를 바라보며 대답했다.

"나는 벌어 오는 사람이야. 돌려줄 필요 없어."

"그런 게 어디 있어요?"

"왜 없어. 그게 내 규칙인데. 그리고 난 기다리는 사람도 아니고, 기다려야 하는 사람도 아니야."

가장 중요한 규칙은 누가 버려도 되는 사람이 아니라는 점이었다.

다섯 살 이후로 그랬다. 금방 오겠다고 해 놓고 도망쳐 버린 어머니가, 그가 기다려야 했던 마지막 사람이며 그를 버렸던 마지막 사람이었다.

열두 살에 생긴 가족들도 그를 기다리게 하지 않았고, 기다리지도 않았다.

그는 지금까지 제 스스로를 그저 가진 것을 늘릴 때만 가치가 있는 사람이라고 믿었으며, 절대로 넘을 수 없는 벽 뒤에 선 이방인이라고 믿었다.

그런데 아내는 결혼 첫날부터 그의 규칙들에 훼방을 놓았다.

손목시계 같은 건 평생 해 본 적도 없는 공주님께서 손목시계를 샀다. 손목시계를 보고 떠올릴 사람이라고는 자신뿐일 텐데.

바이올렛이 말했다.

"세상에 그런 사람은 없어요."

"여기. 나."

"말도 안 되는 규칙이에요."

그녀는 단호한 표정을 지었고, 윈터는 괜스레 투덜거렸다.

"당신은 무슨 공주님이 손목시계를 사 와. 평범한 사람처럼."

"마음에는 들어요?"

"들어. 평생 차고 있으려고."

그의 농담에 바이올렛이 그제야 안심하며 웃었다. 윈터는 물끄러미 그녀의 웃음을 바라보다 저도 한번 슬쩍 웃었다.

그녀와 가까워질수록 자꾸만 자신이 평범한 남자가 되는 기분이었다. 그냥 평범한 남편도 되어야 할 것 같았다.

기다리면 돌아오고, 나와 상관없는 물건에도 상대를 떠올리고, 상대의 신분이나 혈통에 부담이나 열등감을 느끼지 않고, 돈으로 제 존재를 증명하지 않아도 되는 그냥 그런, 평범한 남자.

바이올렛은 제가 선물한 시계를 만지작거리는 윈터를 가만히 바라보았다.

선물이 정말로 마음에 드는 모양이었다.

벌어 오는 사람이라 돌려줄 필요 없다는 말, 기다리는 사람도 아니고 기다려야 하는 사람도 아니라는 말이 계속 귓가에 맴돌았다.

세상 무서울 게 없어 보이던 남자가 그 말을 할 때만큼은 곁이 허전해 보였다.

바이올렛이 입을 열었다.

"피곤하네요."

"당신에겐 그럴 시간이지."

바이올렛이 잠시 생각하다 어딘가 사무적인 목소리로 말했다.

"합방일이 이틀 지나긴 했지만 오늘 정도까지는 괜찮다고 생각해요."

"담백하네, 우리 공주님."

윈터가 비꼬거나 말거나 바이올렛이 말을 이었다.

"물론 당신이 아이도, 잠자리도 싫어하는 건 알지만 부부 관계에서 어느 정도는……."

"잠깐만."

윈터가 미간을 좁혔다.

"아이가 싫은 건 내 입으로 말했다고 쳐도. 잠자리는 왜 싫어한다고 생각해?"

"당신이 지난번에 불만이라고 말했잖아요. 항상 피하는 기분이 들기도 하고요."

바이올렛은 평소처럼 담담하게 말하려 애썼지만 내심 상처가 컸던지라 표정이 감춰지지 않았다. 그녀가 말을 이었다.

"이해해요. 상황이 상황이었으니까…… 싫었겠죠."

겨우 말하고 나니 마음이 아팠다. 생각보다 수치심도 컸다. 그녀가 서글픔을 참으려 단정히 모은 두 손에 조금 힘을 주고 있을 때, 윈터가 입을 열었다.

"내가 지금 뭘 듣고 있는 거야."

거절당한 건 자신인데 목소리는 윈터 쪽이 기가 찬 듯이 들렸다. 바이올렛이 고개를 들어 눈을 마주치니 표정도 그랬다. 윈터가 말을 이었다.

"내가 가진 욕구 중에 압도적인 1위가 물욕인 건 사실이지만, 그렇다고 성욕이 없는 건 아냐. 경건한 당신네 가문 방식이 싫다고 했지, 내가 언제 잠자리가 싫다고 했어?"

"같은 말 아닌가요?"

"꼼짝도 못 하게 하는 주제에 끝나면 양쪽 가문에서 확인까지 하잖아. 무슨 교배 중인 짐승도 아니고."

어떻게 그런 무례한 말을 하나, 바이올렛은 놀라서 눈을 동그랗게 떴지만 또 공주님같이 군다고 할까 봐 실제로 말하지는 못했다.

윈터가 남들도 다 제 괴로움을 알라는 듯이 크게 한숨을 쉬었다.

"오해하지 말고 들어."

"당신이 오해하게 말하지 않으면요."

"그 망할 방식만 아니면 난 당신이 꺼지라고 두들겨 팰 때까지 하려 들걸."

그의 말에 바이올렛이 두 손으로 입을 감싸며 약간의 경계가 담긴 눈으로 그를 보았다.

"……도대체 어느 부분이 오해를 유발하죠?"

"나를 상종 못 할 미친 이상 성욕자로 오해할까 봐."

"그게 오해라면 이미 했어요."

"내 말은, 당신이 크게 착각하고 있다고."

"싫지 않다는 뜻이에요?"

"그렇다니까."

"조금씩 협의할 수는 있지만 그래도 갑자기 큰 변화는 힘들어요."

"키스는 해도 돼?"

"네. 지난번처럼 해도 돼요."

윈터는 괴로워 보였지만 그거면 됐다는 듯 바이올렛을 일으켜 안아 들고 제 침대로 향했다. 그는 아내를 침대에 눕힌 후 고개를 숙여 그녀의 잠옷 목 부분에 있던 리본을 이로 당겨 풀었다. 그러자 바이올렛이 진지하게 말했다.

"아, 이건 손으로 해도 돼요."

"……당신은 평소엔 참 똑똑한데 왜 침대 위에서만 이럴까. 그냥 모른 척하는 거지?"

윈터는 웃어야 할지, 괴로워해야 할지 알 수 없는 표정을 지었다. 바이올렛은 그가 왜 그런 표정인가 싶어 고개를 갸우뚱했다.

❄❄❄

지금까지와 크게 다를 바 없는 합방일이었다. 부부는 최대한 소리를 죽여 침대 위에선 별다른 소리가 들리지 않았다.

그러나 윈터는 평소의 몇 배는 괴로운 밤을 보냈다.

차라리 평소가 나았다. 입을 맞췄다가 뗄 때 바이올렛이 윈터로서는 처음 보는 야릇한 표정을 지었는데, 그 순간에 이성이 얇은 종잇장처럼 찢어져 버리는 기분이었다.

게다가 이명인지 뭔지 망할 종소리는 틈만 나면 들리지, 아내가 바로 앞에 있어 욕도 못 하니 환장할 노릇이었다.

윈터는 아내를 곁에 두고 서너 번을 찬물로 몸을 식힌 후에야 설핏 잠이 들었다.

그러고도 새벽에 깨서 바이올렛의 얼굴을 바라보다 아침을 맞았다.

인기척에 테라스 쪽을 보니 커튼 너머로 하옐이 보였다. 어제 바이올렛이 침실에서 나오지 않은 걸 알고 침실에 들어서는 대신 그곳에서 대기하고 있었던 모양이었다.

윈터 역시 테라스로 나서자 하옐이 커피를 건넸다. 윈터가 피로를 쫓기 위해 커피를 벌컥벌컥 들이켠 후 입을 열었다.

"어제 생각해 봤는데, 아이 말이야. 지금까지 알아본 건 라크라운드에 있는 혼혈들뿐이잖아."

"그랬죠."

"원래부터 카닉 일족들이 살던 곳도 조사해 봐. 거기도 뭐 정보가 좀 있을 거 아냐."

"설마 저보고 대륙을 넘어가서 알리카 지역에 다녀오라고는 안 하시겠죠? 저도 처자식……."

"없잖아."

"을 만들 시간을 주시란 겁니다. 좋은 집을 사면 뭐 합니까, 들어갈 시간이 없는데."

"좋은 집을 살 만큼 돈을 주잖아."

윈터가 핀잔했다.

"그럼 사람 보내서 알아보게 해."

"네, 알겠습니다."

직접 안 가도 된다는 소식에 하옐이 안도했다.

그에게 간단한 보고를 몇 가지 하고 하옐이 떠나자 침실 쪽에서 유리문을 열고 바이올렛이 걸어 나왔다.

"잘 잤어요, 윈터?"

“전혀 못 잤어.”

“전 깊게 잤어요.”

“이런 것도 안 맞는군.”

윈터는 투덜거렸지만, 이제는 이딴 잠자리조차 점점 싫지 않았다.

더 알아본다고 좋은 정보가 있을 것 같진 않지만, 어떻게든 바이올렛이 자신을 떠날 구실을 없애고 싶었다. 아이를 원하면 만들어서라도 쥐여 주고 싶었다.

바이올렛은 서 있기가 힘들었는지 의자에 앉았다. 윈터가 물었다.

“앉은 김에 칸투스 수도원에 입고 갈 옷을 봐 줘.”

“좋은 생각이네요.”

잠시 후, 하인 하나가 윈터가 당일에 입을 옷을 가지고 왔다. 바이올렛이 초대장과 옷을 번갈아 보더니 물었다.

“흰색 나비넥타이 있어요?”

“흰색은 없어. 왜?”

“초대장에 기본 격식에 맞춰 입고 오라고 적혀 있어서요. 흰색 나비넥타이가 필요해요.”

“다른 색은 안 돼?”

“라크라운드에서 기본 격식이라고 하면 남자는 흰색 셔츠에 흰색 나비넥타이에요.”

시작부터 크게 틀릴 뻔했다. 바이올렛이 말을 이었다.

“행커치프는 파란색으로 할 거예요?”

“아무거나. 그것도 정해진 색이 있어?”

“그건 아니지만 이왕이면 블루밍 가문 사람들이 선호하는 색이 좋을 것 같아서요.”

"선호 색이라니, 별게 다 있군."

윈터의 짜증스러운 중얼거림에 바이올렛이 당혹스러운 표정을 지었다. 그러자 윈터가 미간을 좁혔다.

"그런 표정 하지 마. 배울 기회가 없었어."

바이올렛은 윈터가 그걸 모르는 게 한심하다고 생각해 놀란 것이 아니었다. 블루밍 부부가 당연히 알려 줘야 할 것을 알려 주지 않았다는 사실에 놀란 것이었다.

수도 사람이 유난히 더한 편이긴 하지만 라크라운드 사람들은 대놓고 무언가를 뽐내는 것을 수치스럽게 여겼다. 그래 놓고 선호하는 보석이나 색깔로 은연중에 우월감과 파벌을 드러내는 모순적임이 있었다.

바이올렛이 말했다.

"안 그래도 손수건을 하나 샀어요. 미리 잘 사 놨네요."

바이올렛이 시계를 담았던 상자를 가져와 그 아래 깔아 두었던 진회색 손수건을 꺼냈다.

"로렌스 가문 사람들은 진회색을 선호해요."

"내가 하면 안 되는 거 아닌가?"

"제 남편이니 되죠. 당신이 싫다면 안 되겠지만."

"난 작위를 사려고 전 재산을 내놓은 사람이야. 왕족과 같은 색깔을 쓸 수 있다면 감사히 쓰지. 그나저나 뭘 이렇게 많이 샀어?"

"시계랑 손수건 두 가지예요. 그리고 제가 몇 개를 샀든 당신이 할 말은 아니라고 생각해요."

그녀의 말에 윈터가 동의의 의미로 고개를 끄덕였다.

"이것만 봐도 몸을 바꾸기로 해서 정말 다행이군."

"몸 바꾸는 김에…… 하루만 먼저 바꿔서 티 파티 와 주면 안 될까요?"

아무리 윈터가 지원을 빼 버렸어도 이번 주 토요일 점심에는 캐서린이 여는 티 파티가 있었다. 그다음 날이 칸투스 수도원의 후원 파티였다.

윈터가 잠시 생각에 잠겼다. 지난번에 바이올렛이 티 파티에 가면 그녀가 왜 검은 드레스를 입는지 알게 될 거라고 했다.

"크게 사고 칠 텐데."

"괜찮아요."

"대신 칸투스 수도원에서 크게 이익을 내줘."

"최선을 다해 볼게요."

바이올렛은 담담한 척 대답했지만 속으로는 복잡한 마음이 들었다. 그가 티 파티에서 제가 힘들었던 걸 조금은 알아줄까. 혹시 알게 되면 무슨 생각을 할까. 여러 생각을 하며 재킷 주머니에 직사각형으로 접은 행커치프를 꽂았다.

"자, 이게 기본 격식이에요."

"젠장, 이 망할 귀족 짓은 왜 이렇게 복잡한 거야."

"당신처럼 재력이 있는 사람들이 권위를 위협해서 그럴 거예요."

"뭐?"

윈터가 표정을 구겼다. 바이올렛이 조용히 말을 이었다.

"우리 부모님 세대만 해도 작위가 권력의 전부였잖아요. 그런데 점점 더 돈이 작위보다도 강한 힘을 가지게 되니까. 돈은 있고 작위는 없는 사람들이 상류층에 끼어들지 못하게 하려고 점점 더 어려운…… 귀족 짓을 만들어 낸 거죠."

말하고 나서 윈터의 표정을 살피자 잠시 얼이 빠져 있던 그가 손으로 부채질하는 시늉을 했다.

"어머, 귀족 짓이라니. 무례하셔라."

그의 장난에 바이올렛이 작게 실소를 터트렸다.

❄ ❄ ❄

토요일 아침, 티 파티에 갈 준비를 마친 바이올렛은 서랍을 열어 작은 약병을 꺼냈다. 그 안에는 정원을 관리하며 구한 남부 토끼풀에서 추출한 맹독이 담겨 있었다. 이 정도 양이면 몇 분 내로 목숨을 잃는다고 배웠다.

바이올렛이 약병을 물끄러미 바라보며 혼잣말했다.

"……조금 무섭네."

곁에서 짓궂게 농담하던 윈터가 언뜻언뜻 생각이 났다.

바이올렛은 지난 3년간 그를 그리워했다. 멀어진 그를 기다리느라 그리워했고, 가까이에 있어도 닿지 않아 그리워했다.

그러다 어느 순간 그에 대한 마음이 완벽히 정리되고, 이제는 폭풍에 전부 쓸려 가 버린 것처럼 아무것도 남지 않았다고 생각했다.

그런데 그 남자 때문에 이 행동이 조금 두렵게 느껴졌다.

바이올렛이 침대에 앉아 약병을 열고 그대로 들이켠 후 침대에 풀썩 누웠다.

'이대로 죽으면 장례식에 올까.'

처음 죽던 날에도 바이올렛은 그게 제일 궁금했다. 남편이 장례식에 와 줄까.

아마 여전히 그가 그리운 모양이었다.

그렇게 깜빡 잠들듯이 암전됐다가 눈을 떠 보니 마차 안이었다. 맞은편에 하엘이 앉아 있었다.

"대표님, 어디 안 좋으세요?"

"괜찮네. 지금 어디로 가는 건가?"

"아, 일단 마님께서 여시는 티 파티로 가고 있습니다. 이제 두 시간 정도 걸릴 것 같아요, 작은 마님."

어디로 가냐는 질문과 부드러운 말씨에 하엘이 바로 알아차리고 대답했다.

바이올렛이 창밖을 보았다. 문뜩 그 불같은 성격에 수틀리면 테이블을 뒤엎어 버리는 건 아닌가 걱정이 됐다.

바이올렛은 윈터의 건강한 몸이 편안하면서도 동시에 불편하게 느껴졌다. 비교적 윈터의 체형에 맞춰 만든 마차조차 천장이 낮게 느껴져 답답했다.

밖을 보기 위해 창문을 열던 바이올렛의 시선이 남편의 손목에 채워진 시계에 닿았다.

"……진짜 안 풀었네, 시계."

그녀의 혼잣말에 잠깐도 못 쉬고 서류를 확인하던 하엘이 대꾸했다.

"엄청 애지중지하시더라고요. 원랜 물건에 싫증 잘 내시는데 말입니다."

"다행이네."

바이올렛이 저도 모르게 조금 미소를 지었다.

그 후에도 그녀는 한동안 시계를 살폈다.

침대에서 아내의 몸으로 눈을 뜬 윈터는 몸이 으슬으슬거리는 기분에 표정을 찌푸렸다.

"젠장, 하루도 건강한 꼴을 못 봐. 의사를 바꿔도 돌팔이라니."

그는 있는 대로 성질을 내며 몸을 일으켜 거울을 보았다. 바이올렛은 여름 끝에 어울리는 어두운 노란색 드레스를 입고 있었다. 그래도 오늘은 꽤 밝은 옷이었다.

윈터는 잠시 아내의 얼굴을 이리저리 감상한 후 자리 주변을 뒤지기 시작했다. 몸이 바뀌는 단서가 뭐라도 남아 있을지 몰랐다. 제 혈통 때문에 몸이 바뀌는 건데 제가 그 방법을 모른다는 게 억울해 못 견딜 지경이었다.

사방을 뒤지던 그는 침대 아래 떨어져 있는 약병 하나를 찾았다. 약병에는 진통제라고 적혀 있었다.

"월경통 약인가?"

윈터가 혼잣말을 하는데 어느새 들어온 젠이 얼른 약병을 잡아챘다. 그녀가 빈 병을 보며 펄펄 날뛰었다.

"작은 마님! 또 진통제를 다 드셨어요? 제가 약 너무 많이 드시면 몸에 안 좋다고 했잖아요!"

"……."

아내를 걱정하는 잔소리만 아니면 벌써 욱해서 뭐 하나 집어 던졌을 것 같은 소란스러움이었다.

잠시 후, 윈터는 블루밍 저택에 도착했다.

티 파티 장소에 내려서니 연분홍색 테이블보로 덮인 긴 테이블에 음식들이 있고, 우아하게 차려입은 손님들이 여기저기 서 있었다. 한쪽에서는 티 파티의 재개를 축하하기 위해 부른 가수들이 볼거리를 만들고 있었다.

그때, 손님들을 다정하게 맞이하던 캐서린이 서둘러 다가와 며느리의 손을 꼭 감싸 쥐었다.

"바이올렛, 이제 마음은 좀 풀렸니?"

"예? 아, 예……."

바이올렛의 기분이 안 풀렸으면 어떡하나, 약간 걱정하며 적당히 대답하고 나니 캐서린이 그를 데리고 테이블로 향하며 말했다.

"윈터에게 들었단다. 그렇게 속상해했다고……. 내가 얼마나 미안하던지."

"그러셨군요."

윈터는 바이올렛이 받을 사과를 제가 받는 게 민망해 건성으로 넘기며 티 파티를 돌아보았다. 그때, 지나가던 남자가 그에게 말을 걸었다.

"공주님, 오늘따라 근사하시군요."

윈터가 칭찬이라고 생각해 대답하려는데 캐서린이 부드럽게 며느리의 팔을 감싸 잡으며 말했다.

"이제 바이올렛을 너무 나무라지 마세요. 죄에도 다 시효가 있지 않나요?"

칭찬이 아니었나?

윈터가 멈칫하는데 남자가 말을 이었다.

"늘 이렇게 감싸시니 아직도 자기가 공주님인 줄 아는 거 아닙니까."

나무란 것이 맞았다. 캐서린이 아니었다면 모를 뻔했던 윈터가 따지듯 말했다.

"왜 자꾸 결혼한 여자에게 말을 겁니까?"

"그, 그거야 공주님께서……."

"세상에, 무례해라."

바이올렛이라면 분명 뭘 말해도 무례하다고 하리라. 윈터가 맘대로 생각하고 정색하자 남자가 움찔하며 입을 다물었다. 하여튼 시답잖은 사람이 참 많은 세상이었다.

윈터는 사람들 사이로 걸음을 옮겼다.

바이올렛이 여기 친구가 없는 건 알고 있었으니 온 김에 고급 정보나 풀어 친구를 만들어 줄 생각이었다.

윈터는 이 지역 상권을 꽉 틀어쥐고 있었으므로 이 자리에도 아는 얼굴이 드문드문 보였다.

"그래서 리온 로드 입구 쪽에 앞으로 가게가 많이 들어선다는군요."

"두 번째에 있는 건물에 뭐가 들어설까요?"

몇 번 사업차 만난 적 있는 사람들이 윈터 소유의 건물 이야기를 나누고 있었다. 윈터가 곧바로 끼어들며 말했다.

"극단이 들어선다던데."

그러자 옆에 있던 여자가 물었다.

"어떻게 아세요?"

"남편이 알려 주더군요."

"어머, 그래요?"

"다른 것도 물어봐요. 오늘 돈 되는 정보 좀 풀어 드릴 테니까."

무심코 엄지와 검지를 동그랗게 붙여 돈을 표현하던 윈터는 아내라면 절대 이런 짓을 하지 않으리란 걸 뒤늦게 떠올리며 뒷짐을 졌다.

기다렸다는 듯이 사람들이 이것저것 묻기 시작했다.

“윈터 경께서 얼마 전에 번화가 상인들을 싹 다 불렀다던데, 정말이에요?”

“왜 싹 다 부릅니까? 고급 상점만 불렀지.”

“어, 어쨌든 부르긴 부르신 거네요?”

“소문 참 빠르네요.”

그의 말대로 소문이 빨랐다. 사람들은 윈터 블루밍의 아내가 풀어주는 ‘돈 되는 정보’를 들으려 귀를 기울였다.

그때, 작은 소란이 들려 돌아보니 귀부인 하나가 옷에 음식이 쏟아져 쩔쩔매고 있었다. 윈터가 별 관심 없이 고개를 돌리는데 앞에 있던 여자가 말했다.

“윈터 경께서 부인을 용서해 주시고 나니 희생양이 바뀌었네요. 그 사이에.”

용서란 말에 무슨 소리인가 싶어 표정을 구긴 윈터가 다시 돌아보았다. 옷을 멍하니 보던 귀부인은 죄지은 사람처럼 나무 그늘 아래로 들어가 섰다.

윈터가 물었다.

“저 사람은 왜 저기 있어요?”

“걱정해 주지 마세요. 저 사람이 부인을 얼마나 괴롭혔어요. 자업자득이죠.”

그 말에 옆에서 사람들이 맞장구를 쳤다.

윈터와 바이올렛의 관계가 좋아졌다고 생각해서인지, 눈치 빠른 귀족들은 그동안 있었던 일에 대해 사과와 변명을 늘어놓았다.

자세한 상황까진 몰라도 그동안 이 공간에서 바이올렛은 남편에게 용서받지 못하는 죄인이었고, 그래서 제 주제에 맞게 어둡고 수수한 차림새를 하지 않으면 괴롭힘과 비난에 시달렸다는 것만은 알 수 있었다.

"한 번만 같이 가 주면 안 돼요? 한 번이면 돼요."

"아무것도 안 해도 돼요. 그냥 당신이 온 것만 알려 주면 될 텐데."

바이올렛은 늘 부드러운 표정과 말투로 그에게 부탁했었다. 나중에는 화도 내고 애원도 하며 강경하게 나왔지만 몸이 바뀌던 날까지 윈터는 아내의 부탁을 들어주지 않았다.

평생 제 피를 원망하던 윈터는 요즘만큼 제 혈통에 감사한 적이 없었다. 몸이 바뀌지 않았다면 자신은 지금도 일을 우선하고 있었을 테니까.

슬슬 바이올렛이 도착할 때가 되어 윈터는 마차가 서는 곳에 서 있었다.

그녀에게 묻고 싶은 말이 너무 많았다. 지금까지의 파티들에 대해서 자세히 알고 싶어졌다. 그동안 어땠는지 궁금했다.

그가 초조해하고 있을 때, 그의 동생인 디에브가 다가왔다.

"바이올렛, 여기서 뭐 해요?"

윈터가 짜증스레 그를 돌아보았다.

"아내…… 남편 기다려요."

그 말에 디에브가 안쓰럽다는 듯이 말했다.

"지금까지 한 번도 온 적이 없잖습니까."

"오늘은 와요."

"바이올렛."

디에브가 작게 한숨을 쉬었다.

"안 올 사람 그만 기다리고 나한테 의지해요."

"……너한테 의지를 왜 해?"

너무 황당해 불쑥 반말이 튀어나왔다. 그러나 디에브는 신경 쓰지 않고 대답했다.

"언제까지 이렇게 외로워만 할 거예요."

"내가 지금 친구가 없는 건 내가 세상을 따돌려서……."

"고집 그만 부려요, 바이올렛."

디에브가 형수의 어깨를 자연스레 손으로 감쌌다.

그의 행동에 윈터가 인상을 쓰며 디에브를 거칠게 밀쳤다. 그러자 디에브가 우습다는 듯이 픽 웃었다.

그 웃음에 윈터는 멈칫했다. 디에브는 바이올렛이 밀쳐 내는 것이 익숙하다는 듯한 반응이었다.

윈터는 피가 거꾸로 솟는 기분을 느꼈다.

그때, 멀리서 마차 소리가 들렸다.

마차에서 제 형이 내리는 모습을 본 디에브가 움찔하더니 빠르게 자리를 피했다.

윈터가 곧바로 마차로 달려가자 바이올렛이 흠칫 놀라며 뒤로 물러났다.

"몸이 닿으면 다시 바뀌잖아요."

"바꿔. 칸투스 수도원에서는 그냥 당신이 딱 달라붙어서 내 행동 하나하나 잔소리해. 지금은 그까짓 와인 공수보다 더 급한 일이 있어."

"무슨 급한 일인데요?"

"소개. 다른 사람들한테 남편 소개하는 게 좋다며. 오늘도 해."

윈터가 말하며 그녀를 와락 끌어안았다. 그 상태로 두 사람의 몸이 바뀌었다.

윈터는 바이올렛이 그를 안은 팔을 풀기 무섭게 다시 두 팔로 끌어안았다. 그런 그의 행동에 그녀가 걱정스럽게 물었다.

"안 좋은 일이라도 있었어요?"

"……디에브 그 자식 계속 저렇게 집적거렸어?"

"……."

"내가 처리할게."

그는 한동안 바이올렛을 놓지 못하고 중얼거렸다. 처음엔 놀라서 꼼짝도 못 하던 바이올렛이 손을 들어 윈터의 등을 부드럽게 다독였다.

한참 후 윈터가 바이올렛을 놓아주며 말했다.

"열이 많이 나는데."

"어젯밤부터 조금요."

"그 망할 의사를 바꿔야겠어. 이렇게 툭하면 아픈 게 말이 돼?"

"그래도 베릴이 주치의가 된 후에 훨씬 두통이 나아졌는걸요? 약이 좋은가 봐요."

윈터는 오늘따라 별로 말이 없었다.

바이올렛은 그를 티 파티에 혼자 둔 것이 괜히 미안해져 윈터를 마주 보며 말을 이었다.

"오늘 와 줘서 고마워요. 정말로."

"……응."

그때, 캐서린이 다정한 얼굴로 다가왔다.

"어머. 웬일로 시간이 됐니, 윈터?"

"아내가 마음에 안 드는 사람이 있다고 해서 누군지 알아 두러 왔습니다."

그가 언제 우울했냐는 듯 당장 싸울 듯이 말하자 바이올렛이 화들짝 놀라 윈터의 팔을 당겼다.

"내가 언제 그런 말을 했어요?"

"마음으로 하던데."

"억지예요."

"나 원래 억지 엄청 부리는 거 몰랐나?"

윈터가 두 주머니에 손을 구겨 넣고 인상을 있는 대로 구긴 후 사람들을 살폈다.

바이올렛은 걱정스러워하면서도 마음 한구석이 간질거리는 것을 느꼈다. 남편이 와 주면 좋겠다고 생각은 했지만, 이렇게 든든할 줄은 몰랐다.

그녀가 죽음을 고민하기 전에 와 줬다면 더 좋았겠지만 지금도 늦지 않았다고 생각했다.

그래도 윈터가 너무 성질을 부릴까 걱정되어 그를 따라 걸음을 옮기던 바이올렛이 갑자기 느껴지는 울렁거림에 멈칫했다. 최근 의사가 약을 바꿨을 때부터 매스꺼움이 느껴지긴 했지만 이렇게 본격적으로 비위가 상한 건 처음이었다.

바이올렛이 멈춰 서서 혹시나 싶어 날짜를 계산해 보았다.

윈터와 잠자리를 한 것이 지난 일요일이니 이제 겨우 일주일이 지났다. 혹시 임신을 했더라도 벌써 증상이 있을 것 같지는 않았다. 아마 몸을 바꾸고 난 후유증이리라.

"그럴 리가 없지."

그녀는 혼잣말하며 스스로를 달랬지만 자그마한 희망에 자꾸 기대게 되는 것은 별수 없는 일이었다.

윈터와 사이가 가까워지며 바이올렛은 우연히 아이가 생겨 버리면 남편에게 어떻게 고백할까, 하는 상상에 빠질 때가 많았다.

배 속에 아이가 있다면 아마 스스로 독약을 먹는 일 따윈 하지 못하리라.

그럴 리는 없지만, 가급적 술은 마시지 않는 것이 나을 것 같다.

❄ ❄ ❄

바이올렛 부부가 합방을 하던 날, 바이올렛의 주치의인 베릴은 제임스 블루밍에게 불려갔었다. 제임스는 큰돈을 챙겨 주며 바이올렛이 임신 증상을 보이면 무조건 임신이라 대답하라고 명령했다.

지금 바이올렛의 침실로 불려온 베릴은 손이 덜덜 떨리고 있었으나 아무렇지 않은 표정을 지으며 그녀를 진찰했다.

그는 곧 바이올렛이 임신부와 완벽히 같은 증상을 보이고 있음에도 임신이 아니란 것을 알았다. 제임스가 먹인 약으로 그녀는 당분간 월경이 끊어질 것이고, 매스꺼움과 열에 시달릴 것이다. 그래도 여전히 임신은 아니었다.

제임스에게 받은 돈은 이미 어린 아들의 유학비로 써 버린 지 오래였다. 윈터는 제게 피해를 준 자들을 골수까지 뽑아 가는 것으로 유명했으니 이제 와서 걸렸다간 모든 게 끝이었다.

베릴은 두려움을 감추기 위해 더욱 격렬하게 반응했다.

"축하드립니다, 작은 마님! 임신이 맞습니다."

그 말에 멈칫하던 바이올렛이 조심스레 물었다.

"그게…… 정말인가?"

"예, 정말입니다."

그 순간 바이올렛의 얼굴에 밝은 빛이 돌았다. 그녀가 무거운 몸으로 애써 일어났다. 감정 표현이 강하지 않은 편인데도 몸짓과 목소리에서 기쁨이 묻어났다.

"당분간 남들에겐 비밀로 해 주게. 남편이 아이를 원하지 않아서 내가 날을 잡아 직접 말해 줘야 할 것 같네."

"알겠습니다."

바이올렛이 베릴의 팔을 토닥였다.

"자네가 온 후로 몸이 많이 좋아진 덕이네. 어떻게 사례해야 할지……."

언제나 따듯한 작은 마님의 인사에 베릴은 다시 마음이 흔들렸다. 그는 이런 거짓말로 큰일이 일어나진 않으리라, 스스로를 달래며 허둥지둥 인사하고 도망쳤다.

베릴이 떠난 후 바이올렛은 두 손으로 두근거리는 가슴을 꼭 누르고 흥분을 가라앉혔다.

윈터가 왜 아이를 원하지 않는 건지 그가 말해 주지 않으니 이유를 알 수는 없었다. 남편의 반응이 두려우면서도 동시에 행복이 북받쳤다.

❄ ❄ ❄

다음 날, 부부는 칸투스 수도원에서 가장 가까운 기차역인 카프타운 역까지 두 시간 동안 기차를 탔고, 그 뒤 마차를 타고 다시 두 시간을 수도원까지 달렸다.

바이올렛은 가는 내내 바른 자세로 앉아 신문에 실린 십자말풀이를 했다. 윈터는 그걸 실제로 푸는 사람은 처음 봤다며 핀잔했지만 집중한 아내를 구경하는 것을 썩 즐거워했다.

수도원 소유의 넓디넓은 포도밭으로 들어서니 나라의 내로라하는 권력자들이 모여 있었다. 블루밍 부부도 막 도착한 참이었고, 에쉬 역시 와 있었다.

바이올렛은 옅은 하늘색 튤 드레스에 커다란 사파이어가 달린 브로치를 했고, 청현색 모자를 쓰고 있었다. 거기에 진회색 진주 한 알을 다이아몬드로 장식한 목걸이와 귀걸이를 했고, 크림색 가죽 구두에는 리본이 달려 있었다. 윈터는 맵시 좋게 맞춘 정장에 흰 나비넥타이를 했다.

부부는 수수하지만 값비싼 보석으로 장식하는 칸투스 후원 파티의 정석 차림새를 하고 있었다.

바이올렛이 하늘을 보며 걱정스럽게 말했다.

"비가 올 것 같네요. 검은 구두를 신을걸."

"내가 안고 다니면 돼."

윈터가 습관적으로 머리칼을 만지려 하자 바이올렛이 그의 팔을 잡았다.

"농담이죠?"

"진담이야. 그리고 머리도 만지면 안 돼?"

"이왕이면 진중해 보이는 편이 좋죠."

"그냥 꼴 보기 싫다고 말해."

바이올렛이 그의 팔을 당겨 내리며 대답했다.

"꼴 보기 싫지 않아요. 다만 수도원은 경건한 곳이니까."

"아, 우리 잠자리처럼?"

"……불경해요."

"부부의 경건한 잠자리 얘기가 왜 불경해."

더 대답해 봤자 윈터가 하는 말의 수위만 올라갈 것 같아 바이올렛이 발을 들어 두 손으로 그의 입을 막아 버렸다. 그러자 윈터가 웃더니 허리를 숙이고 입술을 움직였다.

"고작 이런 짓 하려고 발을 들어야 되다니."

"안 들어도 닿아요. 확실하게 막으려고 든 거예요."

"확실하게 못 막은 걸로 보이는군."

"그만 놀리라는 비언어적 표현이에요."

바이올렛이 미간을 살짝 좁히며 말하자 윈터가 그녀의 손목을 잡아 내리며 대답했다.

"당신 눈빛 때문에 자꾸 놀리게 되네."

"눈빛이요?"

바이올렛이 묻자 윈터가 잠시 생각하다 고개를 저었다.

"됐어. 들어가자."

그 눈빛이 야하다고 말하면 이 뒤로는 매번 그런 표정을 지을 때마다 신경 쓸 것 같아 그냥 입을 다물어 버렸다.

바이올렛은 의아해하면서도 안 듣는 게 나을 이야기라 짐작하고 더 묻지 않았다.

후원 파티가 시작되자, 끝이 뾰족한 후드를 얼굴이 가려지도록 눌러쓴 수도사들이 나왔다. 이 수도원에 아들이 있는 부모들이 씁쓸한 표정을 지었다.

수도사 중 하나가 입을 열었다.

"오늘 후원 파티에 참여해 주셔서 감사합니다. 수도원이라 음식은 비루하지만 와인은 제법 훌륭합니다. 잔소리 안 할 테니 마음껏 즐기시기 바랍니다."

수도사가 말하고 농담이었다는 듯 슬쩍 웃으니 사람들도 따라 웃었다.

잠시 후, 수도사들이 한 사람, 한 사람에게 와인을 따라 주었다. 윈터가 와인을 한 모금 마시고 혀를 찼다.

"와인 하나는 끝내주게 만드는군."

"아, 내 것도 마셔요, 윈터. 레드 와인은 못 마셔요."

"아예 안 마실 거야?"

"네, 안 마셔요."

바이올렛의 말에 윈터가 신나 하는 표정으로 그녀의 것까지 와인을 들이켰다. 칸투스 수도원의 와인은 지금까지 윈터가 마셔 본 어떤 와인보다 명백히 뛰어났다. 파티 중 첫 번째로는 올해 만든 와인을, 그리고 뒤로 갈수록 오래된 와인을 내놓는다고 들었다.

윈터가 반드시 와인을 대량으로 구매하고 말겠다고 의욕을 불태우고 있을 때, 바이올렛이 어딘가로 걸음을 옮겼다.

"칼슨?"

멀리 있던 금발의 미남자가 바이올렛을 돌아보고 싱그럽게 웃었다.

"바이올렛! 오랜만이네!"

바이올렛이 반가워하며 다가갔다.

그 두 사람의 인사를 들은 윈터가 돌아보자 바이올렛이 즐겁게 웃으며 윈터를 불렀다. 윈터가 다가가자 바이올렛이 소개했다.

"이쪽은 로우가의 차남 칼슨이에요. 얼굴 알죠?"

"자주 봤지."

윈터가 불쾌함을 감추지 않고 악수를 청하며 물었다.

"아내와는 무슨 관계신지?"

만나자마자 불쾌함을 드러내는 그의 말투와 행동에 칼슨이 유쾌하게 웃었다.

"그런 표정 하실 거 없습니다. 그냥 혼담이 잠깐 오간 거예요. 어릴 때 친해서."

"어릴 때 친해서 혼담이 오갔다고?"

"아, 아픕니다, 경."

윈터가 악수를 위해 잡은 손을 부러뜨리려 들자 칼슨이 그제야 슬슬 겁을 먹었다. 바이올렛이 그러지 말라는 듯 고개를 저었다.

그에 윈터가 혀를 차며 손을 놓아주자 칼슨이 바이올렛에게 소곤거렸다.

"저렇게 질투가 심한 분이 어떻게 그렇게 밖으로만 나돌아?"

칼슨의 솔직한 질문에 바이올렛이 난처한 표정을 지었다. 윈터는 칼슨의 말이 들리지 않았을 텐데도 그를 죽일 듯이 보고 있었다.

그 눈빛에 질린 칼슨이 슬금슬금 사라지자 윈터가 바이올렛의 손을 잡아챘다. 그리고 설명하라는 듯 바라보자 바이올렛이 대답했다.

"말 그대로예요. 어릴 때 친해서 부모님들끼리 잠깐 얘기만 한 거예요."

"저런 질 나쁜 바람둥이랑 공주님을 결혼시키려 들어?"

"소문처럼 나쁜 사람은 아니에요."

"심지어 약쟁이네."

"……네?"

윈터가 왼손을 들어 보였다. 해서 바이올렛이 칼슨을 보니 왼 손목에 붕대를 감은 것이 소매 속으로 보였다. 바이올렛이 말했다.

"고작 저런 걸로 어떻게 알겠어요."

"두고 봐. 아닌가."

바이올렛은 부정하면서도 좀 염려가 되는 표정이었다.

사실 윈터가 보기에도 붕대 감은 것 하나로 약쟁이라 말한 것은 소문에 기반을 둔 모함이었다. 그저 바이올렛이 생각보다 저 칼슨 로우라는 남자와 관계가 있다는 사실이 싫었을 뿐이었다.

그의 머릿속에 바이올렛의 롱 리우드 땅이 떠올랐다. 그 소작료를 같이 받아 내는 남자가 혼담까지 오갔던 사이라는 것을 알고 나니 역겨울 정도로 기분이 곤두박질쳤다. 그는 이 행사가 끝나자마자 그 땅에 대해 다시 알아볼 생각이었다.

그의 시선이 오늘따라 다소 들떠 있는 바이올렛에게로 향했다.

3년간 그가 돈에 매달려 있는 사이 아내가 바람을 피웠더라도, 그는 진심으로 바이올렛을 용서할 마음이 있었다.

만약 두 사람이 정말로 관계가 있다면, 칼슨을 처리하는 것은 물론이고 더욱 단단히 돈으로 그녀를 조일 생각이었다. 버려지고 싶지 않았다. 이제 그는 힘없이 기다리기만 하던 다섯 살짜리가 아니었다.

윈터가 바이올렛의 손목을 붙잡았다.

"바이올렛."

그녀가 돌아보다가 고개를 들어 하늘을 보았다.

흐리던 하늘에서 결국 비가 쏟아지기 시작했다. 어린 수도사 하나가 사람들 사이를 뛰어다니며 말했다.

“자, 잠시 행사를 중단할 테니 수도원으로 들어가십시오!”

사람들이 한참 멀리 있는 수도원을 향해 서둘러 걸음을 옮겼다.

윈터는 곧장 재킷을 벗어 바이올렛의 머리를 덮은 후 품으로 끌어안았다. 바이올렛이 멈칫하며 말했다.

“수도원에서 이러면 안 돼요.”

“그럼 어떡해. 당신을 비 맞게 놔둬?”

윈터가 중얼거리며 재킷으로 감춘 바이올렛을 꽉 끌어안았다.

“곧 하엘이 우산을 가져올 테니까 잠깐만 이러고 있어.”

바이올렛은 천천히 눈을 감으며 그의 넓고 단단한 품에 뺨을 기댔다.

그에게 안겨 있으면 심장 소리가 들렸다. 그 심장 소리가 제 마음속에서 사그라지던 생기를 깨운다.

바이올렛이 잠깐 그의 품에서 벗어나 비가 그녀의 뺨을 타고 흐르도록 했다. 눈물이 나서 그런 것이었는데, 윈터가 금방 짜증을 내며 다시 그녀를 끌어안았다.

“싫어도 이러고 있어.”

“윈터.”

“뭐.”

“수도에…… 빨리 가고 싶어요.”

“티 파티 한번 가 보니 정말 짜증이 나더군. 그걸 매주 가려면 싫었겠어.”

"그런 것도 있지만…… 그냥 당신이랑 둘이서만 살면 좋겠어요."

윈터가 재킷으로 가려진 그녀의 머리에 저도 모르게 입술을 대며 말을 이었다.

"그러지 뭐."

"그리고…… 이러고 있는 거 안 싫어요. 조금도."

"……다행이네."

그때, 하엘이 우산을 가져왔다.

"대표님!"

"왜 이렇게 늦어!"

"뛰어왔는데요!"

하엘이 대꾸하며 커다란 우산을 내밀었다. 윈터가 그것을 받아 들어 펼치자 바이올렛이 그를 올려다보았다. 윈터 역시 바이올렛의 맑은 하늘 같은 눈동자를 바라보다 중얼거렸다.

"어차피 비와 우산 때문에 안 보여."

그러더니 그녀의 입술에 부드럽게 입을 맞췄다가 떨어졌다. 바이올렛의 입술이 놀람으로 조금 열렸다가, 부드럽게 호선을 그렸다.

들뜬 와중에도 남편이 원하지 않던 아이에 불안한 마음이 들었다. 그래도 자신을 바라보는 윈터의 눈빛에 어쩐지 안심이 됐다.

이제는 몸을 바꾸지 않아도 남편과 좀 더 알아 갈 수 있을 것이고, 알면 가까워지고, 가까워지면 행복해지리라.

그럼 윈터가 곁에 있어도 느껴지던 이 막막한 그리움도 반가움으로 바뀌게 될까.

바이올렛이 간절히 바라며 그의 얼굴을 쓰다듬고 싶어 손을 뻗는데, 윈터가 그것을 느끼지 못하고 우산을 내리며 고개를 들었다.

"비가 그치네."

지나가는 비였는지, 금방 비가 그쳐 가고 있었다. 바이올렛이 손을 내리며 미소를 지었다.

"소나기였나 봐요."

곧 구름이 걷히며 서서히 노을에 물든 하늘이 드러났다.

잠시 후, 수도사 몇이 후원금을 적어 내기 위한 봉투를 들고 나왔다.

갑자기 쏟아진 비에 포도밭이 소란스러웠다. 다들 물기를 털어 냈지만 공들인 처음의 차림새와 같지 않았다.

바이올렛 역시 젖은 머리칼을 손으로 털어 내야 했지만 여전히 즐거운 표정이었다.

그녀는 수도원에서 가져다준 마른 천으로 머리칼을 말리며 사람들과 이야기를 나누었다.

그 대화의 내용을 윈터는 대부분 이해하지 못했지만, 상대방의 반응으로 그녀가 말수가 적긴 하지만 지적이며 상대가 흥미를 느낄 만한 이야기 상대라는 것을 알 수 있었다. 아내의 새로운 모습이 흥미로웠으므로 칼슨의 등장으로 엉망이 된 윈터의 기분도 한결 나아졌다.

수도에서 온 더그레이 부부와 이야기하던 바이올렛은 윈터가 끼어들지 못하는 이야기가 길어지는 게 신경 쓰였는지 얼마 지나지 않아 대화를 마무리했다.

"남편과 포도밭을 한 바퀴 돌며 산책하기로 한 걸 잊었군요."

"좋죠! 같이 갈까요?"

"진창이라 부인의 드레스가 다시 더러워질 것 같습니다. 전 여분을 많이 가져왔으니 금방 다녀오겠습니다."

"아이 참, 한창 재미있었는데."

바이올렛과의 이야기가 무척 즐거웠는지 더그레이 부인이 아쉬운 표정을 지었다.

윈터가 바이올렛과 포도밭으로 향하며 짜증스레 주머니에 두 손을 구겨 넣었다.

"뭐라고 지껄이는 건지 전혀 모르겠군."

"라크라운드 사교계에서 대화가 통하려면 반드시 읽어야 하는 100질의 책과 반드시 봐야 하는 15편의 연극이 있어요."

"내가 개같이 일하던 시간에 여유들을 부리셨군."

윈터의 냉소적인 말에 바이올렛이 멈춰 서더니 고개를 조금 돌려 그를 바라보았다. 그러자 윈터가 신경질적으로 말했다.

"특정해서 당신한테 화난 거 아니니까 화났냐고 물어보지 마."

"정말 구분을 못 하겠어요."

"당신이야말로 도대체 무슨 생각인지 모르겠어. 지금 그 무표정은 무슨 의미야? 아무 기분도 안 든다는 뜻인가?"

그의 말에 바이올렛의 얼굴에 약간의 섭섭함이 번졌다.

"당신과 함께 포도밭을 걷고 있는 게 즐겁다고 생각했는데…… 안 그래 보여요?"

그녀의 말에 고무공처럼 이리저리 튀어 다니던 윈터의 성질머리가 툭 바닥에 떨어졌다.

잠깐 얼었던 윈터가 재빨리 바이올렛의 팔을 제 팔에 감아 팔짱을 끼게 하며 말했다.

"알아. 그래 보여. 너무 즐거워 보여서 놀린 거야."

그의 태연자약한 거짓말이 통했는지, 바이올렛의 눈꼬리가 조금 휘어졌다.

윈터는 화제를 돌리기 위해 재킷 안주머니에서 아까 수도사들이 나눠 준 봉투를 꺼냈다.

봉투에는 생화가 붙어 있었고, 그 안에 후원 금액을 적는 카드가 들어 있었다. 바이올렛이 의아해하며 물었다.

"아직도 안 냈어요? 아까 다 걷어 가던데."

"얼마를 적으면 저 수도사들이 잘못 적은 줄 알고 날 수도원으로 들여보내 줄까 고민하느라."

"10만 정도 하면 될까요?"

"겨우 그 정도면 그냥 내가 내는 줄 알 거 아냐."

"아무리 당신이어도……."

"나는 '아무리' 같은 한계가 붙을 만한 사람이 아니야. 당신은 정말 세상 물정에 어둡군."

"무슨 의미예요?"

"당신이 정말 세상 물정에 어둡다는 뜻이지."

윈터가 설명할 방법이 없다는 듯이 같은 말을 반복했을 때, 테이블 쪽에서 비명 소리가 들렸다.

"누가 의사를 불러요!"

테이블 사이에 수도사 하나가 쓰러진 것이 보였다.

바이올렛이 서둘러 달려가자 윈터도 얼떨결에 그녀를 따라 걸었다. 그는 남이 쓰러진 것보다 여간해선 달리지 않는 아내가 달리고 있다는 것에 더 관심이 갔다.

가까이 다가가 보니 쓰러진 수도사의 몸에 경련이 일어나고 있었다. 바이올렛이 몸을 숙여 앳된 수도사의 상태를 살폈다. 독은 수도사의 손에서 파랗게 퍼지고 있었고, 손에는 후원자들에게 돌려받은 생화가 달린 후원금 봉투 뭉치가 들려 있었다.

그녀가 봉투의 꽃들을 하나하나 확인하다가 한 봉투를 옆으로 빼 놓았다.

거의 똑같이 생겼지만 꽃잎 뒤에 점이 있는 다른 꽃이었다. 봉투에는 란치아 욘 페제라는 이름이 적혀 있었다.

바이올렛은 곧바로 허리의 리본을 풀어 더 이상 독이 올라가지 않게 수도사의 팔에 단단히 묶었다. 그리고 소매 속 작은 주머니에서 해독제 하나를 꺼냈다. 혹시나 전날 삼킨 독이 임신한 몸에 안 좋은 영향을 끼칠까 봐 챙겨 둔 것이었다.

바이올렛이 해독제를 수도사에게 먹이고 미지근한 물을 마시게 했다.

독초에 대비한 해독제는 효능이 좋아 얼마 지나지 않아 독이 퍼지는 것이 멈췄다. 한참이 지나서야 인근에서 달려온 의사가 생명에는 지장이 없다고 말해 준 후에야 사람들이 마음을 놓았다.

윈터가 겨우 긴장이 풀려 비틀대는 바이올렛의 팔을 부축하며 물었다.

"뭘 먹인 거야?"

"독초 해독제요."

"그걸 왜 들고 다녀?"

바이올렛이 아무렇지도 않은 표정으로 대답했다.

"전 꽃을 좋아하잖아요. 혹시 실수로 독초를 만지면 쓰려고요."

약간 미심쩍긴 했지만 바이올렛이 평소 꽃을 좋아하는 것은 사실이었고, 그녀의 해명 외에는 별달리 아내가 해독제를 들고 다닐 이유가 없어 윈터는 그럭저럭 받아들였다. 그래도 완전히 납득한 것은 아니었다.

❋❋❋

비록 크게 번지지 않고 해결되었지만 사람이 죽을 뻔한 것은 큰 사건이었다. 결국 후원 파티는 중단되었고, 다들 걱정과 아쉬움을 느끼며 돌아섰다.

바이올렛과 윈터 역시 마차를 기다리고 있을 때, 수도사 하나가 달려와 그들을 수도원으로 초대했다.

수도원으로 들어가니 다행히 금방 깨어났는지 아까 중독되었던 창백하고 앳된 수도사가 누운 상태로 인사했다.

"부인께서 곧바로 조치를 취해 주셔서 무사한 거라고 들었습니다. 쓰러져서 20분이 지났으면 목숨이 위험했을지도 모른다고 의사가 그러더군요."

생명이 위험했다는 소식에 덩달아 얼굴이 창백해진 바이올렛이 대답했다.

"다행입니다만, 아무래도 독성을 가진 꽃이 섞인 건 우연이 아닌 것 같습니다. 그 꽃은 고산 지대에서만 나는 것이니까요. 일부러 가져다 놓지 않으면 여기 있을 이유가 없어요."

"그렇군요……."

"꽃이 붙어 있는 봉투에 란치아 욘 페제라는 이름이 적혀 있더군요."

그러자 소년이 씁쓸한 표정으로 대답했다.

"제 숙부님이십니다. 안 그래도 형님이 위독하셔서……. 자식이 없는 형님이 돌아가시면 제가 작위를 계승하게 되니……."

예법이 몸에 익은 소년은 귀부인의 앞에서 누워 있고 싶지 않아 안

간힘을 써서 자리에 일어나 앉았다.

“감사드립니다. 저는 란치아가의 차남 란치아 욘 레예스라고 합니다.”

이름이 성 뒤로 오는 것은 대륙 서쪽 일부 지역의 특징이었다. 바이올렛이 같이 예의를 차리며 대답했다.

“바이올렛 블루밍입니다.”

“아, 그러셨군요! 란치아 가문 사람들은 절대로 입은 은혜를 잊지 않으니 부모님께서 반드시 부인께 보답을…….”

소년이 목소리를 조금 높였다가 휘청거리며 쓰러졌다. 윈터가 어이없다는 듯 말했다.

“그냥 누워 있지, 꼬마야.”

“꼬, 꼬마라니요. 무례하십니다…….”

몸도 못 가누는 레예스의 앳된 목소리가 우스웠는지 윈터가 어깨를 들썩였다.

다른 수도사들이 소년을 걱정하며 모여드는 사이, 그는 아내를 데리고 복도로 나왔다.

그가 바이올렛의 귀에 소곤거렸다.

“당신 덕에 여기 잠입했군.”

“초대로 들어왔는데 왜 잠입이죠?”

“우린 지금부터 길을 잘못 들어서 양조장에 들어갈거거든. 저 꼬마가 쓰러져서 다들 정신없을 때 한 바퀴 돌고 나올 거야.”

“당신, 생각보다 매정한 사람이군요? 사람이 쓰러졌는데 지금…….”

바이올렛의 말에 윈터가 오히려 놀랍다는 듯이 대꾸했다.

“생각보다 매정하다니. 날 과대평가해 왔군.”

“나쁜 일은 하지 않을 거라고 생각했어요.”

"나쁜 일 없이 맨손으로 어떻게 부자가 돼. 얼마나 순진하면 그런 생각을 할 수가 있지?"

윈터가 기가 막힌다는 듯이 혀를 찼다.

"당신이 날 그렇게 모르니 이혼 얘기 따위를 꺼내지."

"이혼이 당신에게 금전적으로 손해가 되는 건 아니잖아요."

"당신조차 없는 것보다는 당신이라도 있는 게 이 결혼을 흑자로 돌릴 가능성이 높겠지."

"……아, 그럴 수도 있겠네요."

그렇게 말한 후, 바이올렛은 입을 다물었다.

대화가 끝났다고 생각해 윈터가 다시 걸음을 옮기려는데 바이올렛이 그의 손목을 붙잡았다.

"궁금한 게 있어요."

"뭘 알고 싶어?"

"아이는…… 나랑 낳기 싫은 거예요, 아니면 그냥 싫은 거예요?"

"그냥 싫어."

"나는 정말 많이 아이를 원해요. 그러니 '그냥'이라는 말은 타협의 해결책이 되지 못해요."

아내의 간절한 표정을 보니 그녀의 말대로 그저 싫다는 말만으로는 해결이 되지 않을 것 같았다.

"아이에게 신경 쓸 시간이 없어."

"내가 알아서 낳고 알아서 키울게요. 당신은 알지도 못하는 사이에 아이가 자라 있을 거예요."

바이올렛이 애원하듯 말했다.

물론 뿌리치고 작위 이야기를 운운하면 그녀는 체념할 것이다.

윈터가 최근 얼마간 알게 된 것으로 보아 아내는 책임감이 강했다. 비록 왕실이 해체되는 것에 대해 에쉬에게 언질도 듣지 못했지만 오빠의 행동에 대해 책임을 지려는 마음이 있었다.

그러나 오늘은, 그녀와 혼담이 오갔다는 남자까지 만난 마당에 다짜고짜 그녀의 마음을 꺾어 버리기만 할 수는 없었다.

일단은 지금만 넘기면 된다고 생각했다. 균열이 생겨 금방이라도 무너져 내릴 것 같은 아내가 조금만 안정되면 그때. 그녀가 원하는 대로 해 주고 난 후에. 가지고 싶어 하는 것을 사 주고, 하고 싶어 하는 것도 다 하게 해 준 후에. 아이가 태어나는 것보다 더 좋아할 만한 것을 찾아냈을 때. 그때 그가 아이를 가질 수 없음을 말해도 늦지 않을 거라고 생각했다.

한참을 고민하고 또 고민하던 윈터가 답지 않게 흔들리는 목소리로 말했다.

"어쩌다 생길 수도 있겠지. 피임이 제대로 안 되면."

"그러면 어떡하죠?"

"……낳아야겠지."

상황을 모면하려고 한 말이 뭐가 그렇게 기뻤는지 바이올렛의 눈이 어린아이처럼 커졌다.

"고마워요."

바이올렛은 그의 대답에 만족스러워했다. 그러고는 제 기쁨을 윈터도 알도록 표현하고 싶었는지 그에게 배운 것처럼 깍지를 껴 그의 손을 꼭 잡았다.

윈터는 그녀가 보이는 짧고 명쾌한 기쁨에 사막에 버려진 죄인이 된 기분이 들었으나, 곧 태연함으로 격정을 짓눌렀다. 어차피 아이가 생길 리 없으니 걱정할 일이 없다며 가까스로 불안을 달랬다.

후원 파티가 중단되는 바람에 식사를 여유롭게 즐기지 못한 부부는 밤늦은 시간 집에 도착하자 다시 허기를 느꼈다.

윈터가 주방으로 향하며 바이올렛에게 물었다.

"배 안 고파? 난 죽을 지경인데."

"출출하긴 해요. 하지만 사람들을 깨우긴 그러니 그냥……."

"간단하게 해 먹자."

윈터가 익숙하게 주방에서 식재료들을 뒤적거렸다. 그러더니 남은 식재료를 늘어놓고 소매를 걷었다.

"공주님은 이해하기 어려운 개념이겠지만, 남는 음식이라고 부르는 것들인데."

윈터의 짓궂은 말에 바이올렛이 미간을 살짝 좁혔다. 윈터가 입꼬리를 늘이며 물었다.

"남는 음식을 먹어 본 적은 있어?"

"왕성에선 없었어요. 법으로 정해진 거였으니까요. 왕족이 전부 식중독에 걸리면 안 되잖아요."

"결혼하고는?"

"당신이 생활비를 너무 많이 주는 모양이더군요."

바이올렛의 변명이 우스웠는지 윈터가 아예 유쾌하게 소리를 내며 웃었다. 그러곤 채소를 꺼내 썰며 말했다.

"부부가 같이 식중독으로 앓아누우면 볼만하겠군."

"신선해 보이는걸요. 그리고 칼질을 잘하네요?"

"열두 살까지 식당에서 부려졌잖아."

윈터는 채소를 말끔하게 손질한 후 무거워 보이는 팬에 넣고 볶기 시작했다. 아무렇게나 소스를 들이부어 가며 간을 맞추는 게 신기해 바이올렛은 눈을 떼지 못했다. 그러던 중 무거운 팬을 가볍게 움직이는 그의 두툼한 팔뚝에 무심코 시선이 가기도 했다.

윈터는 그렇게 볶아 낸 것을 커다란 볼에 수북이 담고 채소가 안 보일 때까지 치즈를 갈아 얹었다.

그가 포크를 건네주자 바이올렛은 치즈가 녹아 흐르는 채소를 들어 입에 넣었다. 낯선 맛이지만 생각보다 마음에 들었다.

"맛있어요."

무엇보다 요리를 하는 남편이 바이올렛의 눈에 무척이나 사랑스러워서, 좀 더 빨리 알았다면 좋았을 거라는 생각을 들게 했다.

아내가 만족하자 마음이 놓인 윈터가 느긋하게 식사를 하며 말했다.

"식당에선 뭐 하나 제자리에 있지 않으면 크게 혼이 나거든. 소금이 있던 자리에 설탕이 있어서 잘못 뿌리면 음식을 망치잖아."

"그렇겠네요."

"그래서 처음 블루밍가에 와서 애를 먹었지. 물건 위치는 계속 바뀌는데 정리하는 건 내 일이 아니니까 제자리에 옮겨 놓지 못하고. 편집증 환자처럼 불안해하면서도 그런 티를 내면 식당에서 굴러먹던 꼬마로 돌아갈 것 같아 말은 못 하고."

윈터의 속에 있던 이야기가 바이올렛은 반가우면서도 마음이 아팠다. 그녀가 혼잣말하듯 중얼거렸다.

"내가 당신이 원하는 것들을 줄 수 있었다면 얼마나 좋았을까요. 명예도, 돈도."

"동정하라고 한 얘기 아니야."

"동정이 아니라…… 그랬으면 좀 더 빨리 이렇게 지낼 수 있었을 것 같아서요."

지금 이 순간이 행복해서, 바이올렛은 그런 아쉬움이 들었다.

그녀가 줄 수 있는 건 그저 마음뿐이었고, 윈터 블루밍이 정말로 원하는 것들은 그녀에게 없었다.

윈터는 별말 없이 어깨를 으쓱인 후 식사를 이어 갔다.

❄❄❄

윈터는 칸투스 수도원에서의 일이 잘되어 한동안 바빴다.

수도원과 그가 소유한 양조장도 연신 들락거렸다. 다행히 수도원 양조장을 한 바퀴 돌며 얻은 정보로 찔러보니 수도원 쪽에서 기술 협약을 받아들였다. 그들에게도 나쁘지 않은 거래였다.

윈터는 이 일이 성사되면 자신이 좋아 날뛰리라 예상했었으나, 일이 잘 풀려도 생각보다 감흥이 없었다. 오히려 빨리 끝나서 집에나 갔으면 싶었다.

아내는 원래도 말을 함부로 하지 않는 편이었으나, 요즘 들어 더욱 그녀의 말들이 좋았다. 목소리도 좋았고, 말할 때마다 미세한 간격으로 변하는 표정을 알아차리는 것도 재미있었다.

사흘 뒤 집에 갈 때 입을 옷을 미리부터 고민하느라 베스트를 입었다, 벗었다 하고 있을 때였다.

하엘이 긴장감 가득한 표정으로 들어섰다.

"대표님. 카닉 일족이 사는 알리카에서 전신이 돌아왔는데요."

"어떻게 됐어?"

하옐의 표정을 보니 저 같은 혼혈에게 아이가 생길 방법은 없는 모양이었다. 어차피 큰 기대가 없었던 윈터가 대수롭지 않게 여기며 베스트 단추를 푸는데 하옐이 조심스럽게 말했다.

"저…… 혼혈이 없답니다. 알리카 지역은 카닉 일족이 아니면 거주가 안 되고, 심지어 혼혈도 마찬가지로 이주할 수 없는 폐쇄적인 지역이랍니다."

"젠장. 더럽게 안 되네."

윈터가 신경질적으로 베스트를 뜯듯이 벗어 버리고는 땅에 집어 던졌다. 그의 분노가 한계치임을 알면서도 하옐은 한 번에 말해 버리는 게 낫겠다고 생각해 눈을 질끈 감았다.

"그리고 함께 알게 된 건…… 대표님 친어머님께서…… 알리카에 계신답니다."

"……뭐?"

"알겠지? 그거 먹고 있으면 엄마가 금방 데리러 올게. 금방 올게."

"응! 빨리 갔다 와."

그렇게 손을 흔들며 어머니를 보냈다.

돌아오지 않아도, 지금까지 어머니를 이해하려 했다.

혼자 날 기르는 게 얼마나 힘들었을까. 그래서 살려고 그랬겠지.

그러니 돈이 있으면 모든 것이 해결될 줄 알았다. 이 정도 재력으로 이름을 날렸는데도 찾아오질 않는 걸 보니 죽었거나, 제 앞에 나타날 염치가 없는 모양이라고 생각했다.

그래도 찾았다. 최소한 낳아 준 것에 대한 보답은 하고 싶었고, 다섯 살까지 저를 돌보느라 힘들었던 것도 보상하고 싶었다.

그런데 먹고사는 문제가 아니었다. 혼혈인 그는 일족이 있는 곳에 들어갈 수 없으니 버린 것이다. 스스로의 안위만을 위하여.

윈터가 기가 차서 웃음을 터트렸다.

"믿을 게 따로 있지. 자식 버린 여자를 믿었네, 내가."

"대표님……."

"됐다. 난 원래 여기도 저기도 못 끼는 놈이야. 몰랐던 것도 아니고."

그는 손으로 얼굴을 한 번 훑어 낸 후 말을 이었다.

"친어머니 몫으로 사 놨던 건 전부 내놓고, 이번 일정들 취소해."

"예? 아. 예, 알겠습니다."

취소하면 큰일 날 일정들이 줄줄이 엮여 있었지만 하옐은 여기서 말려 봤자 상황이 악화되기만 할 것을 알았다.

하옐이 재빨리 바닥에 떨어진 베스트를 주워 쓰레기통에 집어넣으며 물었다.

"어디로 가실 겁니까?"

"집. 아내가 필요해."

생각보다 침착한 그의 말에 불안에 떨던 하옐의 표정이 조금 밝아졌다.

윈터에게서 저런 말을 들은 것은 처음이었다.

저 성질에 알리카 지역을 쓸어버리겠다고 들까 봐 걱정했는데, 그를 제어할 힘을 가진 사람이 하나는 있었던 것이다.

"당장 준비하겠습니다!"

하옐이 서둘러 달려 나갔다.

❄ ❄ ❄

윈터가 바쁜 동안 바이올렛은 작은 가든파티를 준비하고 있었다. 남편과 두 사람만의 가든파티를 하며 제가 아이를 가졌음을 말해 줄 생각이었다.

원래대로라면 수십 번의 파티를 열어 봤었어야 할 바이올렛이지만, 상황이 여의치 않다 보니 기회가 없었다. 경험이 적으니 고작 두 사람을 위한 파티 준비가 너무도 어려웠다.

그래도 꽃을 정하니 나머지는 조금 수월해졌다. 다행히 북 클럽에서 알게 된 사람들이 옆에서 많은 도움을 주었다. 자락이 반원으로 늘어지도록 만들어진 흰색 리넨 테이블보를 덮고, 그 위에 뮬리를 중심으로 만든 센터피스를 놓았다.

바이올렛이 실크 가게 주인인 모린에게 물었다.

"모린, 드레스는 뭘 입으면 좋겠소?"

"녹색이 감이 좋네요."

"아, 녹색. 좋은 생각이오."

바이올렛이 동감했다.

잠시 후, 그녀가 녹색 드레스로 갈아입고 나니 모린이 옆에서 호들갑을 떨었다.

"아휴, 잘 어울리네요. 제가 보는 눈이 있죠?"

"아무렴. 도와줘서 고맙소."

유력 가문의 부인과 개인적으로 거래를 트는 건 상인들에게 당연히 좋은 일이었고, 심지어 예산 책정이란 게 존재하지 않을 윈터 블루밍의 아내와의 거래는 행운 중의 행운이었다.

그러나 그런 것들을 제외하고서도 모린은 바이올렛이 무척이나 마음에 들었다. 처음엔 마냥 고상하다고 생각했는데, 보면 볼수록 선한 데가 있었다.

모린이 한참 참견을 한 후 돌아가자 바이올렛은 자리에 어울리는 수프를 고르려고 세 가지의 수프를 부탁했다.

테이블에 두고 색이며 맛이며 어울리는 것을 찾는 중에 마차가 도착했다.

윈터는 앞으로도 사흘이 지나야 온다고 했었다. 파티 주인공이 준비 중에 와 버렸으니 바이올렛은 난처함을 감추지 못했다.

그러거나 말거나, 윈터가 걸어와 다짜고짜 바이올렛을 끌어안았다.

"내가 올 줄 어떻게 알고 나와 있어."

윈터가 그녀를 으스러지도록 끌어안자 당황한 바이올렛이 손짓해 사용인들을 물렸다.

사람들 보는데 이게 무슨 무례냐고 말하기엔 윈터의 상태가 너무 안 좋아 보였다. 바이올렛이 그의 등을 다독이며 물었다.

"무슨 일 있어요?"

"없어."

윈터가 안정을 찾은 후에야 그녀를 놓아주며 물었다.

"웬일로 이런 걸 준비했어? 당신 이런 거 싫어하잖아."

"당신에게 해야 할 말이 있거든요. 더 미룰 수가 없을 것 같아서……. 가든파티를 하면서 말하려고 했는데."

"무슨 말인데? 지금 해."

윈터의 재촉에 바이올렛이 깊게 한숨을 쉬며 마음을 가다듬어 보았지만 결국 고개를 저었다.

"사흘 뒤에 말해야겠어요. 당신 기분도 별로 안 좋아 보이고……."

"내가 지금 뭘 참고 견딜 상태가 아니거든. 그러니까 말해. 좋은 일이야, 나쁜 일이야?"

"음. 저에겐 좋고 당신에겐…… 어떨지 모르겠어요."

바이올렛이 다시 어깨가 들썩이도록 심호흡하더니 윈터를 보았다. 아무 일 없다고 해 놓고, 윈터의 눈빛이 광풍처럼 그녀를 휘감았다. 더 미루게 해 줄 표정은 결코 아닌지라 바이올렛이 입을 열었다.

"임신을 했어요."

"……."

윈터는 대답이 없었다. 바이올렛이 침착하게 말을 이었다.

"솔직히 처음엔 당신이 싫어할까 봐 말하기 두려웠는데, 당신이 말했잖아요. 생기면 낳자고. 그래서 용기가 생겼어요."

생각보다도 나빠 보이는 윈터의 표정에 바이올렛이 수습하듯 말하는데, 그녀를 뚫어지게 바라보던 윈터가 실소했다.

"잘됐네."

"……정말요? 정말 잘됐다고 생각해요?"

"그래. 이제 아이 타령은 안 들어도 되겠군."

윈터의 말에 초조해하던 바이올렛의 표정이 다소 밝아졌으나, 그것은 그리 오래가지 못했다.

"낳아서 딴 놈이랑 도망칠 생각이라면 포기해."

"무슨 소리예요?"

바이올렛이 당황하며 되묻자 윈터가 검지로 자신과 아내를 번갈아 가리키며 말했다.

“지금까지 내가 말하지 않은 게 있는데, 우리 사이에는 아이가 태어날 수가 없어. 난 반쪽짜리라 같은 일족이 아니면 아이를 가질 수 없지. 그런데 당신이 아이를 가졌으니, 내 아이일 리가 없어.”

“말도 안 돼요. 그럼 나는…….”

“다른 놈 아이인 거지.”

윈터의 비꼬는 듯한 말에 바이올렛의 물빛 눈동자가 복잡한 감정으로 가득 찼다.

“분명히 당신 아이예요.”

“거짓말하지 마.”

“거짓말 아니에요.”

“거짓말 맞아. 그러니 앞으로 사람을 붙일 거야. 어딜 가도 따라다니게 할 테니 그런 줄 알아. 내가 겪어 봐서 알게 됐거든. 돌아온다는 사람 믿으면 안 된다는 걸.”

과거와 현재의 배신감으로 뒤섞인 그의 목소리에 바이올렛이 기가 차서 헛웃음을 지었다.

“당신은 나에게 그런 짓을 하면 안 돼요.”

“왜 안 돼? 당신 가족이 나한테 한 짓을 생각해 봐. 내가 무슨 짓을 해도 당신은 거절할 자격이 없어. 지금 내 기분으로는 당신을 내 집에서 한 걸음도 못 나가게 하고 싶어. 그런데 감시하는 정도로 봐주겠다잖아.”

“윈터!”

듣다 못한 바이올렛이 언성을 높이자 윈터가 비웃음을 흘렸다.

“솔직하게 말해 줘? 당신은 내 아내가 아니면 아무것도 아니야. 결국은 돈도 없고 신분도 없는, 아무것도 아닌 여자잖아. 난 당신에게 무슨 짓이든 할 수 있어.”

그의 날카로운 말에 바이올렛의 말문이 막혔다.

견딜 수 없는 분노와 슬픔으로 그녀의 가슴팍이 오르내렸다. 아이가 없었다면 몇 번이고, 결국은 죽어 버릴 때까지 자살을 반복했을지도 몰랐다.

그러나 한편으로 그녀는 버티는 힘이 좋은 사람이었으므로, 아이를 위해 억지로 기분을 가라앉혔다.

잠시 후, 바이올렛은 터무니없을 정도로 귀족적인 표정을 지으며 격정에 붙잡혀 있는 윈터를 보았다.

"당신은…… 후회할 거예요."

"뭐?"

"아이가 태어나면 당신을 닮았을 테니까. 당신은 나에게 그런 말을 한 걸, 날 믿지 못한 걸 반드시 후회할 거예요."

그녀가 돌아서며 중얼거렸다.

"가엽고 바보 같은 사람."

바이올렛이 저택으로 들어서고, 윈터는 비틀거리다 가까스로 의자에 앉았다.

윈터는 그 후로 며칠간 제 방에서 술을 들이켰다.

한동안 그의 침실에서 부서지고 깨지는 소리가 들리고 욕설이 퍼부어진다 싶더니 한순간에 잠잠해졌다.

그 후 다음 날 아침까지 조용했다. 하옐은 안심하고 윈터의 침실 문을 열었다가 확 쏟아져 나오는 담배 연기와 술 냄새에 인상을 썼다.

"……어휴, 내가 미쳤지."

윈터의 눈이 돌아갈 때는 주변의 모든 것을 치워 두고 화가 가라앉을 때까지 피하는 게 답이었다. 그래도 윈터를 알게 된 이후 처음으로 보고 싶어 하는 사람이 있어서 그녀에겐 무른가 싶어 그냥 보냈더니 오히려 더 큰 사달이 나고 말았다.

평소 같으면 바이올렛의 주변을 샅샅이 뒤져 불륜이 맞는지부터 확인했을 사람이고, 발뺌하지 못할 증거를 찾아 들이밀고 유리한 계약을 따냈을 윈터 블루밍이었다. 사업에서는 그걸 제일 잘하던 사람이 결혼 생활에 있어서는 형편없기 짝이 없었다.

하옐이 매캐함에 질색하고 달려가 창문을 열며 소리쳤다.

"대표님! 살아 계시면 일어나세요!"

하옐이 깨우는 소리에 모처럼 잠들었던 윈터가 신음 소리를 내며 뒤척였다. 그와 같이 들어온 플립이 윈터가 밤새도록 들이마신 술병을 주워 담았다.

하옐이 한숨을 푹 쉬고 말했다.

"보통 사람이 술을 이만큼 마셨으면 시체로 발견됐을 겁니다, 대표님."

"닥쳐."

윈터가 완전히 맛이 간 목소리로 말하고는 침대에서 몸을 일으켜 침대 헤드에 등을 기대고 앉았다.

그는 잠이 오지 않고, 취하지도 않는다며 내리 술을 들이부었다.

윈터는 언제나 손해 보기 전에 팔았고, 이익이 있을 것을 샀다. 그는 기본적으로 돈의 흐름을 알아보는 눈을 가지고 있었다.

그런 그가 모든 면에서 실패한 투자의 결과가 바이올렛이었다.

윈터가 그대로 고개를 뒤로 젖히고 중얼거렸다.

"심지어 바람까지 피우네."

아내에게 제가 성에 안 찰 걸 몰랐던 건 아니지만, 그런 더러운 취미를 가질 사람으로는 보이지 않았던 것이 문제다.

며칠 전 몰아닥친 폭풍과 술기운에 윈터의 상태가 엉망진창이었다.

전 재산을 날리던 날에도 곧바로 수습을 했던 그였지만 어머니와 아내에게 같은 날 받은 배신감에서 벗어나는 데는 며칠이 걸렸다.

하옐이 말 걸어 보라고 플립을 쿡쿡 찔러 윈터를 턱짓했지만, 플립은 자기 일은 이거라는 듯 병을 들어 보이고 방 청소하는 데 집중하는 척했다.

별수 없이 하옐이 깊은 한숨을 쉬며 말했다.

"아니, 임신에 다른 수많은 이유가 있을 수도 있는데 왜 하필 콕 집어 불륜이라고 하시냐고요, 정말."

"다른 이유 뭐. 하나만 대 봐."

윈터가 중얼거리자 하옐이 슬쩍 대답했다.

"……기적이요?"

"너도 말하면서 기가 막히지?"

하옐이 할 말이 없는지 눈동자를 데굴데굴 굴리는 사이, 옆에서 묵묵하던 플립이 불쑥 끼어들어 말했다.

"죄송하지만 전 작은 마님 편입니다. 작은 마님이 불륜을 하실 분이 아니란 건 다들 동의할 겁니다."

평소 같으면 대들지 말라고 한 소리 했을 텐데, 지금은 그럴 기분이 들지 않았다.

"나도 그런 줄 알았지."

얼굴 한 번 못 보고 정략결혼을 하기 전, 아내에게는 혼담이 오가던 남자가 있었다. 게다가 그 남자의 이름이 아내의 재산 문서에 같이

올라가 있기까지 했다.

윈터가 열린 창문으로 쏟아지는 햇빛이 눈부셔 두 손으로 눈을 가리며 투덜거렸다.

"아, 살맛 안 나네."

❋❋❋

바이올렛은 요즘 들어 과일 외에는 음식을 잘 먹지 못했다. 게다가 의사가 괜찮다는데도 아이에게 조금도 해가 가는 게 싫다며 약을 입에도 대지 않으니 내내 두통에 시달렸다.

젠은 바이올렛이 기대앉은 침대 옆에 둔 의자에 앉아 과일을 깎으며 투덜거렸다.

"작은 마님이 누구누구 만나는지는 온종일 옆에 있던 제가 아는데. 작은 주인님은 왜 알지도 못하면서 사람을 잡는대요?"

바이올렛이 고개를 끄덕여 동조하는데, 젠이 제풀에 성질이 더해져 투덜거렸다.

"저 같았으면 펄펄 날뛰다가 기절해 버렸을걸요."

"나도 그러고 싶었지만…… 아이에게 안 좋을까 봐."

"그렇게 참으시면 오히려 병나요, 작은 마님. 그리고 결혼한 언니들이 임신 초기에 남편이 못 해 주면 마음에 평생 남는다고 했어요. 나중에 달달 볶으셔야 돼요, 꼭."

젠이 궁얼거리며 마저 과일을 깎고 있을 때, 침실 문 두드리는 소리가 들렸다.

"바이올렛."

캐서린의 목소리였다.

젠이 당황해 바이올렛을 보자 그녀가 예상한 일이었다는 듯 고개를 끄덕였다.

젠이 문을 열자 근사한 드레스 차림의 캐서린과 마찬가지로 파티를 위해 멋을 낸 제임스가 보였다.

이제 집에서 파티 치를 돈은 부족할 테니 어디 초대받아서 가려던 차일 것이다.

캐서린이 무거운 표정으로 말했다.

"이야기 들었단다. 임신을 했다면서?"

"네."

그들 표정을 보아 하니 축하하러 온 것 같진 않았다. 바이올렛이 입을 다물자 캐서린이 말을 이었다.

"윈터는 너와 아이를 가질 수 없어. 너도 들었잖니."

"그걸…… 아시면서도 저에게 말해 주지 않으셨군요."

"그건……."

캐서린이 머뭇거리자 제임스가 대신 입을 열었다.

"어차피 너희 둘 사이에 오간 건 돈이 전부 아니냐. 이런 부수적인 것들은 몰랐어도 그냥 진행되었을 결혼이다."

"3년을…… 내내 아이가 생기지 않는다고 남들이 제 탓을 해도 아무 말씀도 없으셨잖아요."

슬픔과 분노가 바이올렛을 짓눌렀으나 그녀는 평정을 찾으려 애썼다.

지난 3년 사이에도 이만큼 화나는 일은 있었지만 이렇게 배신감을 느껴 본 적은 없었다. 미리 말해 주었다면 받아들였을 것이다. 돈이 오간 정략결혼이었으니까.

그러나 아이가 생긴 후에야 이렇게 말하며 저를 불륜으로 몰아가는 것은 완전히 다른 이야기였다.

“아이가 태어날 때까지 기다려 주세요. 아이가 태어나면 분명히 아실…….”

바이올렛이 끈기 있게 설득하는 도중 침실 문이 열렸다. 문 너머에 막 면도를 했음에도 부쩍 수척해 보이는 윈터가 서 있었다.

그는 한없이 가라앉은 눈빛으로 방안을 들여다보곤 짜증스러운 목소리로 말했다.

“밖에서 들었는데, 두 분은 아내에게 그런 말씀 하실 자격이 없습니다.”

“윈터, 어떻게 말을 그렇게…….”

캐서린이 섭섭해하며 다가서는데 피로에 찌들어 문에 기대선 윈터가 말을 이었다.

“그게 그렇잖습니까. 3년 내내 뭐 하시다가 일이 터지고 나서야 잔소리를 하시냐고요, 뒤늦게. 그동안 그 많은 생활비를 드렸으면 최소한 제 아내 하나는 함께 돌보셨어야죠. 이 집에서 유일하게 생산적인 활동을 하고 있는 제 대신에요.”

“아들아, 그게 무슨 무례한 소리냐.”

제임스가 꾸짖자 캐서린이 달래듯 말했다.

“윈터도 너무 놀라서 감정 조절이 안 되는 거예요. 너무 화내지 말아요.”

아내가 말려 별수 없다는 듯 제임스가 입을 다물었다.

윈터는 상대가 자신을 언제든 버릴 수 있다는 불신을 가지고 있었기 때문에, 제 가족에게도 그리 많은 재산을 소유하게 하지 않았다.

블루밍 가문 영지조차도 많은 부분이 윈터의 소유로 넘어가 있었고, 그나마 남아 있던 재산도 형에게 열등감을 가진 디에브의 연이은 사업 실패로 급격히 줄어든 상태였다.

아직도 일반 라크라운드 시민보다야 월등히 부유하지만 어떤 일반 시민도 그들 정도의 씀씀이를 가지지는 않았다.

그러므로 부모밖에 모르던 아들의 관심이 아내에게로 향하는 것은 그들에게 큰 위협이었다.

윈터가 금방이라도 폭발할 것 같은 얼굴로 말했다.

"두 분 다 나가 주시죠."

"혼자 괜찮겠니? 오늘 랜던 가문에서 파티가 있으니 같이 가지 않으련?"

"제가 지금 퍽이나 놀러 다닐 기분이겠습니다."

캐서린의 말에 윈터가 비꼬아 대꾸하더니 나가라는 듯 도어맨처럼 문을 열고 인사했다.

결국 두 사람이 쫓겨나듯 방을 나가자 윈터는 바이올렛에게 딱 달라붙어 있던 젠에게도 나가라고 손짓했다.

"젠, 가서 쉬렴."

바이올렛의 말에 젠이 걱정 가득한 얼굴로 과일 쟁반을 들고 나가려는데 윈터가 말했다.

"거기 둬."

"네에……."

젠이 어쩔 줄 몰라 하며 침실을 나갔다.

둘만 남게 되자 바이올렛이 말없이 윈터를 바라보았다. 한참의 침묵 후 윈터가 침대에 한쪽 무릎을 올리고 몸을 숙였다. 그를 피하려던 바이올렛의 몸이 침대에 쓰러졌다.

바이올렛의 눈빛에는 두려움이 번졌으나 목소리에는 힘이 실려 있었다.

"당신 아이예요."

"……."

"더 할 말이 없어요. 증명할 방법도 없고."

"누군지만 말해. 용서해 줄 테니까."

그는 진심이었다.

아이의 생부와 아내를 영영 못 만나게 한다는 보장만 있다면, 그는 진심으로 바이올렛을 용서할 수 있었다.

"내 말을 안 믿는군요."

"믿을 만해야 믿지."

"그렇게 못 믿겠다면…… 이혼하고 싶다고 한 건 아직도 유효해요."

호기로운 사내들도 주눅 들어 마주하지 않을 체격의 남자가 자신을 덮치고 있는데도 그녀는 침착했다.

윈터의 눈에 아내의 모습은 어떤 상황에서든 고결함으로 가득했다. 그녀의 부정을 확신하는 지금조차도 그랬다. 그는 늘 그런 아내를 무너뜨려 제 품에 주저앉히고 싶은 열망에 시달렸다. 처음 마주치던 그날부터 오늘에 이르기까지, 한결같았다.

"누구 좋으라고 당신을 보내 줘."

윈터가 대꾸하더니 냉랭한 눈빛과 달리 부드러운 손길로 바이올렛을 일으켜 앉혔다.

며칠간 혼자 온갖 머저리 짓은 다 하며 분을 풀어서인지, 정작 아내 얼굴을 보니 기분이 나아졌다. 그는 분위기를 풀어 볼 심산으로 젠이 두고 간 과도와 과일을 집어 들며 입을 열었다.

"파티 같은 건 내가 알아서 거절할 테니 집에서 쉬어. 정원 일도 위험하니까 그만두고. 북 클럽을 하고 싶으면 집으로 불러."

"자기 마음대로군요."

"못 배워서 그래."

윈터가 대수롭지 않게 대꾸하고 사과 절반은 제가 먹고 나머지 절반은 바이올렛에게 쥐여 주었다. 다시 바이올렛을 등지고 앉은 윈터가 사과를 으적으적 씹으며 말을 이었다.

"어떤 새낀지 몰라도 찾으면 당장 목을 조를 거야. 연락 닿으면 멀리 도망치라고 해."

"자기 목을 조르게 생겼군요."

바이올렛의 담담한 말이 어이없었는지 조소로 윈터의 넓은 어깨가 들썩였다.

더 이상의 대화 없이 잠시 시간을 보낸 윈터가 일어서자 바이올렛이 그의 손을 붙잡았다. 돌아보는 그에게 바이올렛이 물었다.

"정말로 당신 아이일 수도 있다는 생각은 조금도 들지 않나요?"

바이올렛은 간절했다. 돈도 없고 신분도 없는, 아무것도 아닌 여자 취급을 받고 불륜 의심마저 받으며 그나마 남아 있던 그녀의 자존심이 완전히 으스러졌다.

그럼에도 그녀는 애원하듯 남편에게 매달렸다. 자신은 아이를 생각하면 버틸 수 있지만, 제 아이가 다른 사내의 아이로 의심받는 것은 용납할 수 없었다.

그녀의 애원에 잠시 생각하던 윈터가 입을 열었다.

"당신 토지 대장을 확인했어. 뒷돈을 주고."

"그런데요?"

"뭐가 그런데요, 야? 거기 당신과 혼담이 오가던 남자가 소작료 수령인으로 되어 있잖아."

바이올렛은 전혀 이해를 못 한 데다 초조하기까지 해 무심코 남편의 팔을 당겼다.

"그게 도대체 무슨 소리에요? 자세히 좀 말해 봐요."

"여기에 무슨 설명이 더 필요해? 문서에 칼슨 로우 그 자식 이름이 적혀 있다는 건 당신도 당연히 알 것 아냐."

"그렇지 않아요."

"하옐이 확인했어. 무작정 우기려 들지 마."

"정말이에요. 문서를 보여 줄게요."

바이올렛이 힘겹게 몸을 일으키다 비틀거렸다. 윈터가 팔을 잡아 부축했으나 뿌리치고 벽장 안에 들어 있는 금고를 열었다.

안에는 몇 가지 서류가 들어 있었고, 그중 하나가 롱 리우드의 땅 문서였다.

바이올렛이 문서를 내밀었다.

"여기요. 적혀 있는 건 내 이름뿐이에요."

"이거 말고. 나머지 4,500카타샨의 땅."

"그건 왕실 재산이니 제가 문서를 가지고 있지 않아요."

"그럼 누가……."

언성이 높아지던 윈터가 잠시 생각하더니 물었다.

"당신 오빠에게 500카타샨의 땅만 받았어? 처음부터?"

"네."

"5,000카타샨 전부 당신이 팔든 소작료를 받든 해서 드레스니 파티니 준비하는 데 쓰라고 준 거였어."

일그러진 표정으로 내뱉는 말에 바이올렛의 눈이 커졌다. 윈터가 이내 추궁하듯이 물었다.

"어떻게 당신 허락도 없이 당신 사유 재산을 왕실 재산으로 돌려? 말이 안 되잖아."

"……에쉬는 고위 관료들과 폴로를 즐기고, 그 모임에는 왕실 재산을 관리하는 수도 중앙은행의 은행장도 끼어 있어요."

"젠장!"

윈터는 정말이지 미칠 노릇이었다. 바닥부터 기어 올라온 그에게 아내가 설명하는 상류 사회는 종종 너무도 비현실적이라 마치 거짓말처럼 느껴졌다.

윈터가 연달아 거친 욕설을 퍼붓자 바이올렛이 손으로 귀를 감쌌다. 아이에게 제 아버지가 저렇게 입이 험한 사람이란 걸 알려 줄 수 없었다.

그녀의 행동에 제 입을 손으로 틀어막듯 감쌌다가 놓은 윈터가 말을 이었다.

"애초에 당신 같은 공주님이 겨우 그걸로 어떻게 품위 유지를 해? 이상하지도 않아? 고작 그만큼으로 뭘 하란 거냐고 진작 따졌어야 하는 거 아닌가?"

"이상하지 않았어요. 당신이 그만큼 신경 써 준 게 고마웠어요. 그리고…… 이상하게 여겼던들 물어볼 시간이나 있었나요?"

바이올렛이 말하다가 울 것 같아 입을 다물고 두 손으로 가슴 사이를 꼭 눌렀다. 요즘 들어 감정이 쉽게 격해진다. 겨우 감정을 추스른 그녀가 말을 이었다.

"제가 중앙은행에 가서 확인해야겠어요."

"임신 초기에 저렇게 흔들리는 마차를 어떻게 타. 내가 다녀올 테니 집에 있어."

"마차 잠깐 탄다고 큰일 안 나요. 가서 무슨 일인지 알아야겠어요. 내 일이잖아요."

바이올렛이 단호하게 말한 뒤 문으로 향하자 윈터가 몸으로 문을 막아 세웠다.

"기차도 일곱 시간을 타야 하는데 그게 어떻게 잠깐이야. 위험한 짓 하지 마. 금방 확인하고 올게."

문만큼 큰 남자가 막아 버리니 바이올렛은 침실을 나갈 수 없었다. 체념한 바이올렛이 말했다.

"그럼 확실하게 확인해 줘요."

강건해진 그녀의 눈빛에 윈터의 마음에 안도감이 일었다. 그가 두려워하던 것들이, 그녀가 짓던 포기한 듯한 눈빛이 아이를 지키고자 하는 마음에서 넘친 생명력으로 가득 찼다.

윈터는 불륜이든 뭐든 아내가 처음 보이는 삶에 대한 애착을 단단히 움켜쥐길 바랐다. 그러려면 아이가 무사히 태어나 바이올렛의 품에 안겨야 할 것이 분명했다.

❋ ❋ ❋

바이올렛 앞으로 내준 것은 어차피 제 돈이 아니었기에 윈터는 그것이 아깝지 않았다. 다만 그동안 바이올렛이 그가 생각한 것의 10분의 1도 안 되는 돈으로 살아온 것에 충격받을 뿐이었다. 수도로 향하는 윈터의 머릿속이 뒤죽박죽이었다.

기차가 수도에 도착하자마자 윈터는 칼슨이 공연 중인 오페라 극장으로 향했다.

어차피 중앙은행이 에쉬의 편이라면 자신은커녕 심지어 바이올렛이 와도 이런저런 핑계를 대며 땅을 돌려주지 않을 것이다. 다른 상대라면 몰라도, 왕실 해체 후에도 권력을 쥐고 있는 에쉬만큼은 아무리 윈터여도 법적 분쟁에서 반드시 이기리라 자신할 수 없었다.

윈터는 엮여 있는 사람 중 가장 만만한 쪽부터 족치기로 결정했다.

그는 우격다짐으로 오페라 극장의 가수 대기실로 들어섰다. 문을 박차고 들어서자 막 무대를 마치고 나온 칼슨이 무대 화장조차 지우지 않은 채 술을 들이켜고 있었다.

"로우."

윈터가 부르자 칼슨이 몸을 돌려 그를 보았다.

"윈터 경! 언제 봐도 참 무례하시군요."

"롱 리우드. 어떻게 된 거지?"

"아, 그거 이제 아셨구나."

그가 전혀 심각하지 않은 얼굴로 빈정거리자 윈터가 성질을 못 참고 멱살을 움켜쥐었다.

"도대체 네놈이 왜 그 땅의 소작료를 수령해? 내 아내는 전혀 모른다잖아."

취해서인지, 둘만 있어서인지, 아니면 윈터가 너무 무례하다고 느껴졌는지 칼슨은 마치 하인에게 하듯이 말을 낮췄다.

"돈이야 많을수록 좋은 것 아니겠나. 내가 잘 조치를 취해 받아서

썼지.”

“뭐?”

“내가 썼다고. 한 푼도 안 남기고.”

“웃기지 마. 에쉬 그 자식 짓이겠지.”

“아니라니까. 정말 나 혼자 한 일이네.”

칼슨에게서는 술 냄새 말고도 톡 쏘는 듯한 냄새가 났고, 지나치게 겁을 먹지 않았다. 윈터의 목소리가 위협적으로 낮아졌다.

“무대 뒤에서까지 이 짓인 걸 보니 제정신이 아닌 약쟁이로군.”

“그래도 공연은 끝나지 않았나. 나도 팬들에게 예의가 있어서.”

대꾸하며 실실거리던 칼슨의 몸이 붕 떠서 바닥에 내리꽂혔다. 그러나 얼마나 취한 건지 칼슨은 아픔을 잘 느끼지 못하는 듯했다.

그를 본격적으로 추궁하기 위해 윈터가 소매를 걷고 칼슨의 앞에 서서 내려다보며 물었다.

“에쉬 로렌스가 종용했지? 그렇다고 말해. 그렇게 충성을 다해 줄 가치가 없는 놈이니까.”

“정말로 내가 혼자 했다니까. 그렇잖나. 자네만 아니었으면 난 바이올렛과 결혼할 수 있었어. 그러니 자네는 싫고 바이올렛은 미워서 그랬네, 윈터 블루밍. 어차피 3년을 몰랐으면 아내에게 전혀 관심이 없는 거잖아. 사랑하지도 않는 아내의 돈을 내가 쓰든 그 애가 쓰든 차이가 있나? 차라리 로렌스 가문 사람이 아닌 내가 썼다고 믿는 게 낫지.”

칼슨의 능청에 한 번 더 걷어차려던 윈터가 잠시 멈췄다. 그는 아무래도 윈터가 두 사람의 불륜을 의심해 왔다고는 생각하지 못하는 것 같았다.

“그러니까 네놈 말은…… 내 아내와도 합의한 게 아니란 말이군.”

"바이올렛이 왜 그런 짓을…… 아, 설마 불륜을 말하는 건가?"
"그래."
그 와중에도 웃겼는지 칼슨이 폭소했다.
"3년이나 돈 빼돌리는 것도 눈치를 못 채 놓고 이제 와선 불륜을 의심해? 자네 설마 그 얘길 바이올렛에게도 한 건 아니겠지?"
"그게 네놈이랑 무슨 상관이야."
"상관있지. 말했다면 내 기분이 좋잖나."
칼슨이 여전히 남은 웃음을 못 견뎌 하며 말을 이었다.
"바이올렛은 남의 자존심을 건드리지 않으려고 애쓰는 만큼 자기 자존심도 무섭도록 강한 사람이야. 돈 때문에 팔려 가듯 결혼하느니 자살했을 사람이라고, 그 공주님은. 그런데 자기 아버지가 나라 빚을 지게 만들었다는 죄책감 하나 때문에 자존심을 굽히고 허락한 거야. 자네 따위 이방인과의 결혼을."
"그딴 건 나도 알아."
"무슨 소리. 조금도 모르는 게지. 바이올렛을 알면 그녀에게 그런 말을 할 수 있었을 리 없어."
칼슨이 만족스러운 표정으로 말을 이었다.
"자넨 영원히 바이올렛에게 용서받지 못할 거야. 그런 사람이거든. 자네가 나타나기 전까지 내가 미치도록 사랑하고, 사랑받으려고 애썼던 바이올렛은. 절대로 자기 자존심을 박살 낸 자넬 용서해 주지 않을 걸세. 세상이 아무리 그 애를 망쳐 놨어도 사람의 기본은 변하지 않으니까."
칼슨이 앉아 있는 것도 지치는지 바닥에 드러누웠다. 뒤늦게 밀려드는 아픔과 졸음으로 반쯤 감기던 눈을 뜬 그는 윈터의 복잡한 표정을 발견하고 호탕하게 웃었다.

"아, 자네 정말 큰일 났군."

어차피 취해서 대화가 통하지도 않았지만, 칼슨이 맑은 정신이었더라도 윈터는 그를 더 추궁할 여유가 없었다. 윈터가 서둘러 그곳을 나오자 하옐이 다급히 막아 세웠다.

"어디 가십니까? 뒷수습 도와주셔야죠"

"집으로 돌아가야겠어."

"안 돼요! 저렇게 인기 있는 가수를 두들겨 패고 그냥 가시면 어떡합니까?"

"어차피 저 새끼 취해서 기억도 못 해."

"돈이라도 몇 푼 쥐여 주고……."

"3년 동안 내 돈을 빼돌렸는데 무슨 돈을 쥐여 줘? 수습은 알아서 해. 난 갈 테니까."

윈터가 마차를 향해 급히 걸음을 옮겼다.

"자넨 영원히 바이올렛에게 용서받지 못할 거야."

저 미치광이가 한 말에 휘둘려서는 갑자기 불안해 미칠 것 같았다.

만약 아내와 칼슨의 말대로 두 사람 사이에 부정이 있었던 게 아니라면 도대체 어떻게 아내가 아이를 가졌단 말인가.

제가 짐작하지 못한 상대가 있거나, 아니면…….

확실하다고 생각하던 상대가 제거되니 그의 머릿속에 다른 가정이 뒤늦게 고개를 들었다.

아내는 다른 남자를 만난 적이 없을지 모른다.

하옐이 괜히 쓸데없는 소리를 한 통에, 머릿속에 자꾸 기적이라는 말이 맴돌았다.

희망이란 불필요한 것이다. 낙관적인 인간은 실패한다. 그게 윈터의 고집이었다. 그런데 아내의 앞에서는 아무리 버텨도 그 고집들이 결국은 꺾이고 만다.

남부로 향하는 기차에 앉아서도 팔짱을 끼고 손가락으로 연신 팔을 두들기며 초조해했다.

다시 생각해 봐도 아내가 그렇게 적은 돈으로 어떻게 살아온 건지 알 수가 없었다. 왜 진작 말하지 않았냐는 말은 이제 통하지 않으리란 걸 그도 알고 있었다. 그러니 이번엔 지난 3년을 어떻게 살아온 거냐고 물어볼 생각이었다. 이번엔 얼마든지 들어 줄 테니.

빨리 돌아가서 말해 줄 것이 너무나 많았다.

그녀는 이해하지 못하고 싫어하겠지만 오늘만큼은 더더욱 돈 이야기를 해야 했다.

나는 사실 당신이 생각한 것의 열 배만큼 돈을 들이고 있었어. 그러니까 나는 당신이 생각한 것의 열 배만큼 당신에게 애정이 있었던 거지.

나는 원래 애정을 그렇게 계산해. 나에 관하여 꼭 알아야 할 부분이지.

그러니 당신이 그걸 알아야 해. 알아줘야 해.

그 말을, 조금이라도 빨리 아내에게 전해야 했다.

❄ ❄ ❄

윈터가 수도로 떠나고 얼마 지나지 않았을 때, 캐서린 블루밍이 보낸 하녀가 바이올렛에게 작은 상자에 담긴 선물을 가져왔다.

"마님께서 사과의 의미로 보내신 선물입니다."

바이올렛이 상자를 받아 들며 파리한 입술로 인사했다.

"감사하다고 전해 드리게."

"예, 작은 마님."

공작저의 하녀가 떠나자 바이올렛이 힘겨워하며 다시 침대에 앉았다. 허리가 끊어질 듯이 아팠다. 월경통이 유난히 심한 달과 증세가 비슷했다. 경험이 없으니 원래 임신이 이런 것이려니 했다.

선물 상자를 대신 받아 든 젠이 잔소리하듯 말했다.

"그러니까 약 드시라니까요. 임산부가 복용해도 문제가 없는 약이라는데도 안 드시고."

"그렇게 아프지도 않아."

"얼굴이 새하야신데요, 뭐."

젠이 삐죽거리며 상자를 꺼내 열자 그 안에 작은 신발이 있었다. 젠이 안전한 걸 확인하고 바이올렛에게 가져다주자 그녀가 놀란 표정을 지었다.

"어머나, 세상에. 예뻐라……."

혼을 내러 왔던 블루밍 가주 부부가 되레 윈터에게 한 소리 듣고 돌아갔으니 화풀이라도 하는 건가 했다. 그런데 의외로 상자 안에는 말짱한 아기 신발 한 켤레가 들어 있었다. 실크로 만들어진 외관에 안이 폭신한 것으로 채워져 있는 아주 좋은 구두였다. 바이올렛이 상자를 무릎에 두고 감탄했다.

"아기 신발은 정말로 작구나."

"그래도 작은 주인님 닮았으면 우량아일걸요? 작은 마님 닮았으면 모르지만."

"나도 태어날 땐 큰 편이었다더구나."

바이올렛은 대답하면서도 시선을 구두에서 떼지 못했다.

정신을 차리고 둘러보니 저택은 아기를 키우기엔 너무 위험한 것이 많았다. 장식품이 지천이고 물건마다 뾰족한 장식들이 달려 있었다.

임신 사실을 알리고 충격받고 어쩌고 하는 통에 뭐 하나 아이를 위해 준비해 둔 것이 없다는 게 갑자기 미안해졌다.

생각을 마친 바이올렛이 억지로 일어나려 들자 젠이 달려왔다.

"어휴, 왜 일어나세요? 허리 아프시다면서."

"그래도 아이가 태어나면 방 마련은 해 줘야 하지 않겠니. 너무 누워만 있었네."

"이제 겨우 두 달째인데 뭘 벌써부터 챙기려고 그러세요?"

"그래도 일단은…… 시간도 보낼 겸."

허리가 끊어질 듯 아파서 바이올렛이 말을 끊었다가 다시 이었다. 오히려 너무 누워 있어서 아픈 건가 싶었다. 좀 걷는 게 나을지도 모른다.

통증이 조금이나마 가라앉았을 때, 바이올렛이 제 방에서 조금 떨어진 객실로 걸음을 옮겼다.

"나는 이 방이 참 좋더구나. 처음 이 집에 왔을 때부터 여기가 제일 좋았어."

바이올렛이 3년 전 처음 이 저택에 왔던 날을 떠올리며 방을 둘러보자 젠이 말했다.

"작은 마님 방은 너무 작고 외졌잖아요. 지금이라도 여기로 옮기시는 건 어때요?"

"이제 익숙해져서 옮기면 그것도 나름으로 낯설 것 같구나."

바이올렛이 해가 유난히 잘 드는 넓은 방을 천천히 거닐며 말을 이었다.

"남편이 제 아이가 아니라고 우기고는 있지만 키울 마음이 없는 건 아니니까. 방을 내 달라고 하면 내줄 테지."

그럼 매일같이 이 방에서 아이 얼굴을 보며 지낼 것이다. 제가 이 집에서 제일 마음에 든 방을 아이에게 준다면 제가 여기 사는 것보다 행복하리라.

그러자 옆에서 젠이 구시렁거렸다.

"방을 내준다고 하니까 꼭 작은 마님이 손님 같잖아요."

"아…… 남편과 합의를 해서 결정하마."

"네, 그렇게 말씀하시는 게 좋겠어요!"

젠의 대답에 바이올렛이 손으로 입을 가리고 부드럽게 웃었다. 그녀는 이 방에 들어선 후에야 벌이 끝나는 기분이 들었다. 오로지 아이에게만 집중하느라 그간 있었던 일들이 전부 잊혔다.

바이올렛이 즐거운 목소리로 말했다.

"저쪽에 요람을 놓고…… 벽은 알록달록하게……. 아, 무지개 같은 걸 그려 주면 좋을 것 같구나. 너무 유치한 생각인가?"

바이올렛이 진심으로 행복해하며 묻자 젠도 덩달아 들떠서 자기도 이런저런 의견을 내놓았다. 작은 주인님이 이 방 못 쓰게 한다고 쓸데없는 고집을 부리면 작은 마님이랑 같이 시위라도 해야겠다고 생각하고 있을 때였다.

다시 통증이 밀려왔는지 바이올렛이 결국 자리에 주저앉았다.

"자, 작은 마님!"

젠이 달려가 부축하자 바이올렛이 가쁘게 숨을 쉬며 말했다.

“이상하게…… 달거리가 시작된 것 같은 기분이네.”

“예, 예에? 그럴 리가요……. 하, 하혈하시는 거 아니에요?”

“그, 그럼 위험한 건가?”

“자, 잠시만요! 금방 의사 불러올게요!”

젠이 바이올렛을 손님 침대에 눕혀 놓고 정신없이 달려갔다.

잠시 후, 원래 있던 남자 의사인 베릴이 그만둔 뒤 새로 온 출산을 전문으로 하는 여자 의사가 달려왔다.

진료를 하는 내내 바이올렛은 끊임없이 아이가 무사하기만을 기도했다. 아이에게 아무 이상이 없어야 할 텐데. 혹시 내가 멋도 모르고 독한 걸 들이켜서 잘못되는 건 아닌지 후회하느라 아픈 것도 잊혔다.

잠시 후, 진료를 마친 의사가 앓는 소리를 냈다.

“저어, 작은 마님…….”

“별일 없지?”

그러자 의사가 바이올렛의 간절한 시선을 피하며 말을 이었다.

“달거리가 맞습니다.”

“그게…… 무슨 소린가?”

바이올렛이 억지로 상체를 일으키자 의사가 안타까움에 바닥만 바라보며 말을 이었다.

“처음부터 임신이 아니었던 것 같습니다. 가끔씩 그…… 상상으로 임신과 똑같은 증세를 보일 때가 있습니다. 아마 작은 마님께서 임신이 너무 간절하셔서…… 그러신 것 같습니다. 앞서 진찰했던 의사처럼 전공이 아니라 임산부에 대해 잘 모르는 경우에 오진할 확률이 아주 높습니다. 증상이…… 너무 똑같아서요.”

“…….”

의사는 그 이후에도 말을 이었지만 바이올렛은 아무것도 들리지 않았다.

원래도 가진 게 없는 줄 알았는데, 사실은 많았다.

언젠가 윈터를 설득해 아이를 낳을 수 있을 거라는 희망이 있었고, 조금씩 그와의 관계가 나아지고 있다는 생각, 자신에 대한 원망이 언젠가는 해소될 거라는 희망도 있었다.

어릴 때 꾸었던 꿈처럼 소박하고 종종 웃음이 나는 그런 가족을 자신도 얻게 되리라 믿었다.

기적이라 믿었던 것이 신기루처럼 사라지자 죽음의 안식조차 얻지 못하는 현실로, 그녀는 되돌아왔다.

❄❄❄

수도와 남부의 거리가 멀다 보니 아무리 급하게 와도 시간이 걸렸다.

윈터가 집에 도착한 것은 이른 새벽이었다. 그는 도착하자마자 잠든 바이올렛을 깨워서라도 그동안 사들였던 드레스며 보석들을 들이밀 생각이었다. 그거라도 보여야 했다. 그래야 바이올렛이 그가 그녀를 아내로 여기고 있었다는 것을 알아줄 것이다.

아이는 그럼 그냥, 제 아이라고 믿기로 했다. 증거도 없는데 계속 아내를 잡아 댈 수는 없는 노릇이다. 그렇게 생각하니 마음이 편안해지며 묘한 안도감마저 들었다.

제 결정을 빨리 말해 주러 서둘러 저택에 들어선 윈터가 표정을 구겼다. 이렇게 이른 시간에 저택 사람들이 전부 깨어 있었다. 윈터는 극도로 침울한 분위기에 무언가 잘못되었음을 알았다. 불길함에 멈춰

선 그에게로 눈물범벅이 된 플립이 달려왔다.

"오, 오셨습니까."

"무슨 일이야? 분위기가 왜 이래?"

어깨를 들썩이며 훌쩍이던 플립이 가까스로 말했다.

"작은 마님께서 임신이 아니셨답니다."

"뭐?"

윈터가 당장 죽일 듯이 표정을 구기자 플립이 두 손으로 눈물을 닦아 내며 겨우 말을 이었다.

"작은 마님께서 아이가 너무 간절하셔서 증상만 나타났지, 임신이 아니셨답니다. 어제부터 죽은 사람처럼 꼼짝도 안 하십니다……."

"개소리도 정도껏 해야지. 알아듣질 못하겠네."

윈터가 그를 밀치고 서둘러 바이올렛의 침실로 향했다.

바이올렛의 침실에 들어가 보니 아내는 창가 의자에 앉아 밖을 바라보고 있었고, 하녀 몇이 어떻게든 입을 열게 하려고 그들이 아는 모든 좋은 이야기를 꺼내고 있었다.

윈터를 발견한 하녀들이 안절부절못하며 방을 나간 후 침실에는 두 사람만 남았다.

임신이 아니었다니.

윈터가 물끄러미 창밖만 바라보는 바이올렛을 살폈다.

"바이올렛."

바이올렛은 꼼짝도 하지 않았다. 울지도, 서러워하지도 않았다. 그저 멍하니 소란을 등지고 있을 뿐이었다.

그녀가 이런 모습을 보인 적이 없었기 때문에 윈터는 뭘 어떻게 해야 하는지 알 수가 없었다. 일단 허리를 숙이고 의자의 양쪽 팔걸이를 잡은 윈터가 달래는 것과는 거리가 먼 목소리로 말했다.

"어제부터 계속 이러고 있다며."

"……."

"잠이라도 좀 자."

"……."

"바이올렛."

아무리 불러도 대답이 없었다.

윈터는 그녀를 재우려면 우선 눕혀야겠다고 생각하며 바이올렛을 의자에서 일으켰다. 그녀는 별달리 반항을 하지 않았지만 침대에 누운 후에도 창문 쪽으로 모로 누워 가만히 밖을 바라보고 있었다.

그녀의 곁에 말없이 앉아 있던 윈터가 운을 떼었다.

"정 잠이 안 오면 수면제라도 먹어."

윈터가 여전히 바이올렛을 붙잡은 상태로 밖을 향해 소리쳤다.

"수면제 좀 가져와!"

그러자 밖에서 하녀 하나가 살짝 고개를 들이밀며 말했다.

"벼, 벽장 안에 항상 있습니다, 수면제."

"그럼 물이라도 가져와!"

"네, 네!"

하녀가 겁먹어 대답하고 도망쳤다. 윈터가 벽장을 열어 보니 수면제가 있었다.

'항상'이라니. 윈터가 약병을 들고 서서 그녀에게 계속 말을 걸었다.

"무슨 약을 이렇게 노상 먹어? 뭐 몸에 좋다고. 잠이 와서 자야지, 약을 먹고 자면 되겠어? 안 되겠다. 내일부터 내가 데리고 다니면서 산책이라도 시켜야겠어. 좀 걷고 그러면 약 안 먹어도 잠이 올 거야.

기분도 나아질 거고."

무슨 말을 해도 바이올렛은 대답하지 않았다. 그럼에도 윈터는 연신 말을 이었다. 평소 그리 말이 많지도 않은 그가 계속 주절거리다 보니 곧 할 말이 떨어졌다.

곧 하녀가 물병과 잔을 가져오자 윈터가 물었다.

"뭐 좀 먹였어?"

"하루 종일 물도 안 드세요……."

"아, 젠장."

윈터가 물을 채운 잔을 협탁에 두고 침대에 걸터앉았다.

침실 불을 꺼도 이미 해가 뜨고 있는 데다 커튼이 열려 있어 방 안이 밝았다. 윈터가 한 손으로 바이올렛의 머리칼을 쓸어 넘겨주며 말했다.

"물이라도 좀 마셔. 탈수되겠어."

"……."

"좀 자고 바로 수도로 출발하자."

"……."

"수도에 마련한 집 있잖아. 난 꽃을 별로 안 좋아하는데도 그 집은 괜찮더군. 정원이 얼마나 좋은지 몰라. 당신 수도도, 꽃도 좋아하잖아. 가면 좋을 거야. 좋아하게 될 거야."

바이올렛이 살았는지도 확신이 안 설 만큼 꼼짝을 않자 떨리는 숨을 내쉰 윈터가 조금 언성을 높였다.

"차라리 울기라도 해. 최소한 달랠 수나 있게. 아니면 날 때리거나 화를 내. 얼마든지 맞아 줄 테니까."

"……."

그의 말에 한참을 누워 있던 바이올렛이 몸을 일으켰다. 그리고 자신을 바라보는 윈터와 눈을 마주쳤다. 그녀의 입술이 열렸다.

"다른 남자…… 만난 적 없어요."

"……"

전혀 예상 못 한 바이올렛의 말에 윈터는 아무 대답도 하지 못했다. 잠시 후 그녀가 말을 이었다.

"해명할 방법이 없네요. 이제 당신은 화가 나서 나를 만나 주지 않을 텐데, 어쩌나……."

윈터는 지축이 흔들리는 기분이 들어 손바닥으로 이마를 꽉 눌렀다. 머릿속이 다 울렁거리는 기분이었다. 하루를 죽은 사람처럼 꼼짝도 안 하고 애를 태우더니, 겨우 입을 열어 하는 말이 이것이다.

"어디 안 가. 3년 전에도 당신한테 화난 게 아니라 내 상황이 그랬잖아. 지금은 믿어. 다른 남자 만나지 않은 거 알아."

윈터가 말했지만, 바이올렛은 들리는 것 같지 않았다. 그녀가 중얼거렸다.

"당신을 닮은 건강한 아이가 태어날 거라고 생각했어요. 정말로, 그랬으면 좋았을 텐데……."

그녀가 스르륵 다시 침대에 누웠다. 윈터가 해명하듯이 말했다.

"꼬인 거야. 어딘가 잘못된 거라고. 오해할 만했잖아. 상황이……."

상황이 그랬잖아.

윈터는 그 말을 반복하려다 입을 다물었다.

지난 3년 동안에도 똑같은 이유를 대며 아내를 외면했다. 당신 오빠가 내 전 재산을 날렸잖아, 그걸 복구하는 것보다 우선할 일이 뭐가 있어, 당신이 감히 나에게 어떻게 바라는 게 있어, 당신이 어떻게 나를 떠나, 어떻게 내 말을 거절해.

이번에도 마찬가지였다. 상황이 그러니까. 오해할 만했으니까. 그러니까 그런 폭언을 내뱉었다고 그녀에게 말하려던 참이었다. 내 아내가 아니면 아무것도 아니라고. 돈도 없고, 신분도 없는 아무것도 아닌 여자라고. 망할 자존심에 험한 말로 그녀를 붙잡아 끌어내리려 들었던 것도 다 상황 때문이었다고.

그러나 상황 탓으로 돌리기엔 제 감정을 보호하려 그녀의 심장을 할퀴어 낸 상처가 너무 깊었다.

❄ ❈ ❄

그로부터도 긴 시간 넋이 나가 있던 그녀를 깨운 것은 의외로 서서히 차가워지는 겨울바람이었다. 차가운 물을 끼얹어 잠에서 깨는 것처럼, 물리적인 차가움이 뺨에 닿자 정신이 돌아왔다.

첫눈이 내리던 날 이른 새벽, 잠자리에서 일어난 그녀는 금고에 넣어 두었던 편지 한 통을 꺼냈다.

그녀가 칸투스 수도원에서 목숨을 구한 어린 수도사의 부모, 란치아 부부로부터 온 편지였다.

저희 부부의 아들, 레예스의 생명을 구해 주셨다는 소식을 받았습니다. 장남이 몸져누웠는데 차남마저 세상을 떠났다면 저희 부부는 실성하고 말았을 것입니다. 부디 무엇이든 바라십시오. 무엇이든 드리겠습니다.

바이올렛은 편지를 다시 한번 확인한 후, 서랍장에서 블루밍 가문의 문장이 그려진 종이를 꺼내 테이블에 두었다.

그녀는 왕족들만이 사용하는 특유의 화려하고 아름다운 서체로 답장을 적어 내려갔다.

그사이 아침이 밝아 그녀를 깨우러 왔던 하녀 하나가 깜짝 놀라 달려왔다.

"작은 마님, 일어나셨어요?"

"좋은 아침이구나."

오랜만에 듣는 그녀의 다정한 인사에 하녀가 반색하며 물었다.

"이제 기운이 좀 나세요?"

"응, 그만 일어나야지. 미안하지만 이 편지 좀 보내 주겠니?"

"그럼요!"

하녀가 편지를 받아 들고 달려 나갔다.

바이올렛이 찬찬히 제 방을 둘러보았다. 진귀한 물건이 사방에서 번쩍거리고 있었다.

아내를 달랠 방법을 모르는 윈터는 도처에 보이는 사치품이란 사치품은 전부 사들이고 있었다. 손바닥만 한 에메랄드며 사막에서만 핀다는 터무니없이 희귀한 꽃. 마법을 주로 사용하는 대륙에서 건너온, 쓸모라곤 없고 신기하기만 한 마도구와 섬세하게 만든 인형들.

그사이 아내가 기운을 차린 것 같다는 전달을 들은 윈터가 곧장 침실로 달려왔다.

창가 의자에 앉은 바이올렛이 물었다.

"아침부터 무슨 일이에요?"

이전처럼 평온하게 건네는 물음에 윈터가 안심하며 방으로 들어섰다.

침대에 풀썩 앉은 그는 바이올렛이 앉은 의자를 한 손으로 끌어다 가까이 붙였다. 그가 그 상태로 유심히 바이올렛의 얼굴을 살피자 그녀가 물었다.

"식사는 했어요?"

"난 언제나 당신보다 먼저 일어나서 먹어."

그가 핀잔하듯 대꾸하더니 침대 아래 놓인 상자를 집어 들었다. 상자를 열자 진한 크림 형태의 화장품이 있었다.

"입술에 바르는 거지?"

"맞아요."

"몸이 바뀌었을 때 써 봤어."

윈터가 같이 들어 있는 붓으로 슥슥 크림을 훑더니 바이올렛에게 고개를 조금 들라는 듯 먼저 고개를 들어 보였다. 바이올렛이 고개를 들자 윈터가 붓으로 입술에 크림을 바르며 말했다.

"입술에 상처가 났잖아."

"겨울엔 원래 그래요."

"난 안 그래."

"피부가 튼튼하네요."

크림을 바르고 나니 마르고 갈라져 있던 입술에서 윤기가 흘렀다.

바이올렛이 말했다.

"당신도 발라요."

"사내놈 입술이 반짝거리면 재수 없어."

그가 생각만 해도 짜증 난다는 듯이 질색하자 바이올렛이 검지로 제 입술을 쓸더니 크림이 묻은 손으로 윈터의 입술을 문질러 놓곤 손을 떼며 말했다.

"전혀 이상하지 않아요."

그녀다운 말과 그녀답지 않은 행동이었다.

윈터가 쯧 혀를 찼다. 저 예쁜 건 알아 가지고. 두 달 내내 제 속을 완전히 망가뜨리더니, 아주 간단한 방법으로 그를 치유한다.

윈터가 무심코 제 입술을 만지작거리며 말했다.

"그만 누워 있고 일어나. 더 추워지기 전에 수도로 가자."

"짐이 너무 많아져서요. 챙기려면 오래 걸리겠어요."

"필요 없는 것들은 그냥 버려."

바이올렛 이상으로, 윈터도 한동안 제정신이 아니었다.

바이올렛의 방은 그녀가 슬픔에 빠져 있는 사이 더 채울 수 없을 정도로 많은 물건으로 가득 찼고, 아직 뜯어 보지도 않은 물건들이 방 밖에도 수북했다. 아무리 사들여도 그의 재력에 큰 변동은 없었지만, 그렇다고 그의 사치에 문제가 없는 것은 아니었다.

물건을 사들이며 윈터는 확신하고 있었다. 이렇게 많은 애정을 보이면 그녀는 곧 괜찮아질 것이다. 결국 웃어 버릴 것이고, 결국 행복해할 것이다. 그에게는 여전히 그런 단단한 믿음이 있었다.

그가 다른 상자를 열어 그 안에 든 바이올렛의 허리까지 오는 크기의 마리오네트를 꺼냈다.

"특히 이런 것들. 이건 내가 도대체 무슨 생각으로 사들인 건지 모르겠군."

"이런 인형은 인형극에서만 쓰는 줄 알았어요."

"인형극에서만 쓰지."

윈터가 정장 차림의 신사 인형 하나를 꺼내 양손으로 능숙하게 인형이 모자를 벗고 인사를 하게 움직였다.

"참 얼굴 뵙기 어렵습니다, 부인?"

그의 능청에 바이올렛이 신기하다는 듯이 물었다.

"왜 이렇게 잘해요?"

"난 원래 다 잘해."

그의 뻔뻔함에 바이올렛이 모처럼 조금 웃었다. 그러더니 상체를 숙여 인형의 손을 잡고 악수를 했다.

"오랜만이네요, 신사분."

그녀가 인사를 받아 줘서인지, 아니면 웃어서인지. 대번에 풀어진 윈터의 입꼬리가 씰룩거렸다.

그가 풀썩 뒤로 드러누워 버리며 말했다.

"아, 될 수 있는 한 빨리 수도로 가자."

"그럴게요."

그녀의 대답에 한동안 수천 개의 바늘이 꽂혀 있는 것만 같던 윈터의 가슴이 편안해졌다.

"당신은 틀림없이 그 집을 좋아하게 될 거야."

잠시 눈을 감은 그가 순진함마저 느껴지는 목소리로 중얼거렸다. 지금까지 제가 선택한 많은 것이 틀렸지만 이번만큼은 확신했다.

수도에 가면 그녀는 분명 행복해질 것이다.

아내가 행복해진다면 그제야, 저도 행복해지리라.

❄ ❄ ❄

바이올렛의 주치의였던 베릴은 편지 한 장을 들고 라크라운드 수도 항구의 우체국으로 들어섰다.

바이올렛에게 보내는 편지였다. 편지에는 그가 그녀에게 조제해 준 약에 블루밍 공작 부부가 준, 임신과 같은 증상을 유발하는 약이 섞여 있었다는 고백이 적혀 있었다.

"배편으로 보내 주시오."

베릴의 말에 우체국 직원이 의아한 표정을 지었다. 라크라운드는 전신 연락망이 워낙 잘 되어 있어 어디든 연락이 수월했다. 보통 배편에 보내는 것은 다른 대륙으로 보낼 물건들이었는데, 전신으로도 보낼 수 있는 편지 한 장을 달랑 내미니 미심쩍을 수밖에 없었다.

"이거 한 장 보내신다고요?"

"그렇소."

"이거 한 장이면 전신 연락으로……. 애초에 어디로 보내시는 겁니까?"

"라크라운드 남부로 부탁하오."

"네, 네에? 라크라운드로 배가 다시 돌아오려면 1년이 걸립니다. 500라운드면 한 시간 만에 보낼 연락을 그 200배를 내고 1년을 걸려 보내다니요?"

"이유가 있소."

베릴이 떨리는 목소리로 대답했다.

아이에게 해가 될 거라면서 바이올렛은 더 이상 임신과 같은 증상을 유발하는 약을 먹지 않았다. 그러니 지금쯤이면 임신이 아니라는 사실이 밝혀졌을 것이다.

입을 다물고 살려고 했다. 애초에 그런 짓을 하지 말았어야지, 저질러 놓고 이제 와서 왜 이러나 했다. 그래도 자식이 있다는 그의 말에 아이 이름이며 나이며 기억해 두고, 좋아할 만한 간식거리가 생기면 챙겨 두었다가 건네주던 작은 마님을 영원히 속일 수는 없을 터였다.

베릴은 염치없는 스스로를 부끄러워하며 가족과 함께 라크라운드를 떠나는 기차를 탔다.

❋ ❋ ❋

저택이 한동안 소란스러웠다. 올해 들어 윈터가 사다 놓은 게 너무 많아서 바이올렛의 짐만 해도 짐마차 세 대가 필요했다.

저택의 모든 하인을 동원해 마차에 짐을 전부 싣고 나니, 마부가 모자를 벗고 인사했다.

"그럼 수도의 귀댁까지 안전하게 운반하겠습니다."

"잘 부탁하네."

바이올렛이 미소를 지으며 인사했다. 짐이 잘 실려 있나 확인한 젠이 어쩐지 떨떠름한 얼굴을 한 채 그녀의 곁으로 돌아왔다.

잠시 후 마차가 출발하자 젠이 작은 목소리로 말했다.

"마차 안에…… 귀족 가문 문장이 있었어요."

"젠은 정말 관찰력이 좋구나."

"저거 사설 마차 아니죠, 작은 마님?"

젠이 따지듯이 묻자 바이올렛이 고개를 끄덕이며 대답했다.

"비밀로 해 주렴."

"작은 마님 소지품은 전부 저기 들어 있단 말입니다! 도대체 어디로 보내시는 거예요!"

"대륙 서쪽, 란치아 가문으로. 내 물건들을 전부 좋은 값에 사 주기로 했단다. 해상 무역을 하는 가문이니 물건 처분은 어렵지 않을 테지. 그리고 수도 저택에는 빈 짐 상자만 가져다 놔 주기로 했어."

"그래서…… 우리가 도착하기 전까지 수도의 짐을 풀지 말라고 하셨군요?"

젠은 이제야 이유를 알았다는 듯이 말하고, 울음 섞인 한숨을 내쉬었다. 바이올렛은 후련한 얼굴로 말을 이었다.

"죽지 못한다면 살아야지. 살려면 움직여야지. 나는 살기 위해 이곳을 떠나기로 했단다. 남편에겐 미안한 일만 많았으니, 지금이라도 그이가 가장 좋아하는 것을 돌려주려고 해."

"돈이요?"

"그래. 남편은 나와의 결혼을 흑자로 돌릴 자신이 있어서 결혼을 유지하고 있다더구나. 내 발로 사라져 주면 그런 가망 없는 계획은 포기하겠지."

바이올렛은 여전히, 자신이 기적적으로 윈터와의 아이를 가지게 될지 모른다고 믿었다.

그러나 그렇게 된다면 그녀는 또다시 남편에게 그녀가 부정을 저지르지 않았음을 증명해야 할 것이다. 이제 그러고 싶지 않았고, 그럴 여력도 남지 않았다.

그리고 돈으로 얽힌 악연인 그녀가 떠나야만 남편도 그가 진심으로 사랑할 연인을 찾을 기회를 얻으리라.

"진짜 작은 마님께 그런 말씀을 하셨단 말이에요?"

젠이 언제 울상이었냐는 듯이 당장에라도 찾아가 따질 것 같은 표정을 지었다. 바이올렛이 웃으며 말을 이었다.

"남편을 떠나는 대신, 일생 아끼며, 버는 돈을 전부 그이에게 보내려고. 내가 주고 싶었던 만큼 큰돈은 아니겠지만 그래도. 그 작은 것들이 내가 남편에게 줄 수 있는 유일한 행복일 테지."

그녀는 최근까지도 남편과 행복한 가정을 이루고 싶다 꿈꾸었다. 그녀에게 현재에도 과거에도 밉고, 동시에 가엽고, 그래서 가장 애틋한 이는 윈터 블루밍이었다.

그래서 그가 행복해지길 바랐다.

그가 행복해지면, 저도 행복해질 것 같았다.

❄ ❄ ❄

수도에는 비가 내리고 있었다. 길은 흙탕물로 엉망진창이었는데, 밤이 깊어지면 길이 얼어붙어 마차가 다니기 어려워질 듯했다.

윈터는 하엘을 대동하고 대저택의 포치에 서 있었다. 이곳은 윈터 부부가 새로 이사할 곳으로, 입구부터 화려한 조각으로 장식되어 있었고, 큰돈을 들인 전등이 저택 곳곳에 달려 있었다.

전등은 켜는 가격이 어마어마했기 때문에 어지간히 산다 하는 귀족들도 응접실이나 서재 정도에나 보여 주기용으로 달 수 있었다. 이렇게 포치에까지 전등을 달 정도의 부를 가진 사람은 대륙 전체에서도 손에 꼽았다.

비바람에 불안정하게 깜빡거리는 포치의 전등에는 북부의 장인들이 만든 예술적인 유리 갓이 덮여 있었다. 아래 서 있는 사람마저 불안정해 보이게 만드는 불빛이었다.

윈터가 질척거리는 땅을 바라보며 혀를 찼다.

"아내가 오는 첫날부터 진창이겠군."

하엘은 비가 날아들어 앞이 잘 보이지 않게 된 동그란 안경을 벗어

주머니에 꽂다가 울컥 화가 났는지 쌓아 두었던 잔소리를 시작했다.

"내일 아침에 어떻게 조치를 취할 테니까요, 대표님은 일 좀 하세요."

"바빠."

바이올렛이 입을 다문 두 달 내내 이런 식이었다. 언제나 윈터가 큼직한 결정을 내리는 것을 바탕으로 살을 붙여 가던 회사는 갑자기 혼란에 빠졌다. 하엘이 우는소리를 했다.

"여기서 그러고 계시면서 바쁘다니요? 대표님이 세상에서 제일 좋아하는 게 돈 되는 서류 읽기 아닙니까. 그 서류가 지금 집무실에 산더미처럼 쌓였습니다. 업무가 완전히 마비됐다고요!"

"인재가 없군."

"신분 고하를 막론하고 인재만 있으면 대표님께 납치당해서 영혼과 뼈가 갈려 만들어진 게 우리 회사입니다."

"제 발로 왔는데 왜 납치야."

"이렇게까지 일을 시킬 줄 알았으면 안 왔죠."

"그럼 나가."

"이렇게까지 돈을 주실 줄 몰랐죠. 씀씀이가 커져서 다른 회사 못 갑니다."

하엘의 억울한 목소리에 윈터가 픽 웃었다.

아내가 이 말을 들었어야 했다. 그녀는 아직 돈이 가진 아찔한 맛을 모른다. 저 문을 통과하게 되면, 그가 서 있는 이 거대한 저택을 보게 되면 알 것이다. 돈으로 얼마나 많은 일을 할 수 있는지.

윈터가 회사의 로고가 수놓인 우산을 펼치며 말했다.

"테스트 한 번 더 하지."

"이번에 정말 마지막입니다? 테스트 한 번 할 때마다 웬만한 수도 사람 월급이 빠져나간단 말입니다."

"어."

윈터가 진흙탕이 뒤덮인 디딤돌 위를 걸어 저택에서 멀어졌다.

잠시 후 하옐이 작은 나무 문 안에 손을 넣어 손잡이를 돌리기 시작했다. 이내 어둡던 건물 전체가 깜빡거렸다.

잠시 후 건물 사방에 달린 전등에 전부 불이 들어왔다. 수도 외곽 대저택의 불빛은 아주 먼 곳에서도 보일 정도로 강렬하며, 유일했다.

저택뿐이 아니었다. 조금 떨어진 곳에는 무도회장으로 쓸 단층 건물이 있었는데, 그곳에도 환한 조명이 가득했다. 사교계 모든 명사가 그곳에 초대받기를 원할 것이고, 바이올렛은 아무 노력 없이도 사교계를 손바닥 위에 올려놓을 수 있게 될 것이다.

윈터는 다시 포치로 돌아와 의자에 털썩 앉았다. 하옐이 그와 같은 방향인 밖을 보고 서서 넌지시 물었다.

"작은 마님께서는 내일 오후에나 오실 텐데 여기서 뭐 하세요?"

"아내 기다려."

"……그러니까, 지금으로부터 열다섯 시간 뒤에 도착하시거든요?"

바쁘다고 해 놓고 열다섯 시간 뒤에 올 사람을 기다리고 있으니 일정을 관리해야 하는 비서로서는 미치고 팔짝 뛸 지경이었다.

하옐이 괴로워하거나 말거나, 윈터는 팔걸이에 두 손을 얹고 먼 곳을 바라보았다. 불안정한 상태의 아내가 걱정스러워, 욕심으로는 종일 곁을 지키고 싶었다.

그러나 임신 소동 이후 바이올렛은 남편을 껄끄러워했고, 그가 근처에 있으면 시종일관 불안한 표정을 지어 떨어져 지낼 수밖에 없었다.

바이올렛의 방은 정원이 한눈에 보이는 2층 동쪽 끝 방으로 정했다. 발코니에서 바로 나갈 수 있게 옥외 계단도 설치했다. 지금은 겨울이라 아무것도 없지만 봄이면 아내가 좋아하는 꽃으로 가득할 것이다. 그때가 되면 저택에 들어오는 벌레를 퇴치하는 일에 열을 올려야 할 테지.

윈터는 정원을 보며 기뻐하는 아내를 상상해 보려 했다. 그러나 이상하게도 선명한 상상이 떠오르지 않았다. 계속 이곳이 겨울일 것만 같은 불안감이 엄습했다. 내내 그랬다.

견디다 못한 윈터가 자리에서 일어나자 하옐이 물었다.

"들어가시게요?"

"밤새 길이 얼면 내일 마차가 못 다닐지도 모르잖아. 기차역에 가 있는 게 낫겠어."

그가 말을 마친 뒤 우산을 쓴 채 어둠 속으로 멀어졌다. 하옐은 체념한 듯 한숨만 푹 쉬었다.

❄ ❄ ❄

바이올렛은 윈터에게 말한 것보다 하루 일찍 수도에 도착해 있었다.

오늘 오전, 그녀는 수도 중앙은행에서 란치아 가문이 보낸 어마어마한 거금을 확인하고 입이 절로 벌어졌다.

"……세상에."

윈터가 사들인 막대한 양의 선물 더미를 팔자 바이올렛이 예상한 것의 열 배 넘는 돈이 나왔다.

란치아 가문은 대륙 서쪽에 자리하고 있어 동쪽 라크라운드에는 이렇다 할 인맥이 없었다. 그러니 좋은 물건 고르는 것이 취미이자 재능인 윈터가 사들인 물건 중에는 란치아가 돈을 싸 들고 가도 살 수 없는 것들이 있었다. 바이올렛과의 거래는 아들을 구해 준 대가이기도 하지만, 란치아 가문에게도 이득이 되는 장사였다.

흥정도, 수수료도 없이 호의 가득한 거상에게 물건을 비싸게 팔아치웠으니 그것만으로도 크게 남는 장사였다.

이 정도 금액이면 남편도 충분히 만족하리라, 바이올렛은 생각했다.

그 다음으로 할 일은 왕실 재산으로 넘어가 있는 롱 리우드 땅을 되찾는 일이었다.

바이올렛이 은행장실에 들어서자 먼저 와 의자에 앉아 있던 에쉬가 고개도 돌리지 않고 혀를 찼다.

은행장 비서가 의자를 당겨 주자 바이올렛도 자리에 앉았다.

중요한 손님이었기에 비서가 있음에도 은행장이 직접 쟁반에 차 두 잔을 가져왔다. 은행장이 잔을 내려놓는 사이, 바이올렛이 입을 열었다.

"미리 연락한 대로입니다, 은행장. 왕실 재산으로 되어 있던 롱 리우드 땅을 다시 내 사유 재산으로 돌리고 싶어요."

"바로 확인을 하고 있습니다만, 부인. 조금 시간이 걸릴 것 같습니다."

"원래부터 내 땅인 것을 되찾는데 왜 시간이 걸린다는 겁니까? 은행장께서 에쉬와 공모해 멋대로 돌려놓은 것 아닙니까?"

바이올렛이 서늘히 말했으나 에쉬 로렌스를 배경으로 둔 은행장은 여전히 두려움이 없어 보였다.

"한번 왕실 재산이 된 것을 사유 재산으로 바꾸시면 국민들의 반발이 만만치 않을 겁니다."

지난 3년간 왕실 재산이 차기 왕이 되었어야 할 에쉬의 사유 재산처럼 사용됐지만, 그럼에도 국민들은 왕실 재산을 왕실 전체의 품위 유지비로 생각했다. 또한 왕실의 품위 유지를 국격과 동일시했다. 왕실이 해체된 지금도 내심 기대하는 바가 있었다.

그런 왕실 재산을 사유 재산으로 옮긴다는 것은 언론 플레이에 따라서 개인 욕심을 채우려 드는 것으로 보일 것이 분명했다. 그리고 지금 은행장은 그가 에쉬의 편을 들겠다는 말을 에둘러 하는 중이었다.

"혼전 계약서에는 그 땅을 내가 받은 것으로 되어 있을 것 아닙니까? 공개하세요, 당장."

바이올렛의 명령에 에쉬가 대신 대꾸했다.

"혼전 계약서의 비밀을 유지하지 않으면 너희 결혼은 무효야."

"비밀 유지?"

"경께서 어지간히 이혼하기 싫으신 게지. 결혼이 무효화되는 게 싫어서 혼전 계약서를 공개하지 않은 거다. 그러니 남편이 그쯤 애정을 보이면 닥치고 살아. 로렌스 가문에서 어떻게 너처럼 염치없는 게 태어났는지 모르겠구나."

바이올렛의 미간에 주름이 잡혔다. 안 그래도 윈터가 왜 그 땅에 바로 조치를 취하지 않는 건지 궁금했었다. 비밀 유지 조항 때문이었음을 알고 나니 에쉬에 대한 분노가 참을 수 없는 지경에 이르렀다.

한번 윈터의 재산을 이용한 것도 모자라서 여전히 결혼을 빌미로 빌붙고 있다는 것이, 로렌스 가문의 사람으로서 용서가 되지 않았다. 로렌스 가문 사람들은 언제나 모든 것을 잃어도 고고할 것을 교육받아 왔다. 적군에게 목이 베이는 순간에도 두 눈을 부릅뜨고 있었다던

조상의 이야기를 들으며 자랐다.

그녀는 그동안 어머니가 말했던 것과 달리 저에게 문제가 있는 것이 아니라, 에쉬 로렌스가 가문의 수치임을 깨달았다.

남편과 달리 침착한 성격의 바이올렛이 찬찬히 해결 방법을 생각하곤 입을 열었다.

"지참금으로 하지."

"뭐?"

"내가 결혼할 때 로렌스 가문은 남편에게서 받기만 했잖아. 그러니 지참금 명목으로 나에게 땅을 돌려줘."

"뭐? 결혼한 지 3년이 지났는데 이제 와서 무슨 지참금 타령이야?"

"3년 전에 못 받았으니 지금 이야기하는 거지. 로렌스 가문의 여자들이 지참금을 받는 건 가문의 법이야. 소송을 걸면 내가 얼마든지 이길 수 있지."

"바이올렛!"

"소송까지 가서 기껏 만든 좋은 이미지 망치지 말고 우리 둘 다 보기 좋게 끝내자."

에쉬가 분에 차서 죽일 듯이 바이올렛을 노려보았다. 겁을 줄 심산이었으나 마주 보는 바이올렛의 눈빛은 잿빛으로 느껴질 정도로 무심했고, 조금의 염려도 드러나지 않았다.

지난 3년 내내 풀 죽어 있어 에쉬조차도 그게 바이올렛의 원래 성격이었다고 생각해 차치해 버렸다. 그러나 돌이켜 보면 바이올렛은 본래부터 유약한 사람이 결코 아니었다.

에쉬는 기가 찼지만 대답할 말이 바로 떠오르질 않았다. 처음엔 사실, 돈을 빼돌린 것이 밝혀지면 곧장 돌려주고 넘어갈 생각이었다. 그러나 그것이 3년이나 지속되자 이제는 제 것을 뺏기는 기분이 들었다.

"천한 놈과 살더니 너도 똑같아졌군."

에쉬가 내뱉듯 말했다. 속이 뒤집어질 정도로 쓰렸으나, 여기서 포기해야 했다. 바이올렛이 지참금을 명목으로 소송을 걸면 결국 에쉬가 질 것이고, 그 소송으로 그의 이미지까지 나빠질 것이 뻔했다.

바이올렛은 아무것도 없이 자존심만 센 에쉬를 너무 뒤집어 놨다고 생각했는지 다소 부드러워진 목소리로 말했다.

"대신 지금까지 가져간 돈은 안 돌려줘도 돼."

"그건 칼슨 놈이 쓴 거라니까."

"알았어. 그런 줄 알고 있을게. 땅만 돌려줘."

에쉬는 롱 리우드 땅이 아까워 미칠 지경이었으나 바이올렛의 말대로 서로 보기 좋을 때 넘기는 게 나았다. 윈터가 언제 무슨 짓을 해서 뒤통수를 때릴지 모르는 걸 조마조마하게 견디는 것도 힘들었다.

그래 봤자 어머니는 언제나 제 편이니, 어머니가 바이올렛의 재산인 땅을 팔아 오빠를 도와주자고 졸라 대면 바이올렛도 못 견디고 땅을 그의 손으로 넘겨줄 것이었다.

바이올렛은 여느 딸들처럼, 어머니가 오빠를 편애하는 걸 알면서도 어머니를 미워하지 못했다.

결국 에쉬는 그 자리에서 지참금 명목으로 바이올렛에게 땅문서를 돌려주었다. 서류가 다 마무리되고 나서야 긴장이 풀린 바이올렛이 입매를 살며시 끌어 올렸다.

생각보다 강하게 나오는 바이올렛 덕에 본인이 이 싸움에서 피해를 볼까 봐 초조하게 있던 은행장 역시 무사히 끝난 것을 알고 안도했다.

은행장은 아주 어릴 때부터 바이올렛을 봐 왔다. 바이올렛이 태어나서 처음으로 은행에 자기 금고를 만들던 날의 기사 사진 한편에도 그의 모습이 있었다.

바이올렛은 유약한 성격이 아니었으나 단추 하나 잠그는 것도 어려워할 정도로 생활 감각이 없었다. 왕녀로서 배우지 않은 재주들이었다. 그러나 지금의 바이올렛은 은행장이 알던 그 여린 공주님이 아니었다.

은행장이 아까에 비해 비굴하게 느껴지는 목소리로 바이올렛에게 물었다.

"그럼 이걸로 두 분 사이의 문제는 해결되신 겁니까?"

"그런 것 같군요."

남은 땅문서를 전부 손에 넣은 바이올렛이 오만하게 에쉬를 내려다보며 말했다.

"3년 전으로 돌아간다면 내가 이런 수모를 겪을 걸 알았더라도, 나는 왕실을 해체하는 오빠의 생각에 동의하겠어."

"뭐?"

"내 남편에게 천하다고 했지? 사람에게 천하다고 말하면 안 돼. 나와 같은 교육을 받았을 텐데 왜 모르는 거지?"

"……."

"그런 사람이 왕이 될 뻔했다니. 라크라운드의 명운이 끊길 뻔했군."

표정이 굳은 에쉬는 뭐라 대꾸를 하려 했지만 입이 제대로 열리지 않았다. 우아한 자세로 자신을 내려다보는 그녀에게 설핏 압도감을 느꼈다.

바이올렛은 고개를 조용히 움직여 은행장을 보았다.

"나와 은행장 사이의 문제 역시 남았습니다."

"예, 예? 무, 문제요?"

그냥 넘어갈 거라 생각해 안심하던 은행장이 더듬거리며 대답했다. 잃을 것이 없어 두려움도 없는 바이올렛의 눈빛이 은행장을 주시했다.

"두 사람이 공모해 내 재산에 손을 댄 것은 변함없는 사실 아닙니까? 그러니 만약 내가 은행장에게 크게 손해를 입힐 날이 온다면 나는 언제든 주저하지 않을 겁니다."

바이올렛의 담담한 말에 은행장의 얼굴이 하얗게 질렸다. 그녀의 힘은 미약할 것이고, 그녀가 말한 날은 오지 않으리라 생각했다. 그럼에도 알 수 없는 두려움이 그를 덮쳤다.

❅❅❅

바이올렛은 부부의 명의로 금고 하나를 빌린 후 롱 리우드 5,000카타샨의 땅문서와 란치아가로부터 받은 돈을 넣었다.

계획한 것을 끝내고 나니 겨울의 짧은 해가 넘어간 뒤였다. 기선을 제압하려 강한 척하느라 있는 기운을 다 끌어다 써 당장에라도 쓰러질 것 같았다.

먼저 저택으로 가 있으라고 했는데도 굳이 배웅을 나선 젠이 곁에 있어서 다행이었다. 젠이 휘청거리는 바이올렛을 부축해 주며 물었다.

"그럼 어디로 가시는 거예요, 작은 마님?"

"서쪽 끝 항구로 가서 기다리면 도스 공국에서 빌려준 배가 올 거야. 그걸 타려고."

"와, 작은 마님쯤 되시니까 도망치는 데 란치아 가문에 도스 가문까지 돕는군요?"

"윈터 블루밍에게서 도망치려면 그 정도 도움은 필요할 것 같아."

"그건 그래요."

바이올렛은 결국은 자신이 남편을 그리워하게 될 것을 알았다.

지금이야 윈터가 임신에 관해 숨긴 일과 폭언으로 미운 마음이 단단히 뭉쳐져 있지만, 시간이 지나면 그마저도 애증으로 남으리라. 다행인 것은 지난 3년의 결혼 생활 동안에도 남편이 곁에 없었던 것은 마찬가지란 사실이었다. 그가 없는 삶에 금방 적응할 수 있을 테니까.

기차역까지 배웅을 한 젠이 몇 번이고 성화했다.

"전보 자주 보내 주셔야 해요?"

"응, 그럴게."

바이올렛이 젠을 꼭 끌어안자 젠 역시 그녀를 마주 안았다.

인사를 마치고 젠이 먼저 역을 떠났다. 이제야 온전히 혼자 남은 바이올렛은 수도에 도착할 때 미리 사 둔 2등석 기차표를 손에 쥐고 플랫폼을 찾아 두리번거렸다.

"길이 복잡하네."

서쪽으로 가는 기차를 어디서 타는지 몰라 열심히 표지판을 살피며 걷고 있을 때였다. 내내 표지판만 보던 그녀의 몸이 누군가와 가볍게 충돌했다.

"어머, 미안해요."

바이올렛이 서둘러 사과하는데 그녀의 팔이 붙잡혔다. 그녀가 팔을 빼려다가, 그에게서 느껴지는 익숙한 향수와 담배 냄새에 동작을 멈췄다.

"……윈터?"

바이올렛이 고개를 들며 떨리는 목소리를 내자, 윈터가 허리를 숙이며 물었다.

"어디 가?"

그가 묻는 동시에 아내의 손에서 기차표를 빼앗았다. 서쪽으로 향하는 기차표를 확인한 윈터가 물었다.

"여긴 왜?"

"왜 여기 있어요?"

윈터는 저택에서 기다리고 있을 예정이었다. 그가 여기 있을 이유가 없으니 바이올렛은 당혹감에 머릿속이 하얘지는 듯했다. 윈터가 표정이 지워진 얼굴로 대꾸했다.

"당신 기다려."

"우린…… 내일 만나기로 했잖아요."

"내일 아침에 길이 얼면 오가기 힘들까 봐."

그가 아무렇지도 않게 기차표를 찢어 주머니에 넣었다. 그리고 제 시선을 피하는 바이올렛을 물끄러미 바라보았다.

"이제 당신이 대답해. 어디 가?"

"……."

"서쪽은 왜? 누가 기다리나?"

약속 전날부터 나와서 기다리는 사람이 있을 줄 누가 예상할 수 있었을까. 바이올렛은 윈터가 내면부터 비틀려 자신만큼이나, 혹은 자신 이상으로 제정신이 아님을 간과하고 있었다.

그녀가 대답을 못 하니 팔목을 붙잡은 윈터의 손에 힘이 들어갔다.

"대답해, 바이올렛 블루밍."

그의 사나운 목소리에 바이올렛의 몸이 흠칫 떨렸다. 윈터의 목소리는 불탄 뒤 남은 재처럼 매캐하고 허망했다. 바이올렛이 떨리는 목소리로 대답했다.

"충동적으로 끊었어요."

"충동적? 충동적으로 대륙 끝을 가?"

"네. 정말 충동이었어요."

바이올렛이 자그마한 제 클러치를 들어 보였다.

"봐요. 이거 하나 들고 가 봐야 뭘 얼마나 갔겠어요? 정말 충동적으로."

확실히, 꽃 자수가 새겨진 클러치 하나 들고 도망을 치는 사람은 없을 테니까.

그녀의 가녀린 팔목을 비틀어 버릴 것같이 굴던 윈터의 얼굴에 아주 조금 긴장이 가셨다.

"왜 그딴 충동이 생겨?"

"아직 좀…… 우울해서요."

"큰일 날 짓 좀 하지 마. 놀랐잖아."

이제야 좀 사람 같아진 윈터가 바이올렛의 하얀 손을 당겨 깍지 껴 제 코트 주머니에 넣었다.

"날도 추운데 옷 꼴은 그게 뭐야. 얼어 죽으려고 작정했어?"

"그러는 당신은 이 추운 역에서 밤을 새울 생각이었어요?"

"그래서 따듯하게 입었잖아."

값비싼 검은색 롱 코트는 주머니 속 원단까지 보드랍고 따듯했다. 윈터가 성큼 걸음을 옮겼다.

"들어가자. 늦었어."

"그래요."

바이올렛은 별다른 반항 없이 남편을 따라 걸었다.

충동적이었다는 바이올렛을 믿은 것 같긴 하지만, 윈터는 여전히 적군에 둘러싸인 사람처럼 모든 감각을 곤두세우고 있었다.

기차역을 나와 보니 내리던 비가 눈으로 바뀌며 길이 얼기 시작했다. 마차로 수도 외곽의 저택까지 가는 것은 불가능했다. 결국 두 사람은 걸어서 가까운 윈터의 호텔로 향했다. 바이올렛이 자신을 납치하듯 끌고 가는 윈터의 어깨를 바라보며 물었다.

"왜 이렇게 화가 났어요? 머리 좀 식히려고 그랬다는데도."

"나에게 말도 없이, 충동적으로 서쪽 끝을 가서 머리를 식히겠다고?"

바이올렛은 윈터를 만난 후 처음으로 그가 자신에게 힘으로 무언가를 강제할지 모른다는 두려움을 느꼈다. 그의 눈빛이 그랬고, 목소리가 그랬다. 억지로 눌러 놓은 것처럼 분노가 터져 나오려 그를 흔들고 있었다.

"사람 미치게 만들려고 작정을 했군."

윈터가 낮은 목소리로 위협하듯 말했다. 그의 목소리며 눈빛이 전부, 인간성을 거치지 않은 날것이었다.

바이올렛은 그런 그에게 두려움을 느끼면서도, 아무렇지 않은 척 남편을 달랬다.

"내일 당신을 만나기 전까지 돌아갈 생각이었어요. 나처럼 할 줄 아는 것도 없는 사람이 어딜 얼마나 갔겠어요?"

그녀의 상냥한 목소리에 윈터가 그제야 걸음을 멈추고 불유쾌한 눈으로 바이올렛을 보았다. 그녀가 다정한 얼굴로 말을 이었다.

"아마 다음 역에서 내렸을 거예요. 멀리 가는 건 생각만 해도 무서워요."

"……."

"정말이에요. 한 번도 그래 본 적 없는걸요."

바이올렛은 속이 타서 생전 안 하던 투정 섞인 목소리까지 내보였다.

윈터는 진심으로 밤을 새워서 바이올렛을 기다릴 생각이었던 모양이다. 마중을 위해 말끔한 정장을 입었고, 이 안 좋은 날씨를 비웃듯이 유명한 디자이너의 구두, 그리고 집 한 채 가격일 외투를 입고 머리까지 다듬은 상태였다.

아내가 이렇게까지 말하니 슬슬 화가 풀리는지 윈터가 그제야 섭섭함을 드러내며 투덜거렸다.

"말없이 사라지지 마."

"아무리 늦어도 약속 시간 전에는 돌아왔을 거예요. 세상에 약속 시간보다 하루를 일찍 나오는 사람이 어디 있어요?"

"딱히 할 일이 없었어."

조금씩 대답도 해 주는 걸 보니 기분이 풀린 모양이다.

두 사람은 눈길을 걸어 곧 호텔에 들어섰다. 예정에 없던 대표 부부의 등장에 호텔의 모든 직원들이 달려 나와 인사했다.

두 사람은 언제나 윈터가 사용하는 방으로 들어섰다. 바이올렛은 윈터가 눈치채지 못하게 작게 한숨을 쉬었다. 모든 것이 계획대로 진행된다고 생각했는데, 윈터의 예상하지 못한 행동 때문에 변수가 생겼다.

다행히 들킬 때를 대비해서 윈터에게 먹여 재울 수면제를 가져오긴 했지만, 공연히 남편에게 약을 먹이고 싶지는 않았다.

아무튼 밖이 추웠던지라 바이올렛은 벽난로 앞에 앉아 몸을 녹였다. 그리고 다음 행동을 생각하는 사이, 직원 하나가 객실로 식사가 담긴 트롤리를 끌고 들어왔다. 바이올렛이 가지고 나온 클러치보다도 크고 질 좋은 스테이크였다.

"이걸 어떻게 다 먹어요?"

바이올렛이 놀라서 묻자 윈터가 대꾸했다.

"못 먹을 건 뭐지?"

그는 몸을 일으켜 뜨거운 접시 위에서 지글지글거리는 바이올렛의 스테이크를 썰었다.

라크라운드의 어떤 귀족도 윈터 같은 행동을 하지 않았다. 식사 중에 일어나서 남의 스테이크를 썰어 준다는 것은 상상도 하지 못할 일이었다. 바이올렛은 어쩔 줄 몰라 하며 굳었지만 윈터가 전혀 개의치 않았기 때문에 두 손을 모아 쥐고 접시와 그를 번갈아 보고 있을 뿐이었다.

허리와 어깨를 구부리고 있는 윈터는 불편해 보였고, 바이올렛의 손에 있을 때보다 식기도 작아 보였다.

윈터는 자신을 신기하게 올려다보는 바이올렛과 눈이 마주치자 짜증스레 물었다.

"뭘 그렇게 봐. 하인이라고 생각해, 그냥."

"고마워요."

"그러시겠지."

윈터가 자리로 돌아가고, 포크를 들었던 바이올렛이 멈칫하며 몸을 일으켰다.

"그럼 당신 건 내가……."

그녀의 말에 윈터가 어이없다는 듯 실소했다. 그는 앉으라고 적당히 손짓한 후 제 고기를 큼지막하게 썰어 한입에 넣었다.

바이올렛은 제가 먹기에는 조금 크게 썰린 스테이크를 한 조각 집어 입에 넣었다. 한참 동안 우물우물거린 바이올렛이 웃었다.

"고기 질이 정말 좋네요."

"수도 인근에 목장이 있잖아. 목장식 식사야."

"그래서 이렇게 크군요. 신기해라……."

어쩐지 식사에서 싱싱한 맛이 났다.

크다고 말해 놓고, 바이올렛은 먹성 좋게 고기를 먹기 시작했다. 맞은편에 앉은 윈터가 그 모습을 물끄러미 바라보다가 픽 웃으며 입을 열었다.

"식사를 할 때, 나는 당신이 나와 정말 다른 사람이라는 생각을 해."

"식성이 정반대라서요?"

"아니."

윈터는 이미 고기에 질렸는지, 고기를 작게, 작게 계속 잘라 대며 말을 이었다.

"난 누가 나에게 먹을 걸 주면 잘해 주고 있다고 느껴."

"잘해 주고 있는 게 맞지 않나요?"

"거기까지밖에 생각이 미치지 않는다는 의미야."

그것은 윈터가 바이올렛을 알고 나서 3년이 지난, 최근에 와서야 이해하게 된 개념이었다.

그에게 '잘해 준다'는 개념은 배를 채워 주는 것에 한정되어 있었다. 두들겨 패지 않고 재워 주고 먹여 주기만 하면 날 아껴 주는구나, 이게 사랑이구나, 라고 생각했다.

그러나 바이올렛은 아니었다. 그녀는 맛있는 음식들을 즐겼고 보이는 것에 비해서는 대식가였지만 먹여 주고 재워 주는 것을 사랑으로 여기지는 않았다.

그녀와 자신 사이의 가장 큰 차이는 그것이었다.

그녀가 더 많은 좋은 것들을 상상할 때, 그의 상상은 배를 채우는 일에 멈춰 있다는 것.

그래서 그가 주는 애정도 여기서 멈춰 있다는 걸, 그녀가 언젠가는 이해해 줬으면 하고 바라게 되었다.

식사는 입에 잘 맞았고, 바이올렛은 앞으로의 여정을 생각해 일부러 제 양보다 더 많이 식사를 했다. 욕실이 하나뿐이라 바이올렛은 객실에 있는 욕실에서, 윈터는 같은 층의 사우나에서 목욕을 했다.

먼저 목욕을 마치고 나온 바이올렛이 수면제를 꺼내 들었다. 남편은 체격이 아주 크니까, 그녀가 먹는 양보다 좀 더 많이 먹여야 깊이 잠이 들 것 같았다. 그러나 한편으로는 정량 이상 먹였다가 그의 건강에 해가 될까 봐 걱정이 되기도 했다. 결국 바이올렛은 평소 자신이 먹고 잠들던 양의 수면제만 먹이기로 마음먹었다. 그녀는 윈터가 목욕을 마치고 마실 수 있도록 직원이 가져다 놓은 얼음물에 수면제를 녹였다.

목욕을 마치고 돌아온 윈터는 여느 때처럼 차가운 물을 따라서 벌컥벌컥 들이켰다. 맛이 거의 없는 약이어서인지 그는 그다지 이상함을 느끼지 못했다. 바이올렛은 레몬이 든 따듯한 물을 한 모금 마시고 그를 신기하게 보았다.

"안 추워요?"

"추워."

"그런데 왜 얼음물을 마셔요?"

"그냥 물은 맛이 없잖아."

"똑같은데요? 그리고 커피는 왜 항상 그렇게 뜨겁게 먹는 거예요?"

커피든 차든 물이든 적당히 따뜻한 온도를 즐기는 바이올렛으로서는 그의 모든 취향이 상식 밖이었다. 게다가 얼음물이 아니면 맛이 없다는 건 또 무슨 논리인 건지.

바이올렛이 미간까지 좁혀 가며 고민하는데, 윈터가 그녀의 손에서 컵을 뺏어 테이블에 두었다. 그리고 보드라운 가운 차림의 그녀를 번쩍 안아 들었다. 그러더니 그대로 침대로 가 앉아서 바이올렛을 무릎에 앉혔다.

바이올렛이 머뭇거리는데 윈터가 그녀의 턱을 감싸 당겨 고개를 비스듬히 하고 그녀를 바라보았다.

바이올렛이 입술을 살짝 깨물었다가 물었다.

"화내는 건가요?"

"이번엔 맞혔군."

"화가 났는데 입을 맞출 생각인가요?"

"어, 화풀이."

그는 불안과 초조함으로 제정신이 아니었다. 다음 날 올 거라고 생각하던 바이올렛을 기차역에서 발견했을 때, 그녀가 다른 먼 곳으로 가는 기차표를 끊었음을 알았을 때의 하늘이 무너지던 기분에서 전혀 헤어 나오지 못했다.

윈터는 바이올렛의 허리를 팔로 옭아매 끌어안으며 담담히 속삭였다.

"혹시나 해서 하는 말이지만, 당신이 도망치면 난 어떻게든 찾아낼 거야."

"그렇군요."

"찾아내서 당신 손가락 하나 움직이는 것도 감시할 거야. 여기서 도망치는 건 당신의 인생을 완전히 박살 내는 행동이란 걸 기억해 둬."

턱을 타고 움직인 손가락이 아직 덜 마른 바이올렛의 머리칼을 쓸어 움켜쥐었다. 윈터가 말을 이었다.

"난 당신이 세상 어디에 있어도 찾아낼 수 있어."

"윈터."

바이올렛이 두 손을 그의 어깨에 두며 말했다.

"당신은 나를 이용해서 돈을 벌 수 없어요. 나에게는 그만한 가치가 없어요."

"알 수 없지."

"아직도 확신해요? 이 결혼을 흑자로 바꿀 수 있다고?"

"확신해."

그가 바이올렛의 가운 허리끈을 풀며 말을 이었다.

"난 이미 이 결혼으로 충분히 많은 걸 잃었어. 그나마 남은 게 당신인데, 당신까지 잃게 만들지 마."

"……."

가운이 흘러내리며 그녀의 어깨가 드러났다. 3년을 함께했으나 윈터는 그녀의 몸을 제대로 본 적이 없었다. 옷을 제대로 다 벗은 적도 없고, 불을 켠 적은 더더욱 없었기 때문이다.

기묘한 수치심에 갇힌 바이올렛이 속눈썹을 파르르 떨며 두 손으로 가운을 움켜쥐었다.

"불 꺼요."

"아, 젠장."

"꺼 줘요……."

바이올렛이 떨리는 목소리로 말했다.

그녀는 어차피 이 잠자리를 거절할 생각이 없었다. 여기서 밤을 보내고 나면 그는 깊이 잠들 것이고, 자신은 떠날 수 있을 테니까.

무엇보다 마지막으로 그를 꼭 끌어안고 싶었다. 이젠 못 볼 테니까, 이 밤을 빌미로.

아내의 부탁을 못 이긴 윈터는 결국 여느 때처럼 불을 껐고, 궂은 날씨 때문에 침실에는 달빛조차 들어오지 않았다.

❄ ❄ ❄

바이올렛의 예상대로 윈터는 관계가 끝나자마자 곧장 곯아떨어졌다. 그가 완전히 잠든 후 바이올렛이 몸을 일으켰다.

평소 바이올렛은 윈터에게 먹인 정도 양의 약을 먹고 나면 열 시간은 아무것도 못 하고 잠들어 있곤 했었다. 그녀는 바닥에 떨어진 가운을 찾아 걸쳐 입고 드레스 룸으로 들어가 제 옷으로 갈아입었다.

모자를 쓰고 클러치를 손에 든 그녀가 잠시 침대로 돌아왔다.

바이올렛은 곤히 잠든 윈터의 머리칼을 부드럽게 쓰다듬으며 마지막으로 남편의 모습을 눈에 담았다.

"윈터."

그녀가 가만히 잠든 윈터를 불렀다.

"여보."

다시 가슴이 아파 왔다. 바이올렛은 부드러운 손길로 그의 어깨를 감싸 쓰다듬어 보았다. 얼굴을 손에 남길 것처럼 이목구비도 하나하나 쓰다듬었다.

"나는 어릴 때부터 강한 것들을 동경했어요. 고전 문학에 나오는 위대한 기사들, 전설의 동물, 나무 같은 것들도……. 그러다 당신 이야기를 들었어요."

매끈하고 예쁜 이마, 숱이 많은 머리칼, 그린 듯이 반듯한 눈썹. 눈을 감은 그는 너무도 아름다운 얼굴을 가졌다. 바이올렛은 뚜렷하게 윤곽이 두드러지는 그의 얼굴을 감싸며 말을 이었다.

"말로 들을 때도 좋았어요. 대단해 보였어요. 그러다 직접 봤을 땐 훨씬 더 많이 당신이 좋아졌었어요. 그래서…… 내가 그랬잖아요, 당신을 만나고 운이 좋은 걸 알았다고. 그날은 정말 그랬어요. 정말로, 당신이 마음에 들어서."

바이올렛의 입술이 떨렸다.

"첫눈에 반해서……."

비록 돈과 작위 때문에 우리가 만났지만, 그럼에도 우리는 행복해질 거라고, 바이올렛은 믿어 의심치 않았었다. 그는 결국 자신을 아껴 줄 것이란 자신감에 차 있었다.

한동안 남편을 쓰다듬고 나서, 바이올렛이 떠나기 위해 그에게서 손을 뗐다.

그런데 별안간 윈터의 손이 올라와 그녀의 손목을 움켜쥐었다.

바이올렛이 놀라서 손목을 빼려 했으나 윈터는 오히려 그녀를 힘주어 끌어당겨 제 배 위에 풀썩 쓰러지게 만들었다.

"아, 안 잤어요?"

"잠깐 잠들었다가 깼어. 당신이 만져서."

바이올렛이었다면 거의 약을 먹자마자 정신을 못 차리고 잠들었을 양이었다. 그러나 윈터에게는 아주 미미한 영향을 끼쳤을 뿐인 듯했다. 역시 약을 좀 더 많이 먹였어야 했다.

졸음은커녕 오히려 개운해 보이는 윈터가 상체를 일으키더니 제 품에 안긴 꼴이 된 바이올렛을 끌어당기며 물었다.

"그래서?"

윈터가 묻자 바이올렛이 난처하게 말을 이었다.

"끝이에요. 뒤는 없어요."

"첫눈에 반했다?"

"그건 당신도 알고 있었잖아요. 난 분명히 말했어요. 당신을 만나서 내가 운이 좋은 걸 알게 됐다고."

"그게 어떻게 첫눈에 반했다는 말이 돼?"

"어떻게 들어도 그렇잖아요?"

"전혀. 나는 돈 얘기인 줄 알았었어."

"네?"

"내가 당신 아버지가 해먹은 걸 갚아 주고, 당신 앞으로 사유 재산도 가지게 됐으니까. 그게 운이 좋단 얘긴 줄 알았다고."

"……세상에. 당신에게 로맨스 같은 건 조금도 없군요."

"없어. 전혀. 애초에 난 정말 당신이 나 같은 반쪽짜리는 하인으로 두기도 싫어할 거라고 생각했다고."

윈터가 무슨 생각인지 벗어 던져 두었던 옷을 다시 차려입으며 물었다.

"지금은?"

"미워요."

"가망이 아주 없는 건 아니군."
"무슨 가망이요?"
"앞으로 잘 지낼 가망. 우린 앞으로 잘 지내게 될 거야. 역시 늦지 않았어."
"윈터, 말했잖아요. 우린 이미 늦었다고."
"왜 또 그 얘기야? 지금부터 잘해 나가면 되잖아."
옷을 입고 난 윈터가 바이올렛에게 걸어와 모자를 벗겨 던졌다.
"역시 도망가려고 한 모양이지?"
"……."
"나에게 약이라도 먹였어?"
바이올렛이 멈칫했다. 윈터가 용서해 줄 수 있다는 듯 픽 웃어넘겼다. 그리고 걸어가 문을 잠갔다.
"잘됐네. 이제 당신을 감시할 이유가 생겼잖아."
"……떠나게 해 줘요."
"말도 안 되는 소리 하지 마."
윈터가 필사적인 표정을 지었다. 바이올렛이 씁쓸히 말했다.
"나는 떠나야 해요."
윈터가 바이올렛 쪽으로 걸음을 옮기다가 아직 약 기운이 가시지 않아 휘청거렸다.
서둘러 침대 위에서 도망친 바이올렛이 클러치를 집어 들었다. 그녀가 가방을 열며 말을 이었다.
"나는 계속 당신이 원하는 것들을 주지 못해서, 안타까워만 하며 3년을 보냈어요. 그게 뭐예요. 결혼하던 날부터 내가 사랑받겠다는 마음을 가져 보지도 못했어요. 당신도 마찬가지잖아요. 우린 그래서 안 돼요. 당신이 자꾸 나를 포기하게 만드니까. 우리가 행복해지려면 각자의 삶을 살아야 해요."

윈터가 고개를 마구 흔들어 약 기운을 떨치고 바이올렛을 보았다가 인상을 쓰며 혀를 찼다. 바이올렛이 클러치에서 총을 꺼내고 있었다.

윈터가 한숨을 쉬며 말했다.

"어쩔 수 없지."

어차피 기차역에서 마주치던 순간부터 알았다. 그녀가 자신을 떠날 마음이라는 것은.

바이올렛의 얼굴은 언제나 보수적이다 못해 폐쇄적이었다. 그러던 그녀의 눈빛은 지금, 간혹 번뜩이던 서글픈 광기가 사라지고, 되살아난 화룡(火龍)처럼 윈터를 압도했다.

총구를 마주하니 마음이 되레 편안해졌다. 어차피 그녀가 도망칠거라면 차라리 여기서 죽어 버리는 게 낫겠다 싶었다. 그것도 아내 손에 죽는 것 아닌가. 나쁘지 않았다.

윈터가 제 심장을 가리키며 말했다.

"쏠 거면 한 번에 죽여 줘. 고통스럽게 죽고 싶지 않으니까."

그의 말에 바이올렛이 힘없이 웃었다. 그러고는 지쳤다는 듯 의자를 당겨 앉았다. 허리를 꼿꼿하게 세운 그녀가 윈터를 바라보며 말했다.

"당신을 다치게 하고 싶은 마음은 조금도 없어요. 나는 그저 당신에게 미안해요. 너무 미안해서 3년을 이렇게 살았는걸요."

"그럼 뭐 하려고……."

바이올렛이 총을 장전해 들어 올리며 중얼거렸다.

"보여 줄 게 있어요."

"뭐를?"

"그동안 몸을 바꾸는 법을 궁금해했잖아요. 알려 줄게요."

그녀가 그대로 총구를 관자놀이에 대자 윈터의 눈이 커졌다.

그가 정신없이 그녀를 향해 달리는 순간 바이올렛이 아무런 망설임 없이 방아쇠를 당겼다.

요란한 총성이 호텔을 울렸다.

윈터는 순간 심한 요통과 두통이 느껴져 신음을 흘렸다. 그러나 그와 동시에 몰려오는 충격에 온몸이 사시나무처럼 떨리기 시작했다.

윈터의 낮은 목소리가 머리 위에서 들렸다.

"이렇게 바꾸면 돼요."

"……아니야. 그럴 리가 없어."

고개를 들 수가 없었다. 제 눈으로 확인하고 싶지 않았다. 지옥으로 떨어지는 기분이었다. 바닥을 알 수 없는 심연으로 온몸이 가라앉았다.

"절대로 아니야. 아니야……."

제 목소리가 아니었다. 언제나 차분하던 바이올렛의 목소리가 윈터의 출렁거리는 감정에 함께 출렁거렸다.

윈터가 환상통이라도 겪는 사람처럼 아무것도 없는 제 목을 마구 할퀴었다.

이건 다 꿈이고 가짜였다. 그래야 했다.

제발. 그래야만 했다.

그때 몸이 팔로 감싸이며 약간의 어지러움이 느껴졌다. 다시 두 사람의 몸이 원래대로 돌아오자, 그의 팔에 바이올렛이 있었다.

사색이 된 윈터가 털썩 바닥에 무릎을 꿇었다. 그리고 의자에 앉아 자신을 내려다보는 바이올렛을 보았다.

바이올렛은 이 순간이 우스운 듯했다. 그녀가 허리를 숙이고, 그녀에게 시선을 고정한 채 죽어 버린 것처럼 꼼짝을 않는 남편에게 희열마저 느껴지는 목소리로 소곤거렸다.

"내가 말했잖아요. 쉽다고."

윈터는 마치 얼굴의 모든 근육의 사용법을 잊어버린 사람 같았다. 그는 동상처럼 꼼짝을 않고 바이올렛을 보고 있을 뿐이었다.

창밖에는 온도가 점점 떨어져 세상이 눈으로 뒤덮이고 있었다.

그녀의 말을 들은 건지, 듣지 못한 건지. 윈터가 덜덜 떨리는 두 손을 겨우 들어 바이올렛의 머리며 얼굴을 더듬거렸다. 그녀가 살아 있는 것을 확인한 윈터가 중얼거렸다.

"바, 방금 악몽을 꿨어. 정말 말도 안 되는 꿈이었어. 당신이 나한테 약을 먹였잖아. 그래서 헛걸 봤나 봐."

그가 덜덜 떨리는 두 손으로 바이올렛의 손목을 감쌌다. 맥이 제대로 뛰는 것을 확인하자 안도하며 미소를 지었다. 끔찍한 감정과 아무 일도 없었다고 억지로 뇌를 속이는 세뇌에 그의 미소는 끔찍하게 비틀려 있었다.

"당신이 자꾸 불안하게 하니까 그딴 꿈을 꾸잖아."

"……."

"아, 나 때문인가. 그래. 내가 나쁜 새끼였지. 이제 안 그럴게. 이제 정말 안 그래. 당신이 붙잡으면 바로 멈출게. 당신이나 내가 죽을 때까지 절대로……."

"……윈터."

"도대체 뭐 이딴 꿈이 다 있어."

윈터가 그 큰 덩치로 덜덜 떨며 똑같은 말을 반복했다. 그는 지금 이 상황을 아주 조금도 받아들이지 못하고 있었다.

총성이 들려서인지 온 호텔이 웅성거렸다.

호텔 직원이 문을 두드리며 그들의 안전을 물었다. 바이올렛이 문 밖을 향해 말했다.

"괜찮네, 아무 일 없으니 돌아가게."

"정말 괜찮으십니까?"

"그렇대도."

그녀의 대답에 호텔 직원들이 찝찝한 기분으로 흩어졌다.

밖이 조용해지자 바이올렛이 윈터를 보았다. 그는 겁에 질린 눈동자로 이것이 꿈이었음을 바이올렛이 확인시켜 주기를 바라고 있었다. 바이올렛이 제 목덜미를 보였다. 윈터의 손자국이 그대로 남아 있었다.

"이것 봐요. 꿈이 아니에요. 당신이 이랬잖아요."

"바이올렛……."

"우리가 처음 몸이 바뀌던 날, 당신이 바이델린 커피 원두 거래를 위해서 내가 붙잡아도 떠나던 때, 그날은 정말로 견딜 수가 없었어요. 비참해서."

바이올렛의 말에 윈터가 다시 움직임을 멈췄다. 그녀는 그냥 이전에 있었던 사소한 일을 설명하듯 담담히 말을 이었다.

"티 파티에 갔었는데, 디에브가 같이 있자고 했어요. 그게 싫어서 티 파티에서 뛰쳐나왔는데, 돌아가지 않으면 혼날 걸 아는데, 돌아가기가 죽기보다 싫은 거예요. 그래서…… 내 스스로 목숨을 끊었어요, 그날."

"……"

"그런데 죽기는커녕 몸이 바뀌어 있더군요. 그 다음에는 뭐였더라."

바이올렛이 잠시 생각하다가 알았다는 듯 손가락으로 톡 무릎을 두들긴 후 말을 이었다.

"벽장에 갇히던 날이요. 당신이 내 편을 들어 줄 줄 알고 갔었는데, 나중에 얘기하자고 해서. 당신에게서 난 항상, 돈에게 밀려 버리고 마는 게 서러워서. 그때 지금처럼 총으로 내 머리를 쐈어요. 아, 그날 당신 몸을 훔쳐서 수도로 가는 길이 얼마나 자유롭던지. 당신은 늘 하고 싶은 걸 하고, 가고 싶은 곳을 갈 수 있으니까. 그날 내 마음은 영원히 모를 거예요."

바이올렛이 몸을 숙여 바닥에 떨어진 총을 집어 들었다. 그러자 윈터가 서둘러 그녀의 손에서 총을 빼앗아 탄창을 제거해 던졌다.

그가 멍하니 물었다.

"그게 어떻게 가능하지?"

"몸이 바뀌는 거라면 당신 혈통 때문이잖아요."

"그게 아니라. 어떻게 사람이 그렇게 죽음이 쉬워? 이러다 상처라도 남으면? 진짜 죽기라도 하면 어떡하려고 그랬어?"

"내가 바라는 건 죽는 거였어요."

"……"

"살려고 한 게 아니에요. 죽으려고 한 거지. 죽고 싶어서 수면제를 먹고 독약을 먹고 총을 쏴 봐도 죽질 못했던 것뿐이에요. 이제는 도대체 뭘 어떻게 해야 할지 몰라서."

바이올렛이 가만히 윈터를 보며 말을 이었다.

"그래서 떠나려고 해요. 당신을."

이제 윈터는 숨조차 제대로 쉬지 못해 괴로워하고 있었다. 바이올렛이 그의 어깨를 토닥이며 다정히 말했다.

"나에게서는 한 번도 돈이 당신을 이긴 적이 없어요. 그러니 전부 돌려줄게요. 당신이 좋아하는 것들."

"가지 마."

"아, 이 구두도 당신이 준 거였죠."

바이올렛이 녹색 벨벳에 진주가 장식된 구두를 벗으려 하자 윈터가 다급하게 그녀의 손목을 붙잡았다.

"그만해. 제발 그만해."

"당신 거잖아요. 줄게요."

윈터의 넓은 어깨가 거친 숨으로 오르내렸다. 그가 순식간에 눈물 젖은 얼굴로 바이올렛에게 말했다.

"아무것도 없이 당신이 어디서 어떻게 살아? 어떻게 살겠다고 여기를 떠나?"

"모르겠네요, 그것도."

바이올렛이 입술을 깨물었다.

큰오빠는 좋은 사람이었지만 몸이 약했고, 결국 어려서 세상을 떠났다. 그날 이후 바이올렛은 언제나 강한 사람을 좋아했었다. 그래서 윈터 블루밍을 사랑했었다.

그런데 어떨 때는 가끔, 남편이 약해질 때가 있다. 바위 같은 이 남자가 아주 가끔 보이는 약한 부분마저 바이올렛은 사랑했다.

그래서 자신이 그의 곁에 머무는 꿈을 꾸었는지도 모른다. 그의 강함이 제 약함을 안아 주고, 제 강함이 그의 약함을 안아 주길 바랐으니까.

그녀가 창밖을 바라보며 중얼거렸다.

"3년이에요. 그동안 나는 당신이 생각하는 것보다 훨씬 천천히 당신을 미워하게 됐어요."

"바이올렛……."

"조금만 날 봐 주지."

"……."

"이렇게 늦기 전에 잠깐만, 한 번만이라도 나 좀 봐 주지. 마음이 식는 데 3년이나 걸렸는데, 그사이에 한 번이라도…… 한 번이라도 내 편이 되어 주었다면. 나는 아직도 당신을 떠날 생각을 못 했을 거예요."

"……."

바이올렛이 윈터의 얼굴을 다시 바라보며 저도 모르게 웃었다.

"이제 와서 왜 울어요?"

"……."

"이제 와서 왜 그래요."

그녀가 윈터의 손을 놓으려 하자 윈터가 다시 힘껏 그녀의 손을 잡았다.

윈터가 다섯 살 때 어머니가 저를 버리는 것을 알았다면, 아마 이런 얼굴로 어머니를 붙잡았을 것이다.

바이올렛이 그를 달랬다.

"한 번만 내 편을 들어 줘요, 윈터. 당신 곁에 있으면 나는 죽어 가면서도 죽지 못하는 지옥에서 살아야 해요. 제발."

"……."

"제발 나 좀 구해 줘요, 윈터."

그녀의 부탁에 윈터의 손이 힘없이 떨어졌다. 바이올렛이 몸을 일으키더니 윈터를 한 번 꼭 안았다.

"고마워요. 당신이 그렇게 나쁜 사람이 아니라는 거, 알고 있었어요."

"……."

"잘 있어요."

그녀가 몸을 천천히 일으킨 후 그대로 그곳을 나갔다. 윈터는 제 곁이 지옥이라고 말하는 바이올렛을 붙잡을 수 없었다.

그녀가 떠나고 한참이 지나서야 윈터는 몸을 일으켰다.

그는 지옥으로 다시 바이올렛을 붙잡아 올 수 없어 멈췄다가, 그녀가 없는 지옥에서 견딜 수 없어 걸음을 옮겼다가, 다시 멈추기를 반복했다.

"바이올렛."

윈터가 몽유병 환자처럼 초점 없는 눈으로 아내를 불렀다.

"가지 마. 바이올렛. 가면 안 돼."

그렇게 호텔을 벗어난 그가 눈길로 걸어가는 것을 발견한 풋맨이 기겁을 해서 달려왔다.

"대표님! 외투도 없이……. 외, 외투와 장화를 가져다 드릴 테니 잠시만 기다려 주십시오!"

윈터가 듣지 못하고 걸음을 옮기자 풋맨이 사색이 되어 그를 붙잡았다.

"여기 누가 대표님 외투와 장화 좀 가져다주세요!"

"아이고, 대표님!"

바이올렛이 처음 왔을 때 그녀를 따듯하게 맞아 주었던 룰루가 달려나왔다. 바이올렛이 무척이나 좋아하던 그녀를 알아본 윈터가 말했다.

"아, 자네."

"장화라도 신으세요! 도대체 이게 무슨 일이십니까!"

정 많은 룰루가 울먹이며 소리치자 윈터가 넋이 나간 목소리로 중얼거렸다.

"바이올렛이 떠났어."

"예?"

"아내가 나를 떠났어."

"제, 제가 모셔 올게요! 어디로 가셨는데요!"

"일단은…… 놔둬야지. 지금은 내 곁이 너무 힘들다고 하니까."

윈터는 멍한 목소리로 룰루에게 물었다.

"마음이 풀리면 돌아오겠지?"

"대표님……."

"돌아와야지. 나 혼자 어떻게 살아. 나 혼자 뭐 하러 살겠어."

윈터가 손으로 눈물을 훑어 내고 기차역으로 걸음을 옮겼다.

혹시 그녀가 돌아올지도 모른다고 생각했다. 날씨가 좋지 않으니까, 하루라도 더 제 곁에 있어 줄지 모른다.

그럼 하루 종일 무릎을 꿇고 빌어야겠다고 생각했다. 내가 잘못했다고, 내가 당신의 지옥이었다면 차라리 내가 죽을 테니 여기서 지내라고.

그는 머릿속에 끝없이 반복되는, 바이올렛이 머리에 총을 쏘던 순간과 마주하며 가까스로 기차역에 도착했고, 바이올렛이 탄 기차가 서쪽으로 떠났음을 알았다. 그리고 기차역에서 돌아서는 순간 정신을 잃고 쓰러졌고 뒤따라온 호텔 직원들이 비명을 지르며 달려왔다.

❄ ❄ ❄

바이올렛은 혹시나 윈터가 찾아올까, 정신없이 달려 기차역에 도착했고, 다행히 곧바로 도착한 기차를 탔다.

기차역은 북적였으나 늦은 밤 서쪽으로 가는 기차는 텅 비어 있었고 몹시 추웠다.

모든 것을 윈터에게 주고 떠났으므로 그녀에게는 아주 적은 노잣돈밖에 없었다. 춥고 어두우니 모든 것이 두려워졌다. 여기부터 과연 얼마나 갈 수 있을지 걱정이 되기 시작하자, 바이올렛이 숄로 몸을 감싸고 몸을 떨며 중얼거렸다.

"한심하고 나약하구나."

그녀는 스스로의 나약함을 싫어했다. 그래서 자신이 싫었다.

사색이 된 윈터를 두고 나온 것도 이제 와 생각해 보니 걱정이 되었다. 하지만 이 정도 충격을 주지 않았다면 보내 주지 않았을 테니 어쩔 수 없는 선택이었다. 남편은 얼마 지나지 않아 툴툴 털고 일어나 다시금 사랑해 마지않는 자신의 왕국을 세우는 일에 전념할 것이다.

그녀는 혼자 이렇게 낯설고 먼 곳으로 떠나 본 적이 없었다. 두려움과 자괴감을 느끼며 밤새 떨다 보니 종착역인 서쪽 항구 도시, 란치아령에 도달했다.

라크라운드의 남부보다 조금 더 남쪽인 란치아령은 해가 떠올라 따듯했고, 날씨가 맑고 건조했다. 궂은 날씨에서 출발했다가 명랑한 하늘을 마주하니 바이올렛의 둥글게 말렸던 어깨가 서서히 펼쳐졌다.

그녀가 하늘을 한 번 올려다보고, 이내 모래사장으로 걸음을 옮겼다.

"이곳은 따듯하네."

바이올렛이 중얼거리며 뒤를 돌아보았다. 떠오르는 해를 바라보던 바이올렛이 다시 서쪽 바다를 보며 다짐하듯 중얼거렸다.

"나는 나약하지 않아."

바이올렛은 스스로에게 기회를 주기로 했다. 나약하다 믿었던 자신에게 나약하지 않을 기회를 주기로 결심했다. 물론 그녀가 뛰어나게 강인한 것은 아니었다. 그러나 그것이 어째서 나약하다는 뜻이 되겠는가.

그녀는 오늘까지 버텨 왔고, 이제는 살아남을 결심을 했다.

"신께서 내 죽음을 바라지 않는 것이 어째서 형벌이라고만 생각했을까."

그녀가 중얼거렸다.

"축복일지도 모르는데."

그렇게 생각하니 갑자기 몸에서 훈기가 돌았다. 그녀는 씩씩한 걸음으로 항구를 향해 걸었다.

이제 곧 친구인 샤론이 가문의 배를 타고 항구에 오리라. 그 배를 타고 이 대륙을 떠날 생각이었다.

점점 그녀의 걸음이 빨라졌다. 갑자기 피가 뜨거워지는 기분이 들었다.

이제는 가고 싶은 곳은 어디든 갈 수 있다는 것을 깨달았다. 그러고 나니 멀리, 더 멀리 가고 싶었다. 자꾸 어디 담겨 있었는지 모를 웃음이 터져 나왔다.

❄ ❄ ❄

윈터가 정신을 차린 것은 호텔의 제 방이었다.

밖을 보니 해가 중천이었고, 팔에 링거가 꽂혀 있었다. 손목에서 시계가 없어진 걸 안 그는 다급하게 몸을 일으켰다. 다행히 바이올렛이 준 시계를 윈터가 얼마나 소중히 여기는지 아는 하엘이 협탁 위에 올려 두어 바로 찾을 수 있었다.

윈터가 시계를 다시 차며 중얼거렸다.

"정말 어이가 없군."

바이올렛이 눈앞에서 자살 시도를 한 게 충격이었는지, 늦지 않았다고 자위하던 스스로가 너무나 멍청해서 자괴감을 느껴서인지, 그것도 아니면 그녀가 제 곁을 지옥으로 여겨 떠나서인지는 몰라도, 이 덩치로 쓰러졌다는 게 황당하기 짝이 없었다.

수시로 윈터가 깨었는지를 확인하며 들락거리던 하엘이 침실로 들어서자마자 그에게 달려왔다.

"대, 대표님!"

"시끄러워."

윈터가 인상을 썼다. 하엘은 그의 짜증까지 반가워하며 안도의 한숨을 내쉬었다.

"다들 얼마나 놀랐는지 아십니까? 감기 한번 안 걸리시던 분이 쓰러지시니까……."

"얼마나 됐어?"

"하루요. 열아홉 시간 동안 누워 계셨습니다."

"수면제 먹어서 그래."

윈터가 건성으로 대꾸하더니 바로 본론으로 들어갔다.

"바이올렛은?"

하엘은 당연히 윈터가 그걸 물어볼 줄 알았다는 듯 태연하게 대답했다.

"아, 일단은 도스 공국의 배를 타셨습니다. 목적지 계속 확인하겠습니다."

"금방도 들키는군, 그 공주님은."

"아뇨. 대표님께서 저에게 작은 마님 인간관계를 다 알아 두게 시키셨잖습니까. 엔나 테시아 오겔 부인의 화원부터 차근차근 찾았더니 곧 답이 나온 겁니다."

"위치 찾으면 그 지역 사람 하나 골라서 돈 주고 바이올렛 모르게 보살피게 해."

"예. 그리고……."

하옐이 이 말을 해야 하나 말아야 하나 머뭇거리자 윈터가 핀잔했다.

"뜸 들이지 말고 할 말 있으면 해."

"저…… 작은 마님께서 그동안 받은 물건을 전부 파시고 돈을 남기셨습니다."

"……돈을 남겼다고?"

"게다가 롱 리우드 땅문서도 되찾아서 대표님이 서명만 하시면 바로 소유권 이전이 되게 남겨 놓으셨고요."

윈터는 기가 차서 헛웃음을 지었다.

"내가 그렇게 지긋지긋했나."

하옐은 한 방에 다 처리해 버리기로 마음먹었는지 그에게 편지를 내밀었다.

"그리고 편지도 한 장 남기셨습니다."

윈터가 편지를 받아 들었다.

윈터 블루밍 귀하.

윈터, 말할 용기가 없어 이렇게 편지로 적어요.

우리가 처음 만나던 날을 기억해요?

그날 나는 마차에서 내리자마자 당신을 사랑하게 되었어요.

이야기 듣기에는 마치 영웅 같았는데, 결혼식 날 마차에서 내려서 보니 무뚝뚝하지만 어딘지 그 자리가 어색해 보이는 당신의 모습에 웃음이 났어요. 이야기 속에서는 손 닿을 수 없을 것 같던 당신이, 마주하고 나니 정말로 사랑스러웠어요.

그래서, 당신이 내 남편이라서, 내가 당신의 아내가 될 수 있어서 운이 좋다고 생각했었어요.

하지만 나는 당신에게 언제나 불행이네요. 정말로 미안해요.

롱 리우드의 빼겼던 땅은 지참금 명목으로 받았으니 법적인 문제는 없을 거예요. 그리고 물건도 제법 괜찮은 가격에 팔았어요.

나는 아직도 당신이 애틋하고 소중해서, 당신이 바라는 걸 당신에게 안겨 주고 싶어요. 그러니 적은 돈이지만 받아 줘요.

마지막으로 이혼장에는 당신의 서명만 있으면 돼요. 천천히 생각하고 서명해 줘요. 그 이후의 일은 내가 돌아와서 처리할게요.

당신이 행복하길.

바이올렛 로렌스

윈터는 편지에서 눈을 떼지 못했다.

처음에는 이 결혼을 행운이라고 생각하던 그녀가 3년 동안 그 모든 기대감이 무너진 지옥에서 살았다. 아내가 떠난 후에야, 윈터는 바이올렛이 가여웠다.

윈터가 하엘에게 이혼장을 건넸다.

"파쇄해."

"예, 대표님."

하엘이 고개를 숙이고 걱정스레 윈터를 살핀 후 침실을 나갔다.

윈터는 창문 밖으로 고개를 돌리고 생각에 잠겼다. 그러고는 찬찬히 편지를 떠올렸다.

바이올렛 로렌스.

바이올렛 블루밍이 아닌, 바이올렛 로렌스의 편지였다.

바이올렛은 가져온 얼마 안 되는 돈으로 아이스크림을 사 먹었다.

이 추운 날에 아이스크림이 먹고 싶다니, 스스로 생각해도 이상했다. 그러나 얼음물이 더 맛있다던 윈터의 말을 들어서인지 차가운 음식이 당겼다.

그의 말이 맞는 것 같기도 했다.

아이스크림을 먹으며 항구 의자에 앉아 바다를 보고 있으니, 항구로 도스 가문의 문장이 그려진 배가 들어섰다.

배 위에서 바이올렛을 발견한 샤론 도스가 손을 흔들었다.

"바이올렛! 여기야!"

바이올렛이 미소를 지었다. 샤론과 함께 온 그녀의 오빠이며 도스 가문의 후계자인 페런 도스가 배에서 내려왔다.

그는 밝은 금발에 샤론과 같은 오렌지색 눈동자를 가진 자상한 인상의 아름다운 청년으로 자라 있었다. 흠잡을 곳 없는 신사인 그는 현재 라크라운드 해군에 복무 중이라 새하얀 해군복을 입고 있었다. 바이올렛은 그의 에스코트를 받으며 배에 올라탔다.

"오랜만이야, 바이올렛."

"그러게. 내 결혼식에도 오지 않았으니까."

"모처럼 만나서 잔소리구나."

페런이 경쾌하게 부서지는 파도 같은 웃음을 지었다. 바이올렛이 고개를 끄덕였다.

"그래도 이해해. 페런은 내가 남편과 결혼하는 걸 싫어했으니까."

"네가 돈 때문에 결혼하는 게 싫었던 것뿐이다. 게다가 이렇게 도망쳐 왔잖아, 결국은."

"그건 할 말이 없네. 도망친 건 사실이니까."

그들이 올라타자 잠시 정박했던 배는 그곳을 떠났다.

배는 그리 오래 이동하지 않았다. 서쪽 방향에는 대륙과 대륙 사이에 섬이 하나 있었는데, 그곳이 도스 공국이었다.

그리고 거기서 조금 더 서쪽으로 가면 있는 대륙에 붙은 작은 반도에 마을, 키론이 있었다.

수백 년 전 그 땅의 주인이던 코르시카 왕국에 해적이 창궐했을 때, 도스 공국에서 해군 병력을 보충해 준 선물로 받은 땅이었다. 그 덕에 서쪽 대륙에서 딱 키론 한 마을만이 도스 공국의 영지였다.

도스 가문은 수백 년 전 라크라운드의 왕실에서 갈라져 나온 가문이기 때문에 키론은 다른 마을에 비해 라크라운드와 비슷한 구석이 많았다. 그러므로 바이올렛이 이주하기에 적당한 곳이었다.

방파제 역할을 하는 참나무 숲 사이, 낡아 빠진 집에 들어선 샤론이 오빠에게 소곤거렸다.

"바이올렛이 여기서 어떻게 살아? 얼마 못 살고 우리 집으로 들어올 것 같은데?"

바이올렛이 가진 대부분을 윈터에게 넘기고 나온 탓에, 그녀가 들고 온 아주 적은 돈으로는 이런 집밖에 구할 수 없었다.

샤론의 작은 목소리를 어떻게 들었는지 바이올렛이 그녀를 돌아보며 말했다.

"그래도 버틸 수 있는 한 버텨 볼게."

"애초에 왜 도망은 친 거냐고. 지난번에 내가 기차에서 얘기해 보니까 세상에 그렇게 널 잘 이해해 주는 사람도 없을 것 같던데."

샤론은 그때 만난 것이 윈터가 아닌 바이올렛이었음을 모르니 이런 소리를 할 만했다.

샤론은 연신 투덜거리며 툭툭 거미줄을 뜯어냈다. 바이올렛이 열려다 못 연 창문은 페런이 주먹으로 두들겨 맞춰 강제로 열어 주었다.

두 사람 다 곱게 자라긴 했어도 도스 공국 자체가 강력한 해군 중심의 국가이다 보니 바이올렛보다는 생활력이 좋았다.

바이올렛은 희미한 미소를 지으며 두 사람에게 말했다.

"여기까지 데려와 줘서 고마워. 정말."

"배까지 끌고 와서 도와주자고 한 건 페런이지."

샤론이 힐끔 페런을 보며 말하자 그가 싱긋 웃었다.

"골드가 떠난 이후에 바이올렛은 내 친동생이나 마찬가지야."

골드는 바이올렛의 큰오빠인 웨인의 별명이었다. 바이올렛도, 에쉬도 색깔의 이름인데 웨인만 아니라면서 바이올렛이 아쉬워하자 그가 그렇게 부르라고 주변 사람들에게 강요했던 것이다. 웨인은 그만큼 바이올렛을 아꼈다.

페런과 웨인은 세상에 다시없을 절친한 친구였다. 하도 붙어 다녀 사람들이 쌍둥이냐고 놀릴 정도였다.

페런이 웨인을 떠올리며 씁쓸한 표정을 짓자 바이올렛이 놀리듯이 말했다.

"그 친동생 결혼식에도 안 나타나셨지만."

"이해한다면서 또 뭐라고 하네. 그보다 너 언제부터 그렇게 비꼬는 말을 했어?"

"아…… 그러네."

윈터에게 입버릇이 옮았다. 역시 나쁜 건 빨리 물들기 마련이었다.

바이올렛이 창밖으로 보이는 황량한 정원을 보았다.

문뜩 윈터가 새로 구했다는 수도의 집이 궁금해졌다. 정원 이야기를 했었다. 그렇게 근사하다면서.

살다가 언젠가, 그 남자와 편안한 관계가 되면 한 번쯤 보러 갈지도 모르는 일이다. 그럴 리야 없겠지만 인생은 모르는 일이니까.

샤론과 페런은 몇 번이나 조금이라도 문제가 생기면 전신을 보내라고 말한 후 배를 타고 공국으로 떠났다.

모두가 떠나고 나자 그곳에는 적막만이 흘렀다. 바이올렛은 물끄러미 빈집을 바라보았다.

문도, 창문도 망가져 있어 어디부터 어떻게 수리해야 할지 알 수가 없었다. 애초에 어떤 집인지도 확인하지 않고 다른 대륙에서 전신으로만 거래를 했으니 이 모양이었다.

라크라운드 남부보다도 남쪽이라 한겨울에도 영하로 떨어지진 않았지만, 그렇다고 따듯한 것은 아니었다.

집에는 벽난로 대신 화로가 하나 있었다. 바이올렛이 제 앉은키만 한 화로 쪽으로 허리를 숙였다. 안에는 숯불 대신 손톱만 한 마법석이 들어 있었다. 바이올렛이 훅 하고 불어 보니 불씨가 반짝였다.

"세상에, 신기해라……."

눈이 동그래진 그녀가 혼잣말하고 빙그레 웃었다.

몸을 일으킨 그녀는 덜컹거리는 문을 열고 밖으로 나왔다.

도망갈 곳을 생각하면서도 남편에 대한 생각을 완전히 지우지 못했다. 여기는 카닉 일족이 사는 알리카가 있는 대륙이었다. 라크라운드보다 과학의 발전은 매우 더뎠지만 그 격차를 전부 마법으로 충족했고, 그 마법들은 대륙을 벗어나면 힘을 잃는다.

치안이 좋고 라크라운드와 같은 말을 쓰며 남편의 회사가 아직 침투하지 않은 곳. 키론은 그녀가 고르고 고른, 살기에 가장 적합한 곳이었다.

바이올렛은 빗자루를 찾아 들고 집 안 여기저기에 가득한 먼지 낀 거미줄을 보았다. 아까 샤론은 아무렇지도 않게 뜯어내던데, 그녀에게는 쉬운 일이 아니었다. 정원에서 거미를 종종 보긴 했지만 그나마도 사용인들이 와서 쫓아 주곤 했었으니까.

바이올렛이 눈을 질끈 감고 빗자루를 휘둘러 거미줄을 건드렸다.

"여기서 도망쳐 봤자, 남편이 말한 것처럼 되는 거야."

그녀가 스스로를 달랬다. 남편이 말한 것처럼 아무것도 못 하는 공주님으로 있을 생각은 없었다. 공주님이라 불리는 것이 싫다면 스스로 그 이름에서 벗어나야 했다.

그때가 되면 상대가 어떤 식으로 자신을 불러도 화가 나지 않으리라.

그렇게 생각하며 거미줄을 치우던 중, 살아 있던 거미를 건드렸는지 거미가 땅에 툭 떨어졌다가 빠르게 사라졌다.

크게 감정 표현을 하지 않도록 배운 바이올렛은 온몸에 소름이 돋았음에도 어깨를 움찔하는 것이 고작이었다. 그러나 심장은 바닥에 철렁 떨어졌다 되돌아온 것처럼 무리가 갔다.

그녀가 가까스로 눈을 뜨며 혼잣말했다.

"……정말 공주님이 따로 없으시네."

이제야 남편의 마음을 조금 알 것 같았다.

❋❋❋

윈터가 며칠째 수면제를 먹고도 잠을 이루지 못해 몽롱함에 빠져 있을 때 하엘이 침실로 들어섰다.

"대표님."

"바이올렛 어디 있어?"

"대륙을 넘어가셔서, 코르시카에 붙은 키론이라는 바닷가 마을로 가셨답니다."

코르시카는 축제가 많은 나라로 유명했다. 한겨울을 제외하고는 내내 날씨가 좋아 놀기 좋은 곳이었다.

"놀러 간 거야, 뭐야."

윈터가 투덜거렸다. 그러자 하엘이 말을 이었다.

"키론에 우리 회사에서 일하다가 귀향한 직원이 있어서요. 작은 마님 안위를 맡기고 급여를 지불하기로 했습니다. 엄청 좋아하더라고요. 거기도 엄청 취업난이라."

"그래."

"다시 업무 복귀하시죠?"

"일이라도 해야 시간이 갈 것 아냐."

윈터은 신경질적으로 대꾸했지만 하엘은 안심하며 가슴을 쓸어내렸다. 일로 시간을 때우겠다는 저 마인드는 이해가 안 갔지만, 급한 불은 끈 느낌이었다.

❄ ❄ ❄

전날 바이올렛은 거미줄과의 전쟁을 치른 후 시트가 없어 나무 판만 있는 침대 위에서 잤다. 그녀가 피곤함을 못 이겨 하며 몸을 일으키는데 문밖에서 웅성웅성 소리가 들렸다.

바이올렛이 깜짝 놀라서 저도 모르게 클러치를 찾아 쥐었다. 그러고는 그 안에서 유일하게 들고 나온 물건인 총을 꺼내 쥐는데 말소리가 들렸다.

"여기 살던 아저씨가 그러는데, 아무래도 귀족 같다던데?"

"그럴 리가 있어요? 저 낡은 집에?"

"요즘 세상엔 귀족이어도 망하면 이런 데서 살아야지, 뭐."

"귀족이면 우리 다 와서 인사해야 하는 거 아니에요?"

사람들이 웅성거리는 소리에 바이올렛이 조금 안심하며 총을 다시 클러치에 넣고 문을 열었다.

그녀의 얼굴이 보이자 마을 대표로 보이는 중년 남자가 한 걸음 앞으로 나섰다.

"이사 오셨소?"

"그렇소만. 내 집 앞에서 무슨 일이시오?"

마을 사람들은 그렇게 묻는 바이올렛을 의아하게 살피고 있었다. 남자가 말을 이었다.

"이사 온 거면 저녁에 마을 회관으로 와서 주민 신고를 하고, 여기 숲 방파제를 이용하는 돈을 내셔야 한다오."

그의 말에 바이올렛이 고개를 들어 참나무를 올려다보았다.

그녀는 이걸 솔직하게 말해야 하나, 그러지 말아야 하나를 고민했다. 잘 알지도 못하는 마을에 여자 혼자 와서 입바른 소리를 하는 것은 무척 두려운 일이었다.

그러나 바이올렛은 상황을 따져 가며 그른 선택을 하는 약은 사람이 되지 못했다. 그녀가 곧 나지막한 목소리로 말했다.

"이 참나무를 말하는 게요?"

"그렇소."

"라크라운드 법에 자연 방파제는 소유주가 없는 것으로 되어 있소. 여기는 도스 공국령이니 법이 같을 텐데 누구한테 이용료를 낸단 말이오? 관리비라면 모를까."

그녀의 지적에 남자가 움찔했다. 동시에 사람들이 웅성거리기 시작했다.

"그게 무슨 소리예요, 이장님?"

"그러게, 무슨 소리래? 숲 관리도 마을 사람이 다 돌아가면서 하잖아요?"

"이 숲, 예핌추크 가문 것이 아니었어요? 그 가문에다가 이용료를 내는 거라면서?”

사람들이 모여들자 이장이 식은땀을 뻘뻘 흘리더니 소리쳤다.

“회, 회관에 볼일이 있어서 먼저 가 보겠네들!”

그러더니 정신없이 도망쳐 달려갔다. 온 마을 사람들이 갑자기 도망치는 이장을 따라 달리기 시작했다.

금방 앞이 조용해지자 바이올렛이 비틀거리며 문틀을 짚었다. 못 참고 지적하긴 했지만 나중에 이장이 해코지를 할지도 모른다는 생각에 두려운 마음이 들었다.

그래도 바이올렛은 일어나지 않은 일에 대해 미리 걱정하는 대신이 근처에서 가장 강한 영향력을 가진 예핌추크가에 인사를 하러 갈 준비를 시작했다. 가서 일거리도 좀 얻어 볼 생각이었다.

옷이라고는 입고 온 단벌 드레스뿐이었지만 신경 써서 매무새를 만지고 모자를 썼다. 그녀가 막 나가려고 문을 여는데, 앞에 마을 여자들이 돌아와 있었다.

바이올렛이 다시 자세를 바로 하며 사람들에게 말했다.

“아까는 정신이 없어 인사를 못 했소. 새로 이곳에 이사를 오게 된 바이올렛이라고 하…… 왜, 왜들 들어오시는 거요?”

“어휴, 이런 집에서 어떻게 산대요?”

“목수부터 부르세요. 기둥 금방 무너질 것 같은데.”

사람들이 다짜고짜 청소를 시작하자 눈이 휘둥그레진 바이올렛이 근처의 자신과 나이가 가장 비슷해 보이는 여자를 당겨 물었다.

“이게 무슨 일이오?”

“이장 그 망할 놈은 뱃사람들이 잡으러 갔어요. 아휴, 어쩐지 3년 전에 그 아저씨가 이장이 되고부터 갑자기 이용료를 받는 거예요!”

"그랬소?"

"아가씨 아니면 영영 모를 뻔했어요. 그래서 우리가 청소라도 좀 해 주려고."

"그래도 집주인 허락은 받고 들어오시는 게 어떻소?"

"에고, 벌써 들어와 버렸네!"

여자, 핌이 놀리듯이 말하더니 같이 청소를 시작했다.

뿐만 아니라 그녀의 테이블 위에는 갑작스럽게 감자 수프가 놓였고, 금방 뽑아 온 당근과 갓 구운 검은 빵도 생겼다.

바이올렛은 난처해하며 말렸지만 소용없었다. 그래도 제집에 처음부터 사람들이 북적거리는 게 싫지 않아 그녀도 모르게 입꼬리가 올라갔다.

아까 두려워했던 것이 바보처럼 느껴졌다.

바이올렛이 도착한 바로 그다음 날 이장이 쫓겨났다. 횡령당하던 키론 사람들의 돈을 지켜 준 덕에, 바이올렛은 수월하게 마을에 정착했다. 예핌추크 가문에서도 때마침 종종 있는 티 파티의 꽃 장식을 담당할 사람이 필요하던 차라 하여 일거리도 받을 수 있었다.

걱정했던 큰일들은 수월히 풀려 나갔지만 예상 못 한 작은 일들은 엉망진창이었다. 혼자서 생활하는 것은 하나부터 열까지 문제를 일으켰다. 특히나 살면서 살림에 손가락 하나 까딱해 본 적 없는 바이올렛에게는 모든 것이 장벽이었다.

낡아 빠진 집은 거의 새로 지어야 했다. 심지어 집의 기둥은 다 썩어 있어 목수를 불러다 새로 바꾸어야 했는데, 목수를 부를 돈을 모을 때까지 삐걱거리는 집에서 매일 밤 천장이 무너지지 않을까 가슴

졸이며 지내야 했다.

그렇게 1년이 지났을 무렵에야 집은 그럭저럭 살 만한 곳이 되었다.

바이올렛은 태어나서 처음으로 제집을 사랑하게 되었다. 이렇게 마음이 편안한 것은 처음이었다.

윈터가 없는 것에 적응하는 것도 그리 어려운 일은 아니었다. 그는 원래도 항상 곁에 있어 주는 남자가 아니었으니까.

다만, 바이올렛은 유난히 아끼는 동그란 나무 식탁 앞에 윈터가 다리를 꼬고 앉아 있는 환상과 종종 마주치곤 했다. 그녀의 환상 속 윈터는 이 낡은 집을 정말로 좋아해서, 천장에 쿵쿵 머리를 박고 다니면서도 좀 투덜거릴 뿐, 금방 씨익 웃어 버리곤 했다.

처음에는 최대한 윈터를 떠올리지 않으려 애썼지만 그에 대한 쓸쓸한 그리움은 좀처럼 사라지지 않아 이제는 그냥 포기하고 받아들이기로 했다.

키론의 겨울은 가장 추운 날도 영상 5도 정도였고, 2월인 지금은 벌써부터 봄기운이 느껴지기 시작했다.

오늘은 일이 없어 느지막이 일어난 바이올렛은 유난히 따듯한 날을 맞아 모처럼 이불을 빨고 뱃사람들이 매달아 준 빨랫줄에 침대보를 탁탁 털어 널었다.

이제 집안일도 좀 익숙해졌다고 생각하며 만족하고 있는데 동네 아이 무리가 우르르 달려왔다.

“바이올렛! 좀 숨을게!”

“숨겨 줘!”

“또 사고를 쳤구나, 요 꼬맹이들?”

드센 동네 어른들과 달리 바이올렛은 큰 소리도 내지 않았고, 화내는 법도 없었다.

그녀는 다른 대륙 출신이라는 말밖에 하지 않았지만, 모두들 그녀가 보통 귀족이 아니었을 거라고 생각했다. 외적인 것을 전부 제외해도 명백했다.

마을 어른들에게는 이질적인 그녀의 특징들이 불편한 구석이었지만, 아이들에게 바이올렛은 그저 화 안 내는 좋은 어른일 뿐이었다.

까르륵 웃은 아이들이 집에 숨어 들어가고, 잠시 후 아이들을 잡으러 다니는 어른들이 보였다. 바이올렛이 모른 척 살며시 손을 들자 사람들이 몰려와 그녀의 집에서 아이들을 꺼내 갔다.

"으앗! 잘 숨었는데!"

"맨날 이 집에 숨으면서 안 들키기를 바라?"

아이들이 붙잡혀 질질 끌려 나가자 바이올렛은 저도 모르게 웃음을 지었다.

잠시 후 이웃집의 핌이 찐 감자를 한 아름 안고 나타났다.

"바이올렛, 이것 좀 받아요."

핌은 다른 마을 사람들에 비해 유난히 바이올렛과 사이가 좋았고, 이것저것 필요한 것들을 챙겨 주고 알려 주기도 했다. 핌이 특별히 너무나 잘해 주어 가끔은 이 사람이 왜 이러나, 싶을 때도 있었다. 게다가 너무 극존칭이라 혹시 제가 누군지 들통난 건가, 걱정될 때마저 있었다.

바이올렛이 침대보와 이불을 널고 감자를 받아 들었다.

"세상에. 고맙소. 어디서 이렇게 좋은 감자가 생겼소?"

"엊그제 항구에 타지 사람들이 왔더라고요."

"타지 사람이 웬일일까. 아, 음료를 좀 드시겠소?"

"좋죠."

바이올렛이 감자를 들여다 놓고 유리잔을 꺼내 사과차 한 잔을 만들었다. 핌은 늘 시원한 것을 좋아해, 얼음도 잔에 가득 부었다. 바이올렛이 얼린 정사각형의 얼음에는 항상 작은 꽃들이 함께 있어 보기에 무척 사랑스러웠다.

핌이 사과차를 받아 드는 것과 동시에 잔소리했다.

"아휴, 그렇게 나긋나긋하시니까 온 동네 애들이 여기 와서 노닥거리는 거 아니에요?"

"아이들 와 있으면 북적거려서 나도 좋소."

바이올렛이 웃으며 말하는데 단숨에 음료를 마시고 난 핌이 침대보를 살피며 혀를 찼다.

"그나저나 바이올렛은 참 빨래를 못하네요. 이게 빤 거야, 만 거야?"

"……열심히 한 건데."

"정말 손에 물 한 번 안 묻히고 자라셨나 봐요. 다시 합시다. 따라오셔요."

"다시? 그럴 필요까지는 없지 않소?"

바이올렛이 말려 보려 했지만 핌은 이미 빨래를 다 걷은 후였다. 그녀가 아직 치우지 않은 커다란 나무통에 빨래를 다시 넣으며 말했다.

"하여튼 저 멀리 왕녀님도 이렇게 일을 못하진 않을 거예요."

"미안하게 됐소."

열심히 했는데 자꾸 못한다, 못한다 하니 바이올렛이 저도 모르게 살짝 토라져 입술을 앙다물었다.

핌은 저보다 세 살이 어림에도 왠지 연상처럼 느껴지던 바이올렛의 드문 표정에 호탕하게 웃었다. 그녀가 물을 가져다 부으며 바이올렛에게 말했다.

"슬리퍼 벗고 여기 들어가요."

"여기를?"

"네. 발로 꾹꾹 밟아요."

바이올렛이 눈이 동그래져서 핌을 보자 그녀가 혀를 차며 말했다.

"또 그 '세상에, 어떻게 그렇게 무례한 짓을.' 하는 표정 지으시네요."

"내가 그랬소?"

"그러셨어요. 얼른 벗고 들어가요."

핌의 재촉에 바이올렛이 별수 없이 맨발로 나무통에 들어갔다. 그녀가 치마가 젖지 않게 잡아 들고는 두 발로 빨래를 꾹꾹 밟으며 웃었다.

"아. 왜 들어가서 밟으라고 했는지 이제 알겠소."

"그렇죠? 아이고, 힘도 하나도 없으시네."

핌이 놀리면서도 바이올렛이 넘어지지 않게 팔을 잘 잡아 주었다. 금방 땀이 나도록 힘을 쓰던 바이올렛이 뒤늦게 물었다.

"그나저나 타지 사람들은 어디 사람들인데 여기 온 거요?"

"아, 그게요."

핌이 자기가 설명 안 했냐는 듯 박수를 치고 말을 이었다.

"카닉 호텔을 짓고 있대요. 관광객 늘면 일자리도 늘어날 거라면서 사람들이 엄청 좋아하던데요?"

"……뭐, 뭐라고 했소?"

"카닉 호텔이요. 유명한 호텔 체인 있잖아요. 저 성벽 뒤 언덕을 그 회사에서 싹 다 샀다고 하더라고요. 이 앞에 바다까지 전부."

그녀의 말에 놀란 바이올렛이 성벽 쪽을 보았다. 바이올렛은 순식간에 머릿속이 텅 비어 버린 기분이 들었다.

"카닉 호텔이 왜 여기……."

"엄청 크게 지을 건지 타지 사람들이 엄청나게 들어왔더라고요. 당분간 우리 마을도 북적북적하겠어요. 장사가 좀 잘되려나."

내가 여기 있는 것을 윈터가 알아차린 걸까.

바이올렛이 잠시 생각했다. 그러나 윈터가 저 보라고 인근에 호텔을 지어서 아내가 잃은 것들을 뽐낼 정도로 한심한 사람은 아니었다. 애초에 지금 그가 그 정도로 그녀에게 관심이 남았을 것 같지도 않았다.

우연이려니. 바이올렛이 그리 생각하며 잊기 위해 빨래에 몰두하는데, 핌이 문 앞에 진흙탕을 밟지 않도록 올려 둔 나무 판을 가리키며 말했다.

"동네 애들이 다 들락거리니 저것도 박살 나기 직전이네요."

"바꾸긴 해야 할 텐데……."

바이올렛이 웃으며 말끝을 흐리자 핌이 인상을 쓰고 물었다.

"바이올렛은 도대체 돈 벌어서 어디다 쓰는 거예요? 예핌추크가에서 돈을 적게 주지도 않을 텐데 어떻게 이렇게 없이 사냐고요."

"아, 말 안 했소? 빚 갚는 데 쓰고 있다오."

"……그랬어요? 빚이 얼마나 되는데요?"

"평생 갚아도 이자도 못 낼 정도라오."

바이올렛이 하도 태연하게 말해 핌이 씁쓸한 표정을 지었다.

잠시 후, 바이올렛이 나무통에서 내려섰다. 발이 젖어 있어 흙을 밟았는데, 순간 카닉 호텔 이야기 때문에 받았던 충격이 싹 날아갈 정도로 기분이 좋았다.

배운 대로 빨래를 한 후 다시 빨랫줄에 널었다. 핌의 말대로 아까 한 건 빨래도 아니었는지 침구가 새하얘져 있었다.

뽀송뽀송 말려서 그 위에 누우면 얼마나 기분이 좋을까. 그런 행복한 상상으로 카닉 호텔에 대한 복잡한 감정을 덮어 버렸다. 마주치지만 않으면 저와는 별 상관도 없는 일이다.

❄❄❄

며칠 뒤 바이올렛은 예핌추크가의 정원 파티를 준비하기 위해 가문에서 보낸 짐마차에 탔다. 짐마차에는 바이올렛이 준비한 꽃들이 한가득 채워져 있었다.

그녀의 집에서 출발해 얼마 가지 않아 코르시카의 국경이 나왔다. 국경은 아무 의미가 없는 것으로, 이미 두 나라 간에 협약이 되어 있어 오가는 데 아무런 제약이 없었다.

마차를 타고 한 시간 정도 달리면 근사한 담벼락을 가진 예핌추크 가문이 나왔다.

예핌추크는 성벽 안쪽에 있었기 때문에, 저택 앞에 내려서니 언덕 위에 지어지고 있는 카닉 호텔의 모습이 확실하게 보였다.

'윈터도 오겠지.'

그는 3년 내내 출장이 잦았다. 얼굴 보기가 힘들 정도였으니 여기 새 호텔이 지어지는 것을 제 눈으로 확인하러 올 것이 분명했다.

어차피 그는 한번 나가면 석 달씩 집에 들어오지 않을 때도 많았다. 그런데 아예 따로 살기 시작하니 가끔 그가 사무치게 그리워졌다.

그래도 1년 정도 지나니 이제 그 그리움도 견딜 만해졌다.

왜 그 남자가, 그렇게도 무심하고 폭언을 지껄여 댄 남자가 이렇게 애틋한 건지. 바이올렛은 그것이 언제나 의문이었다.

바이올렛이 무심코 언덕 쪽을 바라보는데 가문의 고명딸인 리지야가 참견했다.

"여기서 뭐 하는 거예요?"

"아, 미안해요."

바이올렛이 사과하고 서둘러 가져온 꽃들을 내렸다.

이곳에는 리지야가 할 일이 전혀 없는데도 그녀는 갈 생각이 없어 보였다. 그녀가 바이올렛 옆을 계속 얼쩡거리며 물었다.

"머리는 어디서 했어요?"

"머리요?"

하녀가 마지막으로 잘라 준 이후 손질하지 않았다. 바이올렛이 대답을 머뭇거리자 리지야가 추궁하듯 물었다.

"아침에는? 어떻게 관리했어요?"

"그냥 감고 말렸어요."

"거짓말하지 말아요. 그냥 말렸는데 이렇게 된다고?"

"빗질은 했어요."

열아홉 살의 리지야는 여전히 꼬치꼬치 캐물으며 따라다녔고, 바이올렛은 귀찮음에 폭 한숨을 쉬었다.

"아가씨도 파티 준비하세요. 이렇게 따라다니지 말고."

"내가 어딜 가든 무슨 상관이람? 자기 일이나 해요."

리지야가 짜증을 내며 화병을 들어 바이올렛이 놓으려던 위치에 올렸다. 얼떨결에 일을 돕다가 바이올렛 쪽을 보니 그녀는 본격적으로 일을 할 마음인지 길게 자란 머리칼을 모아 대충 틀어 올려 핀으로 고정하고 있었다.

리지야는 그녀의 동작 하나하나가 중요한 양분이라도 되는 것처럼 두 눈으로 꼭꼭 씹어 삼키고 있었다.

'분명 엄청난 집 아가씨였을 거야.'

리지야는 확신했다. 그녀는 중앙 사교계에 대한 욕망이 대단했지만 보고 배울 만한 스승이 없었다. 그러다가 일을 구한다며 바이올렛이 찾아왔을 때, 이 사람이다 확신했다. 형편이 좋아 보이지 않았음에도 불구하고 말투며 손짓이며 표정까지도 전부 훔쳐서 제 것으로 만들고 싶은 것들뿐이었다.

그것은 리지야의 부모도 마찬가지였음이 분명했다. 원래 하녀들이 적당히 꽃 장식을 해 왔었음에도 특별히 더 지출을 해 바이올렛을 고용했으니까.

바이올렛이 어젯밤을 새워서 만든 그물주머니를 나무에 달았다. 그 안에는 유리로 만든 구슬이 담겨 있었고, 구슬 속 마법석이 밝은 빛을 내며 조명 역할을 했다.

여러 색의 구슬을 나무에 달자 정원 안에 근사한 분위기가 났다.

리지야가 사다리 아래 서서 위로 올라가 조명을 다는 바이올렛에게 말했다.

"호텔이 열리면 오픈 파티가 있을 거래요."

"아."

"거기 윈터 블루밍 경이 올…… 아!"

순간 힘이 풀린 바이올렛이 휘청거리자 리지야가 기겁을 해서 그녀의 다리를 끌어안고 저도 모르게 욕설을 했다.

리지야의 욕설에 정신이 번쩍 든 바이올렛이 말했다.

"도와준 건 고맙지만, 그렇게 험한 말 하는 거 아니에요."

"내가 언제 뭐 얼마나 험한 말을 했다고? 큰일 날 뻔했으니까 그러는 거 아냐, 지금!"

이 아가씨를 어쩌면 좋을까.

바이올렛이 걱정 가득한 얼굴로 사다리에서 내려왔다. 그리고 단호함이 느껴지는 눈빛으로 입을 열었다.

"리지야."

"네, 네?"

리지야가 움찔거렸다. 바이올렛의 행동과 태도가 지금까지 본 모든 사람과 다르다는 건 인지하고 있었지만 지금 그녀가 작정하고 한 소리를 하려 드니 그 위압감이 몇 배로 거세졌다.

"중앙 사교계에 진출하고 싶은 거 아니었나요?"

"마, 맞아요."

"그렇다면 이번 오픈 파티는 정말로, 정말로 중요한 파티가 될 거예요. 거기서 쌓은 인맥으로 여기 코르시카의 수도에 진출할 수도 있게 되겠죠."

"누가 그걸 몰라요?"

"그러려면 이렇게 말괄량이 같은 말투를 써서는 안 돼요."

"오빠는!"

"조르디 도련님께서는 중앙 사교계에 진출하실 마음이 없으시니 계속 말괄량이로 계셔도 괜찮아요."

두 사람에게 가까이 오던 예핌추크 부인은 리지야가 혼나고 있는 걸 알고 자리에 멈춰 섰다. 그녀는 근처에 있던 하녀에게 말을 거는 시늉을 했지만 귀만은 그들 쪽으로 열려 있었다.

바이올렛이 뿌루퉁해진 리지야의 어깨를 바로 펴 주었다.

"그리고 어깨를 이렇게 말고 서 있지 말아요."

"내가 키가 커서 비웃는단 말이에요."

"그게 왜요? 멋있기만 한데."

"……그래요?"

"이렇게 어깨를 말고 있는다고 키가 줄어드는 것도 아니잖아요. 불필요한 행동이에요."

"바이올렛은 어떻게 그렇게 자세가 반듯해요? 목도 길고 예쁘고."

"어려서 쭉 발레를 했어요."

"아."

리지야가 고개를 끄덕이더니 어깨를 펴고 섰다.

예핌추크 부인이 폭 한숨을 쉬었다. 제가 그렇게 말할 땐 안 듣더니, 졸졸 따라다니던 바이올렛의 말은 들었다. 딸이지만 순간 얄미워졌다. 그래도 바이올렛에게는 고마움을 느꼈다.

예핌추크 부인이 안심하고 떠난 뒤, 파티 손님인 리지야의 또래 여자들이 들어섰다.

바이올렛이 일을 다 끝내지도 않았는데, 일찍 온 손님들이 테이블에 자리를 잡고 앉았다.

코르시카 동부에서 꽤 이름 있는 가문의 영애들이었다. 비슷한 시기에 데뷔탕트 볼을 한 그들은 들어서자마자 역시나 카닉 호텔의 오픈 파티 이야기로 바빴다.

이들 중 가장 위세가 떨어지는 것은 예핌추크였다. 그렇게 말괄량이던 리지야가 자리에 앉으니 어색한 표정으로 웃으며 맞장구만 쳤다.

"어머, 리지야 양은 키가 더 자란 것 같네요?"

"세상에! 이러다가 180도 넘겠어요!"

키가 커서 주눅이 들어 있던 것은 엄살이 아니었던 듯했다.

바이올렛이 짐 가방에 남은 것을 정리하는데, 이 모임에서 가장 유력 가문인 에이든가의 엘자 에이든이 들으란 듯이 리지야에게 물었다.

"리지야 양. 저 꽃을 관리하는 여자는 귀족이었던 것 같은데요?"

"글쎄요, 아마도……."

"아무리 몰락 귀족이어도 저런 일을 하다니. 자존심도 없나 봐요."

리지야가 멈칫했다. 그녀는 바이올렛의 편을 들어주고 싶었으나, 저보다 훨씬 좋은 가문 아가씨들에게 주눅이 들어 입이 떨어지지 않았다.

힐끔 그쪽을 보던 바이올렛은 리지야와 눈이 마주치자 살짝 제 쪽으로 오라는 눈짓을 보냈다. 다행히 리지야가 알아듣고 바이올렛에게 오자 그녀가 소곤거렸다.

"약속 시간보다 일찍 오는 건 결례예요."

"그런 것 같기는 했지만 말하기가 좀 그래요."

"그리고 전부터 말하고 싶었는데."

바이올렛이 손가락으로 섬세하게 찻잔 잡는 시늉을 하며 새끼손가락을 폈다.

"이렇게 소지를 펴면 안 돼요."

"예에? 저절로 펴지는데?"

"안 돼요."

"왜요?"

"예법이에요."

"엘자 양은 펴고 있는데요?"

"그러네요. 아직 어리시니까 배우시면 되죠."

바이올렛의 말에 표정이 확 밝아진 리지야가 신이 나서 테이블로 돌아가려는데 바이올렛이 그녀의 품에 유리 화병 하나를 안겼다.

“괜히 부른 것 같으니까 이거 가져가세요. 앞에 두면 돼요.”

“빈 화병을요?”

“네. 라크라운드 중앙 사교계에서는 종종 티 파티를 할 때 호스트 앞에 이런 입구가 좁고 투명한 화병을 둬요. 그리고 나뭇잎이든 꽃잎이든 운 좋게 이 좁은 입구로 들어가면 소원을 비는 거예요. 그 소원이 다 이루어진대요.”

“어머, 재밌다.”

리지야가 홀린 듯이 대답하며 유리 화병을 끌어안고 물었다.

“바이올렛도 소원 빌어 본 적 있어요?”

“아. 한 번.”

“어땠어요? 이뤄졌어요?”

“아직이에요. 하지만 이뤄질 거라고 믿어요.”

열여섯 살 봄으로 기억한다.

그 좁은 입구로 쏙, 작은 연분홍색 벚꽃이 떨어졌다. 바이올렛은 두 손을 모으고 진지하게 소원을 빌었다.

'행복한 가정을 꾸리게 해 주세요.'

바이올렛의 소원은 언제나 같았다.

리지야가 달려가 엘자에게 손가락을 펴면 안 된다는 것을 알려 주는 것이 보였다.

이어서 그녀가 화병을 앞에 두자 다들 호기심을 가지고 살폈다. 라크라운드는 사교계가 굉장히 발전한 나라였으므로 그곳의 문화를 아는 것은 굉장히 관심을 끄는 요소였다.

바이올렛은 집으로 돌아가기 위해 짐마차에 타려다 한 번 더 호텔 방향을 돌아보았다.

그와 헤어진 지도 이제 1년이 지났다. 어떻게 지내고 있을까, 조금은 궁금한 마음도 들었다.

바이올렛은 짐마차를 타고 집으로 돌아가다 충동적으로 중간에 내렸다. 짐은 마부가 집 앞에 가져다주기로 했기 때문에 손에 든 것은 작은 동전 주머니뿐이었다.

카닉 호텔이 지어진다고 하니 내심 기대되는 것이 있었다. 라크라운드 사람이 여기로 무더기로 일하러 올 테니, 사람이며 음식이며 그리운 고향을 잠시나마 느낄 수 있으리란 것이었다.

카닉 호텔이 지어지고 있는 곳의 성벽은 근사했다. 저 높은 성벽 위에서 해적들을 향해 바위를 날려 배를 부수고, 바다에서는 도스 공국의 해군이 막아 남은 해적까지 전부 붙잡았다고 들었다. 어릴 때 도스 남매에게 질리도록 들은 이야기였다.

바이올렛은 언덕 아래에 있는 시장 어귀에 들어서서 혹시 라크라운드의 식재료가 들어온 게 없나, 하고 살피기 시작했다. 예상대로 익숙한 식재료가 보여 장보기에 푹 빠져 있는데 누군가가 휙 그녀의 팔을 잡아챘다. 그녀가 놀라서 돌아보니 아는 얼굴이었다.

"프, 플립?"

1년 만에 만나는 플립의 모습에 바이올렛의 눈이 동그래졌다.

윈터가 특히 아끼던 하인인 그는 카닉사에 정식으로 입사해 일을 하고 있었고, 차림새도 깔끔하게 바뀌어 있었다.

수려한 플립을 보며 윈터는 의외로 직원들의 외모를 따지는 모양이라고 무심코 생각하는데, 그가 설명도 없이 다급하게 짐마차 안에 바이올렛을 밀어 넣었다.

도대체 무슨 일일까 생각하며 앉아 있는데 곧 듣는 것만으로도 울컥한 기분이 드는 익숙한 목소리가 들렸다.

"플립, 네 번째 골목에 있는 것들 전부 사 와. 나는 반대로 가 볼 테니까."

"예, 대표님."

플립이 정중히 인사하자 윈터가 멀어졌다. 그제야 플립이 살그머니 짐마차의 커튼을 열었다.

"이제 나오세요, 작은 마님."

"오랜만이네, 플립."

"지금 반가워하고 계실 때가 아닙니다. 대표님께 잡히시면 정말로……."

플립이 생각하기도 싫다는 듯 몸을 떨었다. 바이올렛이 걱정스럽게 물었다.

"윈터가 화가 많이 났었던 모양이지?"

"화요? 뭐라고 해야 하나, 그것보다 훨씬 복잡합니다."

"복잡해?"

"어서 빨리 도망을…… 아, 이거 가져가십시오."

플립이 빵이 든 바구니 하나를 꺼내 내밀었다.

"이 지역 특색이 있는 메뉴를 룸서비스로 내놓으려고 이것저것 사들이고 있습니다. 맛있으니 드세요."

"와, 좋은 냄새."

바이올렛의 안일함에 플립은 충격을 받았다.

윈터가 그동안 얼마나 모두의 피를 말리게 했는지 그녀는 짐작도 못 하는 듯했다. 하기야, 그러니 도망을 쳤을 것이다.

플립은 고민했다.

지난 1년간 윈터가 바이올렛에 대해 언급한 적은 없었다. 그녀가 보내는 편지들을 꼬박꼬박 받아 챙기긴 했지만 그건 돈이 동봉되어 있기 때문일 것이다.

다만 그는 1년 내내 심각한 악몽에 시달렸다. 무슨 꿈인지는 물어보지 못했지만, 그 세상에 두려울 것 없던 남자가 비명을 지르거나 바이올렛의 이름을 부르며 깨서는 온몸을 덜덜 떨며 뜬눈으로 밤을 새웠다. 게다가 그 꿈을 한 번 꾸고 나면 일주일은 독한 약을 먹어 기절하듯 잠들어야만 했다.

어찌 됐든 윈터의 신경을 거슬리는 것은 좋지 않을 것임은 충분히 짐작 가능했다. 윈터는 요즘 들어 그저 본능이 이끄는 대로 행동하고 있었다. 아무도 그를 제어할 수 없었다.

"빨리 가세요! 빨리요!"

"고맙……."

"인사는 나중에 하시고 절대 잡히지 마세요!"

바이올렛은 무척 난처한 얼굴로 빵 바구니를 들고 집 방향으로 달렸다.

그녀가 윈터 앞에 나타날 마음의 준비가 되지 않은 건 사실이지만, 이렇게까지 도망만 다닐 생각도 아니었다. 자신의 잘못이 그리 크다고 생각하지 않았다. 먼저 그녀의 부정을 의심하고, 임신이 안 된다는 사실까지 속인 건 윈터였다.

플립이 왜 저렇게 안달하는지 이해하지 못한 상태로 바이올렛은 시장을 벗어나 집으로 향했다.

허기가 많이 졌던지라 바구니 손잡이를 팔에 걸어 들고 빵 하나를 들어 한 입 물었다. 달콤한 치즈가 듬뿍 들어간 빵이었다. 바이올렛이 감동해서 바구니 가득 든 빵을 보았다. 1년 내내 수도자처럼 살았던지라 이렇게 질 좋은 빵은 오랜만이었다. 후각이며 시각이며 감각들이 반짝반짝 살아났다.

바이올렛은 빵을 우물거리며 집으로 오다가 핌의 집에 들렀다. 문을 두들기자 핌과 함께 딸아이인 여섯 살의 리나가 튀어나와 바이올렛에게 매달렸다.

핌이 물었다.

"오늘 일하러 간 거 아니었어요?"

"아, 일 끝나고 시장에 갔다가 라크라운드에서 알던 사람을 만나서 빵 바구니를 받았다오. 너무 맛있어서 다 같이 나눠 먹을까 하고."

"하여튼 꼭 뭘 이렇게 다 나눠 주려고 든다니까……. 차를 내줄까요?"

"좋소."

바이올렛이 들어서서 빵 바구니를 놓았다. 핌이 호통 치듯 앞에서 놀고 있던 아이들을 불러들였다. 맛있는 걸 나눠 준다는 소식에 아이들이 금방 식탁 앞에 자리 잡고 앉았다. 모처럼 얌전히 빵을 집어 먹은 아이들이 감탄했다.

"우와, 맛있어……."

"바이올렛, 이거 엄청 맛있어!"

아이들이 재잘재잘거리며 감동하자 바이올렛이 기쁜 표정으로 아이들을 보았다. 그사이 리나가 두 손으로 꽃받침처럼 턱을 받치고 바이올렛을 빤히 보았다. 동네 아이들은 대부분 성격이 온화한 바이올렛을 좋아했지만 리나는 특히 더 그녀를 좋아했다.

그런 리나와 눈이 마주친 바이올렛이 리나처럼 손으로 턱을 받치고 상체를 기울였다. 언제나 반듯한 자세로 앉았던지라 그녀 스스로도 이 행동이 낯설게 느껴졌다.

"뭘 그렇게 재미있게 보니, 리나?"

"바이올렛 좋아!"

"나도 리나가 참 좋아."

바이올렛이 대답하며 눈웃음 지었다.

웃고 떠들며 사람들과 빵을 나눠 먹고, 이렇게 아이와 마주 보고 있으니 소소한 행복에 휩싸였다.

❄ ❄ ❄

늦은 밤, 윈터는 창가에 기대서서 긴 테이블을 바라보고 있었다. 테이블 위에는 이 지역의 특산품이라고 할 만한 것들이 전부 올라와 있었다.

"뭔가 부족한데."

그가 말하자, 테이블 맞은편에 서 있던 부대표 안잘리가 대답했다.

"대표님, 사업 확장 좀 적당히 하십시오. 뒷일은 다 저희에게 떠맡기고 계속 이렇게 일을 벌이기만 하시면……."

"닥치고 머리나 굴려 봐."

윈터의 말에 안잘리가 입술을 물었다. 태생이 명문가, 그것도 교육이 철저하기로 소문난 리스틱 가문 출신의 안잘리가 이렇게 우는소리를 한다는 것은, 보통 사람이었다면 몇 번이나 사표를 내고 때려치웠을 거란 이야기였다. 실제로 공동 부대표인 이글린은 지금까지 열 번도 넘게 사표를 내고 도망쳤다가 씀씀이를 못 견뎌 돌아오기를 반복하고 있었다.

윈터가 안잘리 쪽으로 걸음을 옮기며 투덜거렸다.

"너희 집 빚 다 갚았으면 그만두시든가."

"아직 못 갚았지만 그것과 상관없이 저 그만두면 회사가 안 굴러갈 겁니다."

"그래서. 까불려고 여기까지 왔어?"

윈터는 이유 없이도 사람을 칠 위험이 있었기 때문에 그가 가까워지기 전에 안잘리가 한 걸음 뒤로 물러섰다. 안잘리가 말을 이었다.

"대표님, 이렇게 확장하다간 큰 문제가 터질 겁니다. 지금도 저 하나 앓아누우면 곧바로 큰 타격이 옵니다. 하옐이나 이글린 역시 마찬가지고요."

"그래서."

"제발 쉬십시오."

안잘리가 회사의 명운을 짊어지고 말하는데 순식간에 윈터의 손에 멱살이 쥐어졌다. 안잘리도 큰 편이었지만 윈터와는 비교가 되지 않았다.

"내가 하는 일에 참견하지 말고 네 일이나 해. 그러라고 주는 돈이니까."

안잘리가 입을 꾹 다물었다. 윈터가 그를 휙 밀치며 돌아섰다.

"온 김에 한 바퀴 돌면서 머리 식혀. 이틀 휴가 줄 테니까."

그럴 시간이 없긴 했지만 안잘리는 미래가 어떻게 되든 잠깐이라도 쉬고 싶었기 때문에 별말 없이 그곳을 나섰다.

안잘리가 아직 다 지어지지 않은 호텔 복도를 걷는데 하옐이 나타나 그의 팔을 휙 붙잡았다.

"부대표님."

안잘리가 돌아보자 하옐이 소곤거렸다.

"아까 플립이 여기서 작은 마님을 뵈었답니다."

"그렇군."

안잘리가 잠시 생각에 잠겼다. 이미 회사에는 금이 가고 있었다. 뒤를 돌아보지 않고 확장에 확장만 거듭하니 뒤따라오던 모든 이가 나가떨어진 탓이었다.

정말 윈터가 한 달은 멈춰야 수습이 가능할 것 같았다. 이글린이 진지하게 약을 먹여서 한 달간 재우자고 고민하는 걸 가까스로 말렸던 안잘리였다.

그가 물었다.

"최근에 부인의 이야기를 하신 적은 있나?"

"전혀요. 한 세 달은 기다리시더니 그 뒤로는 말도 안 꺼내세요."

"그래도 마주치면 잠깐은 영향이 있지 않을까."

"글쎄요, 요즘 들어 저도 대표님 반응이 전혀 예상이 안 돼요……."

윈터의 옆에서 일거수일투족을 알고 있는 하옐이 이 정도니 다른 사람들은 언제 벼락이 떨어질지 몰라 매일이 긴장의 연속이었다.

"그래도 일단은…… 작은 마님이 사라지신 이후로 쭉 제정신이 아니신 건 사실이니 잠깐이라도 만나 뵙는 것이 좋지 않을까요?"

"역시 그렇겠지."

"제가 다녀올 테니까 대표님께 너무 가까이 가지 마세요. 부대표님 그만두시면 저도 그만둘 거니까."

하옐이 우는소리를 하고 달려 나갔다.

❋❋❋

안잘리를 쫓아내고 윈터가 창문 아래 털썩 앉았다. 그러고는 고개를 젖혀 벽에 머리를 기대고 가만히 시간을 죽였다.

바이올렛이 떠난 이후 줄곧 이랬다. 세상의 모든 것이 싱거워졌다. 그나마 조금이라도 자극이 되는 것이 새 호텔을 지어 올리는 일이었다.

예전에는 건물 하나 손에 넣을 때마다 소름이 돋을 정도로 쾌감이 느껴졌는데 지금은 그냥, 제가 살아 있다는 것을 확인할 정도의 자극만을 받았다.

그는 얼마 전 블루밍 저택으로 도착한 편지를 다시 확인했다. 예전 바이올렛의 주치의였던 베릴의 편지였다.

작은 마님께 조제해 드린 약에 블루밍 공작 전하와 마님께서 공모하여 주신 약이 섞여 있었습니다. 증거는 없지만 아마도 그 약을 먹으면 임신한 것과 같은 증상이 나타나는 약이었던 듯합니다.

그동안 따듯하게 대해 주셨는데 이렇게 나쁜 짓을 하고 도망쳐 죄송합니다.

정말 죄송합니다.

바이올렛 앞에서 부모의 편을 들던 날들이 떠올랐다.

애정이나 따듯함을 모르고 자라서, 그냥 그 정도면 충분한 줄 알았다. 제가 받는 사랑도, 제가 바이올렛에게 주는 사랑도. 전부 그거면 된다고 생각했었다.

그가 아는 모든 것이 틀렸고, 바이올렛은 떠났다.

부모에게 처음으로 언성을 높이며 화를 내고 모든 재정 지원을 끊었다. 보나 마나 가족들이 죽는 소리를 하며 매달릴 것이기도 하고, 더는 라크라운드에 있고 싶지 않아 바이올렛이 있는 곳으로 와 버렸다.

서글프면 아내를 찾아오는 일이 습관이 된 것 같았다. 그녀에게는 의지할 만한 남편이 되어 주지 않았으면서, 정작 자신은 아내에게 정신적으로 의지하고 있었다. 그녀가 사라지자 그대로 쓰러질 만큼.

"……내 쓰레기 같은 피가 도움이 될 때도 있군."

저 때문에 죽을 뻔한 아내가, 제 망할 피 덕분에 살아 있었다.

윈터는 벽에 기대 눈을 감았다.

1년째, 세상에서 제일 싫은 게 제 자신이었다.

❄ ❄ ❄

예핌추크가에서 갑자기 무도회에 가야 한다며 드레스와 머리에 할 꽃 장식을 부탁했다.

바이올렛이 꽃을 한가득 챙겨서 마차에서 내리자 리지야 예핌추크가 성질 급하게 소리쳤다.

"이렇게 늦게 오면 어떡해요!"

"너무 갑자기라 준비에 시간이 걸렸어요. 왜 갑자기 재촉이에요?"

"갑자기…… 갑자기 무슨 야외 파티를 한다고 비밀 초대장을 받았어요!"

리지야는 흥분해 있었다. 그녀가 안절부절못하며 물었다.

"어떻게 된 거죠? 왜 하필 우리 가문을 불렀죠? 가까워서?"

“초대장을 보여 줄래요? 초대장에 맞게 꾸며 줄게요.”

바이올렛이 리지야의 팔을 쓰다듬으며 달래자 리지야가 휙 초대장을 꺼내 내밀었다.

카닉 호텔 키론 지점의 정원에서 열리는 비밀 무도회에 예핌추크가를 초대합니다.

윈터 블루밍

초대장에 적힌 남편의 서명에 바이올렛의 시선이 잠시 고정되었다. 리지야가 제게 관심을 가지라는 듯 바이올렛의 팔을 흔들었다.

“그 유명한 윈터 블루밍이, 심지어 비밀 초대를 했다니까요! 대륙의 유명인이란 유명인은 다 무도회에 올 거라고요! 내가 이런 시골에서 간 촌뜨기란 건 다 알아차릴 거예요.”

“왜 그렇게 생각해요?”

“딱 보면 다 알죠. 아, 선물은 뭘 하면 좋지……? 제가 사 갈 수 있는 건 분명 기억에 남지 않을 거예요. 뭐가 좋아요? 라크라운드 사람이니까 좀 알죠?”

바이올렛이 조용히 리지야의 머리에 여름에 피는 하얀 꽃 장식을 했다. 그다지 꽃을 쓸 일도 없는데 저를 부른 걸 보니 그냥 흥분하고 막막해서 이야기할 상대가 필요했던 모양이다. 잠시 생각하던 바이올렛이 입을 열었다.

“올리브 오일을 가져가면 좋아요.”

“……고작 올리브 오일을요?”

“예핌추크 가문에서 직접 만들어 쓰는 올리브 오일은 정말 훌륭하잖아요. 라크라운드는 여기보다 훨씬 추워서 올리브가 자라지 않아요. 거기서는 구해 봤자 시답잖은 것들뿐이죠."

"그래요?"

"네. 처음엔 여기 올리브 오일이 잘못된 건 줄 알았어요. 이제는 뭐가 맛있는 건지 좀 알게 되었지만."

기별 없이 살면서도 드문드문 윈터가 떠올랐다. 그리고 자꾸만 그의 말들이 이해가 갔다.

윈터가 늘 올리브 오일이 맛없다고 짜증 내면서도 음식마다 듬뿍듬뿍 뿌려 먹던 것이 생각났다. 여기 와서야 본래 알던 올리브 오일 맛이 완전히 잘못되었음을 알았다.

이곳 오일 중에서도 특히 예핌추크 가문에서 만들어 쓰는 올리브 오일은 더 특별했다.

바이올렛의 조언에 리지야는 고민하는 듯했지만 어차피 더 생각나는 선물도 없어 올리브 오일을 가져가기로 했다.

바이올렛이 다 챙겨 주고 방을 나가는데 리지야의 에스코트를 위해 함께 가기로 한 그녀의 오빠, 조르디 예핌추크가 앞을 막았다.

"왔으면 인사를 해야죠."

"리지야 아가씨를 보러 온 거라서요."

"온 김에 나한테도 해요."

"글쎄요."

바이올렛보다 세 살이 어린 조르디는 처음 본 날부터 그녀에게 이렇게 덤벼들었다. 예핌추크 부부가 아무리 공손히 대하라고 해도 들은 척도 하지 않았다.

바이올렛이 빙 돌아 가려 하자 조르디가 그녀의 뒤를 따라 걸으며 말했다.

"결혼할래요? 해 줄게요."

"기혼이에요."

"남편은 보이지도 않던데."

"빚쟁이한테 쫓겨서 도망 다녀요."

하여튼 이 남매는 사람 귀찮게 구는 게 닮았다.

한참 후 그들을 겨우 떨궈 내고 돌아서던 바이올렛은 앞에 서 있는 날씬한 정장 차림의 청년을 발견하고 멈춰 섰다.

"하옐?"

"드릴 말씀이 있습니다, 작은 마님. 마차에 타시죠. 댁까지 모셔다 드리겠습니다."

바이올렛이 멈칫했다가 예핌추크가의 짐마차에 말을 하고 하옐이 타고 온 마차에 탔다.

하옐이 눈치를 살피다가 입을 열었다.

"대표님 한번 만나 주실 생각 없으십니까?"

"지난번에 플립은 가능하면 마주치지 않는 게 나을 것처럼 말하던걸."

"저희도 그렇게 생각했습니다만…… 지금 회사 상황이 많이 안 좋습니다."

"안 좋다니?"

"지금까지 겪은 적 없던 위기입니다. 뒤가 절벽인 거 뻔히 알면서 대표님께서 계속 뒷걸음을 하고 계시다는 말입니다. 여차하면 이대로 도산해 버릴지도 모릅니다."

사실 그럴 가능성은 만에 하나도 없었지만, 하옐은 바이올렛을 회유하기 위해 있는 엄살 없는 엄살을 다 부리고 있었다.

그러나 바이올렛에게 그다지 통하지 않았는지, 그녀가 담담히 고개를 저었다.

"미안하지만 아직 그 사람을 만날 만큼 마음이 편해지지 않았다네."

"작은 마님……."

"이혼 서류에 서명을 해 준다면 그날이나 만날까."

"그건 받자마자 파쇄하셨습니다."

"……어쩐지, 안 오더라니."

하옐이 푹 한숨을 쉬었다.

"일단 가겠습니다만 좀 더 생각은 해 주십시오. 대표님 상태가 정말 이상합니다."

"고려하겠네."

그것으로 대화가 중단되었다.

1년 내내 짐마차만 타던 바이올렛은 최고급 쿠션으로 마차 안이 둘러싸이고, 바퀴도 말도 가장 좋은 것들로 된 마차에 타니 기분이 이상했다.

그녀가 창문 밖을 바라보는데 하옐이 물었다.

"대표님을 만나고 싶지 않으신 이유가 뭡니까?"

"난 지금이 아주 행복해. 그 사람 곁에서 불행하던 그때로 돌아가고 싶지 않네."

"작은 마님……."

"그러니 재촉하지 말아 주게."

바이올렛의 부드러운 거절에 하옐이 별수 없이 고개를 끄덕였다.

❄ ❄ ❄

윈터가 비밀 파티를 연다는 소식은 그날 코르시카의 석간신문에 곧바로 등장할 정도로 큰일이었다.

윈터는 이 최고급 호텔에 들어오고 싶으면 돈을 들이부으라는 것을 현란하게 보여 주고 있었다. 화려함의 극치였다. 대륙 사방에서 온 유명인들로 북적거리며 온 사방에서 불꽃이 터지고 음악이 흘렀다.

도무지 제가 낄 곳이 아닌 것 같은 기분에 리지야가 긴장하자 함께 온 조르디가 핀잔했다.

"어차피 잠깐 있다가 돌아갈 거 아냐?"

"여기서 인맥 잘 쌓으면 명문가로 초대받을 수도 있단 말이야. 오빠도 결혼 상대 찾아봐야 하는 거 아냐?"

"찾아봐야겠지. 바이올렛 정도면 딱 좋은데."

"눈이 너무 높아진 거 아냐?"

리지야가 핀잔하다가 문 앞에서 손님들을 반기는 윈터를 발견하고 자리에 멈춰 섰다. 시시껄렁하게 다니던 조르디 역시 긴장해서 자세를 바로 했다.

거대한 문 바로 뒤에 서서 무표정으로 손님들이 청하는 악수를 받아들이고 있는 윈터 블루밍에게서는 범접하기 힘든 강함이 느껴졌다. 그가 가문의 서자라는 것은 널리 알려진 사실이었다. 확실히 그에게서는 야만적인 분위기가 흘렀고, 짐승처럼 협의가 되지 않을 것 같은 두려움을 느끼게 했다.

그 덕에 남매는 육식 동물 앞에 선 초식 동물처럼 바짝 긴장한 상태로 윈터에게 걸어갔다. 리지야가 치마를 살짝 잡아 인사했다.

"저는 예핌추크가의 리지야 예핌추크, 이쪽은 제 오빠인 조르디 예핌추크입니다."

"환영합니다."

윈터가 인사를 받았다. 리지야가 머뭇머뭇하더니 조르디가 들고 온 올리브 오일병을 휙 뺏어 윈터에게 내밀었다.

"그리고 이건 제가 준비한 선물이에요. 가문에서 매일 만들어 쓰는 올리브 오일인데 아주 질이 좋거든요. 좋아하신다고 들었어요."

"어디서 들었습니까? 그런 말을."

윈터가 약간의 무례함이 느껴지는 투로 묻자 리지야가 멈칫하며 말했다.

"그, 그냥 라크라운드 출신인 사람이 알려 줬어요."

윈터가 그 자리에서 올리브 오일 뚜껑을 열더니 냄새를 맡아 보았다. 그가 지금까지의 다른 선물들과 달리 처음으로 관심을 보이자 사람들의 시선이 쏠렸다. 리지야가 약간 신이 나서 말을 이었다.

"어린 올리브를 고르고 골라서 한 번에 짜낸 거예요. 전 평생 먹었지만 아직도 맛있어요."

"감각이 좋으시군요."

윈터가 그리 말하며 장갑을 벗어 옆에 서 있던 웨이터의 쟁반에 대충 던지더니 한 손에 오일을 조금 올려 혀로 핥아 보았다. 그의 터무니없이 예의 없는 행동에 손님들은 경악했지만 어쩐지 그의 모습에서 시선을 떼지 못했다.

윈터가 뚜껑을 다시 닫으며 말했다.

"리지야 양이라고?"

"네."

"올리브 오일에 대해 이야기 좀 하죠. 사업적으로."

리지야는 이 남자와 단둘이 이야기하게 된다고 생각하니 홀린 듯이 고개를 끄덕였다.

❅❅❅

모처럼 신이 난 윈터는 파티 중에 달려 나와 주방장에게 올리브 오일을 맡겼다.

키론 호텔 음식이 뭔가 특색이 부족하다 싶어 답답했는데, 바로 이거였다. 손님들마다 쓸모없는 것만 가져왔는데 딱 예핌추크 가문만 제대로 된 것을 가져왔다.

"하여튼 머리는 참 좋아."

바이올렛이 추천한 게 분명했다.

윈터는 이미 이 지역에 심어 놓은 스파이인 핌 델루아에게서 바이올렛이 예핌추크가에서 일하고 있다는 정보를 입수했다. 그래서 굳이 예핌추크 가문에 초대장을 보냈던 것이 이렇게 큰 선물로 돌아왔다.

그녀가 저를 잊지 않고 있다는 사실 하나만으로도 윈터는 들떴다. 심지어는 제가 좋아하는 것도 기억하고 이렇게 선물을 조언했다고 생각하니 한동안 꼼짝을 않던 피가 끓어올랐다.

곧바로 이 올리브 오일을 온갖 음식에 뿌려 볼 생각이었다. 모처럼 일할 생각에 한껏 들떠 있을 때, 윈터는 조금 열린 문틈으로 들려 오는 하옐과 안잘리의 목소리에 멈춰 섰다.

하옐의 목소리가 들렸다.

"작은 마님은 전혀…… 대표님을 만나고 싶지 않으신 것 같았어요. 도산 위기라고 허풍까지 떨었는데 말이에요."

"……그렇군."

"어떡하죠? 부대표님은 바로 라크라운드로 돌아가실 거죠?"

"가야지."

"아, 미치겠네. 그 하녀를 보내 볼 걸 그랬나요? 왜, 작은 마님 계실 때 엄청 잘 따르던 하녀 있었잖아요. 맞다, 젠. 그 애요."

"글쎄. 하도 사람이 많이 바뀌어서 이제 누가 누구인지 기억도 안 나."

윈터가 결국 안으로 들어서려는데 안잘리의 목소리가 들렸다.

"만나고 싶지 않으신 이유가 뭐래?"

"그게 뭐 뻔한 얘기죠. 대표님과 만나면 불행해질 것 같다고요. 지금이 행복하시대요. 아니, 다 쓰러져 가는 집에서 입에 겨우 풀칠하며 사시던데 말이에요. 돌아오시면 왕위도 사실 수 있을 정도로 돈이 있는데. 도대체 뭐가 행복하시다는 건지……."

"불행?"

"네. 대표님 곁에서 불행하던 때로 돌아가고 싶지 않다고 하셨어요."

걸음을 멈추었던 윈터가 조용히 그곳을 등지고 돌아섰다.

그는 제 침실로 들어서 창밖을 바라보았다. 높은 곳에 있는 가건물의 방에서는 바다가 보였다.

이어 그는 금고를 열었다. 언제나 바이올렛이 보내 준 지폐를 가지고 다녔다. 그녀의 손이 닿았을 것이다. 잠깐이라도.

그렇게 싫다고 도망친 사람을 억지로 데려오고 싶지 않았다.

그녀가 제 발로 돌아오기를 기다렸다. 세상 모든 것을 가지게 해 줄 정도로 부자가 되면, 그럼 반드시 돌아올 거라고 생각했다. 돌아오지 않을 리 없다고 믿었다. 지금 라크라운드에서 태어나면 누구도 윈터 블루밍의 땅을 밟지 않을 수 없다.

지금, 스물아홉의 그에게는 이것이 최선이었다.

그러나 그녀는 돌아오지 않았다. 그리고 방금, 윈터는 그녀가 앞으로도 돌아오지 않을 것을 알았다.

1년 전에는 그래도 그녀가 제 곁을 나가 떠돌다 보면 분명 벽을 만나고, 지쳐서 품으로 돌아올 거라는 확신이 있었다.

그런데 아니었다. 제 곁은 그녀에게 여전히 불행이고, 그녀는 제가 없어야 잘 지낼 수 있다.

윈터는 아무런 표정도 없이 지폐를 안주머니에 챙겨 넣었고, 창가로 걸음을 옮겼다.

그리고 그대로 창틀에 올라가 밖으로 뛰어내렸다.

그의 몸이 성벽 아래로 추락했다.

〈당신의 이해를 돕기 위하여〉 2권에서 계속